Danielle Thiery
Was die Nacht verbirgt

Zu diesem Buch

Edwige Marion, Leiterin der Pariser Mordkommission, steht vor einem Rätsel: Sie ist einem Psychopathen auf der Spur, der sein Unwesen in der Stadt treibt, jedoch nicht gefaßt werden kann. Er ermordet seine weiblichen Opfer, wenn sie von ihm Liebe erwarten, und er ritzt ihnen geheimnisvolle Zeichen auf den Körper. Schritt für Schritt tastet sich die Kommissarin an ihn heran. Doch wieder schlägt der Unbekannte zu, ohne daß sie es verhindern kann. Dann ist plötzlich Edwiges Privatleben in Gefahr, denn offensichtlich besteht eine Verbindung zwischen ihrem Freund Benjamin und dem verrückten Mörder, der nur am Freitagabend tötet. Ein raffiniert inszenierter Thriller, dem man anmerkt, daß die Autorin vom Fach ist.

Danielle Thiery, Leiterin der Sicherheitsabteilung der Air France, wurde als erste Frau vom Innenministerium zur Hauptkommissarin ernannt. »Was die Nacht verbirgt« ist ihr zweiter Kriminalroman.

Danielle Thiery
Was die Nacht verbirgt

Roman

Aus dem Französischen von
Matthias Bernhard

Piper München Zürich

Ungekürzte Taschenbuchausgabe
Piper Verlag GmbH, München
Dezember 1999

Titel der französischen Originalausgabe:
»Le sang du bourreau«

Umschlag: Büro Hamburg
Stefanie Oberbeck, Katrin Hoffmann
Foto Umschlagvorderseite: Image Bank
Foto Umschlagrückseite: Irmeli Jung
Satz: Friedrich Pustet, Regensburg
Druck und Bindung: Clausen & Bosse, Leck
Printed in Germany ISBN 3-492-22950-6

Für Michel und Yves,
meine treuen Freunde

I

Mit einem ekstatischen Seufzer ließ sich die nackte Frau auf den Rücken sinken. Instinktiv bedeckte sie mit den Händen ihren Bauch, um die vertikale Narbe des Kaiserschnitts zu verbergen, die ihr ein Arzt vor zwanzig Jahren beigebracht hatte. Mit den Jahren war ihr Bauch runder geworden, und die Umrisse der Narbe erschienen dadurch aufgebläht. Der Mann beugte sich über sie. Mit unendlicher Sanftheit schob er trotz ihres Widerstands die aneinanderliegenden Hände beiseite. Widerstrebend ließ sie ihn gewähren. Aus intimen Gründen genierte sie dieser Schmiß, der bisher noch nie ihr Dasein beeinträchtigt hatte. Erst recht unter dem Blick des Mannes, den die Narbe merkwürdig zu faszinieren schien. Glücklicherweise fanden ihre ersten Liebesspiele nicht in vollem Licht statt. Die von einem leichten Frühlingswind bewegten Vorhänge aus feinem Tüll ließen die Beleuchtung der Promenade, die am Fluß entlangführte, kaum durchscheinen.

Der Mann, dessen Augen sich an das Halbdunkel gewöhnt hatten, lehnte sich, auf dem Bett kniend, zurück, um den Körper der Frau zu betrachten. Blitzschnell registrierte sein Blick die aufgeschwemmten Formen, die hier und da welke Haut, die zu schlaffen Brüste. »Du bist hübsch«, murmelte er mit kehliger Stimme.

Entzückt trotz des Tones, der ihr verlogen vorkam, begann sie, sein blaues Hemd aufzuknöpfen und streichelte in diesem Ausschnitt eine unglaublich weiche Haut. Diese Berührung ließ sie erschauern. Eine Kinderhaut! Der Mann hatte die Haut eines Neugeborenen, ohne Haare, weder auf den Armen noch im Gesicht. Seine Wangen waren vollkommen glatt, und er hatte keine Augenbrauen, dafür waren seine Wimpern so lang wie bei einem Mädchen. Sie war sich fast sicher, daß seine kurzen, gewellten Haare ein Toupet waren, unter dem er eine Glatze verbarg. Doch dies Thema anzuschneiden hätte sie überfordert. Wie wichtig war das schon?

Dennoch fragte sie sich, wie sein übriger Körper beschaffen war. Sie nahm dann den Gürtel seiner Hose in Angriff, ein kompliziertes System, das sie nicht kannte, sie brach sich einen Fingernagel ab und zwickte ihren Partner, der zusammenzuckte. Seit vier Jahren kannte sie diese Situation nicht mehr …! Vier Jahre lang hatte sie keinen nackten Mann gesehen …

Und er half ihr kaum. Er hatte sie langsam entkleidet, jede seiner Gesten mit Liebkosungen und zärtlichen Worten begleitend. Jetzt schien er zu zögern. Er regte sich nicht, seine Augen blieben auf die Narbe geheftet. Die Frau konnte seinen Blick nicht recht erkennen, den die gesenkten Augenlider beschirmten, aber sein Gesichtsausdruck hatte sich verändert, dessen war sie sich gewiß.

»Du ekelst dich, stimmt's? Du kannst es mir sagen, du weißt doch …«

Er wich etwas zurück, denn sie hatte laut geredet, und legte seine Hand auf den Mund der Frau.

»Pst!« sagte er. »Du gefällst mir, und wir haben noch viel Zeit, nicht wahr?«

Ja, sie hatten noch viel Zeit. Sie schloß die Augen, um die Berührung dieser Männerhand zu genießen, die sich von ihren Lippen löste, um über ihren Hals und zwischen ihren ausgebreiteten Brüsten hindurch hinabzugleiten, bis sein

Finger sanft auf den Windungen ihrer Narbe verweilte. Voller Ungeduld straffte sie sich. Ihr gefiel alles an diesem Mann: seine draufgängerische Art, sein Gesicht mit der markanten Nase, erhellt von einem intelligenten, sanften Blick, sein wohlgeformter, weicher Mund, seine kräftigen Hände, die zu zögern schienen, bevor sie sie berührten, als wären sie beseelt von der Furcht vor einer zu abrupten Geste, die den Zauber gebrochen hätte. Seine Stimme mit der gedämpften, fast verborgenen Klangfarbe verwirrte sie … Plötzlich unterbrach der Mann seine Liebkosungen, erhob sich und verkündete gespreizt, daß er sich zurechtmachen müsse.

»Natürlich!« sagte die Frau beflissen, »das Bad ist im Flur, zweite Tür rechts.« Sie hörte, wie er in der Wohnung hin und her ging, Türen schloß, einen Wasserhahn aufdrehte. Um ihre Ungeduld zu dämpfen, ließ sie den Film ihrer Begegnung, ihres ersten gemeinsamen Ausgehens, ihres ersten Kusses noch einmal vor ihrem inneren Auge ablaufen. *Ihre* Aufregung und *seine* Empfindsamkeit, seine übertriebene Schüchternheit, die sie hin und wieder ins Grübeln brachte. Er legte eine Gewandtheit an den Tag, die gefühllos zu sein schien. Körperlich hielt er Abstand zu ihr, beschränkte seine Gefühlsäußerungen auf ein Minimum und entzog sich, sobald sie die Hände ausstreckte, um ihn zu berühren. Im Halbdunkel mußte sie lächeln. Sie hatte sich unnötige Sorgen gemacht, vor ihnen lag ein ganzes langes Wochenende, um sich zu lieben. Die Gesichter im Büro, wenn sie es ihnen erzählen würde! … Ein schöner Mann, jünger als sie, und verliebt! Sie, die nach fünfundzwanzig Jahren gemeinsamen Lebens von ihrem Mann verlassen worden war! Sie, die Kummer, Demütigung und Jahre der Einsamkeit gekannt hatte. Hier war ihre Genugtuung, ein paar Meter entfernt, sie hieß Ben.

Der Wasserhahn lief nicht mehr. Sie warf einen unruhigen Blick auf den Radiowecker: 1 Uhr 20. Da sie wenig daran gewöhnt war, so spät noch wach zu sein, wurde sie müde.

»Was macht er nur?« murmelte sie.

Die Badezimmertür klappte, im Flur näherten sich die Schritte des Mannes, sie hallten seltsam. Die Frau gruselte sich, als der Lichtstrahl unter der Zimmertür, die langsam halb aufging, verschwand. Sie stützte sich auf einen Ellenbogen, ein zärtliches Lächeln erhellte ihr Gesicht. Sie blinzelte heftig, als die Deckenlampe sie blendete. Als die Blendung vorüber war, machte die Bestürzung sie für einen Moment stumm. Eine Kamera in der Hand, kam der Mann in einer unglaublichen Aufmachung auf das Bett zu. Die Frau schlug sich die Hand vor den Mund. Der Mann blieb stehen, stolperte auf seinen Absätzen von schwindelerregender Höhe und fluchte ganz leise. Die Frau glaubte sich mitten in einem Alptraum zu befinden. Der männliche Mann, der sie verführt hatte, stand direkt vor ihr. Nicht wiederzuerkennen und wortlos baute er an der Bettkante ein Stativ auf, um seine Kamera zu befestigen. Deshalb also die Tasche, die er überall mit sich herumschleppte! Sogar zum Essengehen hatte er es abgelehnt, sich von ihr zu trennen.

Die Frau stieß eine unverständliche Frage hervor und setzte dazu an aufzustehen. Ihr Instinkt und die Panik, unter der sich ihr Magen gemein zusammenkrampfte, geboten ihr zu fliehen – schnell und weit weg. Der Mann ertappte sie bei ihrer Bewegung und durchbohrte sie mit einem Blick, als ob er sie nicht erkennen oder plötzlich ihre Gegenwart entdecken würde. Bezwungen stützte sie sich wieder auf einen Ellenbogen und zog ein Stück Laken an sich – lächerlicher Schutz ihrer Nacktheit. Der Mann beugte sich über den Sucher der Kamera, um die Einstellung zu überprüfen. In diesem Moment rutschte das rote Stretchröckchen, mit dem er sich ausstaffiert hatte, hoch und enthüllte einen Stringtanga aus schwarzer Spitze, aus dem ein Teil seines Geschlechtsapparats herausgerutscht war. Er schien nicht darauf zu achten, richtete sich auf und verkündete mit lauter, hoher Stimme:

»Motor ab!«

Außerstande, der Angst, die ihr die Brust zusammenschnürte und den Magen umdrehte, Widerstand zu leisten, brach die Frau in Gelächter aus. Ein hysterisches Gelächter, das ihr sogleich die Wangen rötete und die Tränen in die Augen trieb.

Der Mann schien zu erstarren. An seinen bis zum Zerreißen gespannten Armen ballten sich die Fäuste. Unter der Schminke nahm sein Gesicht einen wächsernen Farbton an. Der Mund der Frau weitete sich, öffnete sich übermäßig und enthüllte das rosabraune Innere ihres Kehlkopfs, das Zäpfchen, das wie ein kleines obszönes Geschlechtsteil in Erregung geriet, und die Zunge, die grauenhaft anschwoll und sich streckte.

Er schloß die Augen, und ihn überlief ein langer Ekelschauder. Unter seinen geschlossenen Lidern prallten andere Bilder aufeinander: der ekelhafte Mund und das dröhnende Lachen von Schwester Bernadette. Dieses Lachen, das ihn in Schrecken versetzte und beinahe ohnmächtig werden ließ. Ihm wurde schwarz vor Augen, die Bilder in seinem Kopf explodierten und versetzten ihn in die schlimmsten Augenblicke seiner Kindheit zurück. Er fuhr zusammen, hätte beinahe aufgeschrien, öffnete mühsam wieder die Augen. Unter dem schallenden Gelächter wurden die Brüste der Frau hin- und hergeschüttelt, ihre schlaffen Schenkel öffneten sich über einem Geschlechtsteil mit kurzen, roten Haaren. Der Mann glaubte zu ersticken, so wie er einst erstickte, das Gesicht zwischen den monströsen Brüsten von Schwester Bernadette vergraben und von ihrer energischen Hand zwischen die harten Falten ihres schwarzen Kleides und gegen ihren flachen Bauch mit dem strengen Geruch gepreßt. Der Geruch der Heiligkeit ... oder vielleicht der Schmutzigkeit, für ihn war es dasselbe. Übelkeit drehte ihm den Magen um, er atmete tief durch, um sie zu verdrängen, und hielt die Augen halb geschlossen.

Dieses unerträgliche Gelächter, dem nichts Einhalt gebieten zu können schien! Als er die Augen wieder weit öffnete, versuchte die immer noch lachende Frau sich aufzurichten. Sie streckte die Hand aus, um einen Halt zu finden, streifte das Gesicht des Mannes. Ihr abgebrochener Fingernagel blieb in den langen blonden Haaren hängen. Ben konnte es nicht ertragen, daß diese so gewöhnliche Frau ihn berührte. Nicht sie. Seine Faust traf mit einer gezielten Bewegung seine Gefährtin an der Schläfe. Das Lachen hörte auf der Stelle auf, der Kopf der Frau schlug heftig gegen die Wand, ihr Mund halboffen in einem letzten stummen Lachen. Der Mann beruhigte sich in der Stille, die nur das sachte Geräusch des Kameramotors störte.

Ein Auto fuhr die Promenade entlang, wurde langsamer, entfernte sich dann. Das Viertel war vollkommen still. In aller Ruhe zog der Mann seine Handschuhe, eine zweite Haut aus weichem Gummi, über und bereitete seine Instrumente vor. Bevor er anfing, betrachtete er ein letztes Mal sein Opfer, ein genießerisches Lächeln verzog seine so überaus weichen Lippen. Er verweilte bei dem gewundenen Verlauf der Narbe, wandte sich wieder dem Gesicht zu. Aus dem Fältchenmund der Fünfzigjährigen hing die Zunge heraus. Er konnte der in ihm aufsteigenden Lust nicht widerstehen, es Cora zu besorgen. Seiner Cora.

Er ließ sich rittlings auf der reglosen Frau nieder, zog mit seinen dicken Fingern die Lippen auseinander und beugte sich über sie, wie zu einem Abschiedskuß. Mit seinen Zähnen packte er die Zungenspitze. Er zog, damit sie noch weiter hervorkam, sicherte seine Beute, und als er sich seiner selbst sicher fühlte, biß er sie mit einem Mal ab. Die erste Lustwelle packte ihn in dem Augenblick, da er das verstümmelte Organ weit von sich wegspuckte.

Der unerträgliche, unbekannte Schmerz verzerrte Gesicht und Körper der Frau, riß sie unsanft aus ihrer Ohnmacht. Während aus ihrem Mund das Blut sprudelte, schrie sie ununterbrochen, ohne auch nur zu begreifen, was ihr geschah. Ein zweiter Faustschlag warf sie nieder und ließ im Zimmer wieder Stille einkehren. Der Mann seufzte, ließ sein pochendes Herz sich beruhigen und beugte sich abermals über sie.

Später, sehr viel später, von der Anstrengung und der Wollust erschöpft, baute er seine Kamera ab, klappte das Stativ zusammen und inspizierte peinlich genau die Wohnung, um jegliche Spur seines Aufenthalts zu beseitigen. Er wusch sich ausgiebig unter der Dusche, desgleichen seine blutbefleckten Kleider. Die packte er dann, sorgfältig zusammengelegt, in seine große Sporttasche, nachdem er daraus andere Sachen hervorgezogen hatte, die er nun ohne Hast überzog. Er ging hinaus, ohne einen Blick für sein Opfer und ohne einer Menschenseele zu begegnen.

Es war 3 Uhr morgens und das lange Osterwochenende hatte begonnen.

II

»Kripo ... Mordkommission, ich höre ...«

Inspektor Talon hörte zu, runzelte die Stirn, stellte zwei kurze Fragen, unterbrach den Gesprächsteilnehmer:

»Bleiben Sie dran, ich rufe Kommissarin Marion …«

Er legte den Hörer beiseite, drückte auf eine Taste, die es erlaubte, die Gesprächsteilnehmer bei Musik von Rachmaninow warten zu lassen – eine Idee von Kommissarin Marion –, und begab sich zum Büro 312, nachdem er mit den Fingerspitzen seine Frisur in Ordnung gebracht und seine Brille mit einer mechanischen Geste zurechtgerückt hatte.

Im Flur des dritten Stocks des Polizeipräsidiums standen eine Frau und zwei Männer vor dem Kaffeeautomaten. Die junge Frau, eine mittelgroße Blonde, schlank und hübsch, drückte mehrmals ohne Erfolg den Knopf, der den Becher auswerfen sollte.

»Drecksmaschine«, schimpfte sie.

Der jüngere der sie begleitenden beiden Männer nahm Anlauf und versetzte mit der Genauigkeit eines Fußballspielers dem Automaten einen derben Fußtritt. Der Automat gab seinen Geist auf und verschied.

»Die Centimes sind gefallen!« frohlockte der zweite, ein Vierziger in vollem Saft mit lichtem Haar.

»Bravo, Lavot!« sagte die junge Frau zweideutig. »Nun sind wir genauso schlau wie vorher.«

Talon kam dem Widerspruch seines Kollegen zuvor:

»Telefon, Chef! Die Führung …«

Edwige Marion wandte ihm den Kopf zu:

»Ich komme. Was Sie angeht, Lavot, so schauen Sie, wie Sie zurechtkommen, aber treiben Sie mir Kaffee auf. Das wird Sie lehren, Behördeneigentum zu beschädigen.«

Hauptinspektor Lavot, Typ des gutgebauten Liebhabers auf der Leinwand, rief ihr hinterher – in seiner Rolle des Bullen mit Erbskopf und Bizeps mehr als lebensecht –:

»Arabica oder Robusta?«

Kommissarin Edwige Marion, die jeder, auch sie sich selbst, einfach Marion nannte, betrat ihr Büro. Fünf Minuten später versammelte sie ihre Gruppe.

»Lavot, Talon, Cabut, auf die Matte! Wir fahren in das Bois-Joli-Viertel am Flußufer. Ein Mord. Das Bezirkskommissariat ist an Ort und Stelle, der Erkennungsdienst ist auf dem Weg, und zur Zeit fragt sich der Vertreter des Staatsanwaltes, ob er kommt oder nicht. Was den Gerichtsmediziner angeht, der fragt sich schon nichts mehr, er wartet dort auf uns.«

Sie wandte sich einem ergrauten, etwas gebeugten Mann mit kränklichem Aussehen zu:

»Joual, Sie bleiben hier. Halten Sie ein paar Burschen in Bereitschaft, vielleicht braucht man sie später noch. Wir nehmen den Renault 21 der Bereitschaft, meiner ist in der Werkstatt.«

Joual, ein reuiger Alkoholiker, der jedoch von seiner schlechten Neigung noch kaum genesen war, nickte wortlos.

Lavot saß schon am Steuer des grauen R 21, als Marion auf den Hof des Präsidiums kam, wo die Streifenwagen mit dem Kühler zur Ausfahrt in einer Reihe standen. Sie runzelte die Stirn beim Anblick des Blaulichts, das auf dem Dach schon in Aktion war, eine Manie von Lavot:

»Brauchen wir unbedingt dieses Ding da? Soviel ich weiß, wird unsere ›Kundin‹ nicht die Flucht ergreifen!«

Lavot wandte ein:

»Man darf nicht aus der Übung kommen, Chef! Und wenn schon mal eine Frau auf mich wartet ...«

»Wie geschmackvoll!« erwiderte Marion, während der Wagen mit heulender Sirene in den Verkehr preschte.

Um den Lärm zu übertönen, sprach sie lauter und erklärte:

»Das Opfer ist eine zweiundfünfzigjährige Frau, sie lebte allein in einer Dreizimmerwohnung am Ufer und war nach dem Osterwochenende nicht wieder an ihrem Arbeitsplatz erschienen. Sicher ist sie seit ein paar Tagen tot.«

»Mein Gott, der Gestank! Immer trifft es mich!« jammerte Cabut, der oft beim Anblick von Leichen und mehr noch bei deren Gestank ohnmächtig wurde.

»Wie ermordet?« fragte Talon, während Lavot an einer roten Ampel hielt.

»Blankwaffe«, sagte Marion.

Sie wandte sich Lavot zu:

»Na, mein Lieber, mußten wir so viel Lärm machen, um wie der erstbeste Autofahrer bei Rot zu halten!«

Lavot ließ sich das nicht zweimal sagen, stieß einen kurzen Kriegsschrei aus und ließ den R 21 mit quietschenden Reifen anfahren. Ein kühner Fußgänger konnte gerade noch zur Seite springen; ein Überlebensreflex, der Lavot ein entzücktes ›Olé‹ entlockte sowie gemeinsame Protestrufe von Marion und Cabut hervorrief. Kaum drei Minuten später blieb der Wagen sanft vor der Nr. 45 der Promenade des Lilas stehen, nachdem er zu seiner Rechten zahllose Straßen mit ebenso blumigen Namen hinter sich gelassen hatte.

»Es riecht nach Frühling«, murmelte Cabut, ohne daß man wußte, ob er auf das Viertel anspielte oder auf den Duft eines vorzeitigen Frühlings.

Kommissarin Marion überschaute mit einem Blick die Uferpromenade, die mit Bänken und noch kahlen Blumenbeeten geschmückt war. Bis hin zur Fahrbahn, die zwischen dem Kai und den anliegenden Gebäuden verlief, zeugten noch feuchte Schlammströme vom jüngsten Hochwasser des Flusses. Ein Phänomen, verursacht durch Regengüsse, wie man sie in der Gegend noch nie erlebt hatte. Die seit einem Monat eingestellte Flußschiffahrt kam langsam wieder in Gang. Ein Frachtkahn, den Bug dicht über den Wellen, betätigte seine heisere Sirene, als er vor der reglosen jungen Frau vorbeifuhr.

Während Talon sich ein paar Notizen machte, begab sich Edwige Marion flott zu der Gruppe, in deren Mitte Lavot

Eindruck zu schinden versuchte, wohingegen Cabut, den Kopf abgewendet, sich auf das Schlimmste gefaßt machte. Schutzmänner und Feuerwehrleute, neugierige, aufgeregte Gaffer traten zur Seite, um die Kommissarin, der ihre Männer folgten, durchzulassen.

›Meine Prätorianergarde als Nachhut‹, dachte sie belustigt.

Sie wußte schon, welche Gesichter die Bullen vom Bezirkskommissariat bei ihrem Aufkreuzen machen würden. Lavot, der Playboy mit den langen braunen Haaren, zu engen Jeans, abgetragenem Lederblouson und zu dunkler Ray Ban. Cabut, ein eingepacktes Nichts, nachlässig in seine Klamotten gestopft, watschelnder Gang, der Kopf so kahl, daß er schließlich die restlichen graumelierten Haare abrasiert hatte, um aufzufallen. Seine spitzwinkligen Augenbrauen gaben seinem Gesicht einen ständig überraschten Ausdruck. Talon, der Kleinste und Jüngste, Jeans-Blouson-Turnschuhe, gab sich wie ein Intellektueller mit seinen zurückgekämmten braunen Haaren und seiner schwarzen Schultasche, die er oft auf dem Rücken trug, wie die Schüler von früher, damit er die Hände frei hatte. Sie, schwarze Jeans, schwarzer Lederblouson, Lederstiefeletten, ohne Handtasche, die Hände in den Jackentaschen, verbarg hinter ihren wirren blonden Strähnen schwarze Augen, die vor Lebendigkeit blitzten.

Die anderen Bullen beobachteten sie aus dem Augenwinkel, auf der Zunge kritische Bemerkungen, überrascht und womöglich neidisch auf den Schwung, mit dem sie sich an diese abstoßende Arbeit machten und Freude daran hatten.

Im zweiten Stock, vor der halboffenen Wohnungstür des Opfers, fiel der Gestank, den sie schon auf der Treppe wahrgenommen hatten, über sie her. Marion rümpfte die Nase und wandte sich Cabut zu, der ein Taschentuch unter die seine preßte.

»Stecken Sie das weg«, sagte sie, »das nützt nichts! Wenn Sie ein Problem mit dem Gestank haben, dann stecken Sie sich eine Zigarrette an und behalten Sie sie im Mund. Das hilft. Aber passen Sie auf die Asche auf, streuen Sie nicht alles auf den Boden.«

Cabut war als letzter in die Gruppe gekommen. Dank seiner Leidenschaft für Kunst und seiner profunden Kenntnisse auf diesem Gebiet war er sechs Jahre lang in einer Pariser Abteilung untergebracht gewesen, die auf die Bekämpfung von Kunstdiebstälen spezialisiert war – eine Tätigkeit, bei der keine Leichen in den Museumsgängen umherliegen.

Cabut hatte seine Versetzung zu Marion beantragt, um näher bei seinen Eltern zu wohnen. Auch um von einer Geliebten mit teuflischem Charakter wegzugehen, die ihn zur Heirat drängen wollte. In Paris hatte er sich auf den Kompromiß einer wilden Ehe eingelassen. Im Vergleich zu dieser Erfahrung schien ihm die Hölle ein beneidenswertes Los, und er hatte seine Rettung nur in der Flucht gefunden. Eine gefühlsmäßige und örtliche Wahl, deretwegen er sich jetzt verfluchte, während er mit zitternder Hand eine Marlboro anzündete.

Bevor sie hineinging, atmete Marion tief durch. Lavot beugte sich zu ihr herab und schnitt eine Grimasse:

»Erinnert Sie das an etwas?«

Sie nickte. Vor einem Jahr hatten sie beide die Leiche einer Prostituierten entdeckt, die man in ihrer Sitzbadewanne erwürgt hatte. Seit zwei Monaten saß sie im Wasser und zerfiel. Um die Ermittlungen durchzuführen, mußten sie zur Ausrüstung der Feuerwehrleute greifen. Sauerstoff-Flaschen und Masken. Der Gestank war so unerträglich, daß das ganze Gebäude evakuiert werden mußte. Selbst die Gegenstände, die man im Wasser fand – ihre Fingernägel, ein Goldring und ein goldenes Collier–, konnten nicht in der

Dienststelle aufbewahrt werden, da der Gestank durch die versiegelten Plastikbeutel drang.

Talon, dem die Unbequemlichkeit des Moments sichtbar gleichgültig war, notierte alles, was er sah, machte Skizzen, hielt die Daten der Wohnung fest: eine moderne Dreizimmerwohnung, bescheiden möbliert, aber sauber und schmuck.

Marion ging in den Flur, wo zwei Männer leise diskutierten, und schüttelte ihnen die Hand. Der Staatsanwalt, ein junger, geistesabwesend wirkender Mann mit zerzausten Haaren und aschfahler Hautfarbe, hatte sich schließlich doch in Bewegung gesetzt und kommentierte den Fall von weitem mit einem Inspektor von der städtischen Sicherheit, den das Eintreffen der Kripo sichtlich befriedigte.

»Nicht gerade schön«, sagte letzterer zu Marion, den Mund vor Ekel verzogen.

»So ein Blutbad sehe ich zum erstenmal... Das ist kein Mord, das ist Raserei. Wollen Sie wirklich reingehen?«

Der Inspektor täuschte Besorgnis vor. Marion zuckte fatalistisch mit den Schultern.

›Ich bin ein Weibsbild‹, dachte sie, ›und müßte eigentlich in Ohnmacht fallen ... diesem Idioten würde das Spaß machen.‹

Im Zimmer stank es wirklich fürchterlich, es war kaum zu ertragen, trotz der weit geöffneten Fenster. Talon war schon ganz vorne, dem Gerichtsmediziner auf den Fersen, einem kleinen Mann, dem das Wasser herunterlief, während er sich über die Leiche beugte. Die Männer vom Erkennungsdienst, »Techniker des Tatorts«, hatten ihren Kram ausgebreitet und arbeiteten, wobei sie abwechselnd ans Fenster gingen, um tief Luft zu holen. Anders als sonst wurde es Kommissarin

Marion übel, als sie dies Schauspiel erblickte. Man hatte die Frau mit gespreizten Armen an das Kopfende des Bettes gefesselt, und zwar mit einem in Streifen gerissenen, kunstfertig verknoteten Bettlaken. Ihr Rücken war an das Peddigrohr gedrückt, und ihr Oberkörper war von einer Unmenge aschgrauer, drei bis vier Zentimeter langer Schnitte durchfurcht; sie kreuzten sich und bildeten seltsame Zeichen, die durch den Verwesungsprozeß angeschwollen waren. Der Kopf hing vornüber, das Kinn war auf die Brust gesunken. Man sah den Stummel einer schwarzen Zunge, der kaum aus dem Mund herausragte. Aus dem Unterleib, den man mit einem langen vertikalen Schnitt geöffnet hatte, quollen die Gedärme hervor und verbreiteten einen abscheulichen Gestank. Die gespreizten Beine wiesen die gleichen seltsamen Einschnitte auf wie der Oberkörper. Marion wechselte mit Lavot einen ungläubigen Blick, während sie aus dem Augenwinkel Cabut beobachtete, der in den Flur zurückwich. Schweigend gewährte sie ihm Nachsicht. Alle machten sich zu schaffen, ohne daß sie einen Ton von sich gaben, so kotzübel war ihnen. Der Bezirkskommissar, der mit den Feuerwehrmännern als erster zur Stelle gewesen war, machte sich Notizen für sein Protokoll; er war käseweiß, sein Gesicht bekam rote Flecken.

»Kommissarin!« rief Doktor Marsal, der nicht im geringsten unpäßlich wirkte, »ich bin fertig, oder fast fertig. Ich lasse dieses hübsche Geschenkpaket abholen, um es im gerichtsmedizinischen Institut bequemer – und im Kühlen – zu untersuchen. Verflixt, stinkt die!«

Ohne jegliches Anzeichen von Widerwillen beugte sich Talon über die Frau und beobachtete die Maden, von denen es geradezu wimmelte. Ganz leise berichtete er:

»Calliphora vomitaria.«

»Was quasselst du da?« krächzte Lavot selbstbeherrscht. »Bist du krank? Du wirst doch wohl nicht kotzen?«

»Das ist eine Fliege«, erklärte Talon mit einem leicht verächtlichen Seitenblick für seinen Kollegen. »Diese kleinen Tiere haben einen erstaunlichen Sinn für den rechten Augenblick und Fühler, die sie das tote Fleisch aus kilometerweiter Entfernung auffinden lassen. Eine Minute nach dem Tod einer Person haben sie schon Eier gelegt. Diese Maden stammen also zweifellos von der ersten Welle der Aasfresser ab. Man mißt ihren Umfang, man züchtet sie, damit man die Dauer ihres Zyklus kennt, die Zeit, die sie zum Schlüpfen und zur Entwicklung brauchen, und man findet den Todeszeitpunkt fast auf die Minute genau heraus ...«

»Auch den Namen des Mörders?« lästerte Marion. »Der nach der ganzen Zeit, die man mit der Aufzucht von Maden zubrachte, immer noch frei herumläuft!«

Talon ging nicht darauf ein. Vor zwei Jahren hatte er ein langes Praktikum in den Vereinigten Staaten, an der FBI-Schule in Quantico, absolviert. Er hatte ein unerschöpfliches Wissen und ein Interesse an der Untersuchung von Leichen mitgebracht, das Cabut für krankhaft und unangebracht hielt.

»Über den Daumen gepeilt«, gab Dr. Marsal naserümpfend von sich, »und im Hinblick auf das Verschwinden der Leichenstarre sowie die Anwesenheit dieser reizenden Tierchen, würde ich sagen, daß sie seit vier bis fünf Tagen tot ist.«

Er dachte nach, zählte mit Hilfe der Finger.

»Wahrscheinlich in der Nacht von Freitag auf Samstag, spätestens aber am Samstagmorgen, ich sage es Ihnen nach der Autopsie. Bedenkt man die Blässe des Körpers und die Menge des verlorenen Blutes, dann muß sie sehr langsam gestorben sein, da jede einzelne Wunde für sich genommen nicht ausreicht, sie vom Leben zum Tod zu befördern, außer vielleicht das Heraustreten der Eingeweide ... Schöne Arbeit.«

Er wiegte den Kopf mit Kennermiene.

»Messer?« fragte Marion.

Marsal zog einen Flunsch:

»Rasiermesser, Skalpell ... betrachten Sie die Form der Einschnitte und die Genauigkeit der Schnittführung. Obgleich in ihrem Zustand ... Nein, ich bleibe dabei, Rasiermesser oder Skalpell. Eventuell Cutter.«

Er zog seine Handschuhe aus und sah Marion an, die mit einem tückischen Brechreiz kämpfte:

»Sie sollten es wie ich machen, Kommissarin, und nach Hause gehen. Sie sehen schlecht aus.«

Die junge Frau verzichtete darauf klarzustellen, daß es ihre dritte Arbeitswoche ohne Unterbrechung war, auf Grund einer Welle von Verbrechen aller Art in der Gegend. Dieses hier war unbestreitbar das schönste. Sie gab sich einen Ruck und näherte sich Talon, der die Hände des Opfers aus der Nähe betrachtete:

»Haben Sie eine weitere Käferart entdeckt?«

Mit ernster Miene richtete er sich auf:

»Nein, Chef, ›das‹ ... Sehen Sie nur!«

Das fragliche »das« war ein langes, feines und helles Haar, das er soeben endeckt hatte; es war am abgebrochenen Fingernagel der Frau hängengeblieben. Er hielt es behutsam in den Fingern, während Lavot sich ein Plastiktütchen nahm, um den Fund darin zu deponieren.

»He, Hände weg«, protestierte der TDT*, »das geht dich nichts an!«

Der andere grinste hämisch und zeigte das Haar vor, das in dem Tütchen fast unsichtbar war:

»Jedenfalls hast du das da nicht gesehen!«

Der TDT brummte eine unfreundliche Bemerkung und

* Techniker des Tatorts. Spezialist des Erkennungsdienstes, der die Spurensicherung vornimmt.

kehrte zu seinem Abtupfen zurück, um nach Haaren, Spuren, organischen oder anorganischen Resten zu suchen, während sich sein Kollege mit der Abnahme der wenigen Fingerabdrücke befaßte, die für die Untersuchung von Bedeutung sein konnten. Er stolperte über Talon, der auf allen vieren die Unterseite des Bettes und dessen Umgebung absuchte. Er explodierte:

»Das ist wirklich eine Manie von Ihnen, den Leuten auf den Wecker zu fallen! Chef, könnten Sie nicht Ihre Dupond-Dupont* an die Leine nehmen, damit sie uns in Ruhe lassen!«

Marion tat so, als hörte sie nichts. Talon mit seinem Gehabe eines Pseudointellektuellen, eines Pseudospezialisten der forensischen Medizin**, in Wirklichkeit aber ein Bulle in seinem Element, dem immer wichtige Dinge ins Netz gingen. Sie wandte sich Lavot zu:

»Sammeln Sie Cabut ein und fangen Sie mit der Befragung der Nachbarschaft an, wir sind hier zu viele. Ich behalte Talon bei mir.«

Während letzterer, trotz der genervten Seufzer seiner Kollegen, weiterhin herumschnüffelte, machte Marion einen Gang durch die Wohnung, hinter den Technikern vom Erkennungsdienst her, die alles aufsammelten, was für die Ermittlungen nützlich sein konnte. Die bescheidene Behausung des Opfers offenbarte eine Sauberkeit und Ordnungsliebe, die nach dem Durchzug der Polizeihorden bald nur noch eine Erinnerung sein würden. In den Kleiderschränken

* Die Geschwister (dt.: Schulze und Schultze) aus Hergés Comic *Tintin* (dt.: *Tim und Struppi*) werden als trottelige Paragraphenreiter gezeichnet (A. d. Ü.).

** Gerichtsmedizin: Von dem lateinischen *forum* (Gericht) abstammender Ausdruck, deutsche Übersetzung des englischen *forensic*. Bezeichnet eine angewandte Wissenschaft, welche die wissenschaftlichen und technischen Aspekte der Untersuchung eines Mordfalls zusammenfaßt.

nur Frauensachen. Auf der Ablage im Bad eine einzige Zahnbürste in einem Plastikbecher mit Rosendekor. Der Mülleimer in der Küche war geleert, in der Spüle kein schmutziges Geschirr. Auch keine Spuren etwaiger Vorbereitungen auf eine Wochenendreise. Marion suchte den Platz, wo die Frau ihre Post hinlegte. Sie entdeckte ihn im Flur, in der Schublade eines Billigmöbels, auf dem auch das Telefon stand. Kein Anrufbeantworter, keine persönliche Post, nur ein paar Rechnungen. Madame Nicole Privat schien ein sehr ruhiges Leben geführt zu haben, bevor sie auf diese extravagante Art und Weise starb. Der Inspektor vom Kommissariat ging auf Marion zu, er war mit seiner Widerstandsfähigkeit fast am Ende:

»Ich habe mein Protokoll über die Leiche und das Zimmer abgeschlossen. Kann ich die Leiche abholen lassen?«

Wie alle, die von der immer beklemmender werdenden Atmosphäre in der Wohnung verstört waren, hatte er es eilig, zum Ende zu kommen. Marion nickte mit dem Kopf und verlangte, daß man sämtliche in der Wohnung entdeckten Papiere und Dokumente versiegelt zum Studium an sie weiterleite. Der Inspektor erklärte, daß er schon mit dem angefangen habe, was er im Zimmer gefunden hatte: einige persönliche Briefe und Fotos, die er in der Hand hielt. Neugierig griff Marion danach. Sie zeigten alle dasselbe Motiv: eine dicke schwarzweiße Katze, aufgenommen in vielen Positionen. Nicht ein Mensch, außer auf einem Foto das Gesicht eines mürrischen, pickeligen Jugendlichen.

»Sonderbare Frau«, murmelte die Kommissarin »... haben Sie Angehörige von ihr ausfindig gemacht?«

Der Inspektor machte ein unzufriedenes Gesicht.

»Ein gewisser Julien, der ihr schreibt, vielleicht ihr Sohn ... obwohl ...«

»Obwohl ...?«

»Der Ton der Briefe ist dermaßen kühl und unpersönlich.

Nun, Sie werden selbst sehen. Offenbar ist er Soldat in Pau, bei den Fallschirmjägern … Entschuldigen Sie mich bitte!«

Die Beamten vom Erkennungsdienst riefen nach ihm, damit er die Siegelzettel unterschrieb. Er trat zur Seite, um den Leichnam Nicole Privats durchzulassen, die zum letztenmal ihre Türschwelle überquerte, eingewickelt in eine graue Hülle und unter den beklommenen Blicken einiger Nachbarn, die im Treppenhaus standen. Der Stellvertreter des Staatsanwaltes wartete auf Marion, um seinerseits abziehen zu können. Sie klärte ihn kurz über die Lage auf, ohne auf Lavot und Cabut zu warten, die nicht zu sehen waren. Sie waren mit der Befragung der Mieter der Mimosas-Anlage beschäftigt.

»Ich lasse ein Ermittlungsverfahren einleiten«, entschied der Staatsanwalt, der sich ein kariertes Taschentuch unter die Nase preßte, »schicken Sie am Nachmittag jemand zum Gericht, um das Rechtshilfeersuchen abzuholen.«

Marion war einverstanden, dann ging sie zu Talon, der mit dem Inspektor vom Kommissariat ein ausführliches Gespräch führte:

»Die Leiche wurde von der Feuerwehr entdeckt, die von einer Arbeitskollegin des Opfers alarmiert wurde. Nicole Privat war seit zwei Tagen nicht zur Arbeit gekommen, das hat sie stutzig gemacht, sie kam nachsehen. Als sie durch die Tür den Gestank wahrnahm, hat sie sofort kapiert …«

»Wo ist sie jetzt?« fragte Marion.

»Im Spital. Sie hat den Anblick nicht ertragen. Nervenzusammenbruch, Ohnmacht etc.«

»Hast du ihren Namen?« fragte Talon.

Während sich der Inspektor entschuldigte, ließ Marion noch einmal ihren Blick über das Zimmer schweifen, um sicherzugehen, nichts zu vergessen. Das Mobiliar aus weißem Peddigrohr, das blutdurchtränkte Bettzeug, das blutbefleckte Parkett, die schmuddeligen Tüllvorhänge: alles bot einen trostlosen Anblick und war mit dem Pulver für Fingerabdrücke beschmutzt.

»Trug sie Schuhe mit Stöckelabsätzen?«

Marion schreckte zusammen: »Wie bitte?«

Perplex sah sie Talon an, der ernst seine Frage wiederholte:

»Ich fragte Sie, ob Sie in ihrem Kleiderschrank Schuhe mit Stöckelabsätzen gefunden haben.«

Marion kombinierte fix: Wenn Talon diese Frage stellte, hatte er einen guten Grund. Sie schüttelte ihre blonden Strähnen:

»Nein, die Art Schuhe nicht«, sagte sie. »Flache Schuhe oder solche mit halbhohem Absatz. Warum?«

Talon machte die Hand auf und hielt seiner Chefin ein Scheibchen aus schwarzem Kunststoff unter die Nase.

»Ich fand das eingeklemmt in der Nähe vom linken Bettfuß. Wollen Sie sehen?«

Marion warf ihm einen finsteren Blick zu. Natürlich wollte sie sehen. Sie protestierte im stillen gegen Talon, der sich seit seinem Übersee-Aufenthalt oft zu einer zu großen Eigenmächtigkeit hinreißen ließ. Sie beugten sich über den Spalt zwischen zwei Parkettstäben, wo der Inspektor seine Entdeckung gemacht hatte. Einer von den beiden überragte den anderen um mindestens einen halben Zentimeter, und unter dem Stoß des Absatzes war das Holz an einer Seite zerdrückt worden. Marion verlangte eine Taschenlampe und betrachtete im flach einfallenden Licht den Fußboden.

»Haben Sie Fotos machen lassen?« fragte sie.

Talon schüttelte verneinend den Kopf und senkte die Augen unter dem plötzlich strengen Blick seiner Chefin. Er beeilte sich, den TDT heranzuwinken.

Marion deutete mit einer knappen Geste auf den Boden:

»Vielleicht gibt es einen Abdruck vom anderen Teil des Schuhs.«

Wie um sich zu entschuldigen, fügte sie sanfter hinzu:

»Glauben Sie dasselbe wie ich?«

Talon bestätigte:

»Ein langes Haar, die Spitze eines Stöckelabsatzes, vielleicht haben wir es mit einer Frau zu tun. Wenn dem so ist, muß sie schwer sein, denn das Absatzstück war tief in das Holz eingedrückt…«

Der TDT richtete sich mit betrübter Miene auf:

»Kein Schuhabdruck, Chef. Soll ich weitersuchen?«

»Nein«, seufzte Marion, »wenn es welche gegeben hat, sind sie schon lange zertrampelt. Wir bringen die Siegel an und packen unsere Sachen.«

Im Erdgeschoß traf sie auf Lavot und Cabut, die noch nichts Interessantes zusammenbekommen hatten. Sie bat sie, ihre Befragung mit Talons Hilfe weiterzuführen, während sie selbst sich hinter das Steuer des R21 setzte, um über Funk die Führung zu informieren und Joual Anweisungen zu erteilen. Nachdenklich beobachtete sie die letzten Bewegungen der Gaffer und der verschiedenen Einsatzkräfte, die sich einer nach dem anderen zurückzogen. Unwillkürlich heftete sie ihren Blick auf das Feuerwehrfahrzeug, das gerade kehrtmachte. Einer der Insassen starrte sie aus dem offenen Fenster an. Die Heftigkeit dieses Männerblickes riß sie aus ihrer Träumerei. Für einen Moment verwirrte er sie, aber gegen ihren Willen hielt sie ihm stand. Sie zuckte die Schultern, während der Kastenwagen mit einem ebenso überflüssigen wie frevelhaften Sirenengeheul wegfuhr.

Die Zeitungen vom nächsten Tag machten ziemlich wenig Aufhebens um den Mord an Nicole Privat. Seit drei Wochen füllte eine kleine Serie von Abrechnungen und Unfällen jeder Art, die mit dem Unwetter in Zusammenhang standen, die Spalten. Das spektakuläre Hochwasser – und seine Folgen für das Wirtschafts- und Sozialleben – füllte allein eines der beiden Regionalblätter, die sich wütend Konkurrenz machten. Allerdings nur zum Schein. Denn in Wirklichkeit verstanden sich ihre Journalisten bestens, und es waren meistens Kumpel, die in den Fluren des Polizeipräsidiums, des Krankenhauses oder der Feuerwache, nacheinander oder gemeinsam, aber stets gerecht, mit dem Klatsch, den Vorfällen und Ereignissen versorgt wurden, die eine nach vermischten Nachrichten begierige Provinzredaktion entzückten.

Ben war folglich kaum zufrieden mit den Berichten der Medien über sein Abenteuer mit der Frau, die er unter dem Namen ›Schwester Angélique‹ in seine Sammlung aufgenommen hatte. Angélique, weil wirklich arglos, geradezu leichtfertig. Ein bißchen blöd, offen gesagt. Er warf die Zeitung in den Papierkorb und murmelte:

»Eine richtige dumme Kuh.«

Ihre extreme Naivität war die einzige Erinnerung, die sie in ihm hinterlassen hatte. Er konnte sich noch so sehr den Kopf zerbrechen, er erinnerte sich an nichts anderes. So unscheinbar, daß die Presse kaum von ihr sprach. Es gefiel ihm sehr, daß die Zeitungen ausführlich seine Glanzleistung kommentierten, sei es auch durch eine Mittelsperson. Und es machte Cora Freude, ihr, die von Ruhm und Bekanntheit träumte.

»Egal, was«, sagte er, »ich werde irgendwas machen, aber man wird von mir sprechen, du wirst schon sehen …«

Der Mann verzog das Gesicht zu einem Lächeln, während er sich den Artikel ins Gedächtnis zurückrief, der die Möglichkeit anschnitt, das Verbrechen sei von einem Herumtreiber oder einem Sadisten begangen worden. Er lächelte ungezwungener: welch Mangel an Vorstellungskraft! Nicole Privat! Eine so banale Frau war kein großer Verlust. Er hatte sie mit großer Leichtigkeit gehabt, wie die anderen. Er hatte sie fast zu rasch getötet. Aber Cora war ungeduldig. Schon seitdem sie ihn bedrängte!

»Mach's mir, Ben, mehr!«

Für ihn selbst kam das Danach so gewaltig wie eine Naturkatastrophe. Bei dieser Erinnerung ging sein Atem schneller, sein Mund öffnete sich halb. In seinem Kopf explodierten die Bilder, aus den Mundwinkeln seiner leicht wulstigen Lippen rann etwas Speichel. Er zügelte sein aufgeregtes Herz, fing sich wieder. Er konnte sich jetzt nicht gehenlassen. Er mußte arbeiten gehen. Er zwang sich, mehrmals tief durchzuatmen, trank einen großen Schluck Wasser, direkt aus dem Hahn und fuhr sich mit der feuchten Hand über die gewellten Haare. Rasch musterte er die Einrichtung seines Hauses, vergewisserte sich, daß alles in Ordnung war. Alles sah gut aus: Jedes Ding an seinem Platz, ein Platz für jedes Ding. Wie man es ihm beigebracht hatte. Wie die Ordnung und die Sauberkeit.

»Im Nu machst du dich staubig«, spottete Cora.

Was das anging, Staub war nicht ihre Stärke. Glücklicherweise die Hygiene schon, denn er hätte es nicht ertragen, daß sie sich vernachlässigte. Wegen des Geruchs natürlich, aber auch wegen des Aussehens. Um der Reinheit willen. Ein überstehendes Haar, ein verlaufener Lippenstift, Haare an den Beinen. Das ließ ihn an die Narbe denken. Er zitterte. Ah! Die Narben! Nicht immer hatte er das Glück, schöne Exemplare anzutreffen, so schöne wie die von Cora. Lang und gewunden.

Als er gehen wollte, besann er sich anders, nahm die Zeitung wieder aus dem Papierkorb und legte sie träumerisch auf den Tisch. Heute abend würde er den Artikel ausschneiden. Er würde ihn in die neue Akte einkleben, die er unter dem Namen ›Schwester Angélique‹ angelegt hatte. Er würde sogar *L'Écho* kaufen, den er wegen seiner Rechtslastigkeit nicht schätzte. Er würde den Artikel nebst dem aus *La République* neben die Kassette legen. Heute abend würde er sie sich ansehen. Er hatte es noch nicht getan. Er wartete, bis seine Begierde auf dem Höhepunkt war. Schon konnte er es nicht mehr aushalten. Er mußte sie wiedersehen. Ihre langen blonden Haare, ihre herrlichen Beine, glatt wie Samt. Ihm zitterten die Knie, wenn er nur daran dachte. Er wollte seine großen, breiten und geschickten Hände wiedersehen, die sich an dem Körper der Frau zu schaffen machten. An der Narbe. Die Zeitung schrieb darüber nichts. Aber morgen vielleicht, nach der Autopsie, würden sie mehr berichten. Er lächelte abermals. Die Bullen von der Kripo hielten sich für so schlau… Kommissarin Marion und ihre Inspektoren noch mehr als die anderen. Erstere mochte er nicht, sie war ein Luder. Einen Moment lang faßte er ins Auge, sie Cora anzubieten, verzichtete aber sogleich auf diese Idee. Es war lustiger, mit ihr Katz und Maus zu spielen. Es wäre immer noch Zeit, die Meinung zu ändern, wenn er es satt hätte. Er gluckste vor Freude und gab sich wieder einen Ruck. Vor heute abend durfte er nicht an die Kassette denken. Er mußte einen kühlen Kopf bewahren, sich auf seine Arbeit konzentrieren und auf die Frauen, mit denen er bis in alle Ewigkeit zusammentreffen würde.

Schließlich ging er, nachdem er den Sitz seiner Kleidung korrigiert hatte. Tadellos. Er mußte immer tadellos aussehen.

III

Marion stützte ihre Hände auf die Rückenlehne des Stuhls und schaute Joual über die Schulter:

»Was gibt das?«

Der Inspektor wich leicht nach rechts aus. Seine Hände zitterten unmerklich und er verströmte zweifelhafte Gerüche. Sie gingen von seinen zu selten gewaschenen graumelierten Haaren aus, von seinem Hemd mit dem abgeschabten Kragen oder von seinem verschossenen Pulli, der Schweißränder unter den Armen aufwies und mit verdächtigen Flecken übersät war. Oder von allem zusammen. Verstimmt richtete sich Marion auf und ging um den Schreibtisch herum. Gereizt. Sie stand ihm gegenüber, kreuzte die Arme und starrte ihn an. Jouals Zittern wurde stärker, nervös verschränkte er die Hände, löste sie aus der Verschränkung, steckte sie dann in die Taschen. Er stammelte ein paar unverständliche Worte.

»Was für eine Sprache ist das?« fragte Marion ironisch, um sich der Wut zu erwehren, die sie in sich aufsteigen fühlte.

Joual sah sie mit einem verzweifelten Blick an. Das Blau seiner Augen war zurückgewichen vor dem Rot der kleinen geplatzten Gefäße an den Lidrändern, von denen die Wimpern verschwunden waren. Eine Träne blitzte auf, quoll hervor und kullerte über seine Wange, die obendrein von erweiterten Äderchen überzogen war. Verblüfft musterte Marion ihn.

Als sie ihn vor einem Jahr in die Gruppe aufgenommen hatte, befand sich Joual im Endstadium des Alkoholismus, war hohl wie eine alte Nuß. Ins Archiv abgeschoben, hatte er die Zeit damit zugebracht, seinen Whiskyrausch auszuschlafen, wenn er sich überhaupt noch aufraffen konnte, zum Dienst zu kommen. Um Unfälle zu vermeiden, die nicht wieder rückgängig zu machen waren, hatte man ihn ›entwaffnet‹. Diese überaus symbolische Geste hatte die Dinge beschleunigt. Ohne Waffe ist ein Polizist kein Polizist mehr. Kaum noch ein Mann. Joual hatte den Rhythmus beschleunigt, wurde nur noch ab und zu nüchtern, provozierte in den Bars Zwischenfälle, Reibereien mit anderen, die Säufer waren wie er. Er pfiff aus dem letzten Loch, belauert von einer Behörde, die, ohne mit der Wimper zu zucken, die Etappen seiner Höllenfahrt verfolgt hatte. Aber er hatte eine Frau und drei Kinder und stand kurz vor dem endgültigen Absturz, der Entlassung oder dem Selbstmord.

Cabut und er waren einst Kumpel gewesen, sie hatten dieselbe Schulbank gedrückt, dieselben Mädchen geneckt. Da er über den Zustand erschüttert war, in dem er seinen alten Freund angetroffen hatte, hatte Cabut mit Marion darüber gesprochen. Sie hatte einen guten Ruf als Chefin. Aufrichtig, gerecht, aufmerksam den anderen gegenüber. Sie hatte eingewilligt, ihn in ihre Abteilung aufzunehmen, unter der ausdrücklichen Bedingung, daß er vorher ein Krankenhaus durchliefe. Cabut hatte das begrüßt, und da er sich für Joual eingesetzt hatte, nahm er sich seiner mit Marions Hilfe an. Das Unternehmen war riskant, und Marion hatte weder von ihrer Dienststelle, die ihre Hände in Unschuld wusch, noch von Jouals Frau, die ihren Mann mit demonstrativer Verachtung bedachte, Unterstützung bekommen. Vier Monate später war er zurückgekommen, sauber, rosig, in Form. Um seine Rückkehr zu feiern, hatte die Gruppe einen Umtrunk organisiert. Ohne Alkohol. Joual war verklärt,

Cabut bewegt, Marion zurückhaltend. Da sie im Rauschgiftdezernat gearbeitet hatte, kannte sie das Problem, die Anfälligkeit der Alkoholkranken, deren scheinbare Heilung und die echten Rückfälle sehr gut. Sie wußte, daß Joual nicht zwangsläufig aus der Klemme heraus war. Er hatte gute Kenntnisse auf dem Gebiet der Datenverarbeitung und im Zeichnen. Ein Bedächtiger, der mehr zur Analyse, der Synthese der Informationen neigte als zum Handeln. Übrigens hatte er, gegen den Rat des Arztes, der ihn für geheilt hielt, den Revolver abgelehnt, den die Behörde – schnell bereit, ihre Meinung zu ändern – ihm wiedergeben wollte. Trotzdem hatte er in der Gruppe seinen Platz gefunden und füllte ihn aus.

Seit einigen Wochen hatte Marion ein erneutes Sichgehenlassen bemerkt, Joual war überängstlich geworden. Er hatte noch keinen Rückfall, aber sie spürte, daß er kurz davor stand.

»Was ist denn?« fragte sie sanft.

Als ob er auf dieses Zeichen gewartet hätte, um sich zu erleichtern, bedeckte Joual sein Gesicht mit den Händen und begann zu schluchzen – stumm, mit zuckenden Schultern und zu keiner Antwort imstande. Marion fluchte. Sie haßte es, sich in dieser Situation zu befinden: allein, verlegen und ohnmächtig angesichts des Kummers eines Mannes, der gut zehn Jahre älter war als sie. Sie wußte, wie sie mit den heikelsten, zweideutigsten Situationen fertig werden konnte: einem aufsässigen Ganoven Handschellen anlegen, einer Gruppe Unverschämter den Mund stopfen – was aber konnte sie mit einem weinenden Mann anfangen? Um eine Eingebung oder unverhoffte Hilfe zu finden, ging sie raus, um ihm ein Glas Wasser zu holen. Als sie zurückkam, war die Sache nicht besser geworden. Joual, der auf seinem angewinkelten Arm zusammengesunken war, weinte wie ein Schloßhund und durchnäßte den Bericht, den er für Marion abgefaßt hatte, mit seinen Tränen. Die junge Frau legte ihm die Hand auf die Schulter:

»Aber, aber, Joual, Kopf hoch«, knurrte sie. »Zum Teufel, Sie sind ein Mann! Los! Reden Sie! ...«

Joual schüttelte den Kopf, richtete sich jedoch auf und stammelte unverständliche Entschuldigungen. Obwohl sie nichts verstanden hatte, sagte Marion gelassen:

»Ich vermute, nicht der Mord an dieser Unglücklichen versetzt Sie in diesen Zustand ... Es geht um Ihre Frau, nicht wahr?«

Marion war Madame Joual nur einmal begegnet, eine kalte Lehrerin, die die Polizei ganz allgemein verachtete – ein Haufen gewalttätiger Säufer und Faschos – und ihren Mann im besonderen, den sie obendrein für einen verantwortungslosen Versager hielt. Die beiden Frauen waren sich wirklich nicht sympathisch gewesen, Madame Joual sah ihren Mann als einen nicht zu beseitigenden Schandfleck an, den sie gern weit von sich weg befördert hätte, wären da nicht die Kinder gewesen, die man aufziehen mußte.

Joual nickte und trocknete sich mit den Ärmeln seines Pullis die Tränen. Marion reichte ihm ein Kleenex, sie fühlte sich immer noch unbehaglich. Er stammelte:

»Sie will, daß wir uns trennen, sie will mit den Bälgern weggehen. Sie hat jemanden kennengelernt ... Sie erträgt mich nicht mehr, jetzt, wo ich wieder hochgekommen bin, weniger denn je. Sie interessiert sich für keine meiner Angelegenheiten ... Ich weiß nicht, wie ich sie überzeugen soll, ich bin am Ende, habe Lust, ununterbrochen zu trinken, und sage mir, daß ich erledigt bin, wenn ich es mache ... Dank Ihrer Hilfe habe ich es geschafft. Aber ich fühle mich schwach und ...«

»Lassen Sie sie machen!« unterbrach Marion.

»Wie bitte?«

»Lassen Sie sie gehen! Verhandeln sie hart wegen Ihrer

Kinder, aber lassen Sie sie machen, das ist Ihre einzige Chance, da herauszukommen. Ich wagte nicht, es Ihnen zu sagen, Joual, aber Ihr wahres Problem, das ist sie. Sie verachtet Sie, und Ihr Alkoholismus kam ihr gut zupaß, er erlaubte ihr, die Lage zu beherrschen. Heute haben sich die Dinge verändert, Ihre Kinder sehen Sie anders, und da Sie sich wieder hochgerappelt haben, versucht sie, Sie in einen Rückfall zu treiben. Und diese Geschichte mit dem Macker ist vielleicht nur ein Vorwand … Kennen Sie ihn?«

»Sie können sich denken, daß sie nicht wirklich mit mir darüber spricht. Manchmal frage ich mich, ob es ihn gibt – außer um mich zu provozieren. Vor zwei Monaten hat sie angefangen, mich zu ›suchen‹, mir wegen nichts Szenen zu machen, mich vor den Kindern zu demütigen. Einmal habe ich sie geschlagen … ich war mit den Nerven am Ende …«

Er machte ein zerknirschtes Gesicht und fuhr sich mit der Hand – deren Fingernägel unsauber waren – über die geröteten Augen. Da Marion nichts sagte, fuhr er fort:

»Sie hat die Funkstreife gerufen. Eine Besatzung hat sich in Bewegung gesetzt. Sie hat erzählt, man hätte sie im Keller angegriffen, damit sie schneller kommen, vor allem, um sicherzugehen, daß sie kommen. Ich schämte mich zu Tode, genau das wollte sie. Ich weiß, daß sie sich am nächsten Tag ein ärztliches Attest ausstellen ließ …«

Auf seinem Stuhl zusammengesunken, breitete er die Arme aus:

»Was habe ich ihr getan?«

»Nichts«, sagte Marion. »Sie sind sicher einer der anständigsten Typen, die ich kenne, aber wie alle Ruhigen laufen Sie Gefahr, sich die Dinge aus der Hand nehmen zu lassen. Lassen Sie sie gehen, das wird für alle besser sein. Sie sollten ihr sogar dabei helfen …«

»Und meine Kinder? Wissen Sie, wieviel ich verdiene? Sie

wird Unterhalt von mir verlangen ... und wie ich sie kenne, fordert sie das Maximum!«

»Man muß manchmal Opfer bringen können, Ihre Kollegen werden Ihnen helfen, und Verwandte haben Sie auch. Kopf hoch, Joual, fassen Sie Mut, sehen Sie den Dingen ins Gesicht und entziehen Sie sich nicht länger. Sie werden sehen, daß Sie sich besser fühlen werden.«

Sie hielt kurz inne und begann von neuem:

»Gut, jetzt sollten wir über Nicole Privat sprechen.«

Joual ballte die Fäuste, zog nochmals die Nase hoch, brachte Ordnung in die verstreut liegenden Papiere, auf denen seine Tränen Spuren hinterlassen hatten, und warf einen Blick auf die Fotos vom Erkennungsdienst, die im einzelnen die Torturen zeigten, die Nicole Privat zugefügt worden waren. Er murmelte:

»Es gibt Momente, in denen ich die Verbrecher verstehe ... die Frauen sind solche Biester, solche ... Ich bin sicher, daß ich fähig wäre, das mit der meinen zu machen.«

»Das reicht«, sagte Marion kühl. »Reagieren Sie sich ab, aber zählen Sie nicht mehr auf mich! Und versuchen Sie auch, an Ihre Kinder zu denken. Versuchen Sie, ihnen das Leben nicht endgültig zu verderben, und nehmen Sie sie zu sich, da sie die Bälger ja gemacht haben!«

Da sie außer sich war, war sie lauter geworden. Durch die Tür kamen Lavot und Cabut.

»Wer will Bälger machen?« fragte Lavot mit seinem unnachahmlichen Akzent eines Pariser Straßenjungen, einem waschechten Belleville-Produkt. »Melde mich freiwillig, wenn Sie möchten, Chef!«

»Oh, darum mache ich mir keine Sorgen, Sie sind ja immer da!« rief Marion aus, bereit, über das schalkhafte Aufblitzen zu lächeln, das sie in Lavots Augen entdeckt hatte.

Cabut hatte sofort die geröteten Augen Jouals bemerkt

und die merkwürdige Atmosphäre, die in dem Büro herrschte.

»Alles in Ordnung?«

»Ja doch«, erregte sich Marion, »alles in Ordnung. Joual wird es Ihnen auseinandersetzen, ich glaube, daß er Sie noch braucht ... das heißt: uns. Jedenfalls hätte ich gern, daß wir arbeiten, falls das möglich ist. Vorwärts, Joual, und Sie beide kommen gerade recht, Sie werden aus seinem Bericht Nutzen ziehen.«

Lavot setzte sich auf eine Schreibtischkante, setzte seine Ray Ban ab und steckte sie in die Brusttasche seines Blousons, während Cabut sich an die Wand gegenüber lehnte, die Beine gekreuzt, in einer für ihn üblichen Haltung. Marion setzte sich auf den Stenotypistinnenstuhl, der seit langem ausgedient hatte, da die Stenotypistinnen bei der Kripo eine aussterbende Art geworden waren. Joual räusperte sich, setzte sich eine kleine Brille für Weitsichtige auf die Nase und begann.

»Nicole Privat, zweiundfünfzig Jahre, geboren am 21. Januar 1944 in Oran (Algerien), einzige Tochter von Émile und Léone Privat, beide verstorben. 1962 repatriiert, läßt sie sich mit ihren Eltern in Marseille nieder. Letztere sind Großkaufleute, die durch ihre überstürzte Abreise aus Algerien bankrott gingen. Sie stoßen sich jedoch im Bekleidungsgewerbe bald gesund. Studiert, ziemlich glanzvoll, Sprach- und Literaturwissenschaft, bricht nach zwei Jahren das Studium ab, um Michel Lambrosi zu heiraten, einen eingebürgerten Italiener. Nach meinen Quellen war das ein ziemlich ungehobelter Typ, aber schön wie ein Gott. Trotz der kulturellen und sozialen Unterschiede – er arbeitet als Lagerarbeiter im Hafen – ist sie verrückt nach ihm.«

»Liebe auf den ersten Blick ... wie schön«, träumte Lavot laut.

»Liebe auf den ersten Blick, aber große Schwierigkeiten:

Die kleine Nicole ist schwanger. Der schöne Makkaroni versucht sich zu entziehen, er fährt weg, um seinen Wehrdienst abzuleisten. Aber Vater Privat, ein echter jähzorniger Algerienfranzose, der in punkto Ehre keinen Spaß versteht, bringt Michel Lambrosi zur Vernunft und zwingt ihn zur Heirat. Für nichts und wieder nichts übrigens, da Nicole kurz danach eine Fehlgeburt hat. Dennoch funktioniert die Ehe in etwa. Die junge Frau hat ihr Studium wiederaufgenommen, sie kümmert sich um das Haus, da es ihr italienischer Mann ablehnt, daß sie außer Haus arbeitet. Währenddessen hat er seine Schwiegereltern und deren wiedererworbenes Kapital taxiert. Er tritt in ihre Fußstapfen, macht mit ihrer Hilfe ein Geschäft auf, und es läuft. Geld kommt ins Haus, das Paar erlebt eine Blütezeit …«

»Wer als erster ›hoppla‹ sagt, den werfe ich raus«, warnte Marion mit strenger Miene. »Fahren Sie fort, Joual.«

Lavot, der den Mund geöffnet hatte, schloß ihn ebenso schnell wieder mit einem breiten Lächeln.

»Es geht ihnen also gut. Schönes Haus, großes Auto und '76 ein Kind. Ein Sohn, Julien. Einer von der schwierigen Sorte. Leidend, kränklich, er schnappt alles auf, was in Umlauf ist. Plötzlich wird seine Schulzeit chaotisch und sein Charakter furchtbar. Seine Mutter, die er gänzlich mit Beschlag belegt, verliert allmählich das Interesse an ihrem Mann, noch immer ein schöner Macker mit immer mehr Zaster. Da die Natur Angst vor der Leere hat, sucht er sein Glück anderswo, vermehrt seine Abenteuer. Nicole ist sich dessen bewußt, tut aber so, als würde sie nichts merken. Sie hat ein Haus, einen Status, und ihr Mann kommt jeden Tag zum Essen nach Hause.

Und dann weht eines schönen Morgens ein anderer Wind. Der Mann lernt eine Frau mit spitzer Zunge kennen. Sie ist seine Privatsekretärin, so privat übrigens, daß sie ihm schnell unentbehrlich wird. Sie ist fündundzwanzig, ein nicht zu vernachlässigendes Argument. Unbehagen bei den Lambrosis. Nicole bemerkt aber zu spät, daß ihr Mann den Punkt, an dem es kein Zurück gibt, überschritten hat und daß sie unversehens verstoßen werden wird.

In der Tat. Lambrosi macht nicht nur die Leinen los, sondern setzt, angespornt von seiner Schönen, alle Hebel in Bewegung, um ihren ganzen Besitz mitgehen zu lassen, einschließlich der Moneten, die sie von ihren Eltern geerbt hat – letztere sind 1985 im Abstand von wenigen Monaten gestorben. Ganz legal erleichtert er sie bis auf den letzten Sou. Für Nicole ist es der Horror: keinen Mann, kein Haus, kein Geld mehr. Und selbstverständlich keine Arbeit, keine Berufsausbildung. Mehr oder weniger wird sie von einer Schwester ihrer Mutter aufgenommen, die mir die Geschichte erzählt hat. Sie findet darauf in Marseille einen Job als Telefonistin und kommt langsam wieder auf die Beine. Vor einem Jahr läßt sie sich aus Gründen, die noch nicht ganz geklärt sind, hier nieder ...«

Cabut unterbrach:

»Ich weiß es. Von ihrer Arbeitskollegin.«

Er runzelte die Stirn, kramte nervös in seiner Tasche, um das zerknitterte Stück Papier zu finden, auf das er den Namen von Nicole Privats Kollegin notiert hatte. Sein Zigarettenpäckchen fiel auf den Boden, mit feuerrotem Kopf hob er es auf.

»Ghislaine Vendroux«, sagte Lavot. »Das ist ein Reflex bei mir, einen Frauennamen vergesse ich nie.«

Cabut warf ihm einen grollenden Blick zu und suchte bei Marion eine ungewisse Unterstützung. Die wartete mit verschränkten Armen auf die Fortsetzung. Plötzlich stand sie auf:

»Wie heißt diese Ghislaine ... Vernoux? Ist das richtig?«

»Vendroux«, berichtigte Cabut. »Sieht nicht übel aus ... eine kleine, runde Brünette, ziemlich unbedeutend.«

»Verheiratet, Mutter, keine vom Schlag ›Lesbe‹«, ergänzte Lavot, der Marions Gedanken las, »übrigens genausowenig wie das Opfer.«

»Ich würde also sagen«, unterbrach Cabut, verärgert über die aus der Luft gegriffenen Abschweifungen Lavots, »daß sich Nicole Privat hier niederließ, weil ihr Sohn ein junges Mädchen aus der Gegend kennengelernt hatte und hier mit ihr zu leben gedachte. Aber die Liebschaft ist den Bach 'runter, und er hat sich freiwillig zur Armee gemeldet. Zur Zeit hat er sich in Carcassonne länger verpflichtet, im 3. Fallschirmjäger-Marineinfanterie-Regiment ...«

Mit einem Kopfnicken dankte ihm Marion, ermunterte sodann Joual, den Faden seiner Darlegung wiederaufzunehmen.

»Stimmt«, bestätigte der. »Julien Lambrosi hat seiner Mutter nicht all die Liebe erwidert, die sie ihm entgegenbrachte. Er entspricht sogar eher dem Typ ›unwürdiger Sohn‹. Bei der Scheidung hat er für seinen Vater Partei ergriffen und alles getan, um zwischen ihr und sich Abstand zu schaffen. In Carcassonne, bei den Fallschirmjägern, ist er sicher, daß sie ihn in Ruhe läßt.«

»Ich hielt ihn für kränklich«, staunte Marion. »Bei den Fallschirmjägern, das ist immerhin kein Schulausflug!«

»Er muß wieder hochgekommen sein«, sagte Lavot. »In der Schule hatte ich einen Kumpel wie ihn, der jede zweite Woche fehlte, ein echtes Wrack. Heute leitet er ein Fitneßcenter, und im Vergleich zu ihm hat Rambo nicht mehr Muskeln als ein sechs Wochen altes Kaninchen.«

»Schon gut«, räumte Marion ein, »ich glaube Ihnen. Und der Mann? Das heißt: der Ex-Mann ...«

»Noch immer in Marseille und noch immer im Trödelhandel. Seine neue Frau läßt ihn nach ihrer Pfeife tanzen, sie haben ein Balg von drei Jahren. Er neigt dazu, sehr hoch zu spielen – Pferderennen, Poker –, das ist aber auch alles. Seine

Geschäfte entwickeln sich gut: Über das Osterwochenende sind sie im Mittelmeer gekreuzt, auf ihrer 25-Meter-Yacht, mit einem Dutzend Freunden. Wasserdichtes Alibi.«

»Und der Sohn? Wo war er das Osterwochenende über?«

»Im Manöver in den Pyrenäen. Eine ganze Woche lang marschieren und Biwak. Gestern kam er zurück, und ich setzte ihn am frühen Nachmittag vom Tod seiner Mutter in Kenntnis. Das schien ihn nicht aus der Fassung zu bringen, aber wir werden ihn sicher noch antanzen sehen.«

Das Telefonklingeln ließ alle zusammenschrecken. Marion hob ab. Es war Josette, die Sekretärin, jenseits der Vierzig und lispelnd. Sie kam dem Protest Marions zuvor, die sie darum gebeten hatte, nicht zu stören:

»Es ist Monsieur Benjamin, Madame, da dachte ich ...«

Marion wurde unmerklich unsicher, straffte sich auf ihrem Stuhl und rieb sich den Nacken. Die drei Inspektoren beeilten sich, so zu tun, als ob sie nichts hören würden, ohne daß ihnen das Geringste von dem entging, was sie sagte. Sie wußten, daß ›Monsieur‹ Benjamin der einzige Mensch war, der momentan befugt war, die Regeln zu brechen, insbesondere jene – hochheilige –, die Dienstbesprechung nicht zu stören. In den Stunden nach einem Verbrechen, sogar noch bevor die Indizien ausgewertet waren, verlangte sie einen vollständigen Bericht über das Opfer, dessen Leben, dessen familiäres, beziehungsmäßiges und berufliches Umfeld. Alles mußte zerpflückt, seziert, unter die Lupe genommen werden. Die Synthese war Jouals Job, der sich auf Einzelheiten stützte, die er selber zusammentrug, sowie auf das, was ihm die anderen brachten.

»Heute abend wird es schwierig sein«, sagte Marion leise, halb der Wand zugewandt ... »Ich habe einen Mord am Hals und da ...«

Sie sah auf ihre Uhr:

»Es ist schon bald 19 Uhr, und ich habe noch viel zu tun.

Ich rufe dich später an. Wie bitte? Ah, du bist nicht zu Hause!«

Sie machte eine kurze Pause, verließ ihren Stuhl, vergewisserte sich rasch des Desinteresses ihrer Mitarbeiter und ging ein paar Schritte, das Telefon in der ausgestreckten Hand.

»Natürlich habe ich Lust, dich zu sehen ... Aber ich erinnere dich daran, daß du vor zwei Wochen verreist bist, ohne auch nur einmal anzurufen ... Wenn *ich* das machen würde!«

Monsieur Benjamin war offenbar beharrlich, denn schließlich war sie doch mit einem Treffen um 21 Uhr im Cintra, einer gerade angesagten Piano-Bar in der Nähe des Polizeipräsidiums, einverstanden. Marion hüstelte. Sie konnte es nicht ausstehen, ihr Liebesleben vor ihren Mitarbeitern zur Schau zu stellen, aber ihre Art des Zusammenlebens machte es quasi unvermeidbar. Sie wußte alles von ihnen, sie wußten alles von ihr.

»Was haben wir noch?« fragte sie, um die drückende Stille zu unterbrechen, die nach dem unpassenden Anruf herrschte.

»Nachbarschaftsbefragung: ein totaler Flop«, antwortete Lavot, der schließlich seinen Blouson abgelegt hatte und unter einem kurzärmligen T-Shirt einen kräftigen Oberkörper vorführte, den die Riemen des Holsters noch betonten.

Bewaffnet, um in jeder Lage einen Kampf zu führen, hatte Lavot außer der vorschriftsmäßigen Magnum, Kaliber 357, eine kleine Zwei-Zoll-Smith-and-Wesson im Gürtel und zwei Kampfmesser, die jeweils oberhalb eines Stiefels befestigt waren.

»Viele Leute waren nicht da, das Wochenende verpflichtet, und die anderen haben nichts gesehen und gehört, wie es sich gehört. Das heißt: fast nichts.«

»Fast?«

»Ja, neben Nicole Privat, in der an ihr Zimmer angrenzenden Wohnung, lebt eine alleinstehende alte Dame. Sie ist in der Nacht von Freitag auf Samstag gegen halb zwei aufgewacht und behauptet, einen Schrei gehört zu haben. Sie ist ein bißchen schwerhörig, sie glaubte, es sei ein Fernsehfilm, ein Western oder solches Zeug. Sie ist nicht einmal sicher, ob das aus der Wohnung des Opfers kam. Ansonsten war Nicole Privat eine wahre Nonne, der absolute Schrecken für jeden Aufreißer: Sie empfing niemanden, und nie hat man sie mit einem Mann zusammen gesehen. Auch mit keiner Frau, im besonderen mit keiner langbeinigen Blondine, wenn Sie verstehen, was ich sagen will, Chef…«

»Was sollen diese Anspielungen zum Schluß?« empörte sich Cabut. »Eben sprachst du von einer Lesbe, jetzt von einer Blondine, was bedeutet das?«

»Das Haar, mein Häschen, das Haar«, mokierte sich Lavot.

Cabut war still. Das Haar! Er hatte das Haar vergessen, das Talon gefunden hatte!

»Und Talon«, rief er puterrot, um abzulenken, »wo ist der?«

»Er schnüffelt herum«, sagte Marion, die die Szene amüsierte. »Im Labor oder beim Erkennungsdienst. Cabut, Sie haben Ghislaine Vendroux aufgesucht, was sagt sie dazu?«

»Nicht viel«, beeilte sich Cabut zu antworten. »Sie stand noch unter Beruhigungsmitteln, als ich sie sah, zum Sprechen war sie noch nicht klar genug, da habe ich das Verhör auf morgen früh verschoben.«

»Nach der Autopsie, nehme ich an?«

Cabut starrte auf seine Schuhe. Das durfte sie ihm nicht antun! Er sah Marion mit dem flehenden Blick eines geprügelten Hundes an und jammerte:

»Muß ich auch hingehen? Ist das wirklich notwendig?«

Marion hätte beinahe laut aufgelacht.

»Immerhin müssen wir daran denken, Sie abzuhärten,

mein Lieber! Aber gut! Talon wird mich begleiten. Aber ich warne Sie, bei der nächsten sind Sie dran. Vorwärts, bringen Sie das zu Papier und verschwinden Sie. Lavot?«

»Zur Stelle, Chef!« entgegnete der Angesprochene leichtfertig.

»Sie setzen mich in der Stadt ab und behalten den Wagen, einverstanden?«

»Alles in Butter! Ich hole Sie morgen wo ab?« fragte er mit der geheuchelten Arglosigkeit dessen, der wußte, daß die Nächte seiner Chefin mit Monsieur Benjamin immer bei letzterem endeten. Kein Mann betrat ihre Wohnung. Das war so seit der Flucht ihres Mannes, »der es leid war, mit einem Luftzug zusammenzuleben und plötzlich von einer Kanonenkugel verführt zu werden« – eine Darstellung, die Marion kultivierte, fand sie doch keine andere zu ihren Gunsten.

Die Hand schon auf dem Türgriff, drehte sie sich um.

»Bei mir zu Hause«, sagte sie in bestimmtem Tonfall. »Ich gehe zum Direktor, um ihn über unseren Fall zu informieren. Wir treffen uns in einer halben Stunde am Wagen.«

Als sie die Toilette verließ, die sie aufgesucht hatte, um ihr Äußeres wieder ein wenig vorzeigbar zu machen, kam ihr wieder Jouals Verzweiflung in den Sinn.

»Verflixt«, dachte sie, »ich muß mit Cabut reden, damit er sich um ihn kümmert.«

Cabut, momentan Junggeselle, konnte seinen Freund unter seine Fittiche nehmen, ihn zumindest moralisch unterstützen. Rasch durchmaß sie den Flur und kam vor dem Büro der Inspektoren an, dessen Tür halb offenstand. Das beruhigende Rattern der Schreibmaschine hörte auf. Sie erstarrte: Man sprach über sie.

»Meine Fresse«, sagte Lavot träumerisch, »dieser Idiot weiß nichts von seinem Glück. Ich bin sicher, daß Marion ein verdammt guter Fick sein muß ...«

»Ja, schon gut, hör auf zu phantasieren«, antwortete Cabut scharf. »Sie ist nichts für dich. Ihr spielt nicht in derselben Liga! Übrigens dieser Benjamin Bellechasse ...«

»Was, dieser Benjamin Bellechasse? Du kennst ihn nicht einmal!«

»Freilich kenne ich ihn, er hat über den Fall des Bilderdiebstahls im Marmottan-Museum geschrieben, damals wechselte er zu *Libération*. Das ist übrigens eine gute Feder, ein hervorragender und korrekter Journalist, was man von seinen Kollegen nicht sagen kann.«

»Warum sagst du ›übrigens dieser Benjamin Bellechasse‹?« wandte Lavot ein.

Besorgt zog Cabut die Augenbrauen hoch, bis sie einander fast berührten:

»Oh, ich täusche mich vielleicht, aber du hast wie ich begriffen, daß er seit vierzehn Tagen nicht in der Gegend gewesen sein soll?«

»Ja, na und?«

»Ich kann dir sagen, daß das nicht stimmt. Ich habe ihn letzte Woche gesehen, in einem Bistro. Ich ging hinein, um die *Gazette Drouot* zu kaufen, es muß Dienstag gegen Mittag gewesen sein. Er saß an einem Tisch. Mit einer Frau.«

Marion wartete nicht die Fortsetzung ab. Während ihr Herz etwas rascher schlug, als ihr lieb war, machte sie auf Zehenspitzen kehrt.

IV

Die Theke des Cintra erstreckte sich bis zu einem Halbrund, in dem niedrige Tische und Sessel aus weichem Leder standen. Mit einem Bierglas auf dem Instrument betete ein schwarzer Pianist Melodien herunter, die er ewig wiederholte. Einige Paare unterhielten sich leise im diffusen Licht der rosa-orangefarbenen Wandleuchten.

Benjamin Bellechasse war allein an der Theke; mit einem Tequila-Soda in der Hand saß er auf dem Barhocker. So in Gedanken verloren, daß er Marion nicht hereinkommen hörte. Ungläubig blieb sie ein paar Schritte von ihm entfernt stehen. Als Benjamin sich schließlich umdrehte, verbiß sie sich einen Lachanfall:

»Was haben sie dir bloß angetan! Man möchte meinen, du hast mit einem Rasenmäher geflirtet!«

»Charmanter Empfang!« brummte Benjamin, ohne sich vom Hocker zu erheben.

Flüchtig fuhr er sich mit der Hand durch seine dunklen, gewellten, kurz geschnittenen Haare. Gewöhnlich trug der Journalist lange Haare. Wenn er zu seinem Chef zitiert wurde, machte er aus ihnen mit Hilfe eines Gummibands ein Zöpfchen – über das zu spotten Marion keine Gelegenheit ausließ.

Während sie sich neben ihn setzte, behielt die junge Frau ihr Lächeln bei. Sie drückte einen flüchtigen Kuß auf die Wange ihres Gefährten und wich rasch zurück, ohne diesem

Zeit zum Reagieren zu lassen. Heimlich beobachtete sie ihn, konstatierte einmal mehr die Schönheit dieses männlichen Gesichts mit seinen klaren Formen, Augen in der Farbe von trübem Wasser und den langen, dichten und dunklen Wimpern, auf die die Hälfte der weiblichen Einwohner der Stadt neidisch gewesen wäre. Sie bemerkte, daß der Journalist über seiner ewigen schwarzen Cordhose einen nagelneuen Barbour trug, der seine athletische Figur noch unterstrich. Nachdenklich ließ er die Eisstückchen in seinem Glas kreisen, stellte seine Beine nebeneinander und neigte sich Marion zu. Sie drehte sich um, rief den Barmann herbei:

»Julio, einen JB bitte!«

»Eis?«

»Yes.«

Benjamin musterte sie überrascht. Marion trank selten Alkohol, manchmal Wein beim Essen, aber meistens Wasser oder Kaffee.

»Geht es dir gut?« fragte er besorgt.

»Natürlich! Und dir? Wie war die Wehrübung?«

Benjamin zuckte mit den Schultern:

»Uninteressant! Ich spreche lieber nicht darüber.«

›Leicht‹, dachte Marion. Sie kannte den Journalisten, der seit einigen Monaten ihr Liebhaber war, in- und auswendig, zumindest glaubte sie das seit dem Tag, an dem er in der Stadt und in ihrem Leben gelandet war, ihr vorgestellt von einem Kollegen beim *Écho*, hier an der Bar des Cintra … Sie hatten geredet und geredet, noch im Hotelzimmer, das Benjamin als provisorische Wohnung gewählt hatte. Bei zahlreichen Themen war er unerschöpflich und fesselnd. Bei anderen, intimeren, war er stumm und verlegen. Sie bohrte ein bißchen, aber, wie zu erwarten war, wich er aus. Fazit: Die Wehrübung war Schwindel. Eine erfundene Geschichte, um sich verdrücken zu können. Marion meinte Cabuts Stimme zu hören, wie er Lavot erzählte, er habe Benjamin mit einer Frau gesehen, und ihr krampfte sich der Magen zusammen. Seufzend reichte sie Julio ihr leeres Glas, damit er es mit Whisky füllte. Wirklich, mit den Kerlen würde sie nie zu Rande kommen. Nach den ersten Monaten der Leidenschaft entschwand dieser, wie die anderen auch, schon zu anderen Horizonten. Weiblichen Horizonten, daran bestand kein Zweifel. Mit dem Finger bewegte sie die Eisstückchen in ihrem Glas und zuckte zusammen, als Benjamin ihr in die Hüfte kniff – in den winzigen Streifen unbedeckter Haut zwischen dem Gürtel der Jeans und dem Lederblouson.

»Aua!«

»Darf man erfahren, wo du eben mit deinen Gedanken warst? Und warum du heute abend so becherst? Hast du Probleme? Die Arbeit?«

»So ist's, Probleme!« murmelte Marion. »Im übrigen gehe ich nach Hause, mich schlafen legen, das ist besser. Julio!«

Sie erhob sich, warf mit einer schnellen Bewegung einen zerknüllten Geldschein auf den Tresen und ging zur Tür. Benjamin holte sie auf dem Trottoir ein und drehte sie zu sich herum.

»Was ist nur los, Edwige?«

Marion biß sich auf die Unterlippe und ließ ein freudloses Gelächter erschallen:

»Edwige! Edwige! An diesem Abend ist doch nichts Feierliches dran! Du willst doch nicht um meine Hand anhalten, oder?«

Marion haßte es, bei ihrem Vornamen genannt zu werden, einer Exzentrizität ihrer Mutter, die von Bühne, Theater und rotem Vorhang träumte. Sie hatte zwischen Edwige und Sarah geschwankt, jedoch von letzterem Namen abgesehen, da er nicht … katholisch genug war. Sie, die bereits ledige Mutter war …

»Los, komm!« beharrte Benjamin, der sie umfaßte, um sie zu seinem Auto mitzunehmen. »Ich habe Lust darauf, sofort.«

Seine Hand glitt auf die Hüfte der jungen Frau und rundete sich auf dem Hintern der Sportlerin, der fest wie Holz war. Brüsk befreite sich Marion.

»Ich nicht. Tut mir leid. Ich gehe nach Hause.«

Schon nahm sie Reißaus. Benjamin protestierte nicht. An seinen Wagen gelehnt, sah er ihr nach. An der Straßenecke bedauerte sie bereits ihre Launenhaftigkeit. Benjamin wollte sich nicht darüber auslassen, wie er seine Zeit zubrachte, das war sein gutes Recht. Mit etwas Geduld hätte sie ihn dazu gebracht, daß er erzählte, was er in den zwei Wochen getrieben hatte …

Sie drehte sich um, da sie bereit war, ihm entgegenzustürzen. Bereit auch, mit ihm zu lachen über ihre unverbesserliche Schnelligkeit, argwöhnisch zu werden. Aber sie sah nur die Rücklichter von Benjamins BMW, der davonfuhr. Mit vollkommener Böswilligkeit stellte sie die Überlegung an, daß er ein wenig hätte warten können und daß er, wenn er so schnell wegfuhr, eigentlich etwas anderes zu tun hatte oder jemand anderes besuchen wollte. Dieser Gedanke machte sie melancholisch, und während des viertelstündigen Weges, der sie von ihrer Wohnung trennte, ließ sie sich diese Frage durch den Kopf gehen. Dabei sagte sie sich, daß sie eigentlich dumm gewesen war und daß ihr nach dem Tag, der hinter ihr lag, die männliche Kraft von Benjamins Armen sehr willkommen gewesen wäre. Aus der Ferne erblickte sie die Rücklichter des BMW, der vor dem ältlichen Gebäude stehengeblieben war, in dem sie sich, nach dem Fortgang ihres Mannes, unter dem Dach niedergelassen hatte. Ihr Herz schlug etwas schneller. Mit vom Gehen geröteten Wangen ließ sie sich in die Ledersitze fallen. Ohne sie anzusehen, murmelte Benjamin:

»Da wir schon einmal da sind, könnten wir ausnahmsweise einmal zu dir raufgehen ...«

»O. K.«, sagte Marion nach einem kurzen Zögern, »aber du berichtest mir über deine Wehrübung, in allen Einzelheiten.«

Benjamin lachte laut auf.

»Du gibst nie auf, hm?«

»Selten.«

Im Eiltempo erklomm sie die vier Stockwerke und erwartete ihn außer Atem. Vor der Tür hielt sie ihn an.

»Zweite Bedingung: Du schläfst da nicht, einverstanden?«

Benjamin protestierte:

»Man hätte im Wagen zusammen schlafen können, da man schon einmal drin saß ... Ich begreife diese altjüngferlichen Schrullen nicht und finde es schrecklich, mich wie ein Dieb in der Nacht davonzustehlen. Das ist unmenschlich!«

Aber Marion schien die Antwort nicht gehört zu haben. Kaum hatte sie die Wohnung betreten, warf sie ihre Kleidung, ihr Holster, ihre Stiefeletten ab, das Ganze mit verblüffender Geschwindigkeit. Nackt und wunderschön warf sie sich auf das niedrige Bett, das einen großen Teil des Appartements einnahm. Sie warf ihm einen finsteren Blick zu:

»Du kannst sofort gehen, wenn du lieber ...«

Mit trockenem Mund betrachtete Benjamin sie im Halbdunkel. Er kniete sich neben sie, neigte den Kopf zu ihren Brüsten. Marion streckte plötzlich ihre Arme vor und starrte ihn ohne zu lächeln an:

»Du hast mich richtig verstanden! Zuerst erzählst du!«

»Scheiße!« explodierte Benjamin, der sich aufrichtete. »Du fällst mir auf den Wecker, Marion. Ich habe keine Lust, irgendwas zu erzählen. Heute abend habe ich nur Lust, mit dir zusammenzusein. Kannst du das verstehen oder nicht?«

Marion bockte:

»Bist du sicher, daß du die Stadt verlassen hast? Du verheimlichst mir etwas, oder nicht?«

Benjamin verdrehte die Augen. Auf was kam sie noch alles?

»Ich kann dir nicht folgen, tut mir leid. Du hast eine zu lebhafte Phantasie.«

»Möglich«, murmelte Marion mit abwesender Stimme. »Aber entweder erzählst du oder du gehst.«

Benjamin pflanzte sich vor dem Fenster auf und betrachtete, ohne sie zu sehen, die Lichter der Stadt, die von einem gemeinen, durch alle Kleider dringenden Nieselregen verhangen waren. Er steckte die Hände in die Taschen, wartete ein paar Sekunden, und da Marion nichts weiter sagte, fuhr er mit gedämpfer Stimme fort:

»Du kannst nicht immer alles bestimmen, vor allem, wenn du nicht in deinem Kommissariat bist… Schluß damit, du bist nicht im Dienst mit deinen Mackern, sondern bist mit einem Mann zusammen, der nur ein Verlangen hat: dich in seine Arme zu nehmen. Danach können wir uns unterhalten, wir können doch die Reihenfolge ändern, oder? Daß ich Bocksprünge gemacht habe? Das ist doch nicht dein Ernst, du bist das schönste Mädchen in dieser Scheißstadt… Marion?«

Das lange Schweigen Marions erschien ihm auf einmal verdächtig. Er ging zum Bett, ein gerührtes Lächeln entspannte seinen Mund: Marion war eingeschlafen, mit angezogenen Knien und ins Gesicht gefallenen Haaren.

Behutsam wickelte er sie in die Tagesdecke und verließ geräuschlos die Wohnung.

V

Ungeduldig und hektisch drehte Ben die Videokassette nach allen Seiten. Er irrte sich zweimal, als er sie in den Videorekorder schob, und fluchte leise. Die Eile machte seine Bewegungen ruckartig, ungenau. Er setzte sich vor den Farbfernseher, in den alten ledernen Drehsessel, den er am Boden seines Lastwagens festgeschraubt hatte, damit er sich während der Fahrt nicht selbständig machte. Er versuchte nachzudenken, aber die Begierde, sie wiederzusehen, verwirrte seine Neuronen. Dennoch verschaffte er sich einen Überblick: Die Türen waren geschlossen, die Vorhänge zugezogen, niemand konnte ihn überraschen. Er lachte krampfhaft: Dieses Wohnmobil war ein genialer Einfall. Er konnte fahren, wohin er wollte, zurückkommen, sich anderswo niederlassen: großartig! Er lächelte wieder, verkrampfte sich jedoch. Sein Blick fiel wieder auf den Fernseher, ein Kloß im Hals nahm ihm fast den Atem.

»Ich kann nicht mehr«, murmelte er und fuhr sich mit der trockenen Zunge über die Lippen.

Er löschte die Gaslampe, die neben ihm auf dem Boden stand, und drückte auf den Wiedergabeknopf der Fernbedienung. Sogleich leuchtete der Bildschirm auf und ließ Bens kahlen Kopf erglänzen. Splitternackt sank er in dem Sessel zusammen. Sein Herz begann wie verrückt zu klopfen, während seine Hände fast mechanisch über seine glatte Brust, seinen flachen, muskulösen und ebenso unbehaarten

Bauch glitten. Seine linke Hand verweilte wie versehentlich auf seinem Geschlechtsteil und schloß sich um die Masse schlaffen Fleisches. Ohne große Hoffnung. Ben machte sich eine Weile zu schaffen, zog dann seine Hand zurück, da er es nicht zu dem geringsten Wonneschauder gebracht hatte. Als er sich an die Zeit erinnerte, da sein Geschlechtsteil nicht bloß ein totes Stück Fleisch war, seufzte er. Dann schweifte er ab, das erste Bild machte dieser unnützen Sehnsucht plötzlich ein Ende. Der Zoom auf das verblüffte Gesicht von Nicole Privat – ›Schwester Angélique!‹ – entlockte ihm ein fröhliches Glucksen. Aufmerksam verfolgte er das Mienenspiel der Frau und versuchte zu berechnen, in welchem Moment er sie sehen würde. SIE. Ein angenehmes Kribbeln kitzelte den Rücken seiner Hände. Als Vorboten der Wollust verkrampften sich seine Lenden. Als die Frau aus vollem Halse zu lachen begann, runzelte er die Stirn.

»Schwester Angélique«, schimpfte er schalkhaft, »seien Sie bitte anständig, oder ich schneide diese Zunge ab.«

Beim folgenden Bild glaubte er, er würde ohnmächtig werden. »Es ist soweit. Da ist sie!« Die langen blonden Haare erschienen in Großaufnahme und verbargen kaum das so sehr erwartete Gesicht. Im nächsten Augenblick setzte sich Ben auf. Sie war verschwunden. Alles war übrigens verschwunden, als ob die Kamera plötzlich vornüber gekippt wäre.

»Was ist das? Was ist das nur?« wiederholte er stupide.

Das Band lief weiter und hielt endlos ein und dasselbe Bild fest: das Parkett des Zimmers und das Fußende des Bettes mit der zu einer Kugel zusammengerollten Tagesdecke. Nichts mehr von der Frau, außer dem Schreien am Anfang. Auch nichts mehr von IHR.

»Scheiße«, explodierte Ben, »was ist passiert?«

Dann erinnerte er sich wieder an die Szene, den Augenblick, in dem Cora über die Stöckelabsätze gestolpert war. In ihrer Eile, sich um dieses vor Begierde brennende Weibsbild zu kümmern, mußte sie an der Kamera hängengeblieben sein, ohne es zu bemerken. Geräuschlos lief das Band vor dem gleichgültigen Ben ab. Er war gleichgültig und wütend zugleich. Das von der Kamera aufgenommene Lustgeröchel ließ ihn kaum erschaudern. Furchtbar frustriert unterbrach er das Abspielen. Er zog sich einen Bademantel über, nahm die Kassette aus dem Videorekorder, nachdem er sie zurückgespult hatte, und ging auf ein niedriges Möbel zu, das abgeschlossen war. Er nahm die Akte ›Schwester Angélique‹ heraus, klebte ein Post-it auf die Kassette und schrieb mit rotem Filzstift: »Wiederholen.«

Er lächelte gequält: An Nicole Privat war nicht mehr zu denken. Aber Gott sei Dank hatte er seine Reserve, sogar eine beachtliche Warteliste. Mit seinem stolzen Gehabe, seiner schönen Visage, seiner Erziehung, seiner Freundlichkeit, sicher auch seiner gesellschaftlichen Stellung, war es so leicht! Er brauchte nur zu wählen. Er blätterte ein paar Papiere durch und traf seine Wahl: Jenny!

Er grinste hämisch: Jenny! Sie müßte Ginette oder so ähnlich heißen. Er dachte einige Sekunden lang nach, um einen dominierenden Zug ihres Charakters zu bestimmen, der es ihm erlaubte, sie umzutaufen. Das Lachen! Ohne rechten Grund brach sie in Lachen aus. Sie lachte sogar, wenn Ben ihr Dinge sagte, die man nicht gern hört, wie:

»Sie haben zugenommen, nicht wahr?«

Oder:

»Wirklich schade dieser Fleck auf ihrem rechten Auge.«

Dennoch stimmte es und brachte sie zum Lachen. Auf Dauer mußte das sehr nervtötend sein, aber auf jeden Fall würde Ben nicht sein Leben mit ihr verbringen … Hämisch grinste er bei dem Gedanken, daß die Frau, wenn ihn die Technik nicht im Stich gelassen hätte, ein paar Wochen länger hätte leben können. Er nahm sich vor, bei ihr achtzugeben, sich sogar selbst zu übertreffen, um einen außergewöhnlichen Film zu haben, den er immer wieder ansehen könnte. Er schrieb auf einen rosa Umschlag: ›Schwester Lächeln‹, begeistert von seinem Humor. Er wollte gerade das Möbel wieder verschließen, er fluchte. Er vergaß das Wichtigste. Er griff hinter sich nach einem alten Buch mit braunem Ledereinband, der rissig und abgeschabt war. Die meisten der Seiten aus feinem Velin waren mit Tesa zurechtgeflickt, und viele waren mit Anmerkungen versehen. Während er leise summte, blätterte er lange darin: »Ben und Cora, Cora und Ben, Cora, Ben«, bis er auf Seite 293 innehielt. Gesammelt und konzentriert murmelte er die Worte, die er las. Dann wiederholte er sie mit geschlossenen Augen aus dem Gedächtnis, bevor er das Buch schloß und es an seinen Platz stellte, nachdem er ein letztes Mal das alte Leder gestreichelt hatte.

Daraufhin zog er sich an, setzte die Perücke mit den dunklen, kurzen, gewellten Haaren auf, zog seinen Regenmantel aus geöltem Stoff über und trat in die Nacht, um eine Telefonzelle zu suchen. Morgen würde er mit Jenny eine Verabredung haben.

VI

Marion war übel gelaunt, als sie Lavot – und seinem ironischen Lächeln – wiederbegegnete, der sie unten vor ihrem Haus erwartete. Sie war nicht gerade stolz auf den Empfang, den sie Benjamin bereitet hatte, auch nicht auf ihre Art, ihn vor die Tür zu setzen, indem sie eingeschlafen war, ohne ihm zuzuhören. Marion hatte ihn früh am Morgen angerufen, er hatte nicht abgenommen, sondern auf seinem Anrufbeantworter eine Nachricht für sie hinterlassen. Bei seiner Rückkehr, in zwei bis drei Tagen, würde er sie treffen. Diese paar Worte hatten ihr schlechtes Gewissen verstärkt. Gleichzeitig hätte sie schwören können, daß diese erneute Abwesenheit improvisiert war, unvorbereitet und aus einem Grund beschlossen, den sie nicht kannte.

Sie antwortete kaum auf das fröhliche ›guten Morgen‹ Lavots, der nicht in sie drang: Er kannte Marion lange genug, sie war ein Morgenmuffel und konnte zu dieser Tageszeit unausstehlich werden. Die Hände in den Taschen ihres Blousons vergraben, starrte sie mit gerunzelter Stirn auf die Straße. Schweigend fuhren sie einen Moment und erreichten den Boulevard, der die Stadt in ostwestlicher Richtung in zwei Teile schnitt. Der Verkehr war hier schon dicht, zum großen Mißfallen der Autofahrer, die es eilig hatten und sich hupend einen Weg bahnten. Ohne daß sie den Mund auftat, erklärte Marion:

»Es geht schon, ich bin nicht krank, wir können Gas geben ...«

»Direkt zum Gerichtsmedizinischen Institut?« fragte Lavot, der die strapazierten Reifen des R21 zum Quietschen brachte.

»Ja, der Arzt steht heute früh auf, und Talon trifft mich an Ort und Stelle. Sie suchen mit Cabut Ghislaine Vendroux und die übrigen Arbeitskollegen des Opfers auf.«

»Danke, Chef«, sagte Lavot vorsichtig, »danke, daß Sie sich erinnern, daß ich heiße und lebendige Damen lieber habe als solche, die kalt auf einem Obduktionstisch liegen.«

Marion enthielt sich einer Antwort. Heute morgen gingen ihr Lavots Anspielungen auf sein angeblich intensives

Sexualleben noch mehr als sonst auf die Nerven. Der Wagen hielt vor dem Gerichtsmedizinischen Institut, einem großen, nüchternen Gebäude aus rotem Backstein, dessen Fenster im Erdgeschoß vergittert waren und das im anhaltenden Nieselregen trostlos wirkte. Marion rührte sich nicht. Lavot drehte sich zu ihr um:

»Ein Problem?«

Die junge Frau schnaubte:

»Nein, nein! Holen Sie mich in zwei Stunden ab.«

Die Fäuste in den Taschen geballt, ging sie in den Dunst.

Doktor Marsal war schon im Autopsiesaal: verloren in einem grünen Kittel, der ihm zu groß war, und mit Stiefeln an den Füßen, die ihn wie einen Marsmenschen aussehen ließen. Er bereitete seine Instrumente vor und grüßte Marion, ohne sich umzudrehen. Perplex betrachtete Talon den Körper von Nicole Privat, dessen Haut dank des Kühlfachs eine gelbliche Färbung angenommen hatte. An ihren großen Zeh hatte man einen Zettel gehängt, auf dem ein Auszug aus ihrem Stammbaum stand. Eine überflüssige Vorsichtsmaßnahme. Mit welchem anderen Körper hätte man diesen verwechseln können? Gab es an jenem Tag im ganzen Gerichtsmedizinischen Institut einen weiteren Leichnam im selben Zustand? Ein Fotograf vom Erkennungsdienst beendete eine Reihe von Aufnahmen. Talon verlangte zusätzlich Nahaufnahmen von den Schnitten auf dem Oberkörper und den Beinen.

»Gut, Marcel«, sagte der Gerichtsmediziner zu seinem Helfer, »wir können anfangen! Bereit, Kommissarin?«

Marion nickte, während Talon ein Notizbuch aus seiner Tasche zog. Marsals Kommentare würden aufgezeichnet und in einem Bericht wiedergegeben werden, aber als alter Junggeselle, der sich nur auf sich selbst verließ, machte Talon sich seine eigenen Notizen. Der Gerichtsmediziner ging mit kurzen Schritten um den Autopsietisch herum und betrachtete, das Skalpell in der Hand, mit Profiblick den Körper. Dem Leichnam zugewandt, murmelte er, als ob er diesem ein Geheimnis verriete:

»Gut, dieser kleine Ausflug ins Kühle hat dir gutgetan, du bist deutlich vorzeigbarer.«

Er stellte das Diktaphon an und machte den ersten Schnitt mit dem Skalpell.

Glucksend eilte der Helfer herbei.

Eine Stunde später richtete sich Marsal, der unter dem weißen Licht der Deckenlampe ausgiebig schwitzte, wieder auf. In seine Arbeit vertieft, hatte er kein einziges Mal den Kopf gehoben, außer um in knappen Sätzen die Handgriffe anzuordnen, die sein Assistent mit offenkundigem Schwung sofort ausführte: den Brustkorb und das Schädeldach aufschneiden, die Eingeweide wiegen, die er mit zweifelhaften Bemerkungen nachlässig auf die Waage warf. Marion war es gewöhnt und konnte diesen Männern, die – wie sie selbst – täglich mit dem Tod und seinen furchtbarsten Aspekten in Berührung kamen, die provozierende Haltung und den Spott zugestehen.

Marsal streifte seine Handschuhe ab, warf sie in einen Eimer, der inmitten der Autopsieüberreste stand, und drehte sich zu Marion und Talon um, die gefaßt warteten:

»Soll ich resümieren?«

Ohne die Antwort abzuwarten, fuhr er fort.

»Mehrere Blutergüsse in Höhe des Schädels. Das Opfer wurde niedergeschlagen, zweifellos um es am Schreien zu hindern. Bei dem, was sie danach erlitten hat, hätte sie das ganze Viertel zusammenlaufen lassen. Keine Blutergüsse am übrigen Körper. Aber ... Sie haben ihren Mund gesehen? Eine riesige, angeschwollene Zunge, die durchgetrennt wurde.«

Neugierig trat Marion näher heran.

»Durchgetrennt«, wiederholte Marsal, »nicht durchgeschnitten. Den unregelmäßigen Narben und Rändern der Wunde nach zu schließen, vermute ich, daß er ihr die Zunge mit den Zähnen abgebissen hat, obwohl die Verwesung die Diagnose nicht begünstigt.«

»Das ist doch verrückt!« rief Marion aus.

»Richtig, wer das getan hat, der oder die ist wahrscheinlich verrückt. Auf dem Oberkörper und den unteren Gliedmaßen zähle ich dreiundfünfzig Einschnitte von zwei bis vier Zentimetern Länge, unregelmäßig angeordnet, von oben nach unten, von links nach rechts oder schräg. Diese wenig tiefreichenden Schnitte wurden sorgfältig ausgeführt.«

Marion sah den Arzt fragend an.

»Ja«, sagte Marsal geduldig, »ich will damit sagen, daß es sich nicht um Schnitte mit einem Rasiermesser oder einem anderen Schneidewerkzeug handelt, die jemand völlig planlos, in mörderischer Wut oder in aggressiver Raserei, ausgeführt hätte. Diese Schnitte wurden präzise vorgenommen. Aber fragen Sie mich nicht nach dem Zweck oder der Bedeutung, ich weiß nichts darüber. Schließlich wurde die Zerstörung der Eingeweide, die zu einer ausgiebigen und tödlichen Blutung führte, auch nicht aufs Geratewohl durchgeführt. Sehen Sie her!«

Marion beugte sich über den seiner Eingeweide beraubten Unterleib. In der Hitze der Umgebung verströmte der Leichnam wieder einen schwer erträglichen Gestank. Plötzlich hatte sie es eilig, zu einem Ende zu kommen, aber Doktor Marsal fuhr unerschütterlich fort und hob mit der Spitze seines Instruments die braune Haut an, unter der sich gut drei Zentimeter gelbes Fett ansässig gemacht hatten. Er zog die Konturen bis zu den Schamhaaren nach:

»Gesehen?«

Marion zuckte mit den Schultern.

»Nein, ich sehe nichts«, sagte sie mit heiserer Stimme.

»Diese Frau hatte eine große Narbe. Sicher ein Kaiserschnitt, der, nach alter Art, vertikal und ohne ästhetisches *Apriori* ausgeführt wurde. Ihr wurde dem Verlauf der Narbe folgend der Bauch aufgeschlitzt... Im Innern herrscht eher ein Gemetzel, aber es ist genauso methodisch. Die Gebärmutter wurde gleichsam in Scheiben zerlegt. Ihr Mörder ist sadistisch, aber ordentlich, alles ist an seinem Platz. Zerlegt, in Stücke geschnitten, aber ordentlich.«

Talon hob die Nase von seinem Notizbuch, in dem er wie wahnsinnig alles notiert hatte, was der Gerichtsmediziner sagte. Er räusperte sich:

»Haben Sie das Stück gefunden, Doc?«

Er sagte »Doc«, wie in Amerika. Marion hatte Lust zu lachen, hielt sich aber zurück, es war nicht der rechte Ort dafür.

»Was, welches Stück?« fragte Marsal überrascht.

»Zunge. Wenn die Zunge abgetrennt wurde, gibt es ...«

»Ja, ja«, regte sich Marsal auf und wandte sich seinem Helfer zu: »Hast du das gefunden, Marcel?«

Marcel grinste und schüttelte verneinend den Kopf, wobei er ein ganz und gar dummes Gesicht zog. Da er Marion anstarrte, griff sie, plötzlich alarmiert, tief in ihre Taschen. Ein Scherz, den sich die gerichtsmedizinischen Helfer häufig mit angehenden Polizisten erlaubten: Sie warfen ihnen ein Ohr oder einen Finger in die Tasche, um sie abzuhärten. Marions Taschen waren leer.

»Es muß in der Wohnung geblieben sein«, sagte sie, die es immer eiliger hatte, Luft schnappen zu gehen.

»Es sei denn, er hat es aufgefressen!« deutete Marcel an.

»Amüsant«, murmelte Talon, »aber möglich. Ist das alles, Doc?«

»Aber ... reicht Ihnen das nicht? Die Ergebnisse der toxikologischen Untersuchungen bekommen Sie später. Sie stellen die Frage nicht, aber ich beantworte sie trotzdem: keine

Spuren von Sperma. Ich kann nicht sagen, ob Geschlechtsverkehr stattfand oder nicht, das Gewebe ist in keinem guten Zustand, aber wenn der Mörder ein Mann ist, dann hat er nicht ejakuliert.«

»Auf dem Bett hat man auch nichts gefunden«, ergänzte Marion.

»Vielleicht ist es eine Frau …«

»Oder ein Typ, der Kondome benutzt«, unterbrach Marsal.

Als sie ins Freie traten, sog Marion begierig die feuchte Luft ein; auf ihrer Netzhaut war noch das Bild von Marcel eingeprägt, wie er sich über den Sektionstisch beugte und schon damit beschäftigt war, den aufgeschnittenen Körper von Nicole Privat zurechtzuflicken, um ihn deren Sohn zu zeigen, wenn dieser geruhen würde, seiner Mutter einen letzten Besuch abzustatten. Flüchtig dachte sie an ihre Mutter, die eines Nachts ruhig in ihrem Bett gestorben war. Ganz still, wie sie gelebt hatte. Manchmal fragte sich Marion, warum sie ihre Mutter nicht mehr vermißte. Sie war schon zu ihren Lebzeiten so wesenlos. Sie begnügte sich damit, dazusein. Unscheinbar, verängstigt, an phantastische Begebenheiten geklammert, in denen das Leben schön war und die Männer verliebt. Hinter ihrer Tochter verborgen, die von einem zu bald verschwundenen Vater eine starke Willenskraft und eine Abneigung gegen träge, in der Vergangenheit schwelgende Frauen geerbt hatte. Marion konnte sich noch so sehr den Kopf zerbrechen, es fanden sich nur wenige Kindheitserinnerungen mit ihrer Mutter darin. Im feinen Aprilregen, der das Pflaster glänzen ließ und die Gebäude des Leichenschauhauses restlos düster aussehen ließ, überwältigte sie eine Anwandlung von Schwermut. Ein Auto fuhr zu schnell und zu nahe an Marion vorbei und wirbelte eine Fontäne auf, die ihr gründlich die Füße naßspritzte.

»Blödmann!« sagte sie mit zusammengebissenen Zähnen, während sie sich ans Steuer des Dienstwagens setzte.

In seine medizinisch-wissenschaftlichen Gedanken versunken, lächelte Talon nicht einmal. Dennoch erstaunte ihn eines: Marion hatte Tränen in den Augen.

Ghislaine Vendroux knetete ein Taschentuch, ihre im Schoß liegenden Hände öffneten und schlossen sich im Rhythmus von Cabuts und Lavots Fragen. Sie hatte die bedrückte Miene derer, denen nie glückliche oder nie völlig glückliche Ereignisse zustoßen. Sie und Nicole Privat, das war ein und dasselbe: falsch begonnene Ehen, die verdrossen geführt wurden, schwierige Kinder, ein uninteressanter Beruf. Ein unbedeutendes, langweiliges Leben, von dem man nicht erwartet hätte, daß es – jedenfalls was Nicole Privat betrifft – auf diese Weise enden würde.

Marion kam in dem Augenblick herein, in dem Ghislaine Vendroux erklärte, daß genau sie ihnen keinen Aufschluß geben könne über das, was ihrer Kollegin zugestoßen sei. Nicole hätte eine Menge Prüfungen durchgemacht, das verdiene sie nicht. Das Gespräch fand um Jouals Schreibtisch statt, auf dessen Stuhl Cabut saß. Seine dicken Finger mit ihren abgekauten Nägeln spielten mit einem Brieföffner, während er einen etwas abwesenden Blick auf seine Zeugin richtete. Wohlwollend setzte sich Marion auf die Schreibtischkante. Sie beugte sich leicht zu Cabut herab und fragte leise, wo Joual sei. Cabut zuckte mit den Schultern und deutete eine entmutigte Geste an. Er flüsterte Marion ins Ohr, daß Joual sich für ein paar Tage hatte »krank schreiben« lassen, um sich zu erholen und mit seiner Frau Bilanz zu ziehen. Marion bat ihn, die Situation seines Freundes aus der Ferne zu verfolgen, und wandte sich wieder Ghislaine Vendroux zu.

Die Frau war dabei, mit stockender Stimme und gleichsam verschämt etwas sehr Wichtiges zu äußern, das zu wiederholen Marion sie bat. Verlegen zögerte sie. Marion schüchterte sie sichtlich ein:

»Ich sagte, daß der Minitel* Nicole seit einiger Zeit beschäftigte. Sie verdiente genug, um alleine zu leben, glaube ich, selbst wenn sie es nicht zugeben wollte. Bei uns amüsieren sich etliche Mädchen während der Pausen oder zu Mittag mit dem Minitel. Nicole hatte es auch ausprobiert.«

»Welches Genre?«

»Die Kontaktanzeigen-Mailbox. 3615 WIR ZWEI, 3615 DU UND ICH, solche Sachen ... aber ich weiß nicht, wie das funktioniert ...«

Sie wandte die Augen ab. ›Lügnerin‹, dachte Marion amüsiert.

»Wissen Sie, ob sie hierdurch jemanden kennengelernt hat?«

Ghislaine zögerte und seufzte tief:

»Schwer zu sagen. Ich glaube, ich war die einzige, der Nicole manches anvertraute, aber da ich mich nicht für den Minitel interessierte, erzählte sie mir wenig über ihre Entdeckungen dort. Dagegen ...«

Cabut blickte die Frau hoffnungsvoll an. Lavot trat näher.

»Ja?« ermutigte sie Marion.

»Nun, was dieses Thema angeht, war sie geheimnisvoll, aber ich habe den Eindruck, daß sie jemanden hatte. Sie war ... wie soll ich sagen? Verändert. Oh! das war nicht aufsehenerregend, aber ... sie war weniger trübsinnig, sie frisierte sich besser, sie machte Andeutungen, obwohl sie geheimnisvoll blieb. Vor dem Osterwochenende vertraute sie mir an, daß sie mir am kommenden Dienstag eine Menge erzählen würde. Ich dachte an einen Liebhaber, aber es

* PC. Im weitesten Sinne das Netz der sog. Service-Fernsprechnummern (A. d. Ü.).

konnte ebensogut ein Besuch Juliens sein, wissen Sie. Das Verhalten ihres Sohnes machte sie sehr traurig. Schwer zu sagen, bei ihr ... Sie war so zurückhaltend, in gewisser Weise sogar verklemmt.«

Marion lächelte ein wenig, wie um sie zu ermutigen, damit sie zu sagen wagte, was sie wußte.

»Wenn es einen Mann in ihrem Leben gab, glauben Sie, daß sie ihm dank des Minitel begegnet ist?«

Ghislaine Vendroux verzog zweifelnd den Mund:

»Ich weiß es nicht. Es ist möglich, aber es überrascht mich ein bißchen. Nicole war keine ... Abenteurerin. Sie spielte damit, um sich die Langeweile zu vertreiben, aber ich bezweifle, daß sie auf diesem Weg ein Treffen akzeptiert hätte. Nun, was ich davon halte ... Die Mädchen wissen es vielleicht, man müßte sie fragen.«

Marion warf Lavot, der schon dabei war, seinen Blouson überzuziehen, einen Blick zu. Marion bedeutete ihm, daß keine Dringlichkeit bestand. Sie wandte sich Ghislaine Vendroux zu:

»Wissen Sie noch etwas, das uns helfen könnte, Madame Vendroux? War ihre Freundin der Typ, der einen Mann mit zu sich nach Hause nimmt, einen Mann, den sie nicht kannte oder erst vor kurzem kennengelernt hatte?«

Mit Tränen in den Augen schüttelte Ghislaine den Kopf:

»Nein, gewiß nicht. Wenn sie es getan hat, dann deshalb, weil sie glaubte, ihm vertrauen zu können. Wegen ihres unheilvollen Lebens war sie sehr verschwiegen, verschlossen. Wenn sie einen Mann kennengelernt hatte, mußte das jemand Anständiges sein, andernfalls hätte sie abgewartet, bevor sie ihn mit sich nach Hause genommen hätte, oder sie hätte mit mir darüber gesprochen. Was hat sie mich nicht wegen Bedeutungslosigkeiten um Rat gefragt!«

In dem Moment, in dem Ghislaine Vendroux die Nase hochzog und ihren Regenmantel überstreifte, kam Talon unauffällig herein. Er flüsterte Marion ins Ohr, daß niemand vom Erkennungsdienst das Stück Zunge von Nicole Privat in der Wohnung gefunden hatte, was seines Erachtens bedeutete, daß Marcel recht hatte: Der Mörder hatte es verschlungen oder mitgenommen. Talon legte einen Satz Fotos auf den Schreibtisch, die die lebende Nicole Privat zeigten, Vergrößerungen eines neueren Ausweises – die einzig verwertbaren und getreuen Aufnahmen, die man von ihr gefunden hatte. Sie würden an die Zeitungen verteilt und hier und da gezeigt werden, um Zeugenaussagen auszulösen.

»Laß sehen, wie sie zu ihren Lebzeiten aussah«, sagte Cabut.

Marion, über Ghislaine Vendroux' Aussage gebeugt, sah Cabuts Hochfahren nicht, im Gegensatz zu Lavot, der nun seinerseits hinsah:

»Klasse, was«, erklärte er mit schiefem Gesicht, »warum nicht? Ich mag ganz gern reife, ein bißchen füllige Frauen. Du nicht? Warum machst du so ein Gesicht?«

Cabut legte den Finger auf den Mund und deutete zu Marion hin. Fünf Minuten später, im Auto, sprach er sich völlig durcheinander aus:

»Du weißt, Nicole Privat … das Foto …«

»Ja, ich hab's gesehen, sie war gewöhnlich, aber ich habe schon auf häßlicherem Papier geschrieben.«

»Oh! Ich bitte dich«, empörte sich Cabut, »du bist völlig besessen! Denkst du mit deinem Geschlechtsteil, oder was? Nein, diese Frau …«

»Diese Frau was?«

»*Sie* habe ich mit Benjamin Bellechasse, dem Journalisten, letzten Dienstag gesehen. Das ist genau eine Woche her, hörst du …«

Lavot pfiff, der Wagen machte einen Schlenker.

»Du redest Unsinn!«

»Nein, nein, ich bin sicher, ich habe sie wirklich gesehen, ich versichere es dir.«

»Meine Fresse ... Oje, noch ein Fall, der uns berühmt machen wird.«

»Was sollen wir tun?«

Lavot bremste abrupt und sah Cabut direkt ins Gesicht:

»Nichts, gib's auf. Bellechasse ist Marions Kerl, also Stillschweigen, Cabut. Wir warten ab.«

»Und wenn er noch eine umbringt?«

»Ach je! Beruhige dich! Du hast Bellechasse mit Nicole Privat gesehen, das heißt, du glaubst es, aber das heißt nicht, daß er sie getötet hat. Ich träume wohl, was! Er machte vielleicht eine Umfrage, oder er war es ganz einfach nicht. Auch du kannst dich irren, nicht wahr?«

»Ja, du hast recht«, stimmte Cabut zu, der dennoch besorgt war. »Es ist besser, wir warten ab.«

Beide befiel ein Schweigen. Es hielt lange an, bis zu ihrem sanften Eintreffen auf dem Hof der Versicherungsgesellschaft, in der Nicole Privat mit ein paar Kolleginnen die Illusion eines möglichen Glücks dank Minitel gehabt hatte.

VII

Am folgenden Sonntag langweilte sich Marion entschieden. Benjamin Bellechasse hatte seit ihrem gemeinsamen Abend kein Lebenszeichen von sich gegeben, und immer wenn Marion ihn anzurufen versucht hatte, war sein Anrufbeantworter eingeschaltet. Ihre Intuition sagte ihr, daß er nicht weit weg war, aber da sie von einer unerwarteten Besonnenheit erfaßt worden war, mit der sie sich gut beraten fühlte, hatte sie beschlossen abzuwarten, bis er sich melden würde. Dieses Schmollen sah ihr nicht ähnlich, und allein der Gedanke daran bereitete ihr ein unerklärliches Mißbehagen. Am Morgen hatte sie einen langen Fußmarsch am Flußufer gemacht, um ihre Stimmungen und die schlechte Laune zu vertreiben, die sie nicht loswerden konnte. Als sie an der Mimosas-Anlage vorbeikam, dachte sie an Nicole Privat, die wenigstens einmal in ihrem Leben die Uferböschung mit den sanften Hügeln entlanggegangen sein mußte, wo die Enten, die durch die milde Luft ermüdet waren, träge umherwatschelten. Da die Maisonne eine heimtückische Rührung in ihr aufkeimen ließ, bedauerte Marion Benjamins Abwesenheit um so mehr.

Träge ging sie am Nachmittag ins Präsidium, mit dem festen Vorsatz, ihre Schubfächer aufzuräumen. Der diensthabende Kommissar konnte ein tadelndes Kopfschütteln nicht unterdrücken. Seine Kollegen hatten also nichts besseres zu tun, als ihre Sonntage in der Dienststelle zu verbringen! Er bedauerte diese Art, den Beruf durch zu übertriebenen Eifer abzuwerten ... Marion konnte ihm nicht erklären, daß sie seit jeher Sonntage haßte, daß das der Wochentag war, an dem sie eine heftige Niedergeschlagenheit empfinden konnte. An den Wintersonntagen kochte ihre Mutter Potaufeu. Der Geruch der Bouillon, die am Abend aufgewärmt wurde, war in ihrem Gedächtnis endgültig mit einer großen Lust zu weinen verknüpft.

Vor der chronischen Unordnung ihres Schreibtischs überkam sie Mutlosigkeit. Immer häufte sie ein unglaubliches Gerümpel an, das so nutzlos wie staubig war. Eine Sammlung von Gegenständen und Dokumenten, alles, was sie ihr persönliches Archiv nannte und das für nichts und niemand je von Nutzen sein würde. Eines Tages würde all das in den Papierkorb wandern. Für den Augenblick, entsetzt vom Ausmaß der Aufgabe, gab sie sich damit zufrieden, die Schubfächer mit einer entschlossenen Bewegung wieder zu schließen. Erleichtert, als ihr klar wurde, daß sie deshalb nicht hergekommen war. Flüchtig streichelte sie die kartonierte Mappe, die die Akten ›Nicole Privat‹ enthielt, und machte ein saures Gesicht. Die Akte war mit Papierkram ohne Anhaltspunkte vollgestopft. Die bis dato untersuchten Spuren führten nirgendwohin. Der Minitel hatte seine Geheimnisse nicht preisgegeben, außerdem hatten Nicole Privats Kolleginnen die Beurteilung von Ghislaine Vendroux bestätigt: Ihre Spielereien waren harmlos, sie hatten zu keiner Bekanntschaft geführt. Andrerseits suchte Nicole Privat wirklich eine verwandte Seele: Lavot und Cabut hatten in ihrem Garderobenschrank die Adresse einer Heiratsvermittlung gefunden. ›Allianz‹ war ein Laden wie die anderen, eher mit gutem Ruf und anscheinend ohne Unannehmlichkeiten. Nicole Privat hatte Informationen angefordert, man hatte ihr Unterlagen zugeschickt. Auf gut Glück hatte Marion bei den anderen Instituten in der Gegend Nachforschungen angestellt. Aber diese Spur schien nicht sehr weit zu führen, da sich das Opfer erst ganz am Anfang seiner Partnersuche befand; den Instituten zufolge dauerte es mehrere Monate, bis es überhaupt zu einer Vorstellung von eventuellen Partnern kam.

Die technischen und wissenschaftlichen Untersuchungen wiesen dieselbe Armseligkeit auf. Die toxikologischen Untersuchungen ergaben nur Banalitäten: Nicole Privat war mit leerem Magen gestorben, nach der normalen Verdauung einer gewöhnlichen Mahlzeit ohne Alkohol und ohne Barbiturate. Auch keine Drogen. Beim Erkennungsdienst ebenfalls keine Ergebnisse. Der Bericht gab an, daß der Mörder keine Spuren hinterlassen hätte, abgesehen von einem rötlichen Streifen auf einem Laken, der sich als Lippenstiftfleck erwiesen hatte. Keine Fingerabdrücke, keine Fasern. Man mußte annehmen, daß der Mörder nackt umherlief. Höchstens! Denn dann hätte er überall Körperhaare verstreuen müssen. Doch die einzigen Haare, die man geerntet hatte, gehörten alle dem Opfer. Dieses Detail ärgerte Marion: Der Faktor Haare ist das aufschlußreichste und das gewöhnlichste Indiz zugleich. Das man reichlich und ohne es zu merken hinterläßt. Sie hatte den Bericht über einen Kriminalfall gelesen, in dem sich der Mörder vollständig rasierte, um zu vermeiden, daß überall Körperhaare herumliegen. Sie erinnerte sich nicht mehr an den Fall, und im übrigen konnte das ebensogut aus einem Krimi stammen, eine ihrer üblichen Lektüren. Sicher, da war dieses lange blonde Haar, aber es war falsch: ein synthetisches Haar, das aus einer Perücke stammte, wie sie zu Tausenden in Korea oder Taiwan hergestellt werden. Es waren noch nicht alle Untersuchungsergebnisse eingegangen, aber Marion erhoffte sich nichts von ihnen. Widerwillig fand sie sich damit ab zu glauben, daß der Mörder sein Opfer zufällig aufgestöbert hatte, daß es ihm durch irgendein Mittel gelungen war, sich zu ihrer Wohnung Zutritt zu verschaffen. Es hatte kein Einbruch stattgefunden, und an der Fassade des Gebäudes hatte man keinerlei Spuren eines Einsteigens festgestellt. Außerdem lag Nicole Privats Wohnung im zweiten Stock und hatte keinen Balkon. Das Opfer mußte einem Unbekannten oder jemandem, dem sie nicht mißtraute, die Tür geöffnet haben. Man müßte eine Gruppe zu Nicole Privats Nachbarn schicken, um sich nach Vertretern, Bettlern aller Art und Prospektverteilern zu erkundigen. Aber Marions Intuition sagte ihr, daß die Spur anderswo zu suchen war.

Sie seufzte, schloß die Akte, die vielleicht die Liste der ungelösten Fälle verlängern würde. Marion hatte eine schlechte Phase. Sämtliche Ermittlungen kamen nicht voran, versanken im Hochwasser des Flusses und in den Frühlingsdüften. Mit den Untersuchungen verhielt es sich öfters so: ein ständiges Auf und Ab an Ergebnissen, Phasen der Windstille, denen lange Monate Funkstille folgten.

Nach langem Nachdenken verließ sie die Dienststelle und machte in der Bar des Cintra halt, um den Augenblick des Alleinseins hinauszuschieben. Nicht daß sie sich im geringsten vor der Einsamkeit fürchtete, im Gegenteil, diese Augenblicke waren viel zu selten und viel zu wertvoll. Was sie in Wirklichkeit fürchtete, war das Heraufbeschwören von Benjamin und seinen unerklärten Abwesenheiten, das unangenehme flaue Gefühl in der Magengrube, wenn sie an ihn dachte, an ihre wilden Nächte der Anfangszeit, an ihr Nicht-mehr-können-vor-Lachen wegen einer Kleinigkeit.

Julio stellte ihr ungefragt einen JB hin, sie stürzte ihn hinunter. Die Bar war fast voll, Marion war nicht die einzige, die sich sonntags langweilte. Reflexartig nahm sie die Gäste unter die Lupe.

»Du bist nicht mit Benjamin hier?« fragte Julio im etwas aufgesetzten und ziemlich scheinheiligen Ton desjenigen, der Falsches verkündet, um die Wahrheit zu erfahren.

Marion schüttelte den Kopf und hielt ihm ihr Glas für einen Eiswürfel hin. Sie log:

»Nein, aber er kommt vielleicht vorbei … Hast du ihn in letzter Zeit gesehen?«

Sie trug eine gleichgültige Miene zur Schau, aber der Barkeeper spürte vage, daß es womöglich zwischen dem Journalisten und der hübschen Kommissarin kriselte. Sein Beruf erlegte ihm strikte Diskretion auf, vor allem der Polizei gegenüber, selbst wenn sie wie eine charmante junge Frau aussah. Trotzdem, er mochte Marion und sträubte sich nie, ihr die Tips zu geben, um die sie ihn bat; aber in diesem Fall entschied er aus Barmherzigkeit, ihr die Wahrheit zu verbergen. Er unterließ es also zu sagen, daß er Benjamin Bellechasse vor zwei Tagen, am Freitagabend, gesehen hatte. Der Journalist war nicht hereingekommen, er hatte nur von der Tür aus einer Person, die an der Theke auf ihn wartete, ein Zeichen gegeben. Eine junge blonde Frau, ein Stammgast des Cintra, mit der er sofort weggegangen war. Wenn er übrigens hätte sprechen wollen, hätte Julio einiges zu erzählen gehabt über dieses Mädchen aus guter Familie, das sich mit den erstbesten gemein machte. Das Cintra war ihr Stabsquartier, und hier hatte sie Männer zu Dutzenden aufgegabelt. Sogar er, Julio, hätte beinahe dran glauben müssen, aber zum Unglück für diese Jenny war er seiner lieben Benvenida treu ... Während er ein Glas abtrocknete, schüttelte er den Kopf. Marion sah ihn aufmerksam an und wartete gespannt auf seine Antwort:

»He, Julio, wo bist du mit deinen Gedanken? Hast du ihn gesehen oder nicht?«

Julio entschuldigte sich und behauptete, mit seinen Gedanken woanders gewesen zu sein. Nein, er habe Monsieur Bellechasse nicht gesehen. Dieser verrückte Bellechasse! Er begriff nicht, daß ein Kerl wie er sich für eine Schlampe wie diese Jenny interessierte, während er Marion hatte ... Nun ja, Männer sind unberechenbar, und auf alle Fälle ging ihn das nichts an. Dennoch etwas verlegen bot er Marion ein weiteres Glas an.

Das Hirn ein wenig benebelt von den drei schnellen Whiskys, die ihr Julio großzügig eingeschenkt hatte, im übrigen aber außergewöhnlich leicht, ging Marion nach Hause. Der Alkohol hatte ihre Sonntagsdepression zurückgedrängt. Sie wußte, daß es nur von kurzer Dauer sein würde, aber einstweilen ging es ihr gut. Ein Bad, ein Schmöker, und morgen würde sie ihre Männer wiedersehen, ihre Ersatzfamilie. In

Wirklichkeit ihre einzige Familie. Wenn sie eingewilligt hätte, ihrem Mann das Kind zu schenken, das er sich sehnlichst gewünscht hatte, hätte sich vielleicht alles geändert. Aber Marion hatte gezögert, nie war es der richtige Moment, immer gab es einen Fall, der nicht warten konnte. Und sie liebte ihren Beruf noch zu sehr, um Kompromisse einzugehen. In einem dunklen Schaufenster erblickte sie ihr Spiegelbild und seufzte – was für ein Schlamassel, Scheiße! – mit einem flüchtigen Gedanken an Benjamin. Wo war er? Sie versuchte, sich ihr Leben mit ihm, mit Kindern vorzustellen.

»Scheißberuf!«

Ohne es zu bemerken, hatte sie ganz laut geflucht. Ein alter beschwipster Mann bedachte sie mit einem zornigen Blick und ließ eine Schimpfkanonade los. Die Nacht war angebrochen, als sie langsam ihre vier Stockwerke hinaufstieg. Es roch muffig nach abgestandenen Küchendüften. Als sie gerade die Tür öffnete, klingelte das Telefon. Einen Moment lang hoffte sie sehr, daß es Benjamin wäre. Die Stimme des Diensthabenden von der Führung wirkte wie eine kalte Dusche auf sie:

»Du hättest nicht zu gehen brauchen, Marion … Ich habe Arbeit für dich, da du ja unbedingt am Sonntag schuften willst … Ein Mord, Rue des Minimes …«

Marion schnürte es die Kehle zu. Fast hätte sie ihrem Kollegen gesagt, daß doch er der Diensthabende sei, aber sie unterließ es, da sie ahnte, daß er guten Grund hatte, *sie* anzurufen und niemand anders. Plötzlich nüchtern geworden, griff sie nach Block und Bleistift und brachte mit trockenem Mund hervor:

»Los, ich höre.«

»Eine sechsundzwanzigjährige Frau, in ihrer Wohnung. Ihr Freund hat sie heute abend aufgefunden. Er kam unerwartet vorbei, ist hineingegangen, er hat die Schlüssel. Du findest ihn an Ort und Stelle mit den Feuerwehrmännern und dem Kripobeamten, der Nachtschicht hat. Scheint ein schönes Schauspiel zu sein... Willst du meine Meinung hören?«

Marion wußte schon, was er sagen wollte. Sie kam ihm zuvor:

»Dasselbe wie in der Mimosas-Anlage, stimmt's?«

»Genau, das heißt, es sieht mir danach aus. Ich glaube, es ist besser, du übernimmst den Fall sofort, so gewinnst du Zeit. Vor deiner Haustür steht eine Karre, um dich hinzubringen. Ach! ich vergaß zu sagen, daß der Direktor auf dem laufenden ist; er verlangt, daß du ihn im Laufe des Abends anrufst, egal, wie spät es ist.«

Marion ließ den Fahrer unten an der Rue des Minimes halten. Es wäre zutreffender gewesen, ›Aufstieg‹ der Minimes zu sagen, denn der Weg bestand ganz aus Treppen und war nur zu Fuß zugänglich. Oben erkannte sie das Blaulicht eines Polizei-Mannschaftswagens und einen wirren Haufen Leute, die in der Nähe hin und her liefen. Sie dachte, daß der Ort, zu dem sie hinging, sich näher am oberen als am unteren Ende der Straße befinden mußte, aber sie hatte keine Lust, sich wieder ins Auto zu setzen, neben den Fahrer mit seinem Kettenraucheratem. Sie sog tief die frische Luft ein und stürzte auf die Treppen zu.

Das Minimes-Viertel, in der Renaissance auf einem Hügel erbaut, war vom Stadtzentrum durch endlose Treppen getrennt, die in die Beine und auf die Puste gingen. Eine neue Begeisterung für sehr Altes hatte ein paar Bauherren dorthin gezogen. Sie hatten begonnen die engen und hohen Häuser zu restaurieren; hinter deren hinfälligen Fassaden entdeckten sie erstaunliche Gäßchen und wunderbare Wendeltreppen. Ursprünglich für die Reichen erbaut, wäre dieses Viertel beinahe für immer verschwunden, gemäß der berühmten

Verordnung des Konvents, kraft derer »alles, was von Reichen bewohnt war, abgerissen werden sollte«. Zum Glück für all diese altehrwürdigen Steine führte nie jemand diese Verordnung durch.

Marion liebte diesen Hügel, auf dem die ursprünglich römische Stadt errichtet worden war. Nach ihrer Scheidung hatte sie sich bemüht, dort zu wohnen, aber was sie gefunden hatte, war unerschwinglich. Und was sie sich hätte leisten können, lag in Häuserblöcken, die sich der Instandsetzung widersetzten: baufällige Häuser ohne Komfort. Einzig die steinernen Fensterkreuze und die Kartuschen über den Türen zeugten von der einstigen Pracht.

Offensichtlich hatte Geneviève Delourmel die Mittel, sich in der herrlichen Maisonnettewohnung am oberen Ende der Straße einzurichten. Das Haus, das sie für sich beansprucht hatte, lag an der Ecke zwischen der Rue des Minimes und einer reizenden kleinen Grünanlage, einer Art abgeschlossenem, kleinem Platz zur gewissermaßen privaten Benutzung. Das winzige Gärtchen davor, gesichert von einem alten Gartentor, verlieh dem Ganzen etwas Provinzielles, das mehr als lebensecht wirkte. Über dem Eingang der Name des Architekten, Estienne Detournes, und ein Datum, 1812, daneben das starre Auge einer Videokamera. Die Inneneinrichtung, die Wahl der Stoffe und Möbel bekundeten den Wohlstand der Bewohner dieser Räumlichkeiten, selbst wenn das Ganze ein bißchen neureich aussah.

Das Opfer lag mit gespreizten Gliedern im Hauptzimmer des Erdgeschosses auf einem breiten, mit heller Seide bezogenen Divan, der über und über mit Pelzen bedeckt war. Er war vor einen imposanten Steinkamin gerückt worden, den ein Wappen mit ineinander verschlungenen Initialen zierte. Etwas Asche und ein halbverkohlter Holzscheit wiesen darauf hin, daß er kürzlich benutzt worden war. In einem Sektkübel, der auf dem Boden stand, ruhte noch eine Flasche

Spitzenchampagner. Ein Kristallglas war auf dem Parkett zerbrochen, und Blutspritzer befleckten die Seide und die Pelze. Blutspritzer bis auf den Boden aus prachtvollem Versailles-Parkett, das teilweise unter wertvollen Teppichen verborgen war.

Talon war schon am Herumschnüffeln, als Marion das Zimmer betrat. Sie fragte sich, wie er das geschafft hatte. Er wohnte am anderen Ende der Stadt und war vor ihr da. Lavot tauchte hinter seinem Rücken auf: Sie hatte die beiden von zu Hause aus angerufen, direkt nach dem Anruf von der Führung. Ihr fiel ein, daß sie fast Nachbarn waren. Sie waren wohl gleichzeitig hergekommen, das war die Erklärung. Lavot breitete die Arme aus:

»Ich habe Cabut nicht zu fassen gekriegt. Ich nehme an, er hat heute Joual besucht... Aber bei Joual geht auch keiner dran.«

»Schade«, sagte Marion, die sich Talon und dem üblichen Aufmarsch der Techniker anschloß, »wir werden auf ihn verzichten. Wie weit sind wir?«

Talon wiegte den Kopf, rückte die Brille auf der Nase zurecht und deutete auf Doktor Marsal, der mitten in der Arbeit steckte:

»Laut Doc trat der Tod vor knapp vierundzwanzig Stunden ein, wahrscheinlich Freitag abend. Dieser Tag muß ihn inspirieren.«

»Glauben Sie, es ist derselbe?«

»Oder dieselbe, ja. Oder es ist gut nachgeahmt... Ungefähr die gleiche Körperlage, obwohl bei der hier auch die Füße gefesselt sind. Sie muß zu unruhig gewesen sein, und nach Marsal hat er ihr bei lebendigem Leibe die Schnitte zugefügt.«

»Wie entsetzlich... Sie muß gebrüllt haben wie ein Kalb, das man absticht. Aber sicher haben Sie recht, überall ist Blut, sie muß sich gewehrt haben.«

»Gerade das mag er vielleicht. Sehen, wie sie sich wehren, und hören, wie sie brüllen«, bemerkte Talon nachdenklich.

Während sie den Körper von Geneviève Delourmel betrachteten, stieß Lavot zu ihnen:

»Sie hatte ganz tolle Kurven«, urteilte er. »Meiner Ansicht nach nicht älter als fünfundzwanzig Jahre. Sagen Sie Chef, wenn es derselbe ist, dann ist er ziemlich anspruchsvoll bei der Auswahl.«

»Es ist derselbe«, bekräftigte Talon. »Wir finden die gleichen Einschnitte auf dem Oberkörper und den Beinen, nur ist der Körper diesmal frischer, das hilft vielleicht bei der Analyse.«

Marion unterbrach ihn:

»Lassen Sie ein Maximum an Fotos machen! Und vergessen Sie nicht, auch heute auf den Boden zu schauen!«

Talon errötete, setzte seine Brille ab und putzte sie energisch mit einem Taschentuch, das er aus seiner Tasche gezogen hatte. Diese Geste war bei ihm das sichtbare Zeichen einer großen Verwirrung, die es ihm ersparte, auf die Niederträchtigkeit seiner Chefin zu antworten.

Marion schickte Lavot zur Befragung der Nachbarn los. Als sie in einer Ecke des Zimmers einen betagten Mann bemerkte, der in der Obhut eines Polizisten niedergeschlagen auf einem Stuhl saß, trat sie näher:

»Monsieur, Sie haben die … das heißt, das Opfer entdeckt?«

Aus Gewohnheit hätte sie beinahe »die Leiche« gesagt. Der Mann sah bedrückt, mit tränennassen Augen zu ihr auf und nickte.

»Und Sie sind?«

Der Mann schluchzte kurz auf, verbarg sein Gesicht in den Händen.

»Ich habe sie so sehr geliebt… Ich wußte, daß ich nicht der einzige Mann in ihrem Leben war, aber sie war so fröhlich, lebhaft, lustig. Sie erhellte meine alten Tage, Sie verstehen?«

Marion betrachtete ihn aufmerksam. Sein Schmerz schien aufrichtig zu sein. Sanft fragte sie weiter:

»Ich fragte Sie, wer Sie sind…«

»Adrien de Lafourcade.«

»De Lafourcade, der Abgeordnete?«

»Ja, das heißt: Ex-Abgeordnete, ich habe mich seit langem aus der Politik zurückgezogen, mir bleibt nur der Zeitvertreib. Jenny war ein entzückender Zeitvertreib.«

»Jenny?«

»Ja, Geneviève fand, daß Jenny moderner wirkte, es war ihr volles Recht, sie war so jung.«

›Was man von dir nicht behaupten kann‹, dachte Marion, die das Alter ihres Gesprächspartners auf Grund dessen, was sie über ihn wußte, auf fast achtzig Lenze schätzte.

»Ihr … Verhältnis mit ihr bestand schon länger?«

»Ein paar Monate, aber in Wirklichkeit kenne ich sie seit jeher. Ich schäme mich, es zuzugeben, aber ich war ein Freund ihres Großvaters.«

Marion besänftigte die Verlegenheit des Alten mit einer beschwichtigenden Geste. Auch Jenny mußte dabei auf ihre Kosten gekommen sein.

»Monsieur de Lafourcade, was haben Sie in den vergangenen vierundzwanzig Stunden getan?«

»Oh, das ist ganz einfach: Ich war auf der Hochzeit meiner Enkelin. Ich bin Freitag morgen abgereist und bin heute abend zurückgekommen, um … diese entsetzliche Sache vorzufinden. Ich wohne nicht hier, wie Sie sich sicher denken können, aber ich habe Zweitschlüssel. Ich benutze sie nur mit Jennys Erlaubnis, und wenn sie beschäftigt ist, gehe ich nicht hinein.«

»Wie wissen Sie, wann sie beschäftigt ist?« fragte Marion.

»Sie läßt die Außenbeleuchtung an, auch tagsüber. Außerdem hat sie einen Innenriegel angebracht als zusätzliche Vorsichtsmaßnahme. Ich begreife nicht, was passiert ist, sie war so mißtrauisch, auch wenn es nicht den Anschein hat!«

Abermals schluchzte er auf, diesmal noch herzzerreißender. Marion respektierte seinen Kummer. Er begann von neuem:

»Ich hatte Jenny vorgeschlagen, mich auf die Hochzeit zu begleiten, sie kannte die ganze Familie und wäre dort willkommen gewesen, aber sie hat abgelehnt. Ich verstehe, warum, sie hatte eine Verabredung... Da haben wir's!« schloß er klagend.

»Warum sind Sie so sicher, daß sie eine Verabredung hatte? Vielleicht hatte sie eine verhängnisvolle Begegnung, oder jemand hätte sie auch direkt überrumpeln können.«

Adrien de Lafourcade machte eine Handbewegung und deutete auf den Diwan, ohne diesen anzublicken:

»Sie haben doch gesehen: der Diwan, die Pelze, der Kamin, der Champagner. Ich kenne sie, müssen Sie wissen, nie hätte sie diese ganze Inszenierung für einen einsamen Abend gemacht. Jenny war eine echte Kokotte, eine genießerische Kurtisane, die sich auskannte. Verdammt gut auskannte...«

»Kurz und gut: eine Halbprofessionelle«, schloß Marion scharf. »Ich nehme an, daß sie nicht arbeitete?«

Halb belustigt, halb verärgert zuckte der alte Mann mit den Schultern.

»Ihr Polizisten habt von diesen Dingen eine recht triviale und ein wenig zu reduktionistische Vorstellung. Jenny war so fürs Arbeiten geschaffen wie Sie fürs Stricken, verzeihen Sie! Aber ihre Tätigkeit erfordert, ganz wie die Ihre, Gaben, Talent und eine gründliche Menschenkenntnis...«

Marion unterbrach ihn, ihrerseits verärgert über diese ganz subjektive Einschätzung ihrer Untauglichkeit fürs Stricken:

»Ermunterte sie diese große Fürsorge, sich für Frauen zu interessieren?«

Der ehemalige Abgeordnete deutete ein kleines Lächeln an, schlug seine langen dürren Beine übereinander und warf den Kopf eines alten Aristokraten in den Nacken:

»Jenny war ein kleines Tier, wissen Sie. Die Schranken, die uns die Kanons der jüdisch-christlichen Moral auferlegen, waren ihr unbekannt. Oh! sie hatte eine vollkommene Erziehung, auf den besten Schulen, aber sie war rein und klar wie Quellwasser. Empfindlich wie Meißner Porzellan, aber entschieden dazu ausersehen, aus dem Leben nur Lust zu schöpfen und nichts anderes. Das war bei ihr eine angeborene Voreingenommenheit, die dazu führte, daß sie sich mit ihrer Familie von ›nichtsnutzigen Großbürgern‹ zerstritt. Das Attribut stammt von ihr, versteht sich.«

»Also die Frauen ...«, beharrte Marion, die ihre Arme verschränkte.

Wie um ihr eine Antwort zu geben, machte ihr Talon ein unauffälliges Zeichen, bevor er einen Packen Fotos vor sie hinlegte. Er flüsterte:

»Ich fand das oben in einem Sekretär. Das ist nur eine Kostprobe, es gibt davon einen ganzen Karton voll.«

Die Kostprobe zeigte Jenny in äußerst aufreizenden Haltungen, allein oder in Aktion, mal mit einem oder sogar zwei Männern, mal mit einer oder mehreren Frauen oder mit Partnern beiderlei Geschlechts zusammen. Adrien de Lafourcade bohrte seinen Blick in den von Marion:

»Einen Teil dieser Fotos habe ich selbst aufgenommen, ich hing sehr an Jenny und war furchtbar eifersüchtig. Gleichwohl beschränkt mein Alter die Höhe meiner Ansprüche auf die Höhe meiner Leistungen. Ich bin Kompromisse eingegangen, um hier weiterhin empfangen zu werden. Im Gegensatz zu Ihren Vorstellungen empfing Jenny nicht jeden. Sie war sehr wählerisch, und wenn sie nein sagte, war es unnütz, es weiter zu versuchen. Sie hatte ein starkes Verlangen nach Unabhängigkeit und gleichzeitig war sie ein ängstliches Vögelchen. Haben Sie Ihr Haus gesehen?«

Da er eine Antwort erwartete, bejahte Marion. Er schüttelte seine schneeweißen Haare:

»Nein, Sie haben nicht genau beobachtet. Dies ist ein Bunker. Sie hat überall Gitter und Alarmanlagen angebracht. Sie schützte ihr Privatleben auf krankhafte Weise: Ihr Haus ist hermetisch verschlossen und vom Keller bis zum Dachboden schalldicht abgeschirmt. Glauben Sie mir, hierher kam niemand, ohne eingeladen zu sein!«

Marion hörte ihm aufmerksam und nachdenklich zu.

»Wenn Sie hereinkommen konnten«, unterbrach sie ihn, »dann hatte sie den Innenriegel nicht zugeschoben. Und die Außenlampe, war die an?«

Der Ex-Abgeordnete schüttelte mehrmals den Kopf:

»Nein, aber Jenny wußte, daß ich zu weit weggereist war, um sie überraschend zu besuchen. Und da ich als einziger die Schlüssel habe …«

»Sind Sie sich sicher?«

Er zuckte mit den Schultern.

»Wie kann man sich dessen völlig sicher sein? Ich glaube, es war so, ich gehörte gewissermaßen zur Familie.«

Doktor Marsal winkte Marion zu sich, sie stand auf:

»Eine letzte Frage, Herr Abgeordneter. Die Hochzeit ihrer Enkelin fand wo statt?«

Adrien de Lafourcade lächelte traurig, wobei er Zähne entblößte, die zu weiß waren, um seine eigenen zu sein:

»Ich wunderte mich schon, daß Sie mir die Frage noch nicht gestellt haben, Kommissarin! Das hätte mich enttäuscht. Aber eines versichere ich Ihnen: Ich war eifersüchtig, manchmal bis zum Verrücktwerden, aber ich habe Jenny nicht getötet … Es war in Algier.«

»Wie bitte?«

»Meine Enkelin hat sich in Algier verehelicht, mit dem militärischen Berater der französischen Botschaft. Samstag morgen.«

›Wir werden das überprüfen‹, dachte Marion, aber sie wußte schon, daß dieser alte Mann mit diesem neuen Blutbad nichts zu tun hatte. In seiner Verfassung – gebrechlich und hilflos, seine mageren Hände mit braunen Flecken übersät und leicht zitternd – konnte sie ihn sich nicht vorstellen, wie er über die junge Frau, die der Gerichtsmediziner in eine graue Hülle einzuwickeln begann, hergefallen war.

Marsal blickte Marion an: »Ich wette zehn zu eins, daß es derselbe Täter ist. Trotzdem gibt es im Vergleich zu der anderen ein paar Varianten. Ich erinnere mich nicht mehr genau, aber hat die Presse Einzelheiten über die Wunden und die Todesursache von Nicole Privat gebracht?«

Marion schüttelte energisch den Kopf:

»Keine einzige. Die Journalisten haben nur über einen Mord mit einer Stichwaffe berichtet und die Raserei erwähnt, mit der er begangen wurde. Das ist alles.«

»Sind Sie sicher«, fragte Marsal weiter, »daß nicht Einschnitte erwähnt wurden; das heißt, ich sage der Einfachheit halber Einschnitte, ich könnte genausogut die Ausdrücke ›Inzisionen oder oberflächliche Schnittverletzungen, die mit einem Schneidewerkzeug ausgeführt wurden‹, gebrauchen, aber das wäre etwas langwierig und dann …«

»Ich habe alle Zeitungsartikel aufbewahrt«, unterbrach ihn Marion, »und ich bin die einzige, die Journalisten empfangen hat. Sie können sich denken, welche Bedeutung diese Einzelheit für die Ermittlungen haben kann, falls eine verdächtige Person überprüft werden sollte …«

»Das versteh ich«, kommentierte Marsal nachdenklich. »Es ist sehr seltsam … Außer der Ähnlichkeit, mit Hilfe eines Schneidewerkzeugs vorzugehen, hinterlassen die Einschnitte in mir einen seltsamen Déjà-vu-Eindruck, als ob er dieselben Zeichen wiedergegeben hätte.«

Er zuckte mit den Schultern.

»Das erste Opfer ist noch bei mir im Kühlschrank, ich werde mir das näher ansehen. Ansonsten ist er nicht genauso vorgegangen wie beim ersten Mal: Dem Opfer wurde die Kehle durchgeschnitten. Oder vielmehr ist sie an einer Verletzung des Halses, die die Halsschlagader traf, verblutet. Das Übermaß an vergossenem Blut nahe beim Kopf läßt keinerlei Zweifel aufkommen, und wahrscheinlich war sie noch nicht gefesselt, denn ihre Hände und Unterarme sind voll von Blut und Verteidigungsverletzungen.«

»Sicher hat sie sich gewehrt. Könnte der tödliche Skalpellschnitt Zufall gewesen sein?«

»Nicht ausgeschlossen. Zudem ist die untere Hälfte des Leibes unversehrt: keine Zerstörung der Eingeweide, keine Verletzung der Geschlechtsorgane. Wenn ich meiner kurzen Untersuchung und der Ihrer Männer Glauben schenken kann, gibt es auch kein Sperma. Wenn die erste nur noch eine halbe Zunge hatte, so hat diese dafür ein ordentliches Stück ihrer Wange eingebüßt.«

»Auch durch einen Biß?«

Marsal verzog verneinend den Mund:

»*A priori* nein, der Ausschnitt ist recht sauber, die zusammengezogenen Wundränder und die Spuren von Blutgerinnung im Umfeld der Wunde deuten darauf hin, daß sie in jenem Augenblick am Leben war … Bei der Autopsie sage ich Ihnen genau, in welcher Reihenfolge der Mörder vorging. Und fragen Sie mich nicht, ob man das fehlende Stück gefunden hat, davon weiß ich, verdammt noch mal, nichts, ich gehe wieder schlafen.«

Ratlos blickte ihm Marion nach. Die Nachforschungen kamen gut voran, aber Geneviève Delourmel war nicht Nicole Privat: Sie hatte viel Besuch und war reichlich von Papieren, Briefen und Fotos umgeben. Man mußte dieses ganze Manna unter die Lupe nehmen und auswerten, ohne die geringste Gewißheit, daß diese Arbeit zu nur einem einzigen Anhaltspunkt führen würde. Marion seufzte und machte sich mit den anderen an die Arbeit, während ein paar Meter weiter ein alter Herr mit dem Kopf in den Händen sich übermenschlich anstrengte, keinen Laut von sich zu geben, als er eine graue Plastikhülle vorbeiziehen sah, die von zwei Feuerwehrmännern getragen wurde.

VIII

Ben wartete bis Samstag, um dann die Kassette anzusehen. Gegen 4 Uhr war er von ›Schwester Lächeln‹ zurückgekommen. Eine wunderbare Nacht für Cora, die bei ihren eigenen Glanzleistungen eine außerordentliche, unerwartete Wollust empfunden hatte. Sie war anspruchsvoll, aber Ben verstand sie. Er war in sein Wohnmobil zurückgekehrt, das er so nahe wie möglich am Aufstieg der Minimes geparkt hatte, um zu vermeiden, daß er auf der Straße von einer Polizeistreife erwischt würde – diese Eventualität ließ ihn lächeln, aber man sollte keine überflüssigen Risiken eingehen –, und hatte sich erschöpft für dreißig Sekunden auf seine Pritsche fallen lassen. Er hatte das Parfüm der Seife von ›Schwester Lächeln‹ an sich, Luxuszeug, von dem ihm übel wurde. Aber man mußte sich schon waschen, vollständig, und auch die Kleidung. Wegen der Reinheit.

Dann war er durch die menschenleere Stadt gefahren, fröstelnd vor Müdigkeit und mit dem Bewußtsein, daß ein Wohnmobil mitten in der Nacht auffallen mußte. Aber er hatte plötzlich Lust aufs Land, auf Ruhe. Außerdem hatte er das ganze Wochenende frei. Ein ganzes Wochenende war selten in seinem Beruf, man mußte es ausnutzen. Zuerst würde er am Flußufer entlangwandern, dann sich einschließen, um sich am Anblick Coras zu berauschen, dann ... Nichts dann.

Der Regen, der auf das Dach seines Fahrzeugs trommelte, hatte ihn um 8 Uhr geweckt. Er mußte drinnen bleiben wie im Internat, sich zu Tode langweilen und auf die Nacht und den Schlaf warten, der sich nicht einstellte. Als Cora da war, war das anders gewesen. Mit ihr konnte er Stunden in völliger Zurückgezogenheit zubringen, wieder und wieder dieselben Handbewegungen machen und auf ihre Lust lauern, selbst wenn sie die gekränkte Tugend spielte:

»Hör auf, Ben, es ist nicht recht, ›es‹ mit seiner Schwester zu machen!«

Und er lachte, er machte weiter, und sie kam noch stärker.

Ben stand auf und reckte seinen muskulösen Körper, der nackt und glatt wie ein Kieselstein war. Sein hoher Wuchs ließ ihn fast mit dem Kopf das Dach des Lastwagens berühren. Er verzog das Gesicht und faßte sich in den Schritt: Der heftige Schmerz erwischte ihn unvorbereitet. Er dauerte an, strahlte bis in die Lenden aus. Er erinnerte sich, daß er am Vortag seine Medikamente nicht eingenommen hatte, da er bei dem Gedanken an seine Verabredung mit ›Schwester Lächeln‹ zu erregt war. In einem Zug spülte er die vier blauen Tabletten hinunter, streckte sich vorsichtig auf seiner Pritsche aus und wartete: Sein Herz pochte, und ihm war speiübel. Er hatte einen Morphinvorrat, ein durchgreifendes Mittel, um dem Schmerz ein Ende zu machen, aber er zog es vor abzuwarten. Der Schmerz war sein Begleiter, der ihn ständig daran erinnerte, für was er zu büßen hatte. Er biß sich auf die Lippen, rollte sich im Schlafsack zu einer Kugel zusammen und wartete geduldig. Er konnte nur noch an eines denken: an diesen dumpfen und heftigen Biß, der ihm in den Unterleib und in die Geschlechtsorgane schnitt. Seine Atmung wurde immer unregelmäßiger, und kalter Schweiß bedeckte seine Haut. Niedergeschlagen verharrte er in dem gemeinen Schmerz und schwor zu Gott, zu Schwester Bernadette und zu Cora, daß es so richtig sei, daß er die Strafe annehme, daß er für das büßen werde, was er Cora angetan hatte. Er versuchte nicht mehr, sie zu überzeugen, daß es wegen Cora, für Cora geschehen war. Er war der einzige Schuldige, er mußte büßen.

Einen langen Augenblick danach schlief er unter Muskelkrämpfen ein. Er schlief bis zum Abend. Als er aufwachte, hatte er Hunger. Er erinnerte sich vage, daß er Gott etwas geschworen hatte, aber er wußte nicht mehr, was. Beim Essen sagte er sich, daß er sich danach nackt ausziehen und die Kassette ansehen würde. Diese Aussicht erregte ihn wahnsinnig. Er hörte Coras Stimme:

»Das ist nicht recht, du hast es geschworen!« Er brachte sie zum Schweigen: Sie würde es nicht noch einmal wie vorher machen, ihre Lust fordern, »mehr, mehr«, und ihn im Stich lassen, wenn sie gesättigt war. »Das kommt nicht in Frage, meine Hübsche, ich will dich sehen, wenn du kommst, du bist so schön ...«

Er fröstelte und sah aus dem Fenster. Träge kroch der Fluß dahin und schimmerte leicht im Licht des noch blassen, aber vollen und beruhigenden Mondes. Ben wußte, daß niemand je hierherkam, er kannte diese Ecke wie seine Hosentasche: eingekeilt zwischen dem Fluß und den Steilwänden der Felsen, in die sich der Fluß im Laufe der Jahrtausende hineingefressen hatte, um, ein paar Kilometer von der Stadt entfernt, diese finsteren Schluchten zu bilden. Sein Lastwagen konnte sich mit knapper Not durch die Felsschranken zwängen. Tagsüber wagten sich einige wenige in diese trostlose und ungastliche Gegend, allerdings kamen sie nur in der warmen Jahreszeit. In der Nacht war er sich sicher, allein zu sein, sogar im Sommer.

Er setzte ein Gasheizöfchen in Gang und begann sich zu entkleiden. Eine Stunde später musterte Ben ratlos und verstimmt die schwarze Mattscheibe seines Fernsehers. Er hatte gesehen, wie Cora viele Male Wollust empfand, während sie sich an ›Schwester Lächeln‹ zu schaffen machte. Eine sehr unruhige ›Schwester Lächeln‹, die aber in ihrem schalldichten Bunker wie in einer Falle saß. Er hatte vergessen, wer sie war, und alles, was dem Abend voranging, dem Freitag der Lust... Sie hatte viel gebrüllt, und es war sogar noch besser so, gefahrlos, da niemand sie hören konnte und Cora das dermaßen liebte!

»Schrei lauter, Ben, ich möchte, daß du brüllst, wenn du kommst...«

Einen Augenblick lang hatte er die Stirn gerunzelt. ›Schwester Lächeln‹ hatte so laut aufgeheult, daß er Cora nicht mehr hörte, aber diesmal war alles gutgegangen, die Technik hatte ihn nicht im Stich gelassen. Ben erhob sich, nahm die Kassette aus dem Videorekorder, knallte sie auf das abgeschlossene Möbel und setzte sich hin, nackt, die Hände vors Gesicht geschlagen. Er murmelte:

»Mein Gott, das ist doch nicht möglich.«

Der Film hatte in ihm praktisch nichts ausgelöst. Kaum dann und wann ein paar Lustwellen. Wellen? Ein zaghaftes und schwaches Wogen, weit entfernt von den Blitzen, diesen überstürzten und mächtigen Blendungen, die ihn vor Lust aufschreien ließen – die anderen Male, in der Stille und Einsamkeit. Er hatte sich die Kassette dreimal vorgespielt: Er hatte mit Cora gesprochen, sie angefleht, ihn nicht im Stich zu lassen. Aber es hatte nichts genützt. Beim dritten Durchgang war er kalt geblieben und betrachtete angeekelt das Zappeln von ›Schwester Lächeln‹, ihre Schreie und die Blutfontänen, die sie überallhin verspritzte, Fontänen, die aus ihren Armen und ihrem Hals spritzten, aus ihrer Wange, die sich dem Biß entzog und die er mit dem Cutter erledigen mußte.

Trotz der unerträglichen Hitze, die in dem Wohnmobil herrschte, war er durchgefroren und spürte eine Anwandlung von Groll gegen Cora. Zwangsläufig war sie für die gemeine Enttäuschung, die er erlebte, verantwortlich. Er wußte, daß er sich künftig ohne Zugeständnisse *ihrer* Wollust widmen müßte. Daß sie es ständig von ihm verlangen würde und er, Ben, keine Ruhe mehr hätte. Die Kassetten verschafften ihm keine Lust mehr, und sie, das wußte er, würde es ablehnen, geduldig zu warten und auf die ihre zu verzichten. Sie war immer die egoistischere von ihnen beiden gewesen.

Mit einem resignierten Stöhnen nahm er aus dem abgeschlossenen Möbel das alte Buch, ohne die Akte von ›Schwester Lächeln‹ zu beachten. Er schlug es auf und entfaltete ein Stück Papier, das ihm als Lesezeichen diente. Als er den Namen der künftigen Beute, die er Cora ausliefern würde, ausgesucht hatte, seufzte er tief und kniete sich nieder zum Gebet. Mehr fiel ihm nicht ein, um gegen die Dämonen in seinem brennenden Hirn zu kämpfen.

IX

Lavot und Cabut nahmen schweigend eine Tonne Papiere, Briefe und Dokumente unter die Lupe, die man in Geneviève Delourmels Wohnung gefunden hatte. Sie waren mit der Liste ihrer männlichen und weiblichen Bekannten durch, und merkwürdigerweise war sie kürzer, als ihr Ruf vermuten ließ. Jedenfalls die der Stammgäste, für die sie eine systematische und unveränderliche Besuchsordnung aufgestellt hatte: Montag Gérald Dutron, der berühmteste Friseur der Stadt, Dienstag César Joinville, der Museumskonservator, Mittwoch Professor Dutilleul etc.

»Die reinste Karikatur«, sagte Cabut, der es nicht fassen konnte und damit rechnete, in Jennys Liste unter Sonntag ›Gott‹ eingetragen zu finden.

All diese noblen Clubmitglieder waren vorgeladen worden, alle hatten für den Abend des Verbrechens Alibis aus gehärtetem Stahl. Der Freitag war Adrien de Lafourcades Tag, aber letzterer hatte sich an jenem Tag zur Hochzeit seiner Enkelin begeben, ausnahmsweise hatte sie ihn ersetzt. Durch ihren Mörder.

»Was macht sie wohl?« murmelte plötzlich aufgeregt Cabut.

Lavot zog erstaunt eine Augenbraue hoch:

»Hure! Sie machte die Hure. Oder wie nennst du das?«

Cabut warf Lavot einen finsteren Blick zu:

»Bravo, ich werde der Chefin sagen, daß du sie als Hure bezeichnest.«

»Ach, du sprachst von Marion! Entschuldige, ich habe es falsch verstanden. Sie ist beim Direx.«

»Eben, das dauert ziemlich lange, ist doch ungewöhnlich, nicht wahr?«

»Du weißt, er ist nicht mehr der Jüngste ...«

Cabut wurde puterrot:

»Das darf doch nicht wahr sein! Mit dir wird es jeden Tag schlimmer. Hörst du, du widerst mich an.«

»Aber ich mache Witze, du doofe Nuß, der ›Alte‹ ist nicht Marions Typ. Sieh dir lieber das an ...«

Er schwenkte ein kleines Notizbuch, auf das Talon ein leuchtendrosa Post-it mit der Bezeichnung des Fundortes geklebt hatte. Er machte das so bei interessanten Funden, auch eine Manie *made in USA*. Lavot las: »Zwischen der Wand am Eingang und einer Louis-XV-Kommode. Versteckt oder runtergefallen.«

Er rief aus:

»Dieser Talon würde noch in der Hosentasche eines Pfarrers Kondome finden.«

Cabut wollte nach dem Notizbuch greifen, das in grünes Leder eingebunden und mit einem winzigen vergoldeten Vorhängeschloß verschlossen war. Lavot hob den Arm:

»Langsam, langsam! Finger weg! Das sind vielleicht ihre Erinnerungen.«

Cabut verschränkte fassungslos die Arme:

»Angesichts des Umfangs des Werkes kann sie nicht viele Erinnerungen besessen haben.«

»Normal«, grinste Lavot, »Frauen haben nur ein halbes Gehirn, wußtest du das nicht?«

Eine Marion, die mißgestimmter denn je war, riß die Tür auf:

»Und die andere Hälfte haben Sie? Mein armer Lavot, Sie

sollten mit Ihren Neuronen sparsam umgehen und diesen Fall voranbringen. Ich habe mir eben einen ›Anschiß‹ erster Güte vom Direktor angehört ...«

»Aber gewöhnlich dauern seine Anranzer nicht so lange«, murmelte Cabut beeindruckt.

»Ja, aber diesmal hat er sich verspätet, und ihn drückte das Gewissen. Es ist überflüssig, vor Ihnen zu wiederholen, was ich zu hören bekam. Eines steht fest: Wir haben eine Woche, um eine Spur ausfindig zu machen. Dauert es länger, gehen wir bei der Stellenvermittlung des Polizeipräsidiums stempeln. Knäste gibt es genug.«

Lavot und Cabut schwiegen betreten. Sie spürten, daß Marion niedergeschlagen war, nicht so selbstsicher wie gewöhnlich, und diese Schwäche machte sie verlegen. Dennoch fing sie sich wieder und setzte sich auf den Rand des Schreibtischs, auf dem die Unterlagen ausgebreitet waren, die man in Jenny Delourmels Wohnung sichergestellt hatte. Mit einer wütenden Handbewegung zerstreute sie sie.

»He«, rief Cabut, »Achtung, es ist alles sortiert. Dieser Stapel da ist ausgewertet, aber nicht der andere.«

Marion griff sich einen Kontoauszug:

»Was kann man in diesem Schlamassel schon finden wollen? Den Namen des Mörders? Es gibt wenigstens dreißig mögliche Spuren.«

»Man könnte ihre Klienten abhören lassen«, schlug Cabut vor.

»Das bringt nie genug Handgreifliches«, grinste Lavot.

»Und was soll dabei herauskommen, hm?« setzte Marion drauf. »Wir haben es nicht mit einer organisierten Bande zu tun. Unser Mörder ist ein Einzelgänger, der sich seine Opfer nach Kriterien aussucht, die sich uns vollständig entziehen. Ist ihnen auch nur das Geringste gemeinsam? Nein. Geneviève Delourmel benutzte keinen Minitel, war nicht in einer Heiratsvermittlung angemeldet.«

Sie machten eine kurze Pause. Auf dem Hof hörte man eine Sirene, im Flur knallten Türen, ein Mann fing zu brüllen an. Ein Heidenlärm, dann herrschte wieder Stille.

»Hat Talon mit der Zusammenfassung angefangen?« fragte Marion.

»Er saß vorhin darüber«, sagte Cabut, »aber er bekam einen Anruf. Ich weiß nicht, wo er hingegangen ist.«

»Glaubst du, ein Rendezvous?« schlug Lavot vor, den das mönchische Leben von Talon neugierig machte.

Talon gehörte zu jenen Leuten, die nicht einzuordnen sind, ohne Alter und ohne Geschichte irgendeiner Art. Folglich war er in Lavots Augen, der dazu neigte, sich bei jeder Gelegenheit über sein Privatleben auszulassen, verdächtig. Verdächtig der Impotenz oder der Homosexualität oder beider zusammen. Marion wußte genausowenig wie die anderen, was mit ihm los war. Sie bemerkte jedoch an ihm einen Ehrgeiz und einen immensen Erfolgshunger, denen er vorübergehend alles übrige opfern konnte. Sie wußte auch, daß er krankhaft schamhaft und verschwiegen war. Schnell dabei, verlegen zu werden, und ebenso schnell, es zu verbergen. Wie wenn er sein Taschentuch hervorzog, um seine Brillengläser zu putzen, obwohl sie einwandfrei waren.

»Ich gehe zum Erkennungsdienst«, sagte Marion, die sich vom Schreibtisch schwang und auf Lavots Anspielung nicht einging. »Wenn Sie ihn sehen, dann sagen Sie ihm, daß er mich hier treffen soll. Wir sehen uns hier in einer Stunde. O. K.?«

Sie mußte nicht auf Talon warten. Er war schon oben im fünften Stock, in den großen Räumen, die den Technikern vom Erkennungsdienst vorbehalten waren.

»Ah! Chef, ich wollte Sie eben anrufen. Die Kollegen haben seit Freitag abend gute Arbeit geleistet. Sehen Sie.«

An einer riesigen weißen Tafel, die fast die ganze Fläche

der Wand gegenüber der Tür einnahm, waren Fotoabzüge ausgehängt. Es herrschten vorteilhafte Lichtverhältnisse in den Räumen des Erkennungsdienstes: Sie wurden von oben erleuchtet durch in das Dach eingelassene Lichtschächte oder – an dunkleren Tagen – durch starke Spots, so daß die ganze Wandfläche ausgenützt werden konnte. Die eine Hälfte der Fotos zeigte Fingerabdrücke, zum Teil deutlich und vollständig, zum Teil fragmentarisch. Die andere Serie, die sich über zwei Reihen erstreckte, zeigte unterschiedliche Körperpartien. Die Einschnitte darauf, die der Mörder vorgenommen hatte, wiesen merkwürdige Ähnlichkeiten auf. Marion verzog ihr Gesicht: Die Bedeutung dieser Zeichen entzog sich ihr. Sie trat an die Abzüge heran, studierte sie lange und warf Talon einen fragenden Blick zu. Mit selbstzufriedener Miene erläuterte er:

»Oben, das sind die Fotos von Geneviève Delourmel, unten die von Nicole Privat. Sehr gut läßt sich die unterschiedliche Frische beider Körper feststellen: Auf den Fotos oben sind die Linien viel deutlicher, aber in beiden Fällen bestätigt der Doc, daß die Schnitte vor Eintritt des Todes vorgenommen wurden, genauso wie die meisten Mißhandlungen, die er ihnen zugefügt hat. Auf beiden Fotoserien gibt es unbestreitbar Übereinstimmungen hinsichtlich Form und Anzahl der Einschnitte. Sehen Sie sie?«

»Ja, ich bin nicht kurzsichtig. Schlußfolgerung?« antwortete Marion mit einer Spur von Gereiztheit.

»Noch keine«, sagte Talon mit einem Anflug von Reue in der Stimme.

Er rückte seine Brille zurecht, besann sich anders und zog sein großes Taschentuch hervor. Amüsiert wartete Marion, bis er seinen kleinen Hausputz beendet hatte. Er fuhr fort:

»Ich habe alle die Schnitte vergrößern lassen, die deutliche Gemeinsamkeiten aufwiesen. Ihre Bedeutung begreife ich nicht, der Gerichtsmediziner auch nicht. Übrigens niemand hier. Auf den Ganzkörperfotos ist es noch weniger anschaulich. Der Körper von Nicole Privat ist zu übel zugerichtet, die Schnittwunden sind angeschwollen, das ist schade … Ich dachte, Sie hätten eine Idee, Chef …«

»Noch nicht«, seufzte Marion, dann wandte sie sich an den Techniker, der näher getreten war.

»Ich hätte gerne Vergrößerungen – die größten, die Sie machen können – von den ganzen Körpern der beiden Frauen. Talon, rufen sie Cabut und Lavot herauf, die sind vielleicht pfiffiger als wir. Schade, daß Joual nicht da ist, er ist gut darin, solch überdrehtes Zeug zu bestimmen.«

Sie dachte nach, ihr starrer Blick war auf die Fotos geheftet, ohne daß sie sie sah. Sie wandte sich wieder an Talon:

»Und die Befragung der Archive, die Vergleiche hinsichtlich der Vorgehensweise, geht das voran?«

»Das läuft«, erwiderte Talon, »ich warte auf die Antworten. Wenn der Kerl schon unter gleichen Bedingungen vorgegangen ist, müssen wir auch zwangsläufig fündig werden. Wollen Sie den Rest sehen?«

Marion nickte. Der Rest waren die Fingerabdrücke, die man in Jenny Delourmels Wohnung gesichert hatte. Es gab viele, aber wenige waren auswertbar. Talon hob den besten für den Schluß auf: ein fragmentarischer Abdruck, ein halbes Fingerglied mit unscharfen, fast ausgelöschten, aber sichtbaren Umrissen:

»Kann man das auswerten?« fragte Marion.

Talon verzog sein Gesicht:

»Halb, doch wir haben nichts anderes. Das ist die zuverlässigste Spur. Die meisten Spuren stammen vom Opfer, die übrigen sind nicht auswertbar, liegen übereinander oder sind unvollständig.«

»Die stammt woher?«

Bescheiden lächelte Talon:

»Vom Champagnerglas!«

»Das, was zerbrochen war?«

Talon schüttelte verneinend den Kopf:

»Nein, das andere, das zweite. Sie baten mich, auf dem Boden nachzusehen … Es war unter das Bett gerollt, und der Mörder hat es sicher nicht gesehen. Ich schon.«

»Bravo, Talon! Sie würden einen hervorragenden Kommissar abgeben …«

»Aber das will ich doch hoffen.«

»Man muß arbeiten, sich dem Wettkampf stellen und Erfolg haben, es genügt nicht, ehrgeizig zu sein.«

Ungewollt hatte Marion einen trockenen Ton angeschlagen. Talons Intelligenz und seine etwas hochtrabende Art, in der er die anderen behandelte, bereitete ihr manchmal Unbehagen.

Ein Techniker vom Erkennungsdienst kam auf sie zu:

»Entschuldigen Sie, Chef, Lavot verlangt nach Ihnen im dritten Stock. Er sagt, daß es wichtig ist.«

»Ich gehe hin«, sagte Marion. Sie drehte sich zu Talon um:

»Wir treffen uns unten. Dienstbesprechung in fünfzehn Minuten.«

Lavot und Cabut befanden sich in Gesellschaft von Potier, einem Brigadier, der der Verwaltung zugeteilt worden war. Er war verantwortlich für Material und Waffen. Ein dicker Typ mit rotem Gesicht, kurzatmig und mit einem runden Bauch, der weit über den Gürtel seiner Hose hing. Ein Beamter im erleichterten Dienst, was man mit ›Drückeberger‹ oder ›Faulpelz‹ übersetzen mußte – diese Heerschar von Kränkelnden, von denen die Reihen der Polizei überlaufen waren, die aber, allen Widerständen zum Trotz, mit durchgeschleppt werden mußten.

Potier schwankte von einem Fuß auf den anderen, sein breites, bläulichrotes Gesicht bedeckte sich in regelmäßigen Abständen mit ungesundem Schweiß, den er mit einem nicht ganz sauberen Taschentuch abwischte. Aufmerksam und auf der Hut erwiderte Marion knapp seinen Gruß. Potier warf Lavot einen flehenden Blick zu. Dessen Mimik war gelangweilt, während Cabut, der auf einem Stuhl zusammengesunken war, so tat, als sei er in das Studium des Papierkrams vertieft, der immer auf seinem Schreibtisch ausgebreitet war.

»Nun, Potier«, fragte Marion ungeduldig, »was haben Sie so Dringendes zu sagen? Ist das Klopapier alle? Schaffen Sie es nicht mehr, das Dutzend Bleistifte zu zählen, das Sie noch auf Lager haben?«

Lavot eilte Potier zu Hilfe:

»Chef, Potier glaubt, daß er eine Dummheit begangen hat ...«

»Glaubt er es, oder ist er sich dessen sicher?«

Potier belebte sich:

»Nein, ich glaube nichts, ich bin gekommen, um Sie zu warnen, das ist alles.«

Außer Atem hielt er inne. Lavot fuhr an seiner Stelle fort, da er wußte, daß Marion bald explodieren würde:

»Es ist wegen Joual.«

In diesem Augenblick wußte Marion, daß es Ärger gab. Großen Ärger. Mit tonloser Stimme seufzte sie:

»Ein Problem?«

Lavot zuckte mit den Schultern. Flehend ließ Potier ihn nicht aus den Augen.

»An dem Tag, an dem sich Joual krank schreiben ließ, suchte er Potier auf, bevor er ging. Er hat ihm erzählt, wir hätten am Abend eine Aktion und er brauche eine Knarre ...«

Marion ließ sich auf einen Stuhl fallen, ohne Potier aus den Augen zu lassen:

»Und Sie haben ihm eine gegeben.«

Potier breitete die Arme aus:

»Versetzen Sie sich an meine Stelle! *Ich* hatte keine Anweisung. Seit er zur ›Unkrautvernichtung‹ gewechselt ist, war ihm ein Ballermann nicht mehr verboten! Ich gab ihm eine 357, es gab keinen Grund ...«

»Und warum dann diese plötzliche Angst?« rief Marion aus.

Potier tupfte sich die dicken Tropfen ab, die ihm auf dem kahlen Kopf standen:

»Er hatte mich um den Ballermann für einen Abend gebeten, aber jetzt ist schon eine Woche rum. Also bin ich gekommen, um nachzusehen, was er treibt. Lavot sagt mir, daß er krank gemeldet ist, daß nie eine Aktion mit ihm stattfand und daß er außerdem völlig deprimiert ist. *Ich* sitze in der Tinte!«

»Da ist was dran«, murmelte Marion. »Sie können nur eines tun, Potier, nämlich ihn aufgreifen, bevor er Mist baut – falls es nicht schon zu spät ist. Cabut?«

Der Angesprochene hob den Kopf. Er knetete Jenny Delourmels kleines Notizbuch aus grünem Leder nervös in den Händen. Er schien außer Fassung zu sein.

»Cabut«, wiederholte Marion, »immer noch keine Nachricht von Joual? Haben Sie nicht versucht, ihn noch einmal anzurufen?«

Cabut erging sich in einem konfusen Redeschwall, dem sie schließlich entnahm, daß die Dinge an einem toten Punkt angekommen waren. Weder Joual noch seine Frau gingen ans Telefon.

»Kümmern Sie sich unverzüglich um ihn und holen Sie den verdammten Ballermann zurück.«

Sie blickte ihn aufmerksam an und sah seine besorgte Miene:

»Und regen Sie sich nicht so auf, das kommt wieder in Ordnung ... Was Sie angeht, Potier, so erwarte ich Ihren Bericht.«

Mit gesenktem Kopf verließ sie das Büro der Inspektoren und steuerte auf ihr eigenes zu. Sie war keineswegs sicher, daß alles wieder in Ordnung kommen würde. In ihre düsteren Gedanken vertieft, stieß sie mit einer großen Gestalt zusammen, die ihr den Eingang zu ihrem Büro versperrte. Benjamin Bellechasses Arme schlossen sich um sie. Für einen Moment vergaß sie ihre Sorgen und schmiegte sich an den Barbour, in dem noch der Geruch von ranzigem Öl hing; sie atmete den unaufdringlichen Duft vom Eau de Toilette ihres Geliebten ein und sagte, während sie sich aus seiner Umarmung löste, mit leiser Kleinmädchenstimme:

»Bist *du* es?«

Anstatt einer Bejahung lächelte Benjamin:

»Ich suche dich überall«, sagte er sanft, »kommst du mit?«

Marion zögerte einen kurzen Augenblick und stimmte dann wie erlöst zu. Eine Minute später stieß sie die Tür vom Büro der Inspektoren auf, um ihnen anzukündigen, daß sie gehe und die Dienstbesprechung bis zum nächsten Morgen Zeit habe. Cabut erblickte Benjamin Bellechasse hinter Marion. Er bedachte ihn mit einem feindseligen Blick, den nur Lavot bemerkte.

Als sie allein waren, wies Lavot Cabut darauf hin, daß er Bellechasse ein bißchen zu viel andichte.

»Dieser Bellechasse ist der Teufel«, rief Cabut aus, »ich bin mir sicher, er ist bösartig.«

»Freilich«, spottete Lavot, »hast du das in seinem Geburtshoroskop gesehen?«

»Ich spaße nicht«, entgegnete Cabut mit Nachdruck, »sieh her.«

Er reichte Lavot das Notizbuch aus grünem Leder. Schweigend blätterte Lavot darin und las die Bemerkungen, die Jenny Delourmel mit ihrer runden, kindlichen Schrift darin eingetragen hatte.

Er pfiff überrascht und lächelte wiederholt:

»Sie hatte Methode, die Kleine«, urteilte er.

Jeder Klient hatte sein Blatt mit seinen Manien, seinen Vorlieben, den Orten der Kontaktaufnahme, den Orten der Zusammenkünfte und mit dem, was er einbrachte. Keine Frau unter den Stammkunden, das stand schon fest.

Lavot kommentierte:

»Ist dir etwas aufgefallen? Sie hat mehrere von denen im Cintra getroffen. Weiß Marion das?«

»Ganz bestimmt nicht!« rief Cabut aus. »Niemand hat mit ihr bisher über dieses Notizbuch gesprochen – zum Glück!«

Lavot wunderte sich:

»Da kann ich dir nicht folgen, Kamerad!«

»Dann hast du schlecht gelesen«, sagte Cabut, der ihm das grüne Notizbuch aus den Händen riß. »Sieh dir die letzte Seite an.«

Stutzig geworden, las Lavot:

»Freitag, 18. April, 20 Uhr, Cintra, Ben …«

Mit einem Ruck richtete er sich auf:

»Du bist doch das letzte! Man muß mit Marion darüber sprechen; stell dir vor, dieser Ben ist vielleicht der, der sie kaltgemacht hat … jedenfalls ist er gewiß einer der letzten, der sie lebend gesehen hat. Wo ist die Chefin?«

»Bei sich oder bei ihm zu Hause«, sagte Cabut düster, »du weißt es genau, und das gefällt mir nicht besonders.«

»Du bist doch nicht etwa eifersüchtig?«

»Nein«, sagte Cabut, »aber dieser Bellechasse läßt mich Schlimmes befürchten. Ich finde, seit diesen Morden ist er uns ein bißchen zu oft über den Weg gelaufen …«

»Du übertreibst … Hast du dich auf ihn fixiert, oder was?«

»Aber du begreifst wirklich nichts … Ben … Verstehst du nicht?«

Lavot starrte seinen Kollegen an, als ob es sich um einen

Schwerkranken handelte. Mit verzweifelter Miene stieß Cabut aus:

»Ben … Benjamin …«

»Oje«, seufzte Lavot, »du holst wirklich weit aus … Nein, ich schwöre dir, Cabut-Schätzchen, das muß nicht sein, du wirst dir die Finger verbrennen.«

»O. K.«, rief Cabut aus, die Hände in Schulterhöhe erhoben. »Ich spinne. Ben, Benjamin: Meine Phantasie spielt mir Streiche. Wie beim ersten Mal, als ich ihn mit Nicole Privat gesehen habe. Und wie zufällig war er, was die beiden Morde betrifft, angeblich nicht in der Stadt. Weißt du etwa, wo er war?«

Lavot gab zu, daß das ein heikler Punkt war. Er dachte nach, während er mechanisch die Magnum Kaliber 357 streichelte, die vor ihm lag. Er sprang auf:

»Ich schlage dir etwas vor«, sagte er, »wir gehen ins Cintra. Jenny hatte dort Verabredungen, vielleicht hat der Barkeeper etwas gesehen … Außerdem fällt mir jetzt ein, daß im Cintra auch Bellechasse zu Hause ist. Mit etwas Glück könnten wir ihn sogar treffen.«

»Und ihn fragen, ob er der Mörder ist«, nörgelte Cabut und trat in den Flur.

Der letzte Takt von Rachmaninows Klavierkonzert Nr. 2, in der Einspielung von Vladimir Ashkenazy, verklang. Das Appartement wurde schon seit einiger Zeit von der Helligkeit des Mondes überflutet, welcher voll und riesig über der Stadt stand. Marion seufzte, noch benommen von den zwei Stunden, die sie soeben mit ihrem Geliebten verbracht hatte, der wie durch ein Wunder wiederaufgetaucht war. Aber das Wunder war damit auch schon wieder am Ende gewesen, leider. Sie hatten kein einziges Wort gesprochen auf dem Weg, Marion hatte sogar versucht, das Atmen zu vermeiden, da sie der Überzeugung war, daß das geringste falsche Wort den

Zauber vertreiben könnte. Benjamin und sie hatten sich schweigend ausgezogen. Sie hatten sich verstohlen begehrliche Blicke zugeworfen, ohne sich zu berühren. Einmal mehr hatte sie ihn bewundert, diesen herrlichen Mann, mit seinen kräftigen Schultern ohne ein Gramm Fett, seiner glatten matten Haut. Mit seinen kurzgeschnittenen Haaren, die ihn noch jünger aussehen ließen. ›Ein griechischer Gott‹, dachte Marion bewegt und von ihrer eigenen Begierde verwirrt.

Zärtlich und aufmerksam hatte Benjamin das Vorspiel in die Länge gezogen. Immer noch wortlos. Dann hatte sie begonnen, Zeichen von Ungeduld zu bekunden. Trotz ihres Feuers blieb Benjamin eiskalt, seine normalerweise gebieterische Manneskraft war entschwunden. Er gab schließlich selbst zu, daß er diese Panne nicht begreife, daß Marion nichts dafür könne. Die Überanstrengung vermutlich und die Sorgen... Kurz: alles, was man in solchen Fällen vorschob.

›Ein totales Fiasko‹, dachte Marion enttäuscht.

»Das ist nicht schlimm«, sagte sie, ohne selber daran zu glauben, wobei sie einen unvorhersehbaren Anflug von Angst zurückdrängte.

Ihr wurde klar, daß sie den Mann, der neben ihr lag, nicht mehr wiedererkannte, und das machte ihr Angst. Sie flüsterte:

»Benjamin?«

Auf dem Rücken liegend und die Arme auf der Brust gekreuzt, döste Benjamin vor sich hin. Marion ließ nicht locker, wurde energischer. Er öffnete ein Auge, schien aus einem schmerzhaften Traum aufzutauchen.

»Pst«, brachte er eben noch hervor, »noch nicht, noch nicht sprechen...«

Marion stand mit einem Satz auf und eilte zur Küchenecke, wo sie sich geräuschvoll ein Glas Wasser einschenkte. Sie kehrte zurück, ließ sich schwer neben Benjamin zurücksinken und legte den Kopf auf seine unbehaarte Brust.

Sie begann leise zu sprechen, von sich, von ihm, von Leuten, die ihr begegneten, von allem, von nichts. Benjamin schien Lichtjahre entfernt zu sein, dennoch wußte sie, daß er zuhörte. Sie fuhr im selben Ton fort:

»Siehst du, Benjamin, während wir beiden in aller Ruhe hier sind, gibt es in der Stadt einen Verrückten, der vielleicht gerade eine dritte Frau umbringt. Die Sauerei eines Übergeschnappten oder Perversen, der sie quält, um sie schreien zu hören, und zweifellos auch, damit ihm einer abgeht. Er ist irgendwo dort, nicht weit weg von uns, wenn es der Zufall will, und beginnt gerade mit seinem Skalpell zu spielen ... Obwohl es wenig wahrscheinlich ist, da wir heute Mittwoch haben ...«

Ein kaum wahrnehmbares Zittern befiel Benjamin Bellechasse.

»Ja, dieser Schwachsinnige tötet am Freitagabend ... Na ja, jedem das Seine. Die einen gehen ins Kino oder zu Nutten, *er* tötet. Freitags. Dieser Tag muß ihn anregen ... Ich bin sicher, er wird bald wieder anfangen. Interessiert es dich, was ich sage? Bist du wenigstens auf dem laufenden?«

Bellechasse wurde plötzlich lebendig und antwortete mit rauher Stimme:

»Ich habe die Zeitungen gelesen wie jedermann. Aber der Klatsch über Verbrechen ist nicht meine Sache ...«

»Meine schon«, sagte Marion fast zu trocken, »ich wate in dem Blut, das dieser Kranke vergießt, ohne nur einen Millimeter weit vorwärtszukommen.«

»Warum krank?«

»Was er ihnen antut, kann sich ein normales Hirn nicht ausdenken. Das ist ein Irrer, ein blutrünstiger und geiler Irrer. Ein Perverser ...«

Benjamin bewegte ein Bein und wandte leicht den Kopf:

»Diese Sachen interessieren mich nicht sehr, du weißt es.«

Benjamin hatte unbewegt gesprochen, aber Marion, deren Kopf immer noch auf seiner Brust lag, hörte ganz deutlich die Beschleunigung seines Herzschlags. Bellechasse verfolgte für gewöhnlich die Kriminalfälle nicht, was nicht erstaunlich war, da er den Kulturteil des *Écho* leitete. Als Marion ihn jetzt auf dieses Gebiet führte, folgte sie dunklen Beweggründen. Sie wurde ihrerseits aufgeregt:

»Benjamin, ich kann es nicht glauben! Alle Welt fühlt sich betroffen von so bedrohlichen Taten, nur du nicht? Ist dir klar, daß die Hälfte der Bevölkerung bedroht ist.«

Obgleich er sich dagegen wehrte, fühlte sie, daß ihr Geliebter dennoch an den Glanzleistungen des Mörders interessiert war, von denen sie zu erzählen begann, ohne ihn um seine Meinung zu fragen. Sie ließ kein Detail aus, selbst die abscheulichsten nicht. Sie wußte, daß es dem Journalisten Benjamin womöglich schwerfallen würde, der Lust zu widerstehen, das zu veröffentlichen, was sie ihm erzählte. Es war ihr bewußt, daß sie einen schweren beruflichen Fehler beging, indem sie ihm im Bett vertrauliche Einzelheiten über die Ermittlungen preisgab, aber es war stärker als sie. Verzweifelt wartete sie darauf, daß er reagierte, daß er sich auf ihre Seite stellte, auf die Seite der Leute, die sich über derartige Taten entsetzen.

Als sie innehielt, gab er keinerlei Kommentar ab. Er blieb starr am Bettrand liegen, gleich einer Grabfigur, mit über der Brust gekreuzten Händen. Dann stand er auf und zog sich im Halbdunkel an unter den Blicken von Marion, die wie versteinert und immer noch nackt auf dem Bett lag. Nachdem er angekleidet war, setzte er sich neben sie, streichelte ihr Gesicht und ihre Brüste, gab ihr einen flüchtigen Kuß und ging auf die Tür zu. Bevor er hinausging, lehnte er sich an die Tür. Die Helligkeit des Mondes zeichnete beunruhigende Schatten auf sein Gesicht. Er schien aufgewühlt von einem inneren Sturm, einem Zweifel oder einer Angst …

»Marion«, sagte er ernst, »ich schwöre dir, es hat nichts mit dir zu tun. Ich würde dich auf der Stelle heiraten, wenn ich es könnte. Aber es ist nicht möglich, das wär's …«

Marion richtete sich auf:

»Gibt es eine andere Frau? Bist du schon verheiratet, ist es das?«

Bellechasse schüttelte seinen schönen griechischen Götterkopf und lachte knapp, trocken und bitter:

»Nein, nicht einmal das, das wäre einfacher … Ich glaube, wir sollten uns eine Zeitlang nicht sehen, das ist auf alle Fälle besser.«

»Hast du Probleme? Ich kann dir helfen!«

»Ich glaube nicht, noch nicht …«

»Scheiße, du kannst dich doch nicht so verziehen, Benjamin! Nicht ohne mir zu erklären …«

»Ich bitte dich, Marion, mach die Dinge nicht noch schwieriger. Ich bin dir Erklärungen schuldig, aber heute abend bin ich nicht imstande dazu. Verzeih mir! Mir liegt viel an dir, weißt du, ich schwöre es dir.«

Marion starrte lange auf die geschlossene Tür. Sie zitterte in der eiskalten Dunkelheit ihres Appartements, das plötzlich riesig geworden war, und hatte auf einmal das Vorgefühl eines Unglücks.

Der Barkeeper vom Cintra war nicht gerade begeistert, als er sah, wie sich Lavot und Cabut am äußersten Ende der Theke niederließen. Ohne sie aus den Augen zu lassen, schenkte er ihnen zwei Whisky ein, während ihre Augen die Bar absuchten, die an diesem Abend unter der Woche wenig besucht war. Vor zwei Jahren hatte er es mit Lavot wegen einer Sittensache zu tun gehabt, eine gemeine Geschichte, die ihm beinahe den Bau gebracht hätte. Lavot war ihm sehr entgegengekommen, mit Marions Segen, aber er kreuzte regelmäßig auf, um sich wieder in Erinnerung zu bringen. Ab und zu verlangte der Inspektor einen kleinen Tip über einen Stammgast.

Als Lavot ihn mit seinem gekrümmten Zeigefinger heranwinkte, seufzte der Barkeeper und warf das Geschirrtuch hinter sich. Lavot hielt ihm ein Foto von Jenny hin. Der Barkeeper zuckte die Schultern:

»Eine kleine Gelegenheitshure, wohlgemerkt Handelsklasse Ia. Sie macht sich eher über den Typ ›alter Schönling mit Knete und nicht langweilig‹ her, aber mehr weiß ich nicht über sie.«

Cabut mischte sich ein:

»Trotzdem ist hier ihr Hauptquartier! Du kannst nicht das Gegenteil behaupten!«

»Aber das behaupte ich nicht! Ich sage nur, daß ich weder weiß, was sie tut noch mit wem, sobald sie aus der Tür gegangen ist…«

»Weißt du, was mit ihr passiert ist?«

»Nein, ich komme heute abend aus dem Urlaub zurück. Hat sie Ärger?«

Lavot lächelte breit und machte mit seinem Daumen eine ausladende Bewegung unter dem Kinn von links nach rechts. Der Barkeeper fuhr zusammen:

»Nein! Ist sie tot? Wissen Sie, wer das getan hat?«

»Wenn wir es wüßten, wären wir nicht hier! Da, schenk uns noch einen ein!«

Bewegt kam der Barkeeper der Aufforderung nach. Lavot setzte das Gespräch fort:

»Seit wann bist du weggewesen?«

»Seit zehn Tagen.«

»Also warst du Freitag abend nicht hier?«

»Aber nein! Julio war hier. Aber Sie werden Mühe haben, ihn zu sprechen, er ist gestern für zwei Wochen nach Italien gefahren. Er nimmt einen Teil seines Jahresurlaubs. Eine Rundreise.«

Lavot und Cabut warfen sich einen erschöpften Blick zu. Schweigend stierten sie in ihre Gläser, die der Barkeeper soeben erneut gefüllt hatte. Eine Runde auf Kosten des Hauses.

X

Die weit aufgerissenen Augen der an Händen und Füßen gefesselten und geknebelten Frau glitten über die Einrichtung, die sie umgab. Sie begann, sich heftig zu krümmen, und gab ein ersticktes Murren von sich. Die Pritsche des Campingwagens quietschte mehrmals, so daß sich der Mann, der hinter einem Wandschirm beschäftigt war, umdrehte. Nur sein kahler Kopf und der obere Teil seiner nackten Brust waren zu sehen; er kniff seine Augen mit den unendlich langen Wimpern zusammen, während er seine Bewegung unterbrach und einen Lippenstift in die Luft hielt:

»Schweigen Sie, ›Schwester Viper‹, Cora wird kommen, sie bereitet sich gerade vor, ich möchte nicht, daß Sie ihr einen schlechten Empfang bereiten.«

Fassungslos musterte die Frau ihn. Wer war dieser Irre? Warum schminkte er sich wie eine Nutte? Ihr Herz begann wie verrückt zu klopfen. Ihr wurde klar, daß sie sich in Gefahr begeben hatte, sie verfluchte sich, daß sie sich von diesem schönen Typen mit den sanften Augen hatte den Hof machen lassen. Und diese Verabredung … Zuerst hatte sie die Idee, an Händen und Füßen gefesselt zu werden, amüsant gefunden.

»Willst du meine Sklavin sein? Ich werde dir eine Lust verschaffen, die du noch nicht kennst. Du wirst sehen ...«

Er war so verführerisch, so überzeugend, so sanft und so intelligent. Ein Unterschied wie Tag und Nacht verglichen mit ihrem Mann. Trotzdem hatten sie Gemeinsamkeiten! Und was für welche! Die Drolligkeit der Situation hatte sie amüsiert. Und Ben hatte ihr gefallen, seit sie seine Stimme am Telefon gehört hatte ... Hundertmal war sie versucht gewesen, alles ihrem Mann zu gestehen, nur um ihn zu provozieren, diesen Idioten. Aber sie hatte ihm bloß erzählt, daß sie einen Mann kennengelernt hatte und daß sie gehen würde, um mit ihm zu leben.

Natürlich hatte sie bei Ben das Kinderproblem übergangen. Vorübergehend hatte sie ihm deren Existenz verborgen, aus Angst, ihn zu erschrecken. Was den Ehemann anging, so war sie gezwungen gewesen, es ihm zu sagen, da er erklärt hatte, er wolle für ihre erste gemeinsame Nacht zu ihr nach Hause kommen! Zwar verachtete sie ihren Mann, aber dennoch ... Trotz einer Spur von Ärger, Ben hatte nicht reagiert, war sie sich sicher, daß er verstand, im übrigen wäre noch Zeit genug, ihm alles zu erklären, wenn sie miteinander geschlafen hätten. Denn sie zweifelte nicht daran, daß er fasziniert sein würde von ihrem Talent und der Lust, die sie ihm zeigen würde. Sogar die Lust daran, seine Sklavin zu sein. Warum nicht? Zwischen Liebesleuten gibt es nichts Verbotenes.

Die Angst eines Tieres erfüllte ihren Blick, als sie jetzt diesen so schönen Mann anstarrte. Er hatte sich gerade eine Perücke mit langen blonden Haaren auf den Kopf gesetzt. Blitzartig begriff sie, daß sie dem Frauenmörder in die Hände gefallen war, von dem ihr Mann ihr erzählt hatte und der seit Tagen die Kripo in Trab hielt. Wie leichtsinnig sie doch war, diesem Fremden gefolgt zu sein! Aber wie konnte sie ahnen, daß er es war? Es war unmöglich, wirklich unmöglich, gegen diesen über jeden Verdacht erhabenen Mann Argwohn zu hegen.

Sie fühlte, wie ihre Schließmuskeln sie im Stich ließen, als Ben, verkleidet und auf hochhackigen Schuhen, um den Wandschirm herumging, um mit einer Kamera in der Hand auf sie zuzukommen. Plötzlich blieb er stehen, betrachtete den Fleck unter der Frau und schnupperte den ekelhaften Geruch. Er runzelte die beiden Striche, die er da gezogen hatte, wo die Augenbrauen fehlten, machte ein verärgertes Gesicht und schimpfte mit lauter, hoher Stimme:

»Was hat dieses Ferkel gemacht? Unter sich gepißt? Auch geschissen? Schämt sie sich nicht? Ben hätte eine Saubere aussuchen können ... Cora mag nicht auf schmutzige und stinkende Frauen schreiben ...«

In diesem Augenblick wurde Ben durch ein Geräusch von draußen alarmiert. Er erstarrte und spitzte die Ohren. Er hatte – was er nie tat – seinen Campingwagen benutzen müssen, um Cora ihr neues Lustobjekt zuzuführen. Normalerweise ging er immer zu den Frauen hin. Aber diese hatte ihn im Stich gelassen. Er hatte sie in der Überzeugung rekrutiert, daß sie wie die anderen alleine lebte. Und im letzten Augenblick, als Ben drängte, hatte sie die Existenz eines Ehemannes gestanden. Ein Ehemann! Ben hätte fast verzichtet, aber es war zu spät, Cora war ungeduldig geworden, und er hatte keine Zeit mehr, weder um eine andere ›Schwester‹ zu finden noch um sie vorzubereiten. Er hatte diese nur widerwillig in das Wohnmobil mitgenommen, während sie die Idee irrsinnig komisch fand. Und nun hatte sie sich soeben auch noch erleichtert, Ben verabscheute das. Er dachte, daß er sie würde waschen müssen – niemals würde Cora von dieser stinkenden Sache etwas wissen wollen. Und die Pritsche! Sicher würde sie befleckt bleiben, er würde alles auswechseln müssen. Seine Wut nahm zu, das

Geräusch war von neuem zu hören, diesmal in der Nähe der Tür.

Das Wohnmobil war in einer Felsspalte am Ufer versteckt. Niemand konnte es von oben von der Straße aus sehen, und Ben wußte, daß niemand mitten in der Nacht hierherkam … Es mußte sich um ein Tier handeln, einen verirrten Hund, der in der Gegend umherstreifte. Die Frau bewegte sich etwas stärker, grunzte und krümmte sich, und dabei zerdrückte sie ihre Exkremente. Ben schloß die Augen, der abscheuliche Gestank ließ das Bild von Schwester Bernadette in ihm aufsteigen.

Er war dem Erbrechen nahe. Die Frau zappelte immer noch, er konnte es nicht mehr ertragen. Mit der Kamera schlug er nach Gutdünken zu und traf sie an der Schläfe. Endlich bewegte sie sich nicht mehr, sogleich beruhigte er sich. Einen Augenblick später richtete er ohne zu denken den Blick auf die Seitentür des Wohnmobils und glaubte seinen Augen nicht zu trauen: Der Türgriff drehte sich! Jemand versuchte hereinzukommen, jemand wollte Cora ertappen, wollte sie abholen, ins Gefängnis werfen oder in ein Krankenhaus einsperren.

Rasch zog er seine Pumps aus und schlich sich geschmeidig wie eine Katze in den Winkel der Kochnische, hinter die Tür. Mit der Kamera in der Hand wartete er und hielt den Atem an.

Ben starrte auf den Türgriff, der sich nun vollends gedreht hatte: Er wurde von jemandem betätigt, der unglaubliche Vorsichtsmaßnahmen ergriff. Ein leichter, dann ein stärkerer Stoß sprengte das Schloß und öffnete den Türflügel ein paar Zentimeter weit. Die Pritsche und die nackte Frau, die ohnmächtig und gefesselt dalag, prägten sich dem Gesichtsfeld des Neuankömmlings ein. Er rief:

»Christine! Herrgott noch mal!«

Joual vergaß jegliche Vorsicht, er stieß rücksichtslos die

Tür auf und stürzte mit einem Revolver in der Hand in das Wohnmobil hinein. Er kam nicht dazu, die Waffe zu benutzen, ein heftiger Schlag traf ihn am Hinterkopf und schleuderte ihn bewußtlos quer über die Pritsche.

Später, viel später, nachdem sich Cora ausgiebig gesättigt hatte am Körper von Christine Joual – alias ›Schwester Viper‹, denn sie besaß die Selbstgefälligkeit und die beißende Lebhaftigkeit dieses Reptils –, fragte sich Ben, was er mit diesem ungelegenen Ehemann machen sollte, der mitten in der Nacht aufgetaucht war. Wie hatte er sie gefunden? Ben war doch vorsichtig gewesen und hatte genau aufgepaßt, daß er nicht verfolgt wurde. Er müßte entschieden noch wachsamer sein. Joual, gefesselt und geknebelt, hatte ohnmächtig dem grauenvollen Ende seiner Frau beigewohnt. Ben hatte eine zusätzliche Erregung darin gefunden, seine Glanzleistungen in Gegenwart eines Dritten zu vollbringen. Coras Lust war dadurch um so phantastischer, blendender gewesen. Joual hatte mehrere Male das Bewußtsein verloren, so unerträglich waren Christines Schreie gewesen. Willenlos und mit steifen Gliedern regte er sich jetzt nicht mehr und betrachtete mit einem erloschenen Auge den verkleideten Koloß, der sich langsam seiner Todesausrüstung entledigte. Christine mußte gegen drei Uhr morgens nach unendlichen Leiden gestorben sein. Joual hatte Zeit gehabt, um zu begreifen, was ihr der verkleidete Verrückte antat, der vor Lust brüllte, während er in den Oberkörper und in die Beine dieser Frau hineinschnitt, dieser Frau, die ihn, Joual, nicht schonend behandelt hatte, die er aber liebte.

Ben verschwand auf der Toilette. Das Geräusch seiner Waschungen drang bis zu Joual durch, dem es aber in seiner völligen Betäubung nicht mehr gelang, einen klaren Gedanken zu fassen. Er dachte, daß er seine Kollegen hätte in Kenntnis setzen müssen von seiner Absicht, seine Frau und deren Liebhaber zu verfolgen. Ihm wurde schwindlig bei dem Gedanken, daß er, Joual der Alki, der schon lange niemanden mehr festgenommen hatte, den Frauenmörder aufgestöbert hatte. Ein schöner Erfolg, der ihm keine Beglückwünschung einbringen würde, nicht einmal eine posthume, da niemals jemand etwas davon wissen würde. Der Brigadier Potier würde gewiß Scherereien haben, da er ihm ohne Befugnis eine Waffe ausgehändigt hatte, denn eins war gewiß: Der Verrückte würde ihn nicht übrig lassen. Abgesehen davon, wie könnte er weiterleben mit dem, was er diese Nacht ertragen hatte?

Er zog heftig an seinen Fesseln, tat sich aber nur unnütz weh: Der Verrückte war ein Profi, er hatte ihm keine Chance gelassen. Um den gemarterten Leichnam seiner Frau nicht ansehen zu müssen, schloß er die Augen und dachte daran, daß er sterben würde. Ihm kam der Gedanke an seine Kinder, aber er weigerte sich, dabei zu verweilen, es war zu schmerzlich. Er spürte die Gegenwart des anderen vor sich und öffnete die Augen, um ihm die Stirn zu bieten. Ben stand nackt und riesig da und betrachtete Joual mit nachdenklicher Miene. Er fragte sich zweifellos, wie er ihn aus dem Weg räumen sollte. Joual schreckte überrascht zusammen: Ohne Fummel, ohne blonde Perücke und Schminke erkannte er den Mann.

Es war Bellechasse, der Journalist. Ein bizarrer Bellechasse, mit einer erstaunlichen Kahlköpfigkeit und beseelt von einem sonderbaren Blick.

»Wir müssen noch eine letzte Formalität erledigen, Herr Inspektor«, sagte Ben mit einer Stimme, in der die Ironie hörbar war. »Ich nehme an, Sie sind Rechtshänder?«

Joual antwortete nicht und fragte sich, worauf der andere hinauswollte. Der andere, der ihn ›Herr Inspektor‹ nannte! Natürlich! Bellechasse mußte ihn kennen, so wie er die ganze Gruppe von Marion kannte … Ben band Joual los und zog ihn zu dem im Boden verankerten Drehsessel, wo er ihm die linke Hand wieder fesselte. Dann kramte er in einem Möbel, kam zurück mit Notizbuch und Bleistift und legte beides vor Joual hin:

»Sie werden von Ihren Freunden Abschied nehmen, Inspektor. Schreiben Sie!«

Etwas später schreckte ein Knall ein paar kaum erwachte Vögel auf. Der Knall hallte lange durch die öden und feindseligen Felsen, über denen ein schmutziger Tag anbrach.

Ben vergewisserte sich, daß er nichts vergessen hatte, und ließ Jouals leblosen Körper liegen, um sich um den von Christine zu kümmern. Er würde ihn etwas weiter unten in den Fluß werfen. Wenn er Glück hatte, würden die Schlauberger von der Kripo glauben, daß Joual der Mörder der anderen Frauen war. Ben tadelte sich: Er mußte ab jetzt vorsichtiger sein, diese Art von Geschichte durfte sich nicht wiederholen. Zu gefährlich.

Zunächst würde er versuchen, Cora zu beruhigen und an ihre Geduld zu appellieren, andernfalls wäre es der Beginn von Scherereien und das Ende für ihn. Aber er ahnte, daß es vergebliche Mühe war, seit der letzten Nacht wußte er, was er tun mußte, wenn die Dinge schiefgingen, wenn Cora hartnäckig ihre Lust fordern würde, wieder und wieder.

Um 5 Uhr 30 war alles vorbei. Er konnte endlich aufatmen. Er mußte rasch aufbrechen, wenn er nicht einem früh aufgestandenen Angler gegenüberstehen wollte, und er hatte noch zu tun: die Pritsche des Wohnmobils und die Kleider von ›Schwester Viper‹ an einer unauffälligen Stelle verbrennen, den Lastwagen von Grund auf waschen und ihn für einige Zeit unterstellen, vor allem aber nie mehr hierher zurückkommen. Dieser Gedanke war ihm unangenehm: Er würde Mühe haben, wieder ein so ruhiges Fleckchen zu finden, aber daran war er selbst schuld, es hatte ihm an

Unterscheidungsvermögen gefehlt, er würde dafür büßen müssen.

Gerade als er anfahren wollte, erblickte er die blonde Perücke, die noch auf dem Drehsitz lag. Lange sog er ihren Geruch ein und verspürte eine ferne und tiefe fleischliche Erregung. Zum Spaß und weil er nicht Gefahr lief, gesehen zu werden, setzte er sie auf seinen Kopf und klemmte sich hinter das Steuer. Am Ende des holprigen Pfades, auf dem er nur im Schrittempo fahren konnte, packte ihn der stechende Schmerz. So unerträglich, daß er beinahe vom Weg abgekommen wäre. Er riß das Lenkrad so heftig nach links herum, daß das Fahrzeug auf den Felsen zuschleuderte und ihn streifte. Rechts war die Schlucht, der Tod. Ben spürte, wie sein Herz durchdrehte, aber mit letzter Geistesgegenwärtigkeit brachte er den Lastwagen zum Stehen. Leerlauf, Handbremse. Dann versuchte er, indem er sich mit zusammengebissenen Zähnen gegen das Lenkrad stemmte, den Schmerz zurückzudrängen. Die Stiche durchbohrten seine Lenden, er war nur noch ein einziger Klumpen Schmerz. Und während sich seine Hände im Schritt zusammenkrampften, ließ er seinen Kopf, immer noch mit der Perücke, auf das Lenkrad sinken.

Der Anfall würde vorübergehen, aber er war fest entschlossen. Er würde seine Medikamente nicht mehr nehmen. Nie mehr. Diese Lösung hatte er gefunden, um Cora zu widerstehen: leiden, um zu büßen. Bis zum Tod.

XI

Wie jeden Montag kam Marion von der Versammlung der Gruppenleiter gegen halb eins zurück. Einmal mehr hatte sie im Mittelpunkt gestanden, als sie vor ihren Kollegen und einem griesgrämigen Direktor im einzelnen diese Ermittlungen erörterte, die nicht von der Stelle kamen und in einem furchtbaren Loch von fehlenden Indizien steckenblieben. Die zugestandene Woche war seit langem verstrichen, es waren aber schon zwei Freitage vergangen, ohne daß ein weiteres Opfer gemeldet worden war. Die Presse, die gefürchtete Stimmungsmacherin, hatte den Fall auf die letzte Seite verbannt, nachdem sie mehrere Tage nacheinander ein gutes Geschäft gemacht hatte: großangelegte Meinungsumfragen über die wachsende Unsicherheit in der Stadt und Interviews mit Stadtbewohnerinnen, die von der ›Frauenmörder‹-Psychose erfaßt worden waren. Marion und ihre Gruppe konnten noch so sehr alle Spuren prüfen, alle identifizierten oder anonymen Anrufe analysieren, die spontanen und oft frei erfundenen Zeugenaussagen überprüfen – es paßte nichts. Nicht eine übereinstimmende Zeugenaussage gab es, nicht das geringste Anzeichen eines Zusammenhangs zwischen beiden Opfern. Die Auswertung der Fingerabdrücke und Fotos war komplizierter, als es auf den ersten Blick schien. Alle Angehörigen von Nicole Privat und Geneviève Delourmel wurden unter die Lupe genommen – ohne Ergebnis. Der Mörder war ein

Mann – oder eine Frau –, der oder die verdammt gerissen war.

Die einzige Spur, der die Ermittlungsbeamten hätten folgen können, war die von Benjamin Bellechasse, aber Marion wußte nichts von dieser Möglichkeit, da weder Lavot noch Cabut den Mut gehabt hatten, mit ihr dieses Thema anzuschneiden, bevor sie mit Julio, dem Barkeeper, zusammengetroffen waren. Beim Studieren des grünen Notizbuches hatte Marion nicht einen Augenblick an den Journalisten gedacht, den sie im Privatleben noch nie Ben genannt hatte. Auch von seinem Treffen mit Nicole Privat wußte sie noch nichts – jenem Treffen, dessen Zeuge Cabut gewesen war, zumindest behauptete er das. Auch Marion wartete ungeduldig darauf, Julio zu fassen zu kriegen, in der Hoffnung, daß er sie endlich voranbringen könnte, auf einen besser markierten Weg. Sein Vertreter im Cintra hatte versprochen, daß er versuchen wolle, ihn rasch zu erreichen, da Marion damit gedroht hatte, ihn selbst aus Italien zurückzubeordern. Was Benjamin anging, so hatte sie beschlossen, ihn zu vergessen. Nach vierundzwanzigstündiger tiefer Verwirrung, in die sich Wut und Traurigkeit mischten, hatte sie den festen Entschluß gefaßt, sich zu schützen. Sie wurde nicht klug aus seinem seltsamen Verhalten, seinen mysteriösen Reisen, über die zu reden Benjamin sich weigerte. Die Zeit würde die Dinge in Ordnung bringen, dachte sie. Sie hatte keine andere Wahl, selbst wenn ihr Herz noch immer genauso schmerzlich klopfte, sobald sie sich den Journalisten in Erinnerung rief.

Sie stieß zu Talon und Lavot, die in eine lebhafte Diskussion darüber vertieft waren, wo sie zu Mittag essen würden. Talon schlug einen kleinen, preiswerten Chinesen vor, den er soeben entdeckt hatte. Lavot protestierte, die chinesische Küche sei nicht nahrhaft genug, und konterte mit einem – am liebsten königlichen – Couscous. Cabut schwieg, offensichtlich mit seinen Gedanken woanders.

»Begleiten Sie uns, Chef?« fragte Lavot, als er seine Ray Ban aufsetzte.

Marion verzog das Gesicht.

»Wenn Sie wollen, aber dann Schinkensandwich oder McD.«

»Wie schrecklich!« rief Lavot aus. »Erbarmen! Nicht so was! Wenn wir schon einmal ein bißchen Zeit haben, könnten wir doch den Speisezettel abwechslungsreicher gestalten.«

»Tut mir leid, Sie haben Zeit! Ich möchte gern noch einmal die Vernehmungen der Klienten von Jenny Delourmel und der Freundinnen von Nicole Privat lesen, das heißt ... beide Akten eben. Gehen Sie ohne mich, Cabut wird Sie begleiten.«

»Das sollte mich wundern«, feixte Lavot, »er ist mit einer Jungfrau verabredet!«

Marion, die eine dicke Akte unter den Arm geklemmt hatte, blieb unvermittelt stehen.

»Einer was?«

Cabut errötete bis zu den Wurzeln seiner kurzen Haare und erhob Einspruch:

»Was für ein Dummkopf, dieser Typ! Es ist nur ...«

»Ich bitte Sie, Cabut«, unterbrach ihn Marion, »keine Beichte. Ihr Privatleben geht nur Sie etwas an, solange es nicht gesetzwidrig ist.«

Cabut lief abermals rot an, öffnete den Mund zum Widerspruch, schloß ihn aber dann wieder und kreuzte die Arme über seinem ein wenig vorstehenden Bauch. Die Kommissarin legte die Akte dorthin zurück, von wo sie sie weggenommen hatte, klopfte ihren Pullover aus, der im Vorbeigehen staubig geworden war, ging zur Tür und ließ dabei die Worte fallen:

»Seien Sie vorsichtig, Cabut, eine Jungfrau ist es wert. Gehen Sie, rennen Sie! Und ich werde, wenn ich genau überlege, in die Stadt gehen und ein oder zwei Fummel kaufen, das hebt – wie die Liebe – die Stimmung.«

Cabut traute seinen Ohren nicht. Er stürzte zu seinem khakifarbenen Caban, bevor Marion ihre Meinung ändern konnte, während sich Lavot schmollend und unzufrieden angesichts der Absage seiner Chefin in eine Ecke setzte.

Talon gab zu verstehen, daß er Hunger habe. Lavot war noch fünfzehn Sekunden lang mürrisch, dann schluckte er seine Enttäuschung herunter, da ihm der Magen knurrte.

In dem Moment wurden sie alle durch zwei gleichzeitig klingelnde Telefone von ihren jeweiligen Vorhaben abgelenkt. Cabut und Lavot nahmen zur selben Zeit ab, während Marion die Pause nutzte, um ihr Büro aufzusuchen und ihren Blouson überzuziehen. Sie lief Potier über den Weg, der in den Fluren umherirrte auf der Suche nach einem Freiwilligen, der mit ihm zwei oder drei Pastis kippen wollte. Da er noch nichts von Joual gehört hatte, verdrückte er sich, bevor sie ihn danach fragen konnte. Als Marion nach ein paar Minuten wiederauftauchte, unnützen Ausgaben entgegeneilend, denen sie sich aber mit Wonne hingeben würde, hatten die Inspektoren betrübte Mienen aufgesetzt.

»Wer wird denn beerdigt?« fragte Marion, die eine nahe bevorstehende Katastrophe spürte.

»Noch niemand«, beeilte sich Cabut zu erwidern, der etwas blaß war, »aber ich hatte gerade Jouals Schwiegermutter, die Mutter seiner Frau, am Apparat. Sie ist sehr beunruhigt, da sie von ihrer Tochter und ihrem Schwiegersohn nichts hört.«

»Wie wir alle hier!« unterbrach Marion. »Weiß sie nicht, wo sie sind?«

Cabut schüttelte den Kopf und begann hin- und herzugehen:

»Nein, im Gegenteil, sie rief an, um uns zu fragen, ob wir – ausgerechnet wir! – eine Ahnung hätten. Sie hütet seit Beginn der Osterferien die Kinder, und Joual und seine Frau sollten sie gestern wegen des Schulanfangs abholen. Sie sind nicht gekommen, und sie ist natürlich alarmiert.«

»Wann ist Schulanfang?« fragte Marion, die von solchen Dingen überhaupt nichts wußte.

»Das war heute morgen...«, antwortete Cabut bestürzt.

»Sie hat versucht, bei ihnen zu Hause anzurufen, aber niemand nimmt ab. Sie bittet uns, an Ort und Stelle nachzusehen, die Schlüssel sind beim Hausmeister. Das ist beunruhigend, oder?«

»So allmählich«, sagte Marion. »Ich hoffe, er hat keine Dummheit gemacht.«

Ihren Worten folgte ein bedrücktes Schweigen. Dann traf sie plötzlich eine Entscheidung:

»Cabut, wir fahren zu ihnen nach Hause, und wenn alles gutgeht, haben Sie danach genügend Zeit, um zu Ihrer Verabredung zu gehen.«

Sie ließ dem Angesprochenen keine Zeit zum Reagieren. Talon stimmte mit einem Kopfnicken zu. Marion sah Lavot an, der nicht piep sagte und düsterer war, als es sein Charakter und die Situation verlangten. Sie hakte nach:

»Ist das alles an schlechten Nachrichten?«

»Jaa, jaa«, brummte Lavot und kehrte ihr den Rücken zu, um auf die Tür zuzugehen, »für den Augenblick reicht das.«

»Gut, dann gehen wir. Und nicht zuviel Hammelbratwurst mit Grieß, das macht dick!«

Lavot brummte noch mal vor sich hin, als er durch die Tür ging. Der zweite Anruf, der, den er angenommen hatte, während sich Cabut mit Jouals Schwiegermutter auseinandersetzte, kam von Julio, dem Barkeeper aus dem Cintra. Er war wie durch ein Wunder von seinem Vertreter aufgestöbert worden.

Julio war sich ganz sicher gewesen: Der Mann, auf den

Jenny Delourmel am Abend ihres Todes wartete, war tatsächlich Benjamin Bellechasse. Cabut hatte recht; er war es also, der Ben in dem grünen Notizbuch. Bevor er Marion einweihte, wollte er mit Cabut und Talon darüber sprechen. Allerdings wußte er nicht, wie er es anstellen sollte, und hoffte feigerweise, einem seiner Kollegen die lästige Aufgabe unterjubeln zu können. Er konnte die schlechte Nachricht zwar nicht für sich behalten, aber er zögerte ihre Verkündigung in der absurden Hoffnung hinaus, er könne seiner Abteilungsleiterin einen solchen Schrecken ersparen. Er verfluchte den Zufall, der ihn ans Telefon hatte stürzen lassen.

Unterwegs erklärte Cabut Marion mit ungewohnter Leidenschaft, daß ihn die Jungfrau, mit der er verabredet war, im Auktionssaal erwarte, wo sie mitten unter den Objekten und Möbeln ausgestellt sei, die aus einem Nachlaß stammten. Seit zwei Tagen ging er immer wieder zu ihr hin und hoffte, sie heute für eine Summe, die seinen Mitteln entsprach, einheimsen zu können. Marion nannte ihn einen Geheimniskrämer, wollte ihm aber seinen Spaß nicht verderben. Obwohl nach dem Anruf von Jouals Schwiegermutter seine Aufregung geringer geworden war, ließ sich Cabut vor dem Auktionssaal absetzen, ohne sich übertrieben zu sträuben. Er war nun nicht weniger beunruhigt, aber erlöst von der Angst, die Leichen seines Freundes und dessen Frau entdecken zu müssen, eine Möglichkeit, die sich ihm nachdrücklich aufdrängte. Marion selber, die überzeugt davon war, daß bei den Jouals etwas nicht stimmte, versuchte ihn davon zu überzeugen, daß sie in deren Wohnung nichts Schlimmes finden würde.

Die leere, obgleich sehr unaufgeräumte Wohnung – Mme. Joual schien nicht der gute Geist des Hauses zu sein – gab ihr recht. Bei ihrem Rundgang begleitete sie der Hausmeister, ein kurzatmiger Fünfzigjähriger, der sich vor Neugierde verzehrte. Er folgte ihr und machte spitze Bemerkungen über den Zustand der Tapeten und des Teppichbodens, denen eine Auffrischung guttun würde.

»Es ist doch ein Jammer«, lamentierte er, »was haben die bloß angestellt? Haben die sich davongemacht, oder was?«

Marion verzichtete auf eine Antwort und sah sich rasch die Räumlichkeiten an. Auf dem Küchentisch lag neben schmutzigen Trinkschalen und einem Brotknust eine Stromrechnung voller Kaffeeflecken, die den Stempel vom vergangenen Donnerstag trug. Beim Telefon machte sie einen Anrufbeantworter ausfindig, der nicht angeschlossen war. Das Bett im ehelichen Gemach war ungemacht, desgleichen ein einzelnes im Kinderzimmer. Ein Etagenbett, das mit einem Berg von Stofftieren bedeckt war, bildete die übrige Einrichtung des Zimmers.

»Kennen Sie die Familie Joual?« fragte Marion.

Der Hausmeister machte das verstockte Gesicht eines Mannes, der nichts sagt, wenn man ihm nicht das Warum und das Wie erklärt. Marion sah ihm fest in die Augen.

»In diesem Turm gibt es hundert Mieter«, erwiderte er. »Wenn Sie glauben, daß ich alle überwache ...«

»Es geht nicht darum, sie zu überwachen, aber Sie müssen ihnen doch gelegentlich begegnen ...«

Der Mann verschränkte die Arme und fragte scheinbar gleichgültig:

»Was haben sie denn gemacht?«

»Monsieur Joual ist Polizist, er arbeitet mit mir zusammen und ...«

»Er und Polizist? Das ist doch nicht möglich! Er sieht gar nicht danach aus. Ich hatte eher den Eindruck, daß er ...«

Er machte eine Geste, als wolle er sich mit der geschlossenen Faust die Nase verdrehen, und, lebhafter geworden, schwankte er von einem Bein aufs andere:

»Nicht möglich! Ein Bulle, ich kann es gar nicht fassen! Sie sehen, daß ich halt nicht jedermann kenne!«

»Haben Sie Umgang mit anderen Mietern?«

Der Mann zuckte die Schultern:

»Hier ist ein ständiges Kommen und Gehen, man kann in diesem Haus wirklich ein- und ausgehen, wie man will, niemand verkehrt miteinander.«

»Und ihre Kinder? Kennen Sie die? Die müssen doch manchmal draußen spielen, nicht wahr?«

»Warum? Sind sie auch verschwunden?«

»Nein, nur die Eltern.«

»Ein Jammer!«

Er schwieg, plötzlich versunken in abgrundtiefes Nachdenken. Marion machte sich darauf gefaßt, daß sich gleich seine Nasenflügel blähen und Büschel ergrauter Haare aus den Nasenlöchern rausgucken würden. Er rief aus:

»Moment, es fällt mir wieder ein! Da is' ein Typ, der mich nach der Dame gefragt hat... Das muß ein Monat, anderthalb Monate her sein. Ich erinnere mich daran, weil er nicht ›Madame Joual‹, sondern ›Christine Joual‹, gesagt hat. Ein großer Braunhaariger, es war ...«

Völlig in Gedanken versunken und mit gefurchter Stirn schwieg er. Marion respektierte höflich seine Innenschau, dann, da nichts kam, versuchte sie es noch einmal:

»Was wollte er?«

Der Hausmeister breitete irritiert die Arme aus:

»Ich versuche mich zu erinnern. Nicht an das, was er wollte, weil er es mir nicht gesagt hat, sondern wann das war.«

Er tippte sich an die Stirn:

»Jetzt haben wir's, jetzt hab' ich's! Ich erinnere mich an diesen Mann, weil am nächsten Tag das Überfallkommando zu ihnen gekommen ist, oder am übernächsten Tag, ich weiß es nicht mehr!«

Diese Information weckte bei Marion eine dunkle Erinnerung. Überfallkommando … Wer hatte unlängst mit ihr darüber gesprochen? Außer den halben Dutzend Malen, die sie jeden Tag davon reden hörte … Während der Hausmeister zu schwadronieren fortfuhr, versuchte sie ihrerseits, ihre Erinnerungen zu ordnen. Die Miene des Hausmeisters verdüsterte sich:

»Wenn es Sie nicht interessiert, was ich sage …«

»Doch, doch … gewiß doch.«

Dann fiel es ihr auf einmal wieder ein. Joual! Joual hatte das Überfallkommando an dem Tag erwähnt, als er im Dienst zusammengebrochen war. Sie wußte nicht mehr, warum dieses Einschreiten stattgefunden hatte, sicherlich ein Ehestreit, der heftiger war als die anderen. Sie fragte den Hausmeister danach. Er rief aus:

»Sie sehen, daß Sie mir nicht zugehört haben … Ich sagte Ihnen, daß die Bullen, äh! Verzeihung, die Polizisten, als sie eintrafen, gesagt haben, daß die Frau, Madame Joual, im Keller von einem Herumtreiber angegriffen worden war. Sie haben ein paar Nachbarn befragt, und da niemand etwas gesehen hatte, sind sie wieder weggefahren. Das ist alles, was ich weiß!«

Marion hinterließ in der Wohnung ein paar Zeilen für Joual, falls er nach Hause kommen sollte, bevor man ihn zu fassen bekommen hätte. Aber sie wußte, daß Cabut recht hatte, sich zu ängstigen. Selbst wenn das Schlimmste noch nicht sicher war, mußte es ernsthaft ins Auge gefaßt werden.

Cabut, der in der ersten Reihe des großen Auktionssaales saß, ließ seine so sehr begehrte Heilige Jungfrau nicht aus den Augen. Feierlich und furchteinflößend mit ihrem byzantinischen Gesicht und ihrer Doppelkrone aus Türkisen, ließ sie sich als fernes Zeugnis der Legende von der heiligen

Märtyrerin im raffiniertesten und vollendetsten Grandmont*-Stil bewundern. Irgendein Abbé oder Bischof muß dieses Reliquiar gezeichnet und dann anfertigen lassen haben: Es war von großer Feinheit, und zwar sowohl hinsichtlich des Materials als auch hinsichtlich der Genauigkeit der Ziselierung. Fasziniert von seinem Fund, riß Cabut die Augen weit auf. Als unermüdlicher Besucher von Auktionssälen hatte er ein paar mickrige emaillierte Kreuze oder lächerliche, von Reliquienschreinen abgetrennte Teile, die vor der revolutionären Barbarei gerettet worden waren, vor seinen Augen vorüberziehen sehen: Das geringste dieser Objekte war ein Jahresgehalt wert. Und heute bot sich seinen entzückten Augen ein prächtiges Objekt in seiner ganzen ursprünglichen Anmut dar: eine vergoldete Heilige Jungfrau, eine thronende Heilige Jungfrau, eine *sapienta sedes***, die noch romanisch und ernst war, aber auch schon gotisch und so eine freundlichere, prunkvollere Zeit ankündigte.

Cabut träumte. Vor seinem geistigen Auge zogen die Mittelaltersäle des Louvre, die er bis in den kleinsten Winkel kannte, vorbei: Selbst der heilige Matthäus, ein bedeutendes Stück, das wie durch ein Wunder die Zerlegung des Hauptaltars von Grandmont überstanden hatte und von Kennern weltweit bewundert wurde, wirkte im Vergleich mit seiner Entdeckung blaß und unbedeutend. Wieviel müßte er bezahlen, um ein solches Glück zu besitzen? Zwanzig, dreißig Jahre Gehalt?

Plötzlich erreichten ihn zwei Stimmen, die die Oberfläche seines Traums zerrissen. Hinter ihm diskutierten leise ein

* Kloster in der Nähe von Limoges, von den Plantagenêt reich ausgestattet; ursprünglich erbaut, um deren Grabstätten aufzunehmen. Im ganzen Abendland für seine Goldschmiedewerkstatt berühmt.

** *Maria Sedes Sapientae* (Sitz der Weisheit) oder *Maria auf dem Thron Salomons.* (A. d. Ü.)

Mann und eine Frau. Es war vor allem die Frau, die sprach, mit schroffer und autoritärer Stimme:

»Bei diesem Stück kann ich dir nicht folgen, eine solche verschwenderische Fülle ist suspekt. Sie ist zu prunkvoll, um echt zu sein …«

»Sie ist großartig«, murmelte der Mann, »du hast unrecht, sogar als Fälschung ist diese Heilige Jungfrau bemerkenswert!«

Die Frau lachte kurz und sarkastisch auf:

»Dank der Geschicklichkeit eines Fälschers aus dem 19. Jahrhundert, eine dieser Goldschmiedearbeiten, auf die die Neureichen versessen waren.«

»Ich weiß«, unterbrach der Mann, »du hast mir schon von der Vorliebe der Rothschilds für solche Prunkobjekte erzählt … Tu mir den Gefallen und denke nach, tu es um der Schönheit, der Reinheit dieses Stückes willen.«

Cabut runzelte die Stirn und wandte leicht den Kopf. Er erblickte das Profil der Frau, einer Brünetten in den Fünfzigern, noch strahlend, die sich zu ihrem Begleiter hinneigte, den Kopf zur Heiligen Jungfrau erhoben, die scheinbar zu ihnen herüberstarrte. Sie war elegant, ein merkwürdiger strahlendweißer Turban bedeckte ihren Kopf, ihre zartgliedrige Hand ruhte lässig auf dem Arm des Mannes.

›Ich kenne die Stimme dieses Typen‹, dachte Cabut, davon überzeugt, sich in der Nähe eines echten Liebhabers zu befinden, ›der Kerl kennt sich aus, daß er sie mir nur nicht stibitzt …‹ Genauso wie der hinter ihm sitzende Mann ›spürte‹ Cabut die Magie, die von diesem Stück ausging, dessen Alter die unterrichteten – oder angeblich unterrichteten – Fachleute anfochten. Es kümmerte ihn nicht, da er sich sicher war, recht zu haben.

Das letzte Objekt, das vor der Heiligen Jungfrau versteigert wurde, war ein uninteressanter Leuchter.

Cabut hatte sich im Saal umgesehen, zahlreiche Antiquitätenhändler aus der Stadt waren anwesend, Liebhaber und Sammler, denen er manchmal begegnete. Bevor die so sehr erwartete Prüfung begann, konnte Cabut dem Verlangen nicht widerstehen zu sehen, wie der Mann ausschaute, von dem er ahnte, daß er ein gefährlicher Konkurrent sein würde. Er ließ seinen Katalog auf die Seite fallen und drehte sich schnell um. Ihm stockte beinahe der Atem, und unter furchtbarem Getöse richtete er sich wieder auf: Der Mann, der hinter ihm saß, war Benjamin Bellechasse. Die Unruhe, die Cabut verbreitete, brachte ihm ein paar erregte ›Pst‹ ein, die ihn vor Verwirrung erröten ließen.

›Verflixt‹, dachte er, ›hoffentlich kommt jetzt nicht Marion! Und was macht dieser Bellechasse hier? Und diese Frau befindet sich womöglich in Gefahr! Mein Gott, was soll ich nur tun?‹

Die Stimme der brünetten Frau ließ ihn zusammenfahren. Sie brachte die Auktion in Schwung. In seiner Aufregung hatte er nicht einmal die Präsentation des Auktionators gehört. Er hatte den Auftritt seiner Heiligen Jungfrau versäumt. Desorientiert hob er die Hand. Zwei andere Liebhaber meldeten sich zu seiner Linken. Sehr schnell stellte die Frau den Kampf ein und überließ das Feld Cabut und den Interessenten, die ohne Überzeugung mitboten. In dem Augenblick, als er den nahen Sieg fühlte, da die Heilige Jungfrau noch nicht die Grenze erreicht hatte, die seine Mittel ihm auferlegten, hörte er, wie die Frau Bellechasse nach draußen mitnahm:

»Dieses Stück ist uninteressant, glaube mir, Benjamin. Komm, gehen wir, ich muß dir etwas zeigen …«

Cabut verlor den Kopf: »Ich kann sie so nicht gehen lassen, Scheiße! Ich muß ihnen folgen.«

Aber er schaffte es nicht, seinen Blick von der Heiligen Jungfrau loszureißen. Die Geräusche im Saal wurden so konfus wie seine Gedanken. Er machte mit dem Arm eine unkontrollierte Bewegung. Die Stimme des Auktionators rief ihn schonungslos in die Wirklichkeit zurück. Er hob wieder die Hand und zog sich ein paar heftige Proteste zu. Seine beiden Rivalen schwiegen, es wurde still. Es zählte einzig die vergoldete und gekrönte Figurine, die ihn von der Höhe ihrer vierzig Zentimeter herab musterte. Wie in Zeitlupe sah er den Hammer, wie er sich noch einmal hob und dann fiel. Zugeschlagen!

Cabut beeilte sich, die Formalitäten zu erledigen, um so rasch wie möglich mit seiner kostbaren Trophäe im Arm zu verschwinden. Als er den Scheck ausstellte, jubilierte er. Er angelte sich diese Heilige Jungfrau für fast nichts. Für die Summe seiner Ersparnisse.

In der Halle sah er sich aufmerksam um, aber Bellechasse und dessen Begleiterin waren verschwunden. Ihn packten flüchtige Gewissensbisse: Er war wirklich kein guter Polizist. Ein normaler Bulle hätte das alles fallenlassen, um Bellechasse zu verfolgen oder zumindest diese Frau zu identifizieren, die vielleicht seine Nachlässigkeit mit ihrem Leben bezahlen würde.

Cabut meinte Lavot zu hören:

»Du spinnst, Cabut-Schätzchen, er wird schließlich nicht alle Weiber der Stadt kaltmachen!«

»Natürlich«, beruhigte sich Cabut, »das ist ganz klar… Ich konnte doch nicht an diesem Wunder vorbeigehen.«

Da er trotz allem nicht wirklich überzeugt war, beschloß er, seine Begegnung mit Bellechasse zu verschweigen, denn dessen Gegenwart an solchen Orten war auch auf mehrere völlig rationale Weisen zu erklären. Zumindest die eine, das wußte er, würde Marion nicht freuen, selbst wenn sich ihr Liebesbarometer mit dem Journalisten im freien Fall befand. Aus diesem Grund und weil er sich trotzdem ein bißchen wie ein Angsthase vorkam, suchte Cabut, seine Heilige Jungfrau ans Herz gedrückt, das Weite, ohne auf Marion zu warten.

XII

Bestimmt zum zwanzigstenmal ließ sich Marion vor den riesigen Vergrößerungen nieder – eine technische Meisterleistung, die die Spezialisten vom Erkennungsdienst vollbracht hatten. Die gequälten Körper der beiden Opfer des verrückten Mörders lagen in völliger Schamlosigkeit ausgestreckt da. Der Kommissarin schnürte sich der Hals zu.

Bestimmt zum zwanzigstenmal fragte sie sich, was wohl ein Individuum zu einem solchen Gemetzel treiben konnte. Und warum er sich diese beiden Frauen ausgesucht hatte, die so unterschiedlich waren, die sich in Sachen Kultur und Vermögen so fernstanden? Da sie in ihre Betrachtung versunken war, hörte sie nicht, wie sich Talon näherte, so daß sie zusammenschreckte, als er mit einer merkwürdig sanften Stimme zu sprechen begann:

»Chef, es ist fast 20 Uhr. Cabut, Lavot und ich, wir müssen Sie sprechen.«

»Ja, ich komme nach unten«, sagte sie geistesabwesend. »Talon? Der Typ, der das tut – oder die Frau –, hat nicht erst hier, in unserer Stadt damit angefangen, nur um uns zu ärgern. Er hat sicher schon anderswo gewütet. Warum finden wir nichts?«

Talon zögerte:

»Es haben noch nicht alle reagiert auf unsere Bitten um Auskünfte ... zweifellos hat er sich bewegt. Bei uns läßt er die Leichen liegen, anderswo oder vorher hat er sich ihrer entledigt. Die Frauen, die jedes Jahr verschwinden, sind Legion, und nicht alle findet man wieder.«

»Und wenn er es absichtlich täte?«

»Wie bitte?«

»Wenn er es jetzt absichtlich täte, sie liegenzulassen, damit man ihn festnimmt? Ich habe Berichte über Serienmörder gelesen, sie machen es oft so, daß sie Indizien liegenlassen, um die Polizei zu provozieren, weil sie sich für die Stärkeren halten. Er könnte es aber auch willentlich tun – im Bewußtsein der Schwere seiner Verbrechen sowie des Räderwerks, in das er geraten ist –, weil er hofft, gefaßt zu werden.«

Talon bewahrte Stillschweigen. Marions Hypothese war plausibel, wäre aber erst dann bewiesen, wenn man den Mörder festgenommen hätte. Und dies könnte eine gewisse Zeit in Anspruch nehmen, die Amerikaner kannten das Problem gut, sie hatten eine Abteilung geschaffen, die auf die Identifizierung von *serial killers* spezialisiert war: von Tätern ohne ersichtliche Motive und mit zufällig – oder beinahe zufällig – gewählten Opfern, zwischen denen weder untereinander noch mit dem Mörder ein Zusammenhang bestand.

»Wohlgemerkt«, fing sie wieder an, »vielleicht steht er auch noch am Anfang, man muß ja einmal anfangen ... Verflixt noch mal, es muß doch eine Verbindung zwischen den Opfern geben, es fällt mir schwer, an den absoluten Zufall zu glauben, Ihnen nicht, Talon? Was können zwei Frauen gemeinsam haben, abgesehen vom selben Liebhaber und vom selben Mörder?«

Talon runzelte die Stirn und zog sein Taschentuch hervor, um seine Brille zu putzen. Hektisch.

»Einen Bäcker, einen Friseur, einen Beichtvater ...«

Der Inspektor machte große Augen.

»Viel mehr, als man eigentlich glaubt«, beharrte Marion, »einen Arzt ... einen ...«

»Einen Frauenarzt, Chef!« rief Lavot, dem Cabut unmittelbar folgte, von der Türschwelle aus.

Marion brachte einen Moment lang kein Wort hervor und verschränkte die Arme:

»Oh, Lavot! Gar nicht schlecht! Haben wir nicht die Krankengeschichte der Opfer unter die Lupe genommen?«

Mit einem überdrüssigen, niedergeschlagenen Gesichtsausdruck schüttelte Talon den Kopf. Es war Zeit, Marion gewisse Dinge zu sagen.

»Hallo, Talon! Hören Sie mich? Ab morgen hängen Sie sich da dran! Verstanden?«

Sie vertiefte sich wieder ins Studium der Fotos, die Cabut sich immer noch nicht richtig anschauen konnte. Sie waren allein im großen Saal des Erkennungsdienstes. Die Techniker waren schon gegangen, mit Ausnahme des Diensthabenden, der in einem Glaskasten im hintersten Teil des Raumes fernsah. Der Jingle der abendlichen Fernsehnachrichten ertönte.

»Oh!« sagte Marion, plötzlich alarmiert durch die ungewöhnliche Schweigsamkeit ihrer Männer, »was geht hier eigentlich vor? Ihre Mienen gefallen mir gar nicht ...«

Die drei Männer starrten auf ihre Schuhspitzen, da sie nicht wußten, wie sie ihren düsteren Bericht anfangen sollten. Schließlich war es Cabut, der sich, noch gepeinigt von schlechtem Gewissen wegen der unterlassenen Pflichterfüllung, in den Kampf stürzte – rasch und ohne sie anzublicken.

Während der folgenden Nacht ließ Marion den Abend mehrere Male wie einen Film an sich vorbeiziehen. Die Verlegenheit der drei Inspektoren, die nicht imstande waren, in zusammenhängender Weise zum Ausdruck zu bringen, daß sie Benjamin Bellechasse – den Mann, dessen Geliebte sie seit fast einem Jahr war – verdächtigten, direkt oder indirekt in die Morde an diesen Frauen verwickelt zu sein, deren nicht auszuhaltende Torturen sich vor ihren Augen ausbreiteten. Ihre Unfähigkeit, zu integrieren und anzuerkennen, was sie ihr mitteilten. Und vor allem ihre Weigerung, es zu unterschreiben, obgleich die Argumente sie erschüttert hatten.

»Das sind viele Koinzidenzen«, plädierte Lavot, »der Zufall ist zwar einer unserer besten Freunde, aber das ist zuviel des Guten.«

»Aber warum er? Warum sollte er solche Dinge tun, das ist doch unsinnig«, empörte sich die niedergeschlagene Marion.

Die Diskussion hatte Stunden gedauert. Die drei Inspektoren mußten Marion zurückhalten, die Bellechasse am liebsten auf der Stelle festgenommen und zur Rechenschaft gezogen hätte. Talon wandte ein, daß die Aktion, in Anbetracht der Uhrzeit, illegal wäre.

»Und das«, schrie Marion und deutete mit dem Finger auf die Fotos, »das ist wahrscheinlich legal?«

Schließlich hatte sie ihre Ruhe und Entschlossenheit wiedergefunden und einen richtigen Schlachtplan aufgestellt. Wenn Bellechasse der Mörder war, würde sie ihn in die Enge treiben. Schnell. Talon war damit beauftragt, in seiner Vergangenheit herumzustöbern, Cabut und Lavot würden ihm pausenlos auf den Fersen sein. Und sie? Sie würde ihrerseits tätig werden. Sie legte nicht genauer dar, in welcher Art und Weise, aber keiner der drei wagte es weiterzufragen.

»Vergessen Sie nicht den Frauenarzt!« sagte Marion zum Abschluß.

Das war die ihr eigene Art, daran zu erinnern, daß keine Hypothese den Sieg davon getragen hatte, daß man keinen Schwierigkeiten aus dem Weg gehen durfte und daß auch ihr Privatleben nicht verschont werden würde: Benjamin würde wie die anderen Verdächtigen behandelt werden, nicht mehr und nicht weniger gründlich. Spät in der Nacht ließ sie noch mal die unbedeutendsten wie auch die spektakulärsten Begebenheiten in ihrem Zusammensein mit Bellechasse an sich vorüberziehen. Sie mußte zugeben, daß, wenn auch die ersten Monate eine Wucht gewesen waren mit diesem intelligenten, brillanten, gebildeten, männlichen, aber nicht machohaften, aufmerksamen, aber nicht manierierten Mann, doch in den letzten Wochen plötzlich alles aus dem Gleis gelaufen war. Seit er abgereist war, um seine Wehrübung abzuleisten. Dieser ungeklärte weiße Fleck von vierzehn Tagen. Marion notierte sich jene Dinge, die sie nicht in Gegenwart ihrer Männer erwähnt hatte und die überprüft werden mußten. Sie bemerkte, daß sie wenig über ihn, über sein Leben wußte, außer daß er Frankokanadier war, in Frankreich geboren, aber in Kanada aufgewachsen, was sich nur durch einen leichten Akzent verriet. Er sprach wenig über sich, und die Fragen, die sie ihm manchmal über seine Kindheit und seine Vergangenheit stellte, schienen ihn verlegen zu machen. Wie durch einen bösen Schicksalsschlag hatte sich ihre Beziehung in dem Augenblick verschlechtert, als sich der erste Mord ereignet hatte.

Bedrückt hielt Marion sich einige beunruhigende Tatsachen im Verhalten ihres Geliebten vor Augen. Hatte er mit diesen Frauen geschlafen? Geschah das, während sie ein Liebespaar waren? Diese Fragen quälten sie, während sie die fünfzig Quadratmeter ihres Appartements auf und ab ging, die Arme auf die Brust gepreßt. Unwillkürlich blieb sie vor dem Tisch stehen, wo sanftes Licht auf ein paar verstreute Papiere schien. Ihr Blick fiel auf ein handschriftlich beschriebenes Blatt, auf das Bellechasse eines Abends, als sie Überwachungsdienst hatte und er sie vergebens erwartete, ein paar Worte hingeworfen hatte. Langsam und mit erhobener Stimme las sie noch einmal die liebevollen Worte, die er so gut zu finden verstand.

»Wie gut er schreibt, der Halunke«, murmelte sie.

Plötzlich blieb sie stehen. Auf dem Papier überlagerten sich die Fotos der beiden ermordeten Frauen. Der Satz hallte in ihren Ohren wider. Schlagartig wurde alles klar. Im Bruchteil einer Sekunde begriff sie die Bedeutung der unverständlichen Zeichen, mit denen der verrückte Mörder die Körper seiner Opfer schmückte.

Froufrou, die kleine Mechelner Schäferhündin des Rentners Georges Dubois, der jeden Tag mit einem langen Spaziergang am Flußufer begann, entdeckte Jouals Leichnam, der zur Hälfte in einer Felsspalte von La Valmontine versteckt war. Es war 7 Uhr morgens und das Wetter war schön.

Marion wurde um 8 Uhr vom Telefon geweckt. Für gewöhnlich stellte sie den Anrufbeantworter an, wenn sie ihre Ruhe haben wollte. Aber in dieser Nacht hatte sie gegen 6 Uhr ganz plötzlich der Schlaf übermannt, als sie ihn schon nicht mehr erwartete.

Der Diensthabende der Führung entschuldigte sich, daß er sie nur wegen »Schweinereien«, wie er sich ausdrückte, anriefe: Am Ende des Nachtdienstes klebte ihm ein wenig die Zunge am Gaumen, und offensichtlich war er sehr betreten. Marion dachte sofort an den Frauenmörder, und ihr Puls begann in schwindelerregendem Tempo zu rasen.

»Marion, das ist ein wirklich harter Schlag, ich fühle mit Ihnen«, schloß er, nachdem er ihr ohne Umschweife verkündet hatte, daß man Joual in den Grotten von La Valmontine aufgefunden habe, aller Wahrscheinlichkeit nach durch Selbstmord ums Leben gekommen.

In ihrer Benommenheit hielt Marion einen Moment lang stumm den Hörer in der Hand. Beim Auflegen gewahrte sie mit Bestürzung, daß sie eine Art Erleichterung verspürte. Nicht daß Jouals Tod sie gleichgültig ließe, aber sie hatte sich so sehr vor dem Schrecken einer dritten ermordeten Frau gefürchtet – ermordet von demjenigen, den sie nicht einmal mehr beim Namen zu nennen wagte –, daß ihr der Selbstmord des Inspektors, den man als unvermeidbares Ende beinahe schon erwartet hatte, erträglich vorkam.

Eine halbe Stunde später stieß sie mit Ringen unter den Augen, flüchtig frisiert und mit dem bekleidet, was ihr in die Hände gefallen war, zu den Gendarmen, die in diesem halb ländlichen Gebiet zuständig waren. Der Oberfeldwebel, der das Unternehmen leitete, erstattete ihr einen kurzen Bericht über das Auffinden von Joual am Eingang einer nicht sehr tiefen Grotte: In seiner geöffneten rechten Hand lag die Manhurin Magnum Kaliber 357, die ihm Potier geliehen hatte, sein Schädel war an der Seite eingeschlagen von einer großkalibrigen Kugel, die ihm keine Chance gelassen hatte. Joual trug Stadtkleidung, seine Augen waren weit aufgerissen, so als ob er hätte sehen wollen, wie er starb. Die Soldaten der Gendarmerie sperrten mit viel gelbem Plastikband das Gebiet ab – eine etwas lächerliche Vorsichtsmaßnahme, da der einsame Ort nicht die übliche Masse von Gaffern, die auf Blut und große Sensationen begierig waren, anzog. Die Spezialisten vom Erkennungsdienst waren zur gleichen Zeit wie Marion eingetroffen; in einem geländegängigen Peugeot beförderten sie eine enorme Untersuchungsausrüstung. Unter dem ängstlichen Blick von Froufrou, die mit ihrem Herrchen auf die Erlaubnis wartete, sich zurückzuziehen, und in regelmäßigen Abständen kurze, gereizte Klagelaute von sich gab, machten sie sich an die Arbeit. In ihren weißen Overalls fühlten sich die Gendarmen ausgesprochen wichtig, was Marion verärgerte. Sie brauchten eine geschlagene Stunde, bis sie sich für die Leiche selbst interessierten. Marions Nervosität besserte sich nicht dadurch, und sie drängte den Oberfeldwebel, schneller arbeiten zu lassen.

»Solche Fälle haben wir nicht jeden Tag«, gab der Mann zu bedenken.

»Man kann nicht alles haben«, sagte Marion scharf. »Sie haben die Mittel, wir die Fälle ... Aber was machen die bloß? Warten sie auf seine Mumifizierung, oder was?«

Endlich entschlossen sie sich, die Taschen des Toten zu durchsuchen, zogen zwei Schlüsselbunde sowie eine Brieftasche mit Jouals Dienstausweis und den Fotos seiner Kinder heraus. Ein Soldat mit Gummihandschuhen ging auf seinen Chef zu und händigte ihm das Ganze aus.

»Da ist ein Brief, der ist für Kommissarin Marion bestimmt.«

Er hatte sich an den Oberfeldwebel gewandt, ohne die junge Frau zu beachten.

»Ich bin Kommissarin Marion«, sagte sie trocken. »Wo ist dieser Brief?«

»Ich kann Ihnen den nicht geben, wir müssen die Fingerabdrücke abnehmen, die eventuell darauf sind.«

»Na und?«

»Diese Prozedur wird im Labor vorgenommen.«

»Machen Sie Scherze? Sie haben doch alles Nötige hier, oder? Und für mich ist es wichtig, sofort zu lesen, was Inspektor Joual geschrieben hat, bevor er sich erschoß, verstehen Sie das?«

»Ich verstehe, aber so ist die Vorschrift.«

Marion appellierte an den Schiedsspruch des Oberfeldwebels, der die Augen abwendete. Entschlossen preschte sie vor:

»Na gut, wissen Sie, was ich mit Ihrer Vorschrift mache?« rief sie aus und riß dem Soldaten in Weiß den Umschlag, den dieser andächtig an einer Ecke festhielt, aus den Händen. »Diese Abdrücke werde ich selber abnehmen. Ich kann das. Ihr Kramladen ist wo?«

Lavot, Talon und Cabut wohnten dieser Szene bei und waren darüber trotz der Tragik der Situation zutiefst erfreut. Der alte Haß zwischen Polizei und Gendarmerie war noch nicht gänzlich *ad acta* gelegt. Er flackerte sogar ziemlich leicht wieder auf, wie man an dem Wortgeplänkel sehen konnte, das hier gerade stattfand. Marion hatte das letzte Wort und öffnete Jouals Brief, wobei sie vor Erregung zitterte: eine Erregung, die ebensosehr der traurigen Situation zuzuschreiben war wie der Auseinandersetzung mit dem Gendarmen, der angedroht hatte, einen Bericht zu schreiben.

»So ist's richtig«, brummelte sie und ging zu ihren Männern, »schreib deinen Bericht, da hast du was zu tun.«

»Das ist nicht seine Schuld«, sagte Lavot, »er ist schon mit Helm und Stiefeln auf die Welt gekommen, das liegt ihm im Blut...«

Joual schrieb Marion, daß er ein Monstrum sei und die Last seiner Taten nicht mehr ertragen könne. Er müsse büßen und bat sie um Verzeihung, desgleichen seine Kollegen. Das war knapp und beredt.

»Was für einen Mist hat er wohl gebaut?« murmelte Cabut mit versagender Stimme.

»Sicher seine Frau«, sagte Marion nüchtern. »Er muß es ihr gezeigt haben, vielleicht auch ihrem Liebhaber, denn sie scheint ja wirklich einen gehabt zu haben...«

Talon drehte und wendete das handschriftlich beschriebene Blatt Papier lange in seinen Händen. Er murmelte:

»Merkwürdig...«

»Was ist merkwürdig?« fragte Marion.

»Nichts, ich weiß nicht. Dieser Text kommt mir seltsam vor, aber ich weiß nicht, warum. Übrigens erkenne ich seine Handschrift nicht wieder...«

Wortlos beugten sie sich gemeinsam über die Botschaft. Lavot reagierte als erster, räusperte sich und sagte:

»Übrigens ist er nicht zu Fuß hierhergekommen. Haben die Gendarmen seine Karre gefunden?«

Marion drehte sich zu dem Oberfeldwebel um, der seit

dem Aufkreuzen der drei Inspektoren so tat, als ob er sie ignorieren würde:

»Gute Frage«, sagte sie, »ich werde nachsehen.«

Fast sofort kam sie zurück.

»Sie haben recht, sein Wagen steht oben auf der Straße, die an den Weg angrenzt, der hier herunterführt. Es ist derselbe, den wir genommen haben, der einzige Zugangsweg. Als die Gendarmen eintrafen, haben sie auf dem Weg Fahrspuren eines Autos festgestellt. Es ist möglich, daß Joual mit dem Auto runtergefahren und dann wieder raufgefahren ist. Und zu Fuß zurückgekehrt ist, um sich zu töten ... Warum? Ein Rätsel.«

»Was machen wir?« fragte Cabut völlig aufgewühlt. »Wir müssen seine Angehörigen benachrichtigen.«

Marion seufzte. Normalerweise fiel ihr diese Aufgabe zu, »eine Frau bringt das besser rüber«. Was die Gendarmen anging, so waren sie nicht berühmt für ihre Feinfühligkeit in solchen Dingen.

»Ich übernehme das«, erwiderte sie. »Und den bedauernswerten Joual besuchen wir in der Gerichtsmedizin, das wird trotz allem sympathischer sein als hier.«

Langsam gingen sie den steilen Weg hoch. Als sie oben angekommen waren, drehte sich Marion um und überschaute mit einem schnellen Blick den düsteren Ort, den Joual zum Sterben aufgesucht hatte und wo die Gendarmen ein letztes Ballett um seinen verrenkten Körper tanzten. Langsam sagte sie:

»Talon, ich weiß, was Sie an seinem Brief stört. Ein Typ, der drei Bälger hat, kann sie nicht im Augenblick des Todes ignorieren ... Warum bittet er mich um Verzeihung? Das hat keinen Sinn, sein Leben waren seine Frau und seine Gören. Ihnen müßte er schreiben ...«

Die drei Inspektoren schwiegen. In den Augen Cabuts, der sich abwandte, schimmerten Tränen.

Lavot folgte Schritt für Schritt der Entwicklung von Marions Gedanken:

»Vielleicht gibt es einen Schweinehund, der ihm geholfen hat. Denken Sie das?«

»Ich denke es, ja«, stimmte Marion zu, während sie sich Jouals Wagen näherten, um den herum drei junge Wehrpflichtige in Gendarmerieuniform Wache hielten. »Aber das ist nur eine blöde, von der Wut inspirierte Idee. Weil ich nicht glauben kann, daß sich Joual wegen einer Ehefrau erschossen hat, ohne an seine Kinder zu denken.«

»Moment!« rief Talon aus. »Genau das stört mich! Erstens ist dieser Brief nicht sein Stil. Joual war immerhin geistreicher, weniger ... schwülstig! Monströse Taten, die er büßen muß! Glauben *Sie* das, Chef? Außerdem spricht er nicht von seiner Frau, er sagt nicht, daß er sie getötet hat. ›Ich bin ein Monstrum‹, das ist doch ... saudumm, oder?«

»Und wie nennst *du* einen Typen, der die Mutter von drei Kindern tötet?« empörte sich Cabut. »Selbst wenn diese Frau ihn betrog ...«

»Das wissen wir ja nicht! Und wer sagt denn, daß er seine Frau getötet hat? Solange man ihre Leiche nicht findet, haben wir keinerlei Gewißheit. Weil er eine Waffe hatte, muß er sie nicht auch gegen sie gerichtet haben ... Übrigens, wieviel leere Patronen sind in der Trommel?«

»Eine einzige! Bist du taub geworden, die Chefin hat es dir unten gesagt.«

Talon zuckte mit den Schultern und rief dann erregt aus:

»Scheiße, Scheiße, Scheiße! Ich hasse es, wenn ich nicht direkt bei den Untersuchungen dabei bin, ich habe das Gefühl, alles zu verpassen.«

Marion beruhigte die beiden und beugte sich über Jouals grauen Renault 5, der ein vorgeschrittenes Alter bekundete:

»Nur ruhig Blut, ich bitte Sie! Keine überflüssige Aufregung! Warten wir die Ergebnisse von der Untersuchung der Gendarmen und von der Autopsie ab, danach werden wir urteilen!«

Fast gleichzeitig rief sie aus:

»Und wem gehört dieser Hund?«

Die drei Uniformierten zuckten die Schultern und behaupteten, sie hätten ihn im Wagen vorgefunden. Der kleine fuchsrote Cockerspaniel, der auf der Rückbank saß, schaute traurig und resigniert drein. Er belebte sich ein wenig, als Marion die Tür öffnen wollte. Einer der jungen Wehrpflichtigen trat dazwischen.

»Berühren verboten!«

»Ich weiß«, sagte sie mit einer Spur von Gereiztheit in der Stimme. »Aber man kann doch den Hund nicht ewig in dem Auto lassen! Cabut, gehört der Cocker Joual?«

»Ja«, bestätigte Cabut, »der Hund ist schon alt. Moustic... Joual trennte sich von ihm nur, wenn er zur Arbeit ging. Da muß ich zugeben, daß ich noch weniger begreife. Niemals hätte Joual seinen Hund im Wagen zurückgelassen, um sich erschießen zu gehen.«

»Er wußte genau, daß man ihn finden würde«, wandte Lavot ein.

»Hier? Hast du diese Einöde gesehen? Selbst der Typ, der Joual aufgefunden hat, sagte, daß er seit Monaten nicht hierhergekommen ist... Nein, ich versichere dir, daß Joual seinen Hund nicht zurückgelassen hätte.«

In großer Bestürzung kehrten sie zu ihrem Stützpunkt zurück. Der Tod eines Kollegen ruft immer großes Unbehagen in einer Mannschaft hervor, unabhängig davon, wie eng sie zusammengeschweißt ist. Die verwaltungsmäßigen Schwierigkeiten und die Fragen, auf die man eine Antwort geben muß, die man nicht hat, die absurden und unnützen

Vorwürfe, die sich jeder macht, wenn er sie nicht gegen seinen Nachbarn richtet – alles trug dazu bei, die ohnehin schon unerquickliche Atmosphäre in Marions Gruppe noch drückender zu machen. Unbewußt, um sich von Schuldgefühlen zu befreien, vervielfachten sie jene Hypothesen, die sie auf einen als Selbstmord verschleierten Mord hinlenkten. Doch als Marion darüber nachdachte, kam sie zu dem Schluß, daß dies noch schlimmer wäre.

Zwei Stunden lang hatte die junge Frau ihre Besessenheit namens Benjamin Bellechasse unterdrückt. Als sie die Schwelle des Polizeipräsidiums überschritt, holte die Wirklichkeit sie schonungslos ein. Während sie unterwegs gewesen waren, hatten die Gendarmen von La Valmontine das Gebiet, wo man Jouals Leiche gefunden hatte, durchkämmt, um nach Indizien zu suchen. Da war immer noch Froufrou gewesen in Begleitung ihres Herrchens, der sie einen Moment lang hatte herumtollen lassen, damit sie sich die Pfötchen vertreten konnte. Die kleine Hündin hatte den Umkreis verlassen, den die Gendarmen abgesucht hatten. Ihr Herrchen hatte sich vergebens die Lunge aus dem Hals geschrien, um sie zum Zurückkommen zu bewegen. Schließlich hatte er sie wiedergefunden, wie sie Wache hielt bei einer nackten Frauenleiche, die zur Hälfte im Fluß versunken war – knapp einen Kilometer von Jouals Leiche entfernt. Marion zweifelte nicht einen Augenblick daran, daß es Jouals Frau war, aber sie wäre beinahe ohnmächtig geworden, als ihr der Feldwebel in vollkommen neutralem Ton mitteilte, daß die Leiche der Frau am Oberkörper und an den Beinen zahlreiche Rasiermesserschnitte aufwies.

»Eines von beiden«, setzte Marion wieder an, »entweder ist Joual der Frauenmörder, was sein erregtes Verhalten in der letzten Zeit erklärt und die an mich gerichtete Botschaft, oder er ist es nicht und …«

Marion unterbrach ihre Worte. Die erste Hypothese paßte

ihr, denn sie erklärte Bellechasse für unschuldig. Wieder ging sie im Saal des Erkennungsdienstes auf und ab, mit den Händen auf dem Rücken und so entspannt wie der Panther im Zoo an einem Tag mit großem Besucherandrang. Lavot seufzte:

»Chef, möchten Sie sich wirklich nicht setzen? Ich krieg' ja den Drehwurm.«

Marion ignorierte seine Bemerkung:

»Wenn er es nicht ist ...«

»Ist es jemand anderes«, schloß Cabut pragmatisch. »Jemand, der Christine Joual ebenso wie die Vorgängerinnen getötet hat und der danach Joual umgelegt hat.«

»Aber warum?«

»Ich weiß es nicht«, begehrte Cabut auf, »aber ich kann nicht glauben, daß Joual diese Frauen getötet hat, vor allem nicht so.«

Marion erinnerte sich plötzlich an Joual, wie er sich über die Fotos von Nicole Privats gemartertem Körper beugte, und an seine Bemerkung: »Ich verstehe die, die ihnen das antun ...«

»Und wenn er sich von den anderen Verbrechen hätte anregen lassen, um uns zu verwirren?« wagte sie zu äußern.

»In diesem Fall«, erwiderte Talon, »stellt sich die Frage, warum er sich danach umbringt? Er tötet seine Frau, man schreibt das Verbrechen dem Sadisten zu, und er ist unbesorgt. Außerdem würde das bedeuten, daß der Mörder tatsächlich existiert und daß er noch nicht von der Bildfläche verschwunden ist ...«

Marion gab zu, daß er recht hatte. Eine Stille hüllte sie ein, die nur ab und zu von den vertrauten Geräuschen des großen Hauses gestört wurde. Lavot und Cabut sahen sich gelangweilt an. Sie befanden sich am Ursprung der Mutmaßungen, die auf Bellechasse lasteten: Cabut hatte Nicole Privat in seiner Begleitung in einem Bistro entdeckt, Jenny war von Julio am Abend ihres Todes im Cintra gesehen worden, mit dem Journalisten. Nichts deutete darauf hin, daß Christine Joual Bellechasse kennen konnte, aber alle dachten daran. War Bellechasse einer jener sadistischen und perversen Verführer, denen bei der Tötung ihrer Eroberungen einer abgeht? In Marions Kopf schwirrten die Fragen herum. Wie lernte er sie kennen? Nichts verband die Frauen miteinander, weder Alter noch Herkunft. Konfrontierte ihn nur der Zufall mit den Frauen? Ein solches Verhalten schien dermaßen skurril in bezug auf Bellechasse zu sein. Außer natürlich, wenn er schwachsinnig wäre. Völlig schwachsinnig. In diesem Fall stellte sich die Frage: Warum nicht Marion? Warum sahen sie sich seit Monaten, ohne daß sie den geringsten Bruch in seinem Verhalten gespürt hätte? Keiner von ihnen hatte es gewagt, sich bei Marion danach zu erkundigen. War er bei ihr sexuell normal? Die Antwort verstand sich von selbst. Sie war nicht der Typ, der mit einem Kranken etwas anzettelte. Es sei denn, Bellechasse war ein Fall wie Dr. Jekyll und Mister Hyde? Ein diabolisch intelligentes Wesen, gespalten bis zur vollständigen Verdoppelung der Persönlichkeit. Sie konnte sich so etwas nicht vorstellen, aber sie wußte wie die anderen, daß alles möglich ist, vor allem das Unvorstellbare.

Nach einem unendlichen Schweigen wandte sich Marion den Fotoabzügen zu und betrachtete sie aufmerksam. Was sie darauf sah, war nicht mehr so augenfällig wie bei ihrer nächtlichen Offenbarung. Die Bilder verschwammen in ihrem Gehirn, das durch Ermüdung und Verwirrung vernebelt war. Sie wich zurück und nuschelte ein paar Worte, die ihre Männer, obwohl sie an ihren Lippen hingen, nicht verstanden. Sie griff sich einen Schraubenzieher, der auf einem Labortisch herumlag und darauf wartete, in einer Plastiktüte versiegelt zu werden.

»Sehen Sie hin«, brachte sie endlich klar und deutlich heraus, »finden Sie nicht, daß das wie Buchstaben aussieht? Oh, natürlich braucht man Phantasie, nicht wahr?«

Talon versank in tiefes Nachdenken und betrachtete abwechselnd die beiden Fotoserien.

»Ja, ich sehe es sehr gut!« rief Cabut aus, von dem man nichts erwartet hatte.

»Was siehst du, Weichei?« schimpfte Lavot. »Weihe mich ein, damit ich weniger blöd aussehe.«

»Aber ja doch«, erwiderte Cabut, der vor Aufregung zitterte, »da ist ein E und dort ein N!«

»Stimmt«, sagte Talon, »du hast völlig recht. Da, würde ich sagen, ist es ein A und hier ein O. Vielleicht ein D oder ein C! Jedenfalls sind die Linien symmetrisch, auf beiden Leichen die gleichen. Toll, Chef!«

»Ich verstehe nicht, was es da Tolles gibt«, erregte sich Lavot; es ärgerte ihn, daß er nichts sah. »Und zunächst: Wie weit bringt uns das? Sie glauben doch nicht, daß er seinen Namen auf die Leichen schreibt, so wie ein Künstler ein Meisterwerk signiert?«

»Warum nicht?« phantasierte Marion, die trotz der Fraglichkeit ihrer Entdeckung spürte, daß der Augenblick wichtig war. »Vorwärts, Talon, machen Sie sich dran und lassen Sie sich von den Kerlen vom Erkennungsdienst helfen. Ich bin sicher, daß Sie es schaffen, diese Zeichen zum Sprechen zu bringen. Lavot und Cabut, wir haben genug Zeit verloren, Sie wissen, was Sie zu tun haben!«

Lavot und Cabut sahen sich verdutzt an. Jouals Tod und die Aufeinanderfolge der Ereignisse am Vormittag hatten ihnen den Saft abgedreht. Cabut machte eine zurückweichende Bewegung und murmelte:

»Nicht die Gerichtsmedizin, Joual war doch mein Freund, ich ...«

»Bravo!« bemerkte Marion ironisch. »Ich sehe, daß alle folgen konnten. Selbstverständlich werde ich Ihnen das Gerichtsmedizinische Institut nicht antun, ich werde alleine hingehen, wie üblich. Das ist das Los der Chefs.«

»Amen«, brummelte Lavot.

»Ja, das ist sehr witzig unter diesen Umständen, Lavot. Nun ja, im Grunde sind Sie nicht boshaft.«

Lavot errötete bis zu den Wurzeln seiner schwarzen, zu langen Haare. Er setzte seine Ray Ban auf, verschränkte die Arme, neigte den Kopf zur Seite und sah sie herausfordernd an:

»Und Bellechasse, was machen wir mit dem?«

Marion nickte mit dem Kopf wie eine Lehrerin einem guten Schüler gegenüber. Lavot gehörte zu jenen Männern, die man oft provozieren mußte, um das Beste aus ihnen herauszuholen:

»Sie machen nichts mit ihm, außer daß Sie alle Register ziehen: Ich habe den Untersuchungsrichter um eine Abhörgenehmigung gebeten. Sie beschatten ihn Tag und Nacht und vergessen nicht, mir zu berichten. Über alles. Ich hoffe, daß ich mich verständlich ausgedrückt habe?«

Als sie gegangen waren, setzte sich Marion hin, dehnte ihren schmerzenden Rücken und rieb sich dann die Nasenwurzel, bei ihr ein Zeichen für große Müdigkeit. Talon warf ihr einen Blick voller kühler Fürsorge zu.

»Sie werden doch nicht schwach werden, Madame, das würde zu vielen Leuten gefallen!«

Marion richtete sich wieder auf. Als Talon sie ›Madame‹ nannte, war die Krise nicht fern, er hatte eine gute Spürnase für solche Dinge. Sie murmelte:

»Trotzdem ist das viel für *einen* Mann!«

»Ja, aber Sie sind eine Frau!« deklamierte Talon. »Und nicht irgendeine. Auf die anderen pfeifen wir, Ihnen vertrauen wir, Sie müssen durchhalten!«

»Zu Befehl!« antwortete Marion mit einem schwachen Lächeln und ging auf die Tür zu.

»Möchten Sie, daß ich Sie zum Doc begleite?«

Sie machte eine knappe verneinende Geste und drehte sich um:

»Nein, nicht der Mühe wert, danke! Übrigens, Talon, hatten Sie Zeit zum Überprüfen ...«

Talon unterbrach sie mit einem Kopfnicken, ein dünnes Lächeln erhellte das ernste Gesicht des Pseudointellektuellen:

»Die Krankenakten, ja! Ihre Idee war gut: Sie waren wirklich in derselben Klinik für Gynäkologie und Geburtshilfe, die Genêts d'Or! Ich hatte noch keine Zeit zum Überprüfen, aber ich möchte wetten, daß Christine Joual dort von ihren drei Kindern entbunden wurde. Ich kümmere mich darum!«

Etwas entlastet brach Marion auf. Eine kleine Chance, daß nicht mehr alle Indizien, die auf Bellechasse hinwiesen, übereinstimmten. Eine winzige Chance, aber immerhin eine Chance.

XIII

Als Marion im Gerichtsmedizinischen Institut eintraf, begann Doktor Marsal mit der Autopsie von Christine Joual. In seiner Eigenschaft als örtlich zuständiger Offizier der Gendarmerie hatte der Oberfeldwebel aus La Valmontine Jouals Autopsie beigewohnt. Marion war erleichtert gewesen, sich dieser Bürde zu entziehen.

Sie kannte Jouals Frau nicht gerade gut, aber dennoch krampfte sich ihr der Magen zusammen, als sie sie erblickte, wie sie auf dem Autopsietisch lag, neben dem Tisch mit ihrem Mann, der unter Marcels Händen wieder ein vorzeigbares Aussehen annahm. Marion warf einen kurzen Blick auf die sterbliche Hülle des kleinen grauhaarigen Mannes. Sie war kurz vor dem Erbrechen und dachte nicht daran, es zu verbergen. Der Oberfeldwebel nahm Anteil, trotz ihres etwas groben Wortwechsels am Tag zuvor. Unerschütterlich und dennoch etwas betreten kommentierte Marsal:

»Was ihren Burschen angeht, so gibt es einen gewaltigen Haken: Er wurde kurz vor seinem Tod gefesselt. Die Spuren sind offenkundig, unstrittig. Sicher hat er versucht, sich zu befreien, denn seine Handgelenke sind sehr verunstaltet. Und da ist noch etwas anderes, aber darüber wird Sie der Oberfeldwebel informieren …«

Marion wandte sich dem Gendarmen zu, der sich gelassen den Vierzigern näherte; seine sportliche Figur war in eine tadellos sitzende Uniform eingeschnürt. Mit einer Spur von Stolz in der Stimme sagte er:

»Ich habe die Ergebnisse der Abstriche im Zeitraffertempo verlangt.«

Er seufzte. In der Gendarmerie derartige Dinge zu fordern war wie einen Gelähmten zu bitten, er möge rennen. Marion spottete mit einem gezwungenen Lächeln und wartete, daß er fortfuhr.

»Und ich habe sie bekommen … Ich kann Ihnen mit Sicherheit sagen, daß Ihr … daß Inspektor Joual nicht selbst geschossen hat. Es gibt keine Pulverspuren an seinen Fingern, der … Dingsda-Test, ich habe den Namen vergessen, ist eindeutig. Er wird im Bericht der ballistischen Untersuchung bestätigt. Ich habe dem Oberstaatsanwalt schon Bericht erstattet.«

»Das bestätigt, was wir ganz subjektiv dachten«, murmelte Marion. »Er muß den Mörder seiner Frau überrascht haben, und dieser hat ihn erschossen ... mit der Waffe, die Joual bei sich trug. Der Selbstmordbluff ist eher ungeschickt, finden Sie nicht auch?«

»Der Mann muß es eilig gehabt haben«, stimmte der Oberfeldwebel zu.

»Der Mann?« rief Marsal aus, der soeben den Mund der Toten halb geöffnet hatte.

Er schwenkte einen merkwürdigen Gegenstand, der zwischen den Schenkeln seiner Pinzette eingeklemmt war:

»Sehen Sie sich das mal an!«

Marion und der Gendarm traten näher. Sie erkannten nur etwas Unförmiges, das ebensogut ein Insekt sein konnte wie das Stückchen eines Blatts, das vom Wasser des Flusses aufgeweicht worden war, in dem Christine Jouals Kopf mindestens vierundzwanzig Stunden lang untergetaucht gewesen war. Marsal breitete seine Entdeckung auf einem kleinen verchromten Tablett aus und brachte sie in ihre ursprüngliche Form:

»Falsche Wimpern!« rief Marion aus.

»Stimmt, Kommissarin«, sagte der Arzt. »Ihr Mann ist vielleicht eine Frau ...«

Ratlos verharrte Marion in Stillschweigen. Sie schwieg bis zum Abschluß der Autopsie, die nur bestätigte, was sie bereits wußte. Wie die anderen Opfer wurde Christine Joual an einem Freitagabend hingerichtet, auf bestialische Weise verstümmelt, und zwar noch schlimmer – wenn das überhaupt möglich war – als die beiden anderen. Man hatte ihr mehrere Male in die Brüste gebissen, die bei ihr üppig waren, was ihren Mörder genötigt hatte, seine seltsame Unterschrift auf dem Unterleib und den Beinen zu wiederholen. Ihre Geschlechtsorgane waren nur noch ein abstoßender Brei, der den Schambeinknochen bloßliegen ließ. Auch sie war an Händen und Füßen gefesselt und eng geknebelt worden.

Laut Gerichtsmediziner hatte ihr Herz unter der Belastung von Schmerz und Atemnot versagt. Angesichts des Resultats einer solchen Barbarei wurde Marion schwindlig. Sogar Marsal konnte es nicht fassen:

»Sie haben recht, Kommissarin, ich kann mir schlecht eine Frau in der Haut ihres Mörders vorstellen. Das ist ein Mann, bei dem ernstlich eine Schraube locker ist. Wahrscheinlich verkleidet er sich, es gibt hier und da Spuren von Lippenstift an den Leichen, um die Bisse herum, die er ihnen zugefügt hat. Aber wie immer kein Sperma und auch keine Körperhaare, wenn ich dem Feldwebel glauben kann.«

»Warum diese Bisse, Doktor?«

Marsal breitete die Arme aus:

»Wie soll ich das wissen? Der Biß ist eine Zwangshandlung, eine Form der Regression ins oral-genitale Stadium. Er beißt, er zerschneidet und hält sich dabei an Riten, die nur er kennt. Ich frage mich ...«

»Ja«, sagte Marion und richtete sich wieder auf, »Sie fragen sich ...«

Er machte eine weit ausholende Handbewegung in Richtung der Kühlfächer und der Autopsietische:

»Oh, eine reine Hypothese, eine Idee! Wissen Sie, ich analysiere meine Intuitionen, wenn ich nicht über diese lustigen Gefährten gebeugt bin. Damals sagte ich mir, daß reiner Wahnsinn als Ursache in diesem Fall zu einfach und gleichzeitig zu kompliziert ist. Unter zu einfach verstehe ich: zu sehr vereinfacht, einseitig. Solche sich wiederholenden Metzeleien, drei in zwei Monaten, fallen in das Gebiet der Monomanie. Man denkt an einen großen Psychopathen und ist zufrieden. Zu kompliziert, weil die Ätiologie der Psychopathie, unter der dieses Individuum leidet, unbekannt, mannigfach und wahrscheinlich unergründbar ist. Sie zu kennen würde nicht erlauben, den Täter zu entlarven. Dagegen ...«

Er unterbrach sich erneut und vertiefte sich ins Nachdenken. Marion wurde ungeduldig:

»Doktor, ich bitte Sie, sagen Sie uns ein für allemal, was Sie tatsächlich denken, tief innen!«

Marsal schlug die Hände über dem Kopf zusammen:

»Das ist doch wohl nicht euer Ernst, ihr Polypen! Tief innen! Tief innen! Da habe ich nichts, aber *ihr* habt Karren voller Leichen auf dem Hals! Und es ist sicher noch nicht vorbei! Lassen Sie mich jetzt nachdenken, ich suche und werde von mir hören lassen, wenn ich fündig werde. Das wäre alles für heute.«

Marion biß sich auf die Lippen. Gerade hatte der Arzt angefangen, interessante Dinge zu sagen, da war sie ihm unnütz auf die Nerven gegangen. Jetzt würde er, wie sie ihn kannte, nichts mehr sagen. Sie schielte zu dem Oberfeldwebel hinüber, der in seiner Ecke keinen Ton sagte; er war ein bißchen blaß und benommen vom Gestank des Todes. Die Hypothesen Marsals waren *ihm* egal, das waren nicht seine Ermittlungen. Jouals Selbstmord, selbst wenn er fingiert war, reichte ihm, und ansonsten hatte ihn die Staatsanwaltschaft für nicht zuständig erklärt. Marion würde mit ihrem *serial killer* zurechtkommen und er zu seinen Hühnerdiebstählen zurückkehren.

»Der Gonzales«, sagte Marion unvermittelt, als sie mit einer kurzen Handbewegung den Reißverschluß ihres Blousons zuzog.

Der Oberfeldwebel starrte sie verdutzt und leicht besorgt an. Sie pflanzte sich vor ihm auf und lächelte:

»Der Test, mit dem Pulverspuren an den Fingern nachgewiesen werden können, heißt Gonzales-Test.«

»Ach so!« murmelte der Feldwebel nachdenklich. »Das ist komisch ...«

»Komisch? Ich verstehe nicht, was daran komisch sein soll! Im übrigen ist der Test veraltet. Heute benutzt man die

Atomabsorptionsspektrometrie und das EM, das Elektronenmikroskop.«

»Ach so?« wiederholte der Feldwebel verblüfft. »Sie wissen, ich bin kein Experte.«

»Ich auch nicht«, erwiderte Marion.

Marsal hatte sich aus dem Staub gemacht und sich in seinem verglasten Büro auf halber Höhe eingeschlossen, wo er seine Berichte schreiben und seine Briefe abzeichnen wollte. Großzügig wie er war, schlug der Oberfeldwebel der erschöpft wirkenden Marion vor, zusammen einen Stärkungstrunk zu nehmen. Bevor sie ging, beugte sie sich über das erstarrte Gesicht Jouals und streichelte es flüchtig. Als sie den Kopf hob, sah sie, daß Marsals Blick auf sie geheftet war. Sie las darin Zuneigung und eine klare Botschaft: Er würde ihr helfen.

Marion mußte noch zwei Überprüfungen vornehmen. Die erste bestand darin, die paar Zeilen, die Joual vor seinem unterstellten Selbstmord geschrieben hatte, mit dem letzten Notiz-Zettel zu vergleichen, der sich in seinen Unterlagen befand; er hatte ihn vor ein paar Monaten mit der Hand geschrieben, und zwar in einer zierlichen und sehr nach rechts geneigten Schrift. Die Abschiedsbotschaft war in einer größeren, unsicheren Handschrift abgefaßt, und die geraden Buchstaben waren nicht miteinander verbunden. Ein Graphologe würde diese Zeichen deuten können, aber Marion brauchte keinen Experten, um darin eine plumpe Inszenierung zu erkennen. Zumindest wußte sie, daß es nicht ein letztes Zeichen von Joual war, mit dem er etwa in einem Aufflackern von Mut versucht hätte, seinen Freunden das Grauen vor seinem Leben begreiflich zu machen. In beiden Fällen drängte sich die Schlußfolgerung auf: Joual hatte nicht Selbstmord begangen. Man hatte ihn zum Selbstmord gezwungen.

Die zweite Formalität fiel ihr schwerer, aber sie mußte sie durchexerzieren, obwohl sie das Ergebnis mehr oder weniger schon kannte. Der Hausmeister des Wohnturms, in dem die Jouals ein paar Jahre gelebt hatten, war auf seinem Posten, kurzatmiger und brütender denn je. Marion informierte ihn rasch über die Ereignisse, bat ihn, die Tür aufzuschließen und ihr die Schlüssel zu überlassen. Er war bei der zweiten Hausdurchsuchung zugegen, diesmal aber ohne Fragen zu stellen, da er von der Nachricht wie betäubt war. Wie beim ersten Mal sprangen die Indizien Marion nicht in die Augen.

Die Zeilen, die sie hinterlegt hatte, lagen noch an derselben Stelle, der abgeschaltete Anrufbeantworter hatte sich ebenfalls nicht bewegt. Um ganz sicherzugehen, spulte sie die Kassette zurück und hörte die aufgezeichneten Mitteilungen ab. Es gab nur eine einzige. Madame Joual teilte ihrem Mann mit, er brauche sie nicht zum Abendessen zu erwarten, sie würde den Abend mit Freunden verbringen. Das war kurz und unfreundlich. Am Schluß hallte das Besetztzeichen lange wider, gleichsam wie eine lange Nase, die dem betrogenen Ehemann gemacht wurde. Dennoch gab es vor der Stelle, von der ab das Band leer war, noch das Fragment einer zur Hälfte gelöschten Mitteilung. Marion verstand nur ein Wort: »Inspektor«. Der Rest war kaum hörbar, abgehackt und voller Störgeräusche. Sie zögerte, da sie von der Wichtigkeit dieser Kassette nicht überzeugt war, beschloß aber, sie dennoch mitzunehmen, für alle Fälle, wie man in den Polizeiberichten sagte.

Das Schwerste stand ihr noch bevor. Als Marion ein Foto aus ihrer Tasche zog und es wortlos dem Hausmeister reichte, war ihr Mund ausgetrocknet von einer Erregung, die sie gern im Zaum gehalten hätte. Der dicke Mann runzelte seine buschigen Augenbrauen, dachte intensiv nach und machte mit dem Mund ein unappetitliches saugendes

Geräusch. Nach einigen Sekunden Schweigen verzog er sein Gesicht und rief aus:

»Jetzt hab' ich's! Das ist der Typ, der sich nach Christine Joual, wie er sich ausdrückte, erkundigen kam. Das heißt, er sieht ihm ähnlich, denn meiner hatte keinen Zopf, sondern kurze Haare.«

Schweigend steckte Marion das Foto von Benjamin Bellechasse wieder ein. Sie hatte es ihm einmal in der Zeitungsredaktion stibitzt – zum Spaß und um es an einsamen Abenden zu betrachten. Der Hausmeister wollte mehr über den Mann auf dem Foto wissen, aber Marion, die völlig verwirrt war, entzog sich der Fragerei. Sie fragte ihn noch, wann der Einsatz der Polizisten und der Besuch von Bellechasse bei Christine Joual stattgefunden hatten. Sie mußte nur die Übereinstimmung dieser Fakten mit der Pseudowehrübung, die Benjamin seine langen Haare gekostet hatte, überprüfen, aber sie kannte bereits die Antwort.

Lavot und Cabut befolgten Marions Anweisungen wörtlich und ließen Bellechasse einen ganzen eintönigen Tag lang, an dem nichts geschah, keinen Schritt weit aus den Augen. Der Journalist verbrachte den größten Teil seiner Zeit in der Zeitungsredaktion, die beiden Inspektoren die ihre im Bistro gegenüber. Von ihrem Beobachtungsposten aus sahen sie ihn hinter den Fenstern des hochmodernen Gebäudes kommen und gehen; in dem Gebäude lief ständig eine beachtliche Anzahl von Männern und Frauen hin und her, und sie fragten sich, wofür die wohl gebraucht würden, so sehr erschien ihnen der *Écho* als ein bedeutungsloses Blatt. Er kam erst zur Mittagszeit heraus, allein, er begab sich zu Fuß zum Amphitheater und verschlang dort, wobei er vor sich hin döste, ein Sandwich. Ab und zu schrieb er etwas in ein gelbes Notizbuch. Cabut, der von dem steilen Aufstieg, der zu den Ruinen führte, außer Atem war, schimpfte auf seine Unvorsichtigkeit, die Heilige Jungfrau zu Hause gelassen zu haben. Morgen würde er sie zum Dienst mitnehmen, und wenn er einen freien Augenblick hätte, würde er in der Bank einen Safe mieten, so sehr war er davon überzeugt, daß er ein Stück erworben hatte, das ihn bald reich machen würde. Lavot, mit dem Rücken an die alten Steine gelehnt, antwortete auf seine Sorgen mit Geschichten von eventuellen Eroberungen, bei denen Cabut weghörte.

Am Abend kehrte Bellechasse nach Hause zurück, in ein banales und tristes Gebäude der nördlichen Vorstadt, wo Arbeiter der Automobilfabriken lebten, unter die sich gegen Ende der 60er Jahre einige abgebrannte Intellektuelle und Künstler verirrt hatten. Gegen 20 Uhr verließ der BMW das unterirdische Parkhaus wieder: am Lenkrad Bellechasse, der sich in Schale geworfen hatte. Der Journalist führte die beiden Männer – die als unerläßliche Vorsichtsmaßnahme ein riesiges griechisches Sandwich, Pommes und Cola für Lavot bei sich hatten und Zartbitterschokoladentafeln mit Mandeln und Rosinen für Cabut – zu einer stattlichen Villa in der vornehmen Vorstadtgegend, die der Seite, wo er lebte, gegenüberlag. Ein weißer, geräumiger Wohnsitz, den ein hoher schmiedeeiserner Zaun umgab. Bellechasse wurde erwartet, denn das Tor ging von selbst auf, als der BMW vor dem erleuchteten Haus hielt. Cabut erkannte deutlich in der Haustür die brünette Frau. Sie empfing Benjamin Bellechasse mit zwei zärtlichen, brüderlichen Wangenküssen. Er erkannte sie mühelos an ihrem strahlendweißen Turban wieder. Im Auktionssaal hatte sie seine Heilige Jungfrau verschmäht, und mit ihrem hochmütigen Gebaren schien sie die ganze Welt unter ihre Fuchtel bringen zu wollen. Cabut bebte. Frauen machten ihn leicht scheu – Marion hatte Mühe gehabt, ihn geselliger zu machen–, und die große Brünette mit dem Turban war der Typus, der ihn in die Flucht schlug.

Nachdem sie auf dem Klingelschild gelesen hatten, daß

die Villa von Monsieur Vilanders bewohnt wurde, machten sich die beiden Inspektoren auf die Suche nach einem bequemen Beobachtungspunkt. Dank einer Lücke in der blühenden Rosenhecke, die den Besitz umgab, konnten sie von hinten in den Garten eindringen. Als er seinen Fuß vorsichtig auf den tadellosen Rasen setzte, betete Cabut heimlich, daß es völlig Nacht werden und ihm kein Wachhund an die Gurgel springen möge. Lavot schien sich wohler zu fühlen, aber der Schein trog. Denn als plötzlich die Hintertür aufging, warf er sich mit erstaunlicher Geschwindigkeit hinter einen mächtigen Nadelbaum. Cabut befand sich schon an einer Seite der Villa, gegen die er sich jetzt preßte und dabei seine Kühnheit verfluchte. Sie befanden sich auf privatem Grund und Boden, und wenn die Besitzerin mit ihrem vornehmen Gehabe sie überraschte, würde sie ihnen sicher nichts ersparen. Aber es geschah nichts Unerfreuliches. Die Frau begnügte sich damit hinauszugehen, um etwas zu suchen, was sie nicht sahen. Sie hörten, wie sie sich an Benjamin Bellechasse wandte und ihm gebieterisch und unfreundlich den Befehl erteilte, zu Tisch zu kommen. Lavot, dessen Herz ein wenig zu stark klopfte, dachte, der Journalist hätte einen Ersatz für Marion gefunden, so daß diese wieder verfügbar sein würde. Unverbesserlich wie er war, gab er sich Träumereien über seine Chancen hin.

Bellechasse verließ die Villa gegen 23 Uhr 30, nachdem er der Frau in Weiß einen keuschen Kuß gegeben hatte. Die beiden Polizisten hatten das vertrauliche Essen durch die große beleuchtete Fensterfassade hindurch beobachtet. Das Haus war modern und geschmackvoll eingerichtet. Dann waren Bellechasse und die brünette Frau verschwunden, ohne daß sie wissen konnten, wo sie waren und was sie taten. Für Lavot bestand kein Zweifel daran, daß sie miteinander schlafen würden. In einem behaglichen, luxuriösen Zimmer mit Pelzen und Spiegeln überall. Cabut empörte sich; auf Grund der Feuchtigkeit draußen fröstelte er: »Und wenn er sie gerade abmurkste, wären wir angeschmiert.«

Lavot gab zu, daß diese Möglichkeit nicht auszuschließen war, obgleich er nicht daran glaubte. Die Bellechasse-Spur war zu schön, um wahr zu sein, gerade die Leichtigkeit, mit der sich ihnen diese Hypothese anbot, störte ihn. Um sich selbst und auch Cabut zu beruhigen, ging er vorsichtig um das weiße Gebäude herum. Ein beleuchtetes Fenster an der Seite erlaubte es ihm, die Spur des Paares wiederzufinden, dessen Umrisse sich als Schattenspiel auf den vorgezogenen Vorhängen abzeichneten. An dieser Seite lag das Anwesen hoch über der Stadt, deren Dröhnen, obwohl von großen Bäumen gedämpft, sehr gegenwärtig blieb. Bellechasse ging auf und ab, die an einem Tisch sitzende Frau schien in Dokumente Einsicht zu nehmen, von denen sie ab und zu eines dem Journalisten zeigte. Lavot hörte sie sprechen, ohne ihre Worte zu verstehen. Er kam zurück, um Cabut, der mit den Zähnen klapperte, zu beruhigen.

Der Abend war frisch, der Halbmond verschwand in regelmäßigen Abständen hinter schweren, mit Wasser gesättigten Wolken, die sich jeden Augenblick ergießen konnten. Lavot, der ebenfalls durchgefroren war, beschloß, sich einen Moment im Wagen aufwärmen zu gehen. Er flüsterte:

»Sei brav, Cabut-Schätzchen, ich komme zurück. Und überhaupt, wenn er sich an sie ranmacht, sind wir sowieso noch die ganze Nacht hier.«

Cabut brummelte. Seine Heilige Jungfrau und seine kleine, aber warme Wohnung fehlten ihm. Der Gedanke an Joual rührte plötzlich heftig an sein Gewissen, und Schuldgefühle befielen ihn. Er mußte konsequent bleiben, um diesen Fall zu klären, und wenn Bellechasse etwas damit zu tun hatte, würde er ihn überführen. Er schlug mit der Faust seiner Rechten in den Handteller seiner Linken und biß die

Zähne zusammen. Das unerwartete Heraustreten des Paares überraschte ihn mitten in einer stummen Entscheidungskrise. Er sah sich um und entdeckte Lavot nirgends. So wie es gelegen war, zwischen Gartentor und Haus, konnte er sein Versteck nicht verlassen, ohne daß ihn der Journalist und seine Gefährtin gesehen hätten. Wenn er wartete, bis Bellechasse abfuhr, um dann aus dem hinteren Teil des Grundstücks hinauszugelangen, würde der sich inzwischen zehnmal verdrücken können. Er fluchte schweigend, aber er hatte keine Wahl.

Am Gartentor drehte sich Bellechasse um und verabschiedete sich von der Frau. Ein leichter Kuß mit den Fingerspitzen. Immer noch tadellos gekleidet und mit dem Turban auf dem Kopf, sah sie nicht wie jemand aus, der soeben Purzelbäume geschlagen hat. Sie verweilte auf dem Rasen und sog die frische Luft ein. Der Motor des BMW brummte. Die Frau bewegte sich immer noch nicht: Mit über der Brust verschränkten Armen starrte sie ihren Garten an, als ob sie etwas erwartete. Oder als ob sie durch das intensive Nachdenken, das sie zu beherrschen schien, versteinert worden wäre. Cabut konnte sich noch immer nicht bewegen. Wie im Traum hörte er den Motor des Renault 21 seinerseits brummen, Scheinwerfer strichen über die Kronen der Bäume vor ihm. Cabuts Mund bildete ein paar stumme Worte:

»Scheiße, er haut ohne mich ab! Ich kann garantiert zu Fuß zurückgehen.«

Etwas stumpfsinnig dachte er auch an seine Schokolade, die er nicht gegessen hatte. Er machte sich hinter der Bank klein und versuchte, geräuschlos seine steifen Beine zu bewegen. Die Bewegung weckte in seinem linken Fuß Milliarden von Ameisen auf, die losstürzten, um den momentan blockierten Blutkreislauf wieder in Gang zu bringen. Mit schmerzverzerrtem Gesicht verlagerte er sein Gewicht auf das rechte Bein, wodurch er völlig das Gleichgewicht verlor.

Das Geräusch seines Sturzes alarmierte die Frau genau in dem Augenblick, da sie beschlossen hatte, wieder ins Haus zu gehen. Nach vorn gebeugt, zur Bank hin, wo sich die Büsche bewegten, rief sie aus:

»Was ist das? Ist da jemand?«

Cabut belegte sich mit allen erdenklichen Schimpfnamen. Wenn sie in seine Richtung käme, wäre er erledigt. Wie sollte er sich verständlich machen? Was würde er dieser Frau sagen? Daß er einen Einbrecher ertappt hätte? Und was hatte er in diesem schicken Viertel zu einer solchen Stunde und obendrein allein zu suchen? Im selben Atemzug verfluchte er Marion, Lavot und Bellechasse. Die Frau machte zwei Schritte in seine Richtung, ging zwei Stufen hinunter und wiederholte ihre Frage in einem Tonfall, der diesmal bedrohlich war. Cabut hatte sich in das feuchte Gras gesetzt und wartete stumpfsinnig und kopflos den Fortgang der Ereignisse ab. Bei der dritten Stufe änderte sie ihre Meinung. Sie ermaß das unbedacht gebliebene Risiko, das sie einging, wenn sie sich allein in der Nacht einer potentiellen Gefahr aussetzte. Reglos rief sie den Eindringling noch einmal energisch an und erklärte dann, mit einer Spur von Angst und Warnung in der Stimme, daß sie die Polizei rufen würde. Cabut sah sie ins Haus gehen, richtete sich halb auf und verzog das Gesicht vor Schmerz. Er spürte seine Beine nicht mehr, und die Feuchtigkeit löste eine Reihe von Niesanfällen aus, die nicht zu unterdrücken waren. Hinter dem großen Fenster machte er die Frau aus, wie sie telefonierte und dabei in seine Richtung blickte. Er zögerte nicht mehr. Vornübergebeugt und hinkend verließ er sein unsicheres Versteck und machte sich an der Hausseite entlang davon. Die Frau mußte ihn bemerkt haben, er durfte sich nicht noch länger aufhalten. Er wäre blamiert, wenn sich die Bullen der Funkstreife auf ihn stürzten! Trotz seiner tauben Beine rannte er los, erreichte die menschenleere Straße und hielt zum Luftschöpfen inne, nur um festzustellen, daß Lavot tatsächlich weggefahren war. Einen Augenblick lang war er ratlos und dachte, sein Kollege würde vielleicht wiederkommen und es wäre besser, auf ihn zu warten. Das Sirenengeheul des ersten Streifenwagens brachte ihn davon ab, an dieser Entscheidung festzuhalten. Er verschwand in der Nacht und machte sich sang- und klanglos aus dem Staub.

Um Mitternacht war Marion nicht sehr viel weitergekommen. Sie saß an ihrem Tisch, auf dem die Lampe mit dem lachsrosa Schirm ein warmes Licht verbreitete, und ließ die letzten Einzelheiten der Ermittlungen immer wieder vor ihrem geistigen Auge vorüberziehen. Ein wahrer Alptraum. Talon war mit einem jungen Kollegen, der neu im Dienst war, losgezogen, um der Spur von der Klinik für Gynäkologie und Geburtshilfe nachzugehen. Er hatte sie in ihrem Wagen angerufen, als sie von Jouals Wohnung kam und noch bewegt war von dem Gespräch mit dem Hausmeister, das den auf Bellechasse lastenden Verdacht wieder angekurbelt hatte. Talons Anruf war voller Begeisterung. Nicole Privat und Jenny Delourmel hatten tatsächlich denselben Frauenarzt gehabt! Doktor Milan Jobic, einen etwa fünfzigjährigen Mann, der aus dem ehemaligen Jugoslawien stammte und seit dreißig Jahren naturalisierter Franzose war. Nicole Privat war nur einmal in seiner Sprechstunde gewesen. Jenny Delourmel, deren Familie sich vor mehreren Generationen in der Gegend niedergelassen hatte, suchte ihn seit gut zehn Jahren auf. Der Haken betraf Christine Joual, über die es in der Klinik keine Akte gab. Ihre ersten beiden Kinder waren in Paris zur Welt gekommen, wo Joual seine Laufbahn begonnen hatte. Das dritte, ein sechsjähriges Mädchen, war wohl hier in der Stadt geboren, aber man hatte noch nicht festgestellt, in welcher Entbindungsstation.

»Gut«, hatte Marion gesagt, »stellen Sie über diesen Jobic

Nachforschungen an, diskret, versteht sich. Ich kehre zur Dienststelle zurück.«

Dort hatte sie niemanden vorgefunden. Außer den Diensthabenden der Nachtschicht waren alle weg. Lavot und Cabut hatten nicht das geringste Lebenszeichen gegeben. Sie waren wohl Bellechasse auf den Fersen. Dieser Gedanke bereitete Marion Unbehagen. Daß Benjamin im Mittelpunkt dieser Geschichte stehen konnte, erschien ihr absurd. Wie ein böser Traum, aus dem zu entfliehen sie sich vergebens bemühte. Es mußte doch eine andere Erklärung geben für all diese Indizien, die die Gegenwart von Benjamin in der Nähe der ermordeten Frauen bewiesen.

Sie ging zum Erkennungsdienst hoch, um die Kassette aus dem Anrufbeantworter der Jouals dort zu hinterlegen, und beschloß, nach Hause zu gehen. Sie hatte keinen Hunger und die Perspektive, allein zu Abend zu essen, machte sie nervös; aber sie hatte keine Lust, länger in diesen menschenleeren Büros zu verweilen, in denen der üble Geruch von kaltem Zigarettenrauch und anderen zweifelhaften Ausdünstungen schwebte. Um den Verdruß und die Angst zu betäuben, die wie ein schleichendes Fieber zunahmen, hatte sie beschlossen, einen Teil der Akte mitzunehmen.

Im Moment fragte sie sich, ob das eine gute Idee gewesen war. Sie fühlte sich in der gleichen Lage wie vor vier Jahren, als ihr Mann Anlässe zu Streitigkeiten ständig provozierte, indem er meistens verschlossen und stumm blieb, bis sie explodierte und er sich dieses Vorwands bediente, um seinen Blouson überzuziehen und zu seiner neuen Liebe zu eilen. Wenn sie allein war, erfand sie dann noch einmal jene Worte, die sie hätte sagen, jene Gesten, die sie hätte machen müssen, die ihr allesamt Beweise für das sich ankündigende Chaos zu sein schienen, ohne daß sie es sich deshalb eingestehen wollte. Benjamin hatte ihr ihr Selbstvertrauen wiedergegeben, und selbst wenn sie vorsichtig blieb, war er trotzdem von einem anderen Kaliber als ihr Mann, nämlich imstande, es mit ihr aufzunehmen, mit ihrem schwierigen Charakter und ihrem verflixten Beruf. Eine Woge von Kummer überwältigte sie. Sie hatte sich geirrt, und womöglich auf noch tragischere Weise. Vor ihren Augen, die langsam von Tränen getrübt wurden, breiteten sich die Fotos der drei Opfer wie ein stummer Vorwurf aus. Diese Frauen waren gequält worden, sie hatten ihr Entsetzen herausgebrüllt angesichts eines monströsen Bluthundes, der identisch sein könnte mit dem Mann, auf den sie ihre Hoffnungen gesetzt hatte. Trotz der Anhäufung von Fakten, die immer beunruhigender wurden, verdrängte sie abermals gewaltsam diese widerliche Vorstellung.

Ein aufdringliches Stimmchen flüsterte ihr zu, daß sie fehlginge, daß sie ihre Ermittlungen nicht so durchführe, wie sie es hätte tun sollen. Über die Bellechasse-Spur hatte sie mit niemandem gesprochen, weder mit ihrem Direktor noch mit dem Untersuchungsrichter. Bevor sie diese informierte, mußte sie Gewißheit haben, doch sie wußte, daß man ihr diese Unterlassung nicht verzeihen würde, wenn die Dinge eine schlechte Wendung nähmen. Und es begann brenzlig zu werden: Der Fall Joual erschütterte die Kripo ... Die Lokalblätter hatten die Entdeckung von den Leichen des Inspektors und seiner Frau auf der ersten Seite gebracht. Zur Zeit kannten sie noch nicht die jüngsten Entwicklungen des Falls. Aber sobald die Autopsieberichte abgefaßt wären, würde nichts mehr verborgen bleiben können. Marion fürchtete die Kommentare und Erklärungen, die sie in dreifacher Ausführung abliefern mußte: an die Zentralabteilung, an die Hauptabteilung und warum nicht auch noch an den Innenminister! Marion würde aufgefordert werden, sich zu dem Fall Bellechasse zu äußern. Wenn ihr an ihrer Zukunft bei der Polizei etwas lag, mußte sie um jeden Preis vor Beginn der Feindseligkeiten eine Spur finden, am besten die richtige. Bellechasse auf die eine oder andere Weise überführen oder aber ihn von jedem Verdacht befreien. Sie konnte sich noch so sehr das Hirn zermartern, sie wußte wirklich nicht, wie sie es anstellen sollte. Sie hatte bei den Militärbehörden Überprüfungen vorgenommen. Wie sie es erwartet hatte, fand sich in den Archiven der Armee keine Spur von einem Benjamin Bellechasse. Selbst beim zivilen Militär- und Ersatzdienst kannte man ihn nicht, er hatte niemals, Irrtum oder Auslassung vorbehalten, in der französischen Armee gedient. Warum dann diese groteske Lüge? Marion dachte nach, während sie, ohne sie zu erkennen, die Fotos der drei Opfer betrachtete, die vor ihr ausgebreitet waren.

»Wenn man noch irgendwo seine Fingerabdrücke hätte«, murmelte sie gereizt, »würde uns das erlauben, eine Hypothese zu überprüfen.«

Sie begriff die Absurdität ihrer Überlegung: Fingerabdrücke von Benjamin mußte es mindestens hundert in ihrer Wohnung geben! Unbrauchbare. Da sie plötzlich müde war, stand Marion auf und ging mit den Händen auf dem Rücken und barfuß auf dem Teppichboden ihres Appartements auf und ab. Sie hatte eine weiße Jogginghose und ein Gitanesblaues T-Shirt angezogen. Sie verspürte große Lust zu rauchen. Sie widerstand einen Augenblick lang, zwischen einem großen Glas frischen Wassers und ein paar tiefen Atemzügen, aber sie fand nicht die geringste Beruhigung. Dann entschloß sie sich plötzlich, zog ein Paar Baskets und einen Blouson über und ging in größter Eile, lautlos und gewandt, die vier Stockwerke hinunter.

Die Brasserie des Négociants an der Ecke des Boulevards war noch geöffnet; unter dem blasierten Blick des Barkeepers, der auf ihren Aufbruch wartete, um den Laden zu schließen, schwatzten in einer Ecke leise zwei Prostituierte. Marion setzte sich an die Theke und ignorierte den mordlustigen Blick, mit dem der Mann sie bedachte. Ohne nachzudenken bestellte sie einen Cognac und dazu ein Päckchen Marlboro. Eine Ausgabe des *Écho*, zerknittert und voller Kaffeeflecken, lag herum. Sie war auf der Seite ›Veranstaltungen‹ zusammengefaltet. Marion nahm sie an sich und überflog sie zerstreut. Einen Augenblick später begann sie, begierig zu lesen: Ein kurzer Artikel berichtete über die außergewöhnliche Versteigerung einer Privatsammlung im Auktionshaus, die mehrere tausend Dollar eingebracht hatte. ›Warum Dollar?‹ dachte sie, als ob dieses Detail, gerade in diesem Augenblick, eine besondere Bedeutung hätte. Der Artikel war mit Benjamin Bellechasse unterschrieben. Marion legte die Zeitung wieder hin. Auf ihrem Gesicht lag ein Lächeln, als sie die Brasserie verließ – ohne ihre Zigaretten und ohne den Cognac angerührt zu haben, den der überraschte und verstimmte Barkeeper schließlich in einem Zug runterzukippen beschloß. Sie hatte soeben eine Idee gehabt.

XIV

Ben ging am frühen Morgen nach Hause. Genau um 6 Uhr 30, direkt von seiner Arbeit zu seiner Wohnung. Er hatte keine Lust, mit den anderen im Café an der Ecke einen kleinen Schwarzen zu trinken. Als er die Tür seines Hauses öffnete – es herrschte hier tadellose Ordnung –, überkam ihn eine Anwandlung von Sehnsucht nach dem Wohnmobil. Er vermißte den Lastwagen furchtbar, aber er hatte sich von ihm trennen müssen. Nach der Sache mit dem Inspektor und

›Schwester Viper‹ war er nicht mehr sicher mit ihm. Aus den Zeitungen wußte er, daß man die Leichen sehr schnell gefunden hatte, er war zufrieden mit sich: Alle glaubten, daß Joual Selbstmord begangen hätte, nachdem er seine Frau beseitigt hatte. Die Schreiberlinge stellten schon Zusammenhänge her mit den anderen ›Schwestern‹, die Ben für Cora ausfindig gemacht hatte. Er freute sich darüber, und die Kripo watete immer noch im Schlamm herum.

»Keine ernste Spur«, hatte Marion erklärt.

»Du überraschst mich«, jubelte Ben, als er sie mit ernster und selbstzufriedener Miene vor den Journalisten schwadronieren hörte. »Ben ist gerissener als du. Und Cora, wenn du es wüßtest, würdest du es mit der Angst zu tun bekommen! Erzähle nur weiter Unsinn ... du hast es noch lange nicht geschafft.«

Ben dachte sich, daß er, wenn die Gefahr einmal ferner gerückt wäre, vielleicht wieder den Lastwagen nehmen und an das Flußufer zurückkehren könnte. Aber an eine andere Ecke, denn er traute den Gendarmen nicht. Trotz ihrer Uniformen und ihrer tumben Art konnten sie sich als gefährlich erweisen. Er hatte genug mit ihnen verkehrt, um das zu wissen. Sie hatten vielleicht die Abdrücke der Reifen gesichert oder andere Spuren, die er trotz seiner extremen Wachsamkeit hatte außer acht lassen müssen. Außerdem hatte er eine böse Vorahnung. Gegen Ende seines Anfalls, der aufgetreten war, nachdem er mit ›Schwester Viper‹ und ihrem idiotischen Mann fertig gewesen war, hatte er seinen auf das Lenkrad gestützten Kopf gehoben: Wie ein Verrückter hatte er sich an das Lenkrad geklammert, um nicht aufzuschreien vor Schmerz. In seiner Nähe hatte er die Gegenwart eines Menschen gespürt. Als er imstande war hinauszugucken, hatte er niemanden gesehen, aber der Zweifel hatte sich bei ihm festgesetzt. Der Lastwagen würde bleiben, wo er war. Wenn sich alles gelegt hätte, würde er ihn wieder benutzen und die Schramme von dem Felsen auf der Karosserie ausbessern lassen. Diese ›Schwester Viper‹ war wirklich ein Fehler. Vor allem, daß er den Lastwagen benutzt hatte, was ihn jetzt um die phantastischen Augenblicke brachte, die er so sehr brauchte. Niemals einen solchen Fehler wiederholen.

Denn das Problem mit Cora fing wieder an. Mehrmals hatte sie ihn in den letzten Tagen während seiner Schlafenszeit besucht und verhindert, daß er sich erholen konnte. Sie erwies sich oft als widerwärtig und nahm nicht im geringsten Anteil an seinem Leiden; sie herrschte ihn heftig an, wenn er ihr erklärte, daß er seine Medikamente absetzen wolle.

»Daß du leidest, ist mir egal! Aber denke nicht nur an dich! *Mich* gibt es, du weißt, was du mir schuldest. Ich will kommen, Ben, Milliarden Male, wie vor …«

»Vor was?« fragte Ben scheinheilig. »Du antwortest nicht, was! Wie vor deinem Wunsch zu gehen, das ist es doch, nicht wahr! Du wirst nie mehr gehen, nicht wahr, Cora?«

Sie setzte sich neben ihn und berührte flüchtig mit ihren so weichen Lippen sein Gesicht: Bens Körper krümmte sich unter der Liebkosung ihrer schlanken, weißen Hände, die leicht waren wie jene durchscheinenden Eintagsfliegen, die an den Sommerabenden, wenn das Gewitter ihre Sinne entfachte, über dem Teich schwebten. Mit geschlossenen Augen genoß Ben diesen Augenblick. Dann lachte Cora und lief fort, er konnte sie nicht einholen, seine Beine, die vor ungestillter Begierde zitterten, trugen ihn nicht mehr.

»Du weißt, was ich will«, rief sie, als sie verschwand, »du weißt es, Ben!«

Und Ben wachte schweißbedeckt in seinem Bett auf, unter der an allen vier Ecken fest eingestopften Decke. Wie er es zu tun verstand.

Als er sich vor das stillose Möbel setzte, in dem er seine

Akten unter Verschluß hielt, seufzte er. Er griff sich das Blatt, auf dem er den Namen der Frau notiert hatte, die wohl die nächste Opfergabe an Cora sein könnte. Angesichts der außergewöhnlichen Übereinstimmung war er unschlüssig. Schweigend schüttelte er den Kopf und zerknüllte zerstreut das Blatt. Sogar seine Kollegen hatten ihn darauf hingewiesen! Das heißt, dieser neugierige Georges! Denn die anderen waren durch nichts in Bewegung zu bringen. Aber Georges, das war normal, er war sein Chef und derjenige, der ihn am besten kannte. Wenigstens glaubte er das, denn wenn er gewußt hätte… Ben hatte auch die Telefonnummer und die Adresse der Frau notiert. Er würde sie später, im Laufe des Tages anrufen. Er wußte, sie würde nicht auflegen, sie wäre sogar entzückt, mit ihm zu sprechen. Wie die anderen. Ohne Zweifel waren ein paar Treffen nötig, um sie vorzubereiten, obwohl man bei diesen Frauen auf alles gefaßt sein mußte. Sie konnte sich durchaus am ersten Tag auf ihn stürzen. Einen Moment lang dachte er darüber nach, wie er sich verhalten würde, wenn dies geschähe. Als er mit der Hand das Blatt glättete, lächelte er und sprach leise ihren Namen aus: Marthe Vilanders.

XV

Mit unendlicher Behutsamkeit stellte Cabut die Holzskulptur der Heiligen Jungfrau mitten auf seinen Schreibtisch, nachdem er den Papierkram entfernt hatte, mit dem dieser überhäuft war. Er trat drei Schritte zurück, um die Wirkung zu beurteilen, versenkte sich in eine inbrünstige Betrachtung und murmelte:

»Meisterhaft!«

Seinen Ausruf unterstrich er mit mehrmaligem Niesen.

»Nicht schlecht«, bestätigte Talon, »was ist mit dir, bekommst du eine Erkältung?«

Cabut fuhr zusammen, er hatte seinen Kollegen nicht hereinkommen hören. Vor Verwirrung errötete er und verhedderte sich in einer komplizierten Erklärung, von der Talon nichts verstand, außer daß er einen Teil der Nacht in einem Gebüsch verbracht habe und Marion seine wunderbare Erwerbung zu sehen wünsche.

»Ich verstehe nichts von Kunst«, bedauerte Talon. »Wenn du mir sagst, daß sie aus dem Mittelalter stammt, glaube ich dir, und wenn du mir mitteilen würdest, daß sie gestern hergestellt wurde, wäre es das gleiche.«

Cabut schneuzte sich geräuschvoll.

»Ach«, rief er mit falscher Bescheidenheit aus, »das ist doch einfach, es genügt, sich ein bißchen dafür zu interessieren ...«

»Schon möglich«, sagte Talon skeptisch, »außerdem muß man Lust dazu haben!«

Cabut hätte beinahe eine bissige Bemerkung über Talons Leidenschaft für Leichen gemacht, aber er hielt sich zurück:

»Das stimmt«, antwortete er einfach. »Für mich sind Gegenstände aus der Vergangenheit hinreißend, sie haben ein Leben, eine Geschichte, manchmal sind sie benutzt worden oder haben eine Wohnung geschmückt.«

Talon wurde schon ungeduldig:

»Na schön, schieß mal los, kläre mich auf, vor meinem Tod möchte ich wissen, bis zu welchem Alter diese Jungfrau eine geblieben ist und wieso du es weißt.«

Cabut senkte den Kopf, schien sich zu sammeln und zog die Nase hoch. In begeistertem Tonfall sagte er:

»Das ist ein komplexes Kleinod, bei dem die Schulen an der Mosel und in Köln mit der Schule von Limoges in ihrer Virtuosität gewetteifert haben. Die filigranen Goldverzierungen des Mantels verbergen das eleganteste Cloisonné der Moselaner Schule, direkt beeinflußt von der ottonischen Tradition.«

Cabut schielte zu Talon hinüber, der mit offenem Mund zuhörte. Er erläuterte:

»Die ottonische Tradition bezieht sich auf die Nachfolger Karls des Großen, auf Otto I. und die folgenden Kaiser des Heiligen Römischen Reiches Deutscher Nation, die seit dem 9. Jahrhundert am Hof von Aix-la-Chapelle die Goldschmiede förderten. Aber was hat das mit der Datierung dieses Stückes zu tun? Darauf komme ich noch. Sieh dir erst einmal die Qualität der Emailmalereien an. Sie sind alt, leuchtend, mit ausdrucksvollen Farben gesättigt und gleichsam wie in der Schwebe. Selbst als sie die alten Rezepturen wieder benutzten, brachten auch die geschicktesten Fälscher des 19. Jahrhunderts niemals solche Emailmalereien zustande: Die Feuerungsbedingungen waren nicht mehr dieselben. Vor allem das Sprenkeln – Bläschen, die durch Verunreinigungen des Materials an der Oberfläche zerplatzen – läßt das mittelalterliche Können erkennen. Als es später von Fälschern wiedereingeführt wurde, wirkte es immer mechanisch und gewollt. Sieh hin, hier ist das nicht der Fall.«

Talon beugte sich vor, aber er sah nicht viel. Er verzog sein Gesicht:

»Da braucht man ja eine Lupe, um das zu sehen, sag mal!«

»Aber nein!« widersprach Cabut. »Das ist Übungssache. Und das ist noch nicht alles. Beachte die leichte, sparsame Vergoldung. Das Gold ist hell mit champagnerfarbenen Flecken, die nur im sudanesischen Gold mit der Zeit entstehen. Kein modernes Gold, wie zum Beispiel das schwere, rote aus der Neuen Welt, das seit dem letzten Jahrhundert verwendet wird, altert auf diese Weise. Außerdem ist der absichtliche Mangel an Vergoldung jener Partien, die von der Heiligen Jungfrau verdeckt werden, ein vortrefflicher Hinweis auf die mittelalterliche Epoche, die wenig Gold besaß. Ich habe auch den Aufbau und die Rückseite des Stückes studiert, Partien, die von Fälschern oft vernachlässigt werden: Die Patina ist natürlich changierend, sie weist, entsprechend den mehr oder weniger beschädigten Stellen, verschiedene Farbnuancen auf. Die Abnutzung ist echt. Ebenso ist das Email nur an den empfindlichen, exponierten Stellen abgesprungen.«

»Und was hält sie da in den Händen?«

»Ein Reliquiar, eine Opfergabe … Für dieses Kleinod hat man das reinste Kobaltblau benutzt. Dieses aus dem tiefsten Orient kommende Mineral war sehr selten geworden, seit die Mongolen die Seidenstraße unterbrochen hatten. Um sparsam damit umzugehen, mischte man es – glanzloser – auf abendländische Weise und sparte es so auf für erstklassige Stücke, Meisterwerke wie in diesem Fall … Sieh nur, es ist so rein, daß man es für saphirfarben halten möchte! Dieses Reliquiar mit seinen drei byzantinischen Heiligen ist ein Wunderwerk und zeugt von der Arbeit eines Miniaturenziseleurs mit Luchsaugen. Die kleine Platte vorne sollte an den Tagen der Ausstellung von Reliquien hochgeklappt werden, um eine Ampulle aus Bergkristall zum Vorschein kommen zu lassen, die die Reliquie enthielt, einen Fingernagel oder Haare. Beim Reliquiar hinter dem Thron ist die Art der Befestigung bezeichnend für das Mittelalter: ein schräger Stift, eine Art große Haarnadel, wie sie die alten Frauen benutzten. Das ist eine sehr wichtige Einzelheit, aber vor allem hat mich die Verbindung der verschiedenen Einzelheiten insgesamt schließlich und endlich überzeugt.«

Verblüfft über Cabuts Wissen pfiff Talon leise, um seinen

Beifall zu bekunden. In diesem Augenblick kamen Marion und Lavot herein.

»Das ist es?« rief Lavot enttäuscht aus. »Dies Ding läßt dich wie einen Irren losrennen?«

Cabut richtete sich auf und sah seinen Kollegen herausfordernd an.

»Dieses Ding, wie du sagst, wird mich reich machen. Im Gegensatz zu dir, der nur Frauen im Kopf hat ...«

»Ach, was du nicht sagst!« erwiderte Lavot. »Und wieviel hast du für das alte Ding bezahlt? Wenn sie so einmalig ist, muß sie sehr teuer sein. Hast du vielleicht geheime Einkünfte?«

»Erstens geht dich das nichts an«, begehrte Cabut auf, dessen Teint rot wurde, »und du weißt ganz genau, daß ich seit zehn Jahren fast meine ganze Freizeit damit verbringe, diese Art von Objekten zu suchen, zu kaufen und wiederzuverkaufen. Na ...«

»Nein, aber wieviel?« beharrte Lavot ironisch.

»Es ist ein Elend«, wich Cabut abermals aus. »In Frankreich interessieren sich die Sammler nicht für das frühe Mittelalter, ich weiß nicht, warum. In anderen Ländern ist das anders.«

Lavot wiegte den Kopf, als hätte er verstanden:

»Schau an, ich bin sicher, du hast dein ganzes Gehalt in dieses Wrack gesteckt ... Zähle nicht auf mich, wenn du jemanden suchst, der dir den Imbiß oder deine Schokolade bezahlt!«

»Übrigens«, ereiferte sich nun Cabut, »danke für gestern abend. Ich hätte mir beinahe den Tod geholt und mich von den uniformierten Kollegen einbuchten lassen müssen. Die Alte mit ihrem lächerlichen Turban hat die Funkstreife gerufen, stell dir das mal vor!«

»Du machst mir Spaß!« protestierte Lavot. »Was sollte ich denn tun? Ihn sich verdrücken lassen?«

»Nein, aber du hättest zurückkommen können, um mich abzuholen, ich bin drei Kilometer zu Fuß getippelt. Und du hättest mich zu Hause anrufen können …«

Lavot täuschte Lässigkeit vor:

»Tut mir leid, Kamerad, aber ich bin Bellechasse unauffällig nach Hause gefolgt, und dann habe ich einen Spitzel aufgesucht.«

»So siehst du aus, einen Spitzel! Mit Minirock und Stöckelschuhen.«

Marion mischte sich ein.

»Hören Sie auf zu streiten! Wir haben Besseres zu tun! Cabut, kann ich sie mir für heute abend von Ihnen ausborgen?«

Der Angesprochene öffnete den Mund, schloß ihn, wurde blaß und murmelte:

»Wie bitte, Madame?«

»Ihre Statuette da, können Sie sie mir für den Abend leihen?«

Cabut mußte sich überwinden, dann stimmte er widerwillig zu:

»Ja, natürlich, aber darf ich erfahren, was Sie damit zu tun beabsichtigen?«

»Nein, ich kann es Ihnen nicht sagen, Sie müssen mir vertrauen. Ich verspreche Ihnen, sehr vorsichtig mit ihr umzugehen und sie Ihnen unversehrt zurückzugeben.«

»Ja, ja, ich vertraue Ihnen«, erwiderte Cabut etwas gezwungen.

Marion ging auf die Tür zu, da sie die Angelegenheit für erledigt hielt. Cabut brummelte zwischen den Zähnen, daß er trotz des Vertrauens, das er Marion schenke, eine Versicherung abschließen wolle. Marion machte eine Kehrtwendung. Er errötete und wandte sich ab, um sich zu schneuzen.

»Übrigens«, fragte sie mit in die Seiten gestemmten Armen und einer plötzlich besorgten Miene, »Sie müßten mir erklären, woran Sie erkennen, daß Ihr Wunderwerk aus dem Mittelalter stammt. Damit es so aussieht, als verstände ich ein Minimum davon.«

Cabut warf Talon einen verzweifelten Blick zu, der lachte sich ins Fäustchen. Lavot, der am Telefon mit einer Gesprächspartnerin – seinem Spitzel der vergangenen Nacht – beschäftigt war, hatte an der Unterhaltung kein Interesse mehr.

»Ja, Cabut?« hakte Marion nach.

»Aber natürlich, Chef, wann Sie wollen. Sofort?«

Marion sah auf ihre Uhr:

»O. K.! Ich tätige einen Anruf und komme zurück.«

Nach einer Stunde wußte sie alles über die Heilige Jungfrau. Cabut wiederholte ihr, was er bereits Talon erklärt hatte, mit derselben Begeisterung und einigen zusätzlichen Details. Marion machte sich Notizen. Als sie fertig waren, nahm sie voller Zartgefühl die Heilige Jungfrau und hob sie in Gesichtshöhe:

»Sei unbesorgt«, murmelte sie, »ich werde auf dich achtgeben, du bist so alt ...«

Lavot, der für das Interesse, das ein lebloser Gegenstand hervorrufen kann, selbst wenn er eine jahrhundertelange Geschichte hatte, unempfänglich war, brachte sie auf die Erde zurück:

»Und Bellechasse, was machen wir mit dem?«

»Nichts«, seufzte Marion, »jedenfalls für heute. Er ist in der Redaktion, und ich habe jemanden an Ort und Stelle. Er wird sich tagsüber nicht fortbewegen.«

»Wieso wissen Sie das?«

»Ich weiß es.«

»Und heute abend?«

»Das gleiche, vergessen Sie ihn. Beschränken Sie sich darauf, die Villa der Frau in Weiß im Auge zu behalten.«

Mittwoch war der Tag der Redaktionskonferenz. Bellechasse ging an diesem Tag nie weg. Und was den Abend betraf, so hatte Marion Pläne, über die zu sprechen sie noch keine Lust hatte.

Um 11 Uhr fand Marion auf ihrem Schreibtisch eine dringende Nachricht vom Gendarmeriefeldwebel aus La Valmontine. Sie rief ihn sofort zurück. Zehn Minuten später machten sich Lavot und Cabut auf den Weg: Im Fall des Ehepaars Joual hatte sich ein Überraschungszeuge gemeldet. Ein Mann aus der Gegend, der am Samstagmorgen, ein paar Stunden nach dem von Marsal geschätzten Todeszeitpunkt des Inspektors und seiner Frau, auf dem Fahrrad die Straße entlanggefahren war. Ein Wilddieb, der seine Schlingen wiederaufstellen wollte, was sein Zögern erklärte, von sich aus vor den Gendarmen seine Aussage zu machen. Einige Tage nach dem doppelten Leichenfund hatte er sich unvorsichtigerweise im Café des Dorfes einem Saufkumpan anvertraut. Die Wirtin hatte das Gespräch aufgeschnappt, und da sie die Schwägerin eines Gendarmen der Brigade war …

Titus, der Wilddieb, war gleichwohl ein Mann, dessen Aussagen mit Vorsicht zu genießen waren, denn außer seiner entschiedenen Vorliebe für Rotwein galt er als ein bißchen einfältig und als jemand, der erdichtete Geschichten erzählt. Er behauptete, oben auf dem Weg, der zu den Grotten führte, einen »Lastwagen, in dem man essen und schlafen kann«, gesehen zu haben. Um 6 Uhr morgens, das war verblüffend. Er hatte nur die Farbe bemerkt, weiß mit blauen Streifen an der Seite. Er glaubte auch, ohne sich dessen sicher zu sein, daß der Lastwagen im Département zugelassen sei. Eigentlich erinnerte er sich an nichts mehr so recht. Nur eines wußte er mit Sicherheit, nämlich, daß der Fahrer eine Frau war, eine Blondine mit langen Haaren, die auf ihrem Lenkrad zu schlafen und zu träumen schien, denn sie zuckte auf eine merkwürdige Art.

»Eine Frau?« rief Marion aus. »Ist er sich sicher?«

Der Feldwebel, der sich an die unerwarteten Ereignisse bei der Autopsie von Christine Joual erinnerte, hätte nicht darauf geschworen. Titus hatte nur ihr Gesicht, nur ihre Hände gesehen. Große zusammengekrampfte Hände mit langen, roten Fingernägeln. Marion runzelte die Stirn: Immer wenn sie versuchte, sich Benjamin als Frau verkleidet vorzustellen, war alles, was dabei herauskam, der Ansatz zu einem unbändigen Gelächter. Und eine nicht auszuhaltende Angst.

In Gegenwart der Kripoinspektoren, die ihn weniger einschüchterten als die Gendarmen, erinnerte sich Titus noch an etwas anderes: Die linke Seite des Lastwagens war demoliert, als ob er sich an den riesigen Felsbrocken, die den Weg zu den Grotten säumten, gerieben hätte. Sie hatten keine Mühe, den Ort des Aufpralls ausfindig zu machen, wo noch gut sichtbare Spuren von weißem und blauem Lack vorhanden waren. Die Gendarmen verliehen ihre Ausrüstung für die Proben, die sofort im Laboratorium abgegeben wurden. Sobald Lavot ihr diese Einzelheiten bestätigt hatte, schickte Marion die ganze Gruppe an die Arbeit. Außer Talon, der weiterhin auf seinen jugoslawischen Frauenarzt angesetzt war. Lavot seufzte: In der Gegend einen Campingwagen zu suchen, ohne das Fabrikat und das Kennzeichen zu kennen, war kinderleicht! Diese mühsame Kleinarbeit, langwierig und entmutigend, war dennoch die einzig mögliche Vorgehensweise. Sie erstellten eine Liste aller Camping- und Wohnwagenplätze und machten sich an die Arbeit.

»Und wenn es eine Privatperson ist, die eine Garage hat?« wandte Cabut ein.

Marion zuckte die Schultern:

»Mein armer Cabut, Sie sehen immer das Glas halb leer, versuchen Sie einmal, es halb voll zu sehen ...«

Cabut enthielt sich eines Kommentars. Ständig fragte er

sich, was Marion mit seiner Heiligen Jungfrau machen würde. Er hatte ein böses Vorgefühl. Als er die Augen schloß, sah er sie in Stücke gegangen, explodiert. Noch einmal verfluchte er Lavot, daß der ein zu großes Mundwerk gehabt hatte.

Zum zehntenmal kontrollierte Marion, ob alles an seinem Platz war: die Flasche und die Gläser auf dem kleinen runden Tisch zwischen den beiden niedrigen, fahlgelben Ledersesseln, die sie bei ihrer Scheidung geerbt hatte. Sie nahm die Akte in die Hand, die die Autopsiefotos enthielt, eine kartonierte Sammelmappe, in die die Abzüge lose hineingesteckt waren. Das warme Licht erhellte ihr Gesicht und warf dunkle Schatten darauf. Sie betrachtete sich im Flurspiegel, korrigierte ein oder zwei widerspenstige Haarsträhnen und sah, daß ihre schwarzen Augen glänzten. Sie hatte sich brav angezogen: eine Hose aus fließender grauer Seide und einen dazu passenden Blouson. Sie hatte absichtlich diese neutralen Kleider gewählt, weit von der Berufskleidung entfernt, die sie gewöhnlich zur Schau trug. Auch hatte sie darauf geachtet, bei ihrem Gast nicht den Eindruck zu erwecken, als ob sie ihn erobern oder zurückerobern wolle. Zur vorgesehenen Zeit ließ das Klingeln sie zusammenfahren. Benjamin Bellechasse zögerte den Bruchteil einer Sekunde vor der Tür, bevor er eintrat. Die Hände hatte er in den Taschen seines englischen Regenmantels vergraben, und die Fragen standen kaum verhüllt in seinen grauen Augen mit den langen Frauenwimpern.

»Grüß dich«, sagte Marion mit belegter Stimme. »Danke, daß du gekommen bist. Komm rein.«

Sie nahm ihm die Kleider, die er soeben abgelegt hatte, aus der Hand und betrachtete die vertraute Gestalt schräg von der Seite. Sie bemerkte, daß er abgenommen hatte, sein Gesicht war ein wenig eingefallen, und sein Lockenhaar wuchs wieder. Sobald sie aus unserem Leben treten, entziehen sich uns die Menschen rasch und werden wieder Unbekannte. Dieser Gedanke schmerzte sie, aber sie wollte sich nicht damit aufhalten. Sie war entschlossen, diesen Fall wie die anderen zu behandeln, und setzte sich über die Gefühle, die sie für Bellechasse hätte empfinden können – die sie noch empfand –, hinweg. Als sie seine Sachen am Kleiderhaken aufhängen wollte, machte sie absichtlich einen falschen Handgriff, der die Akte zu Boden beförderte, die sie in der Hand gehalten hatte. Marion stammelte eine Entschuldigung, während sich Benjamin bückte, um ihr zu helfen, ihre Ungeschicklichkeit wiedergutzumachen. Die grauenhaften Wunden von Jenny, wenn es nicht die von Nicole Privat oder von Christine Joual waren, sprangen ihm ins Gesicht. Er schob den herausgefallenen Abzug in die kartonierte Sammelmappe zurück und reichte das ganze Marion, während er sich gefaßt aufrichtete. Marion murmelte eine erneute Entschuldigung der Art »Ich habe gearbeitet, als ich auf dich wartete«, die den Journalisten ein zweifelndes Gesicht ziehen ließ. Ernst sah er sie an, im Blick einen merklichen Überdruß und eine weitere Frage, die bedeutete: ›Da bin ich, was tun wir?‹ Marion ging auf den niedrigen Tisch zu und warf lässig die Akte auf den Teppichboden:

»Komm, Benjamin, setz dich. Ich wollte dich aus einem persönlichen Grund sehen, der aber, beruhige dich, in keinem Zusammenhang mit uns steht ... das heißt, ich meine, ich hoffe, daß du dir nicht einbildest ...«

»Ich bilde mir nichts ein«, gab Benjamin ironisch zurück, »aber ich frage mich: Warum soviel Geheimniskrämerei? Warum kommst du bei der Zeitung vorbei, während es genügt hätte, mich anzurufen? Hast du Angst, daß deine Kollegen von der Funkzentrale mich hören?«

Marion lachte verkrampft:

»Die Zentrale? Ich weiß wirklich nicht, inwiefern sie sich für den Kultur-Ressortchef des *Écho* interessieren sollte… Nein, übrigens brauche ich dich in genau dieser Eigenschaft, ich brauche deine Kenntnisse und deinen Rat. Ich habe ein antikes Objekt erworben, das selten und wertvoll ist, wenigstens glaube ich es, und ich frage mich, ob ich nicht eine Dummheit gemacht habe. Ich habe ziemlich viel dafür bezahlt und würde gern sicher sein, du verstehst.«

Benjamin runzelte die Stirn, schlang seine verschränkten Hände um ein Knie und lehnte sich zurück:

»Ich bin Journalist«, sagte er, »kein Experte, aber ich werde dir eine Meinung geben, nicht mehr als eine Meinung, wenn du es wünschst. Worum geht es?«

Marion ging um die Bar mit Arbeitsfläche herum, die den Salon von der Kochnische trennte. Sie bückte sich, um Eiswürfel aus dem Kühlschrank zu nehmen.

»Hör mal, willst du bitte schon mal einschenken, ich bringe das Eis.«

Benjamin heftete seinen Blick auf die Flasche Lagavulin, seinen Lieblings-Pur-Malt, und auf die beiden Gläser, die sie flankierten. Er kam nicht umhin, sich zu fragen, in welches Spiel Marion ihn hineinzuziehen versuchte. Es erschien ihm als ungeheuerlich und kindisch zugleich. Er beschloß, sich auf ihr Spiel einzulassen, obwohl er wirklich keine Lust dazu hatte.

»Es ist nett, daß du dich daran erinnerst, daß ich diesen Whisky mag. Übrigens mag ich wirklich nur diesen, aber im Moment meide ich Alkohol. Wenn du Wasser hast, ist mir das sehr recht.«

»Dein Pech«, seufzte Marion heiter, »aber das erspart dir nicht, mir einzuschenken. *Ich* darf Alkohol trinken!«

Benjamin fügte sich, stellte dann die Flasche zurück und hielt Marion, die mit dem Eis und einer Karaffe Wasser zurückkam, sein Glas hin. Sie ignorierte seine Geste, stellte das Ganze auf den Tisch und verschwand wieder im Hintergrund des Zimmers. Geheimnisvoller denn je nahm sie die Heilige Jungfrau aus dem Kleiderschrank und zeigte sie Benjamin, der sie sofort wiedererkannte, sich aber nichts anmerken ließ. Schweigend musterte er sie:

»Wunderschön«, sagte er. »Gehört sie dir?«

Die Tatsache schien ihn zutiefst zu überraschen. Marion bejahte:

»Ich habe sie vor ein paar Tagen auf einer Auktion gekauft. Der Belanian-Nachlaß, du warst doch auf dem laufenden!«

»Natürlich, aber ich habe mir nicht vorgestellt, daß dich das interessieren könnte, vor allem ein Stück aus dieser Epoche und in diesem Stil.«

Er dachte: ›Das frühe Mittelalter mit seinem Reichtum, aber auch seiner extremen Strenge.‹

»Warst du bei dieser Auktion dabei?«

»Nein, jemand hat für mich diesen Kauf getätigt.«

»Ah, ich verstehe!«

»Und was verstehst du?«

»Daß es keine Herzensangelegenheit, sondern eher eine Geldangelegenheit ist! Eine Investition. Irre ich mich?«

Marion dachte an Cabut, an die Inbrunst, die ihn erfüllte, wenn er von seiner Heiligen Jungfrau sprach, an die Leidenschaft, mit der er seine Vorführungen bereicherte.

»Wenn du so willst«, log sie. »Nun, was hältst du davon?«

»Ich finde sie prächtig, und wenn ich irgendeine Leidenschaft für diesen Stil und überflüssiges Geld gehabt hätte, würde ich sie gekauft haben. Wegen der Schönheit und Reinheit, wegen der Kunst. Noch einmal: Ich bin kein Experte. Alles, was ich tun kann, ist, dir ein paar Adressen zu geben.«

Voller Feingefühl nahm er das Objekt an sich und wiederholte mit ein paar fast geflüsterten Sätzen beinahe alles, was Cabut gesagt hatte. Marion hörte ihm aufmerksam zu. Als er innehielt, verschränkte sie die Arme:

»Sag mal, für jemanden, der sich darin nicht auskennt...«

»Ich wurde ganz anspruchslos von ... einer Freundin eingeführt. Und gerade dieses Reliquiar...«

»Ja?«

»Oh nein, nichts, das würde zu weit führen und ist für dich nicht von Interesse.«

Er betrachtete sie einen Augenblick lang schweigend:

»Du bist sehr schön ... Marion?«

Der Ton seiner Stimme war plötzlich weicher geworden. Marions Herz begann schneller zu schlagen. Er hatte sie nicht Edwige genannt, das war schon alles.

»Ja?« erwiderte sie mit heiserer Stimme.

»Willst du mir nicht deine eigentlichen Gedanken mitteilen? Ich kann nicht glauben, daß du mich nur deshalb kommen ließest, um mein Urteil über diese Figur einzuholen. Sie ist sicher bemerkenswert, aber ich traue dir zu, daß du allein einen Weg hättest finden können, um alles über sie in Erfahrung zu bringen.«

Er sah sie fragend an, sanft und zärtlich, aber auch angespannt und ängstlich, gleichsam ratlos. Marion wäre beinahe zusammengebrochen und hätte ihm alles gestanden. Sie faßte sich rechtzeitig und begann herumzusuchen, mechanisch betastete sie Taschen, die nicht vorhanden waren:

»Verflixt«, beeilte sie sich zu sagen, »ich habe keine Zigaretten mehr! Macht es dir etwas aus, so lange auf mich zu warten, bis ich nach unten gegangen bin, um welche zu holen?«

»Du rauchst? Das ist neu!«

Marion machte eine fatalistische Handbewegung und eilte zur Tür. Sie öffnete sie und klappte sie laut zu, sie blieb aber in der Wohnung und schlich lautlos an der Wand entlang hinter den Vorhang, der den winzigen Flur von dem eigentlichen Appartement trennte. Als sie Benjamin beobachtete, schlug ihr das Herz bis zum Hals. ›Mein Gott, wie ist er schön‹, dachte sie, als sie sah, wie er auf alles um sich herum einen gerührten Blick warf. Gerade wollte er aufstehen, da besann er sich anders und heftete den Blick auf die kartonierte Sammelmappe. Marion hatte sich umsonst bemüht, denn er rührte sie nicht an und zeigte nicht mehr Reaktion als vor einer Stunde. Statt dessen griff er nach dem Glas Whisky, das Marion nicht angerührt hatte, und nahm einen kräftigen Schluck. Woraufhin er sich in den Sessel zurücklehnte, die Augen schloß und sich nicht mehr regte. Marion rechnete im Kopf die Zeit aus, die sie gebraucht hätte, um ins Bistro zu gehen und zurückzukommen, wartete noch ein paar endlose Sekunden und kam herein, wobei sie so tat, als sei sie außer Atem. Sie warf ihre Schlüssel und die Zigaretten, die sie im Hinblick auf ihre kleine Nummer am Morgen gekauft hatte, auf den Tisch. Sie steckte sich eine an und postierte sich, da Benjamin die Augen geschlossen hielt, vor dem Fenster, das auf die Stadt ging. Nach einigen Augenblicken vollkommenen Schweigens öffnete Benjamin die Augen und erblickte Marion im Gegenlicht. Vom bläulichen Rauch ihrer Zigarette umgeben, wartete sie reglos. Er begann in einem fast mechanischen Tonfall zu sprechen:

»Warum, Marion, spielst du mir diese Komödie vor? Du hast diese Heilige Jungfrau nicht gekauft, das sieht dir nicht ähnlich. Du bist nicht ins Bistro runtergegangen, ich weiß es. Was hast du erwartet? Daß ich diese furchtbaren Fotos ansehe, die du absichtlich hast fallenlassen, als ich eintraf? Warum? Wenn du glaubst, daß ich so schwerwiegend belastet bin, dann muß man mich festnehmen. Ich verstehe nichts von alledem, aber ich spüre, daß unerträgliche, nicht wiedergutzumachende Dinge vor sich gehen. Warum schleichst du um den heißen Brei herum? Weil dir die Wahrheit weh tut? Weil du die Vorstellung nicht erträgst, daß du ein Monstrum geliebt hast? Das glaubst du doch, nicht wahr?«

Seine Stimme wurde angespannter, als ob er gleich weinen würde. Schritt für Schritt ging er auf Marion zu, die sich nicht von der Stelle gerührt hatte.

»Edwige«, begann er wieder mit unerträglicher Sanftheit, »du hältst mich für diese Verbrechen verantwortlich, nicht wahr?«

Er war jetzt ganz in ihrer Nähe, sie spürte seine Wärme in ihrem Rücken. Sie dachte, daß jetzt unweigerlich etwas geschehen müßte. Im Kino hätte sie begriffen. An der Musik erkennt man, ob es das Ende ist, ob das Monstrum plötzlich auftauchen oder der Held in die Arme der Heldin fallen wird. Nur daß sie nicht im Kino war. Marion drehte sich im Zeitlupentempo um, Benjamin starrte sie mit seinen grauen Augen an, mit diesem etwas verschwommenen Blick, den sie gut kannte und der auf Bestürzung und große Aufgebrachtheit schließen ließ. Mit ihrer vor Erregung rauhen Stimme sagte sie sehr schnell:

»Antworte mir! Benjamin, kennst du diese Frauen?«

Er schüttelte den Kopf, ohne zu antworten. Sie hatte nicht vorhergesehen, daß die Dinge so verlaufen würden, und bestürzt dachte sie daran, daß sie gefährlich von ihrem Plan abwich. Trotzdem ließ sie nicht locker:

»Man hat dich mit ihnen gesehen, mit Nicole Privat, Geneviève Delourmel, Christine Joual. Sie sind tot, Benjamin, tot, nachdem man sie mit dir zusammen gesehen hat. Antworte mir! Du mußt es tun, rasch, weil ich dich festnehmen lassen muß!«

Er schüttelte den Kopf stärker und faßte sich mit der Hand an die Stirn:

»Ich weiß nicht«, murmelte er, »ich erinnere mich nicht. Weder an diese Frauen noch an etwas, was sie betrifft. Aber du scheinst dir so sicher zu sein … Und dann, ach Marion, in Wahrheit weiß ich seit einiger Zeit nicht mehr, wer ich bin …«

Marions Herz klopfte wie verrückt. Sie dachte, er würde plötzlich Abscheulichkeiten gestehen. Mit Gewalt verwarf sie diese Perspektive und streckte eine Hand aus:

»Ich bin mir keiner Sache sicher und klage dich keiner an«, sagte sie sehr rasch, »aber es gibt zu viele beunruhigende Fakten, der Richter wird von mir verlangen, daß ich dich verhöre und … Bitte, Benjamin, wieso kanntest du diese Frauen?«

Der Journalist starrte sie abermals an, abwesend und wie von Kräften beherrscht, derer er nicht mehr Herr wurde:

»Ich weiß nicht«, wiederholte er mechanisch. »Ich erinnere mich nicht. Mir ist etwas passiert, Marion, etwas, das ich nicht begreife. Ich brauche noch Zeit. Laß mir bitte Zeit. Bis ich selbst weiß, was vor sich geht. Achtundvierzig Stunden, höchstens drei Tage.«

Marion machte eine energische ablehnende Geste:

»Du verlangst Unmögliches von mir, Benjamin. Es gibt zu viele Risiken. Wenn ich dich gehen lasse, wird eine andere Frau …«

»Das kannst du doch nicht glauben!« rief Benjamin aus. »Nicht du, Marion!«

Benjamins Blick schlug um. Seine Lippen begannen zu beben, als ob er weinen wollte. Seine flehende Haltung verwandelte sich in eine wütende. Er machte einen Schritt nach vorn, diesmal waren sie nur ein paar Zentimeter voneinander entfernt. Er streckte die Hände nach Marions Hals aus. Sie dachte, daß sie wegen ihrer jämmerlichen Inszenierung und ihrer unglaublichen Leichtfertigkeit vielleicht sterben würde. Aber wenigstens hätte sie nicht alles verdorben: Bellechasses Fingerabdrücke waren auf der Whiskyflasche und dem Glas. Ihre Kollegen würden sie rächen.

XVI

Gegen 22 Uhr 30 klingelte Ben am Gartentor von Marthe Vilanders. Im Gegensatz zu dem, was er angenommen hatte, war der Kontakt nicht leicht gewesen. Die Dame hatte sich bitten lassen. Die anderen funktionierten im allgemeinen spontaner. Aber hier waren seine Geschicklichkeit und seine Argumente auf eine Frau von einem besonderen Kaliber gestoßen. Es war eine Premiere, und Ben hatte sie noch nicht getauft. Er wartete ab, bis er sie gesehen haben würde, aber er bebte schon vor Erregung. Cora ebenfalls. Sie war gekommen, um ihm mehrmals zuzuflüstern, daß eine Frau, die meinte, daß ihr die Welt gehörte, sie furchtbar erregen und ihr gefallen würde. Auch sie hatte die Übereinstimmung komisch und unterhaltsam gefunden.

»Der Name Vilanders kommt nicht sehr häufig vor, vielleicht gehört sie zur Familie …«, wisperte sie, als Ben sich vorbereitete.

»Zu welcher Familie?« wandte er schulterzuckend ein. »Du bist meine einzige Familie, das weißt du doch.«

Wie immer lachte Cora und machte sich über ihn lustig. Als ob sie Dinge gewußt hätte, von denen er nichts wußte. Ben hatte den Bus genommen, den er einige hundert Meter von der Villa entfernt abgestellt hatte. Er war mit schlenkernden Armen gekommen und hatte den unerläßlichen Kram bei sich, der ersten Begegnungen angemessen war: zum Schein den Revolver unter dem linken Arm und den

Cutter – das Werkzeug eines Fachmanns, das gewöhnlich dazu dient, Teppichböden zuzuschneiden – in seiner rechten Hosentasche. Das war reine Formsache, denn Ben war stark, sehr stark. Der erste Kontakt fand immer in der Wohnung der ›Schwestern‹ statt, das war eine unumstößliche Regel. Dann hing es davon ab, ob sie sofort wollten oder nicht. Ben berechnete nicht alles, und im übrigen erinnerte er sich danach auch nicht mehr an alles.

Er klingelte bei Marthe Vilanders ohne Hintergedanken und ohne den weißen Renault zu bemerken, der ein bißchen weiter oben auf der Straße, mit zwei Typen darin, geparkt war. Niemand außer ihm und Cora konnte wissen, daß Marthe die nächste auf der Liste sein würde. Durch die Sprechanlage fragte die schroffe Stimme der Frau, wer da sei. Ben stellte sich vor, und es folgte ein Klicken. Geräuschlos stieß er das Seitentürchen auf und ging lautlos den weißen Kiesweg hinauf. Die Hände in den Taschen seines Regenmantels aus geöltem Stoff vergraben, stieg er das Dutzend Stufen aus hellem Stein hinauf und wartete unter dem Portalvorbau, den eine schmiedeeiserne Laterne beleuchtete. Eine große, elegante Frau, die von Kopf bis Fuß weiß gekleidet war, öffnete die Tür. Baß erstaunt schaute Marthe Vilanders den großen Kerl an, der vor ihr stand: breitbeinig und das Gesicht von einem sanften, strahlenden Lächeln erhellt. Ungläubig murmelte sie:

»Benjamin?«

Lavot und Cabut hatten den Renault etwas oberhalb des Villeneingangs auf der Straße abgestellt. Nach Cabuts Heldentaten vom Vortag kam es nicht in Frage, sich zu verraten. Marion hatte ihnen gesagt, sie sollten *soft* vorgehen, sie gingen *soft* vor. Durch Eilermittlungen hatten sie das Wesentliche über die Frau in Weiß, mit der Bellechasse verkehrte, in Erfahrung gebracht: Sie hatte sich von einem reichen Kanadier, einem Holzgroßhändler, scheiden lassen und reiste kreuz und quer durch die Welt auf der Suche nach Antiquitäten, und zwar mit einer ausgesprochenen Leidenschaft für das frühe Mittelalter. Die Villa hatte sie vor ein paar Monaten erworben, aber die Gründe dafür, daß sie sich in einer Stadt niederließ, die ihr fremd zu sein schien, waren nicht geklärt worden, und in diesem Stadium der Ermittlungen rechtfertigte noch nichts vertiefte Nachforschungen. Sie ging wenig aus und empfing niemanden außer dem Journalisten, der in dem Haus ein gewisses Gewohnheitsrecht hatte.

»Um wieviel Uhr wird die Überwachung aufgehoben?« fragte Cabut, der nicht anders konnte, als sich immer wieder auszumalen, was Marion wohl mit seiner Heiligen Jungfrau treiben könnte.

»Das kommt darauf an«, seufzte Lavot. »Im Moment ist die Frau allein zu Hause, kein Problem. Die Chefin kümmert sich um Bellechasse. Gegen 23 Uhr ziehen wir das Ding durch, rufen Marion an, und wenn alles in Butter ist, fahren wir zurück.«

Cabut seufzte, er hatte Hunger und die Überwachungsstunden ließen schließlich seine Beine und seine Stimmung abstumpfen. Er streckte sich kräftig und brummte vor sich hin. Bei der Bewegung blieb er am Funkgerät hängen, dessen defekte Halterung seit langem hätte repariert werden müssen und die deshalb nachgab. Geräuschvoll fiel der Apparat Cabut vor die Füße.

»Das darf doch nicht wahr sein!« zeterte Lavot, der sich zu seinem Kollegen hinüberbeugte, um das Ausmaß des Schadens festzustellen. »Du bist mir vielleicht ein Blödmann!«

Sein Kopf stieß mit dem von Cabut zusammen, der sich seinerseits bückte.

»Aua!« rief er wütend aus. »Machst du das extra, oder

was? Ich begreife, warum du kein Weibsbild findest, du bist gemeingefährlich.«

»Oh, bitte beruhige dich«, protestierte Cabut, »dieses ... Dingsda war schon halb herausgerissen.«

»Dieses Dingsda!« brummelte Lavot. »Das hat einen Namen. Du mußt es nur wieder anbringen.«

Cabut kämpfte einige Augenblicke mit dem widerspenstigen Funkgerät unter Lavots ironischem Blick; Lavot hatte schließlich Mitleid mit ihm und verschwand seinerseits unter dem Armaturenbrett. Als sie in diese unvorhergesehene Beschäftigung vertieft waren, verloren sie für gut zehn Minuten den Eingang der Villa aus den Augen und verzichteten dann darauf, den Apparat wieder anzubringen, was diesen, wie sie erleichtert feststellten, nicht daran hinderte, trotzdem zu funktionieren.

»Ich frage mich, was sie mit diesem Bellechasse macht ...«, sinnierte Cabut.

Rot von der Anstrengung richtete sich Lavot auf und warf rasch einen Blick in den äußeren Rückspiegel. Da auf der Straße nichts los war, war er beruhigt und feixte:

»He, he! rate mal! Meines Erachtens fädeln sie keine Perlen auf.«

»Trotzdem«, sagte Cabut pikiert, »Bellechasse ist ein Verdächtiger! Das kann sie doch nicht machen!«

»Was du nicht sagst, sie wird sich schämen ...«

»Nein«, hielt ihm Cabut entgegen. »Sie hatte einen Hintergedanken, das steht fest, sie wird doch nicht diese Art von Risiko eingehen ... Ist dir etwas aufgefallen? Bellechasse und die alte Vilanders haben etwas, das beiden gemeinsam ist.«

»Ach, nee! Und was?«

»Kanada.«

»Genau, sie müssen sich dort kennengelernt haben. Da sie geschieden ist, hatte sie vielleicht Lust, ihm hierher zu folgen. Alles bloß, um sich einen Jungen zu angeln. Frauen in diesem Alter...«

»Für mich wäre es einleuchtender, daß das Umgekehrte passiert ist. Ich kann mir nicht vorstellen, daß Bellechasse Paris verläßt, um sich in diesem Loch hier zu vergraben.«

»Bei dieser Geschichte vergißt du Marion. *Ich* bin sicher, daß ihn die Alte bedrängt hat. Jedenfalls klärt uns das nicht über seine Sitten auf.«

»Nein, aber da er nicht immer in Frankreich gelebt hat, würde das die Tatsache erklären, daß wir hier keine Vorgeschichte finden, will sagen: Verbrechen derselben Art.«

Lavot pfiff leise:

»Gar nicht so dumm, gar nicht so dumm... Man könnte an Interpol ein Auskunftsersuchen schicken... Das muß mit Marion besprochen werden.«

Er schaute auf seine Uhr, gähnte, streckte seine Hände auf dem Lenkrad aus und seufzte dann:

»Wenn ich daran denke, was Marion gerade tut...«

Cabut fuhr hoch:

»Immerhin hat sie nicht meine Statuette mitgenommen, um es sich besorgen zu lassen.«

»Hör zu, Cabut-Schätzchen«, rief Lavot aus, »du bluffst uns mit deinem alten Ramsch. Ich weiß nicht, warum Marion sie mitgenommen hat, das ist mir schnuppe. Alles, was ich weiß, ist, daß ich jetzt gern ein Glas...«

»Pst«, befahl Cabut, »hast du gehört?«

»Nein, was?«

»Einen Schrei, ich habe einen Schrei gehört.«

»Woher kam das?«

»Ich weiß es nicht. Von der Villa, glaube ich.«

»Glaubst du es, oder bist du sicher? Weil ich nämlich nichts gehört habe. Trotzdem habe ich ein gutes Gehör: Du mußt wohl geträumt haben, Cabut!«

»O Scheiße, halt endlich die Klappe! Wie kann man irgendwas hören, wenn du ununterbrochen redest!«

Lavot schwieg gekränkt, ließ das elektrische Seitenfenster herunter und streckte den Kopf hinaus. Die Straße war immer noch so leer wie vorher, abgesehen von den einseitig geparkten Fahrzeugen. Er lauschte lange. Von der Stadt stieg ein dumpfes Getöse herauf, aber das Viertel selbst war absolut ruhig. Am Morgen hatte es geregnet, und die Gärten um sie herum verströmten einen starken Duft von feuchtem Humus, der Lavot gleichgültig ließ. Der zweite Schrei hallte in dem Augenblick wider, da er den Kopf in das Wageninnere zurückzog, auf seinen Lippen das befriedigte Lächeln desjenigen, der recht hatte. Sein Gesicht erstarrte:

»Verdammt«, rief er aus, »das ist eine Frau, und ich wette meinen Kopf, daß das aus der Villa kommt!«

»Was machen wir?«

»Wir gehen hin! Komm!«

»Aber wir haben niemanden kommen sehen, sie ist allein zu Hause.«

»Bist du sicher, Cabut-Schätzchen?« Lavot verzog das Gesicht und erinnerte Cabut an das Funkgerätintermezzo.

»Ausgerechnet das Funkgerät!« rief der letztere aus. »Wir müssen die Führung benachrichtigen, Verstärkung anfordern …«

»He, reg dich nicht auf, mein Schätzchen! Wir sehen nach. Es ist vielleicht unser Weibsbild, das es sich besorgen läßt, deshalb werden wir nicht gleich die gesamte Polizei Frankreichs mobilisieren!«

Die Fassade der Villa war in Dunkelheit gehüllt, nur der Portalvorbau war erleuchtet geblieben. An das Gartentor gepreßt, lauschten Lavot und Cabut, wobei sie versuchten, sowenig wie möglich zu atmen. Cabuts Magen gab ein tiefes Knurren von sich. Er warf Lavot einen vielsagenden Blick zu: Seit dem späten Nachmittag quälte ihn der Hunger. Er träumte von einem Essen, einer richtigen Mahlzeit, nicht von diesen gummiartigen Sandwichs, die sie zwischen zwei Campingplätzen verschlungen hatten. Und dann auch noch für nichts und wieder nichts. Ein weißblaues Wohnmobil mit einem beschädigten Kotflügel war so häufig anzutreffen wie Wasser auf dem Grund eines versiegelten Brunnens. Morgen mußte man noch mal anfangen, ein paar Gegenden mußten noch aufgesucht werden, aber bis dahin gedachte Cabut, etwas anderes zu essen als die Zartbitterschokoladenriegel, die er wie durch ein Wunder im Dienstwagen entdeckt hatte. Seltsame Geräusche aus dem Haus rückten diese erfreuliche Aussicht noch etwas weiter in die Ferne. Ein dumpfes, lautes Geräusch, dem ein starkes Keuchen zwischen Röcheln und Schreien sowie das Klirren eines zerbrochenen Glases folgte.

»Man muß nachsehen, das ist nicht eindeutig«, sagte Lavot. »Geh zum Wagen, rufe Verstärkung, ich gehe hinten herum und du stößt zu mir. O. K.? Vor allem trödle nicht!«

Cabut stimmte zu und lief los, während Lavot zu dem Gäßchen stürzte, das um die Besitzung herumführte und durch die Öffnung in der Weißdornhecke den Zugang zum Garten erlaubte. Auf der Rückseite brannte auch Außenlicht. Lavot wagte sich vorsichtig vor, ging geschmeidig die paar Stufen hinauf und blickte durch eine auf halber Höhe verglaste Tür in das Haus. Er erkannte Haus- und Küchengeräte, die sich im Dunkel versteckten, und moderne Küchenmöbel aus hellem Holz. Ein schwacher Lichtschein, der von der rechten Seite des Hauses kam, ließ eher beunruhigende Umrisse hervortreten. Lavot lauschte, hörte aber nur das schnelle Klopfen seines Herzens.

›Was macht er nur?‹ dachte er, als er sich Cabut vorstellte, wie dieser sich gerade mit dem Funkgerät herumschlug. Sein Kollege, das hatte er bemerkt, zog der Technik in all ihren

Erscheinungsformen die Kunstgegenstände vor. In der Halle zeigte sich ein Schatten, der auf ihn zukam. Er kam ihm riesig vor, und schnell sprang er zurück. Die Gestalt mußte seine Bewegung bemerkt haben, denn sie blieb plötzlich stehen und wich ins Haus zurück. Da Cabut sich immer noch nicht meldete, entschloß sich Lavot schlagartig, zog einen seiner Revolver aus dem Gürtel und öffnete die Tür mit allem erforderlichen Feingefühl. Er kam nicht dazu, einen einzigen Schritt zu machen, eine schrille Sirene zerriß die Nacht. Lavot schreckte heftig zusammen, aber er zögerte nicht mehr: Mit einem Satz drang er in den schwarzweiß gefliesten Flur ein. Das unermeßlich große Schattenbild tauchte abermals auf und stürzte zur Vorderseite des Hauses. Lavot setzte zu seiner Verfolgung an und hatte nach ein paar Schritten zugegriffen. Er hielt ihn an einem Ärmel fest und brüllte:

»Polizei, keine Bewegung!«

Der Mann riß sich los und bot ihm die Stirn. Ohne die Waffe zu beachten, die Lavot auf seine Beine gerichtet hielt, stieß er die Arme nach vorne. Mit ein paar Bewegungen, die so genau wie wirkungsvoll waren, brachte er den Inspektor zum Schweigen. Lavot klappte auf den Schachbrettfliesen zusammen. Als er auf dem Boden auftraf, machte der Revolver einen entsetzlichen Lärm, den Cabut in dem Moment hörte, als er durch die Tür schritt. Ratlos versuchte er, sich im Halbdunkel zurechtzufinden.

»Lavot?« fragte er mit tonloser Stimme, »wo bist du? Bist du in Ordnung?«

Er kam nicht dazu weiterzufragen. In ein paar Zehntelsekunden war der Schatten über ihm. Er versuchte, seine Dienstwaffe zu ziehen, aber es gelang ihm nicht: Der Futteralknopf war zu widerspenstig, er hätte ihn einfetten sollen; er wußte, daß das passieren mußte, er war für diesen Beruf einfach nicht geschaffen. Stumm schwang der Mann vor seinen Augen die Arme weit im Kreis: Im Gegenlicht der Gartenbeleuchtung blitzte der Gegenstand, den er in der Hand hielt, kurz auf. Mit aller Kraft sprang Cabut zurück, um der Berührung zu entgehen. Er schlug mit dem Kopf gegen die Wand und fühlte sich plötzlich ganz schlapp. Ein weiterer Armschwinger hätte ihn beinahe am Unterleib getroffen. Verzweifelt gab er sich einen Ruck, riß heftig das Bein in die Höhe und verpaßte seinem Gegner auf diese Weise einen unbeabsichtigten Tritt, so daß dieser den Gegenstand losließ und das Gleichgewicht verlor. Der Mann fiel wie ein Sack hintenüber und knurrte vor Schmerz, als seine Hand auf dem Boden aufschlug. Cabut zögerte eine Sekunde zu lange, bevor er sich zum Handeln entschloß.

Der Mann hatte sich wieder erhoben, deutlich sah er sein schmerzverzerrtes Gesicht. Reflexhaft klammerte sich Cabut an den Regenmantel und streckte den Kopf für einen hypothetischen Kopfstoß vor, bevor er seinerseits zusammenklappte: Ein Genickschlag hatte ihn umgelegt. Heftig, plötzlich und präzise … Die Alarmsirene brüllte noch immer. Zweifellos rettete das sowohl ihm wie auch Lavot das Leben. Die von dem Radau beunruhigten Nachbarn hatten schon das Überfallkommando gerufen. Cabut, der nicht völlig bewußtlos war, vernahm das Geheul der beiden Töne, die näher kamen. In einem Nebel sah er, wie die außerordentlich große Gestalt durch die Hintertür entkam und in der Nacht verschwand.

»Scheiße, wo steckt sie nur?«

Lavot, der sich noch kaum von seiner Aufregung erholt hatte, wechselte den Hörer von seinem rechten zu seinem linken Ohr.

»Ja, ich warte, was kann ich denn anderes tun, Kamerad? Hast du das Funkgerät in ihrer Karre versucht? Sie antwortet nicht, sie antwortet nicht! Versuch es noch einmal, das ist nicht normal, Marion antwortet immer! Das ist doch nicht möglich, daß man sie nicht erreichen kann! Was? Immer noch nichts? O. K., O. K. Bist du sicher, daß sie nicht gesagt hat, wo sie hingeht? Gut, einverstanden, ich lege auf! Salut.«

Sanft stellte Lavot das Telefon wieder hin und betrachtete besorgt Cabut, der in einem Korbsessel saß und damit beschäftigt war, sich den schmerzenden Hinterkopf zu reiben. Sie befanden sich in Marthe Vilanders' Büro. Jämmerlich und mißvergnügt.

»Himmel, Arsch und Zwirn, Himmel, Arsch und Zwirn!« explodierte Lavot. »Wir beide sind wirkliche Idioten! Niemals werde ich es wagen, Marion unter die Augen zu treten, niemals. Ich schäme mich zu Tode!«

»Du übertreibst immer«, widersprach Cabut. »Du hast diesen Typ gesehen, das war der Teufel in Person. Wenn wir zu zehnt gewesen wären, hätte er alle zehn zu Boden gestreckt.«

»Zehn von deiner Sorte schon ...«

»Oh, du kannst stolz sein, er hat dich umgelegt wie ein Nähmädchen!«

»Das sage ich doch, ich schäme mich zutiefst! Wenn ich daran denke, daß wir diesen Saukerl hier hatten! Ich hätte abdrücken sollen.«

»Das stimmt, und jetzt würdest du Handschellen tragen! Dieser Schwachsinnige wird sein Fett schon noch bekommen, morgen nehmen wir ihn hopp.«

Lavot starrte Cabut an:

»Wen nehmen wir hopp?«

»Bellechasse natürlich! Ich habe ihn wiedererkannt, weißt du.«

Lavot verzog sein Gesicht, er war nicht überzeugt. Das konnte Bellechasse gewesen sein und wiederum auch nicht. Er hatte ihn nicht von vorne gesehen. Die Figur und die

Korpulenz stimmten, die Frisur vielleicht auch, aber etwas hinderte ihn daran, sicher zu sein; ein Detail, das er im Augenblick nicht identifizieren konnte.

An der Tür erschien ein Schutzmann:

»Monsieur Lavot, der Arzt möchte Sie sprechen.«

Der Arzt vom Rettungsdienst wartete in der Halle an eine Konsole aus weißem Marmor gelehnt, auf der ein herrlicher Strauß Rosen thronte, die ebenfalls weiß waren. Mit überdrüssiger Miene betrachtete er das Ballett der Polizisten in Uniform und in Zivil, die sich mit Männern in Weiß und Feuerwehrleuten kreuzten: Sie alle wiesen die ruckartigen Bewegungen der Nachtdienstprofis auf. Er straffte sich:

»Brauchen Sie mich noch, Inspektor? Ich fahre ins Krankenhaus zurück, wenn Sie einen Bericht brauchen, dann holen Sie ihn sich dort ab.«

»Wie geht es ihr?« fragte Lavot, dessen Stimme durch einen der leichten Schläge auf den Genickansatz heiser war.

Der Arzt, ein junger, großer und kräftiger Typ mit kantigem Gesicht und Stethoskop um den Hals, wedelte mit der Hand:

»Nicht gerade gut. Sie hat viel Blut verloren. Wenn sie schnell aus dem Koma erwacht, schafft sie es, andernfalls halte ich ihr Leben für verloren.«

»Wie das, verloren?« rief Cabut aus, der die beiden Männer eingeholt hatte.

»Krebs. Oder eine ähnliche Gemeinheit. Meines Erachtens in einem fortgeschrittenen Stadium und schwer heilbar. Wenn Sie die Bude durchsuchen, finden Sie sicher Papiere, eine Akte und Medikamente, die Sie aufklären werden.«

Die beiden Polizisten schwiegen verdutzt. Lavot reagierte als erster.

»Der Dreckskerl schreckt vor nichts zurück! Eine unheilbar Kranke diesmal. Das erklärt, warum sie immer diese Art weißen Turban trug. Sie hat dabei ihre Haare verloren, nehme ich an?«

Der Arzt nickte. Die Männer vom Überfallkommando hatten, nachdem sie sich davon überzeugt hatten, daß Lavot und Cabut nicht ernstlich verletzt waren, das Haus durchsucht und Marthe Vilanders aufgefunden: Sie lag in einem der Badezimmer des ersten Stocks, mitten in einer Blutlache. Neben ihr lag der aufgewickelte Turban voller roter Flecke, ihr kahler Kopf war hart auf den Rand der Badewanne aufgeschlagen, sie atmete kaum, aber sie lebte. Aus dem, was sie feststellen konnten und was ihnen der Arzt bestätigte, zogen die Polizisten den Schluß, daß der Mörder mit sehr viel weniger Raffinesse als bei den anderen Malen vorgegangen war und daß ihre Anwesenheit sicher – vorübergehend – das Leben von Marthe Vilanders gerettet hatte. Das Opfer hatte seinem Angreifer energischen Widerstand entgegengesetzt, aber Lavot war überzeugt, daß dieser neue Versuch des Mörders mit den anderen nicht auf einer Linie lag. Etwas Ungewöhnliches hatte sich ereignet. Als der Arzt gegangen war, rauchte Cabut auf der Freitreppe eine Zigarette. Nach beendeter Mission zog der Chef der Besatzung des Überfallkommandos seine Männer wieder zusammen, um in die Zentrale zurückzukehren und Bericht zu erstatten. Er lächelte Cabut zu:

»Das ist zum Piepen«, sagte er, »ich bin schon gestern abend hierhergekommen.«

Vergeblich wartete er auf eine Reaktion von Cabut. Beschämt blickte der Inspektor auf seine Schuhspitzen. Der untere Dienstgrad hielt es für richtig weiterzumachen.

»Das ist meine zweite Nachtschicht, und gestern abend hat die Frau in Weiß oder das Opfer, wenn Ihnen das lieber ist, das Überfallkommando gerufen. In ihrem Garten war ein Eindringling, zwangsläufig hatte sie da Schiß. Möglich, daß es derselbe ist, der heute abend wiederkam, um sie um die Ecke zu bringen.«

»O nein«, rief Cabut aus, der wegen seiner übereilten Antwort sofort bis über beide Ohren rot wurde.

»Was? Ah! Du bist sicher besser auf dem laufenden als ich. *Ich* schreite nur ein, ich regle das Problem, wenn ich kann. Und dann heißt es tschüs allerseits.«

»Ja, ja«, antwortete Cabut, der es eilig hatte, ihn loszuwerden, »schon gut. Alles in allem hast du ihr zweimal das Leben gerettet.«

»Ja, das will ich wohl meinen«, warf sich der untere Dienstgrad in die Brust, während Cabut wieder in die Villa ging, wo Lavot weiterhin nach Marion brüllte, die man nirgendwo finden konnte.

Cabut erstarrte und wurde blaß:

»Was sagst du da? Man weiß nicht, wo sie ist? Aber du weißt doch genau, mit wem sie heute abend zusammen war.«

Mühsam unterdrückte Lavot, was er sagen wollte:

»Wie blöd ich mich doch anstelle! Natürlich, sie ist mit Bellechasse zusammen! Du siehst also, daß er das hier nicht angerichtet hat ...«

»Es sei denn«, murmelte Cabut traurig, »er hat auch mit ihr abgerechnet. Bevor er hierherkam.«

Er schloß die Augen, ihm wurde schwindelig. Er sah Marion mit gespreizten Gliedern und mit Schnitten übersät in einem Blutbad liegen. Neben ihr die in einem Opfer- und Frevelritual mit Füßen getretene Heilige Jungfrau.

»Nein!« schrie er verängstigt und zitternd.

Ein Techniker vom Erkennungsdienst, der mit seiner Fotoausrüstung vorbeikam, blieb stehen und sah Lavot fragend an:

»Es ist nichts«, sagte dieser, »das sind die Folgen des Schlags auf die Birne. Zusätzlich ein bißchen vorzeitige Verkalkung.«

»Ich habe gehört, daß du vor fünf Minuten die Chefin suchtest«, sagte der TDT nach einer Pause. »Sie ist heute abend in die Dienststelle gekommen.«

Lavot war plötzlich ganz Ohr:

»Ach ja? Um welche Uhrzeit?«

Der Polizist dachte rasch nach:

»Ungefähr 23 Uhr. Sie kam, um eine Whiskyflasche und ein Glas zu bringen.«

Lavots verblüffte Miene entlockte ihm, trotz der Müdigkeit, ein Lächeln:

»Beruhige dich, nicht um mit uns ein Glas zu trinken. Sie wollte Fingerabdrücke abnehmen lassen und einen Vergleich machen.«

»Einfach so, mitten in der Nacht?«

»Übertreiben wir nichts, es war erst 23 Uhr …«

»Und dann?«

»Hast *du* Marion schon einmal etwas abgeschlagen? Ich habe die Arbeit getan.«

»Und dann?«

»Sag mal, wie redest du eigentlich, Kollege! Das geht dich schließlich nichts an, du wirst sie persönlich fragen. Im übrigen hat sie mir nichts gesagt.«

»Sei kein Lump, wie fiel es aus? Negativ oder positiv?«

Der TDT erwies sich als unnachgiebig. Alles, was er noch bereit war zu sagen, war, daß Marion während ihres kurzen Aufenthalts beim Erkennungsdienst ›angepiepst‹ wurde. Eine Offenbarung, die Lavot eine neue Schimpfkanonade gegen sich selbst entlockte. Er schlug sich an die Stirn und verfluchte sich, daß er nicht an den Pieper gedacht hatte, außerdem beschimpfte er Cabut, der in seiner Ecke ganz kleinlaut wurde. Als er gerade gehen wollte, besann sich der Techniker anders, legte seine Hand auf Lavots Schulter und murmelte:

»Der Cutter, den der Spinner im Flur vergessen hat, ist

scharf wie ein Rasiermesser. Der arme Cabut hätte abgestochen werden können wie ein Ferkel ...«

»Na gut, du hältst die Klappe, sonst fällt er mir noch in Ohnmacht. Sind Flossen darauf?«

Der Mann nickte:

»Ja, und zwar reizende ... Ich glaube sogar, daß er sich damit verletzt hat, denn auf dem Boden war Blut. Ich habe eine Probe genommen und schicke alles ins Labor.«

Nach mehreren vergeblichen Versuchen, Marion zu erwischen, kehrten die beiden Inspektoren um 3 Uhr morgens in die Dienststelle zurück. Sie waren davon überzeugt, daß sie nichts unversucht gelassen hatten: der Piepser, der keine Reaktion auslöste; der Besuch bei ihrer Wohnung, wo alles – jedenfalls von außen – vollkommen ruhig war; die Suche nach ihrem Wagen durch die Streifen bis hin zu einem Anruf bei Bellechasse – »Entschuldigen Sie, Monsieur, falsch verbunden« –, der, dem Klang seiner Stimme nach zu urteilen, den Schlaf des Gerechten schlief.

»Eins von beiden«, sagte Lavot, der mit seinen Augen zwinkerte, die von zwei Nächten ohne Schlaf gerötet waren, »entweder ist sie mit dem Kauz, den wir gerade angerufen haben, in der Falle, oder sie ist zu Hause und tot. Ich sehe keine andere Lösung, wir haben alles versucht.«

»Du siehst, daß auch du daran denkst!« triumphierte Cabut.

»Woran?«

»Woran, woran? Du weißt es doch genau, oder? Bellechasse hat mit ihr abgerechnet, das ist doch ganz eindeutig. Wir sollten hinfahren.«

»Wohin denn? Zu ihr nach Hause? Willst du, daß man ihr um drei Uhr die Tür einschlägt? Du spinnst! Und wenn sie mit Bellechasse bei ihm zu Hause ist, stehen wir fein da.«

»Dann rufen wir ihn an und fragen ihn.«

Lavot nahm das Telefon und reichte es Cabut:

»Da, nur zu, geniere dich nicht! Du siehst, daß du dich nicht traust!«

»Aber natürlich. Aber was man sich trauen sollte, ist, sofort diesen Dreckskerl festzunehmen ...«

Lavot zog langsam seinen Blouson aus, löste sein Holster, das er auf einen Schreibtisch legte, setzte sich davor, streckte die Beine aus und legte die Füße auf die Holzplatte, die nach Jahren guter und treuer Dienste abgenutzt war. Er schloß die Augen und gähnte:

»Um 6, Cabut-Schätzchen, nicht früher ...«

Cabut hatte das Kinn auf die Hände gestützt und sah ihn einen Augenblick lang an. Er spürte, daß ihm unweigerlich die Augen zufielen. Ein Traum, in dem die Heilige Jungfrau die Hauptrolle spielte, überkam ihn flüchtig und wurde vom leichten Schnarchen Lavots begleitet. Schritte und Gelächter überlagerten die sanften Bilder. Als die Tür aufflog, schreckten sie zusammen. Vor ihren verdutzten Augen standen Marion und Talon in der Tür, geschüttelt von einem Gelächter, das nie enden zu wollen schien. Mit Tränen in den Augen und schluchzend rief Marion aus:

»Wir haben ihn erwischt!«

Schläfrig fuhr sich Lavot mit der Hand über die Augen und stammelte:

»Wen haben Sie erwischt, Chef?«

»Den Mörder ... wir haben ihn! Er ist unten im Kittchen.«

Wieder wurde sie von einem nervösen Lachanfall gepackt, Talon wurde angesteckt und mußte seine angelaufene Brille absetzen, um sie zu putzen. Cabut und Lavot wechselten einen gereizten Blick. Seit Stunden suchten sie sie überall, stellten sie sich tot oder fast tot vor, und sie lachte währenddessen mit Talon weiß Gott wo, und jetzt phantasierte sie plötzlich. Marion wurde wieder ernster und wischte sich eine Träne ab.

»Habt ihr verstanden, Jungs? Wir haben ihn geschnappt. Den Mörder. M.Ö.R.D.E.R. Fällt Ihnen dazu wenigstens etwas ein?«

Um höflich zu bleiben, faßte sich Cabut ein Herz:

»Und wer ist es?«

Marion sah Talon an mit einer Spur von vergnügtem Triumph in ihren schwarzen Augen. Sie verkündete, diesmal ohne zu lachen:

»Der jugoslawische Frauenarzt.«

Marion versuchte Lavot und Cabut, die nun ganz wach waren, zu erzählen, wie Talon sie davon überzeugt hatte, daß der Mörder, den sie seit Wochen verfolgten, womöglich nur ein paar Meter von ihnen entfernt war und gerade in eine Corsage aus rotem Leder und in Netzstrümpfe hineinschlüpfte. Der Inspektor hatte gegen 22 Uhr bei ihr zu Hause angerufen. Benjamin war seit einer guten Viertelstunde gegangen, nachdem sie ihm den Schrecken seines Lebens eingejagt hatte, worüber sie noch immer lachte. Etwas gezwungen. Was ihr im Rückblick, das mußte sie eingestehen, ein schlechtes Gewissen machte. Sie war vor Benjamins ausgestreckter Hand zurückgewichen, um in einem unendlichen und wunderbaren Moment der Zärtlichkeit in seinen Armen zu enden. Sie hatte ihm geschworen, daß sie ihn nicht beschuldige; ihre Geschichte mit der mittelalterlichen Heiligen Jungfrau war eine Gelegenheit, ihm ins Gesicht zu sehen und die furchtbaren Zweifel zu zerstreuen, die sie seit einiger Zeit, im Zusammenhang mit diesen Frauen, überkamen. Diesen Frauen, die von mehreren Zeugen einige Tage oder einige Stunden vor ihrem Tod in seiner Gesellschaft gesehen worden waren. Benjamin hatte seinerseits alles geschworen, was sie wollte: Er hatte keine Ahnung, wußte nichts von diesen Frauen, aber er hatte ein gewaltiges Problem. Er wußte nicht mehr, wer er war. Achtundvierzig Stunden, sie hatte ihm achtundvierzig Stunden eingeräumt, um wieder zu sich zu kommen. Danach würde sie ihn abholen kommen, und er würde zusehen müssen, wie er mit dem Richter oder einem Psychiater zurechtkäme. Der traurige, niedergeschlagene Blick des Mannes ihres Lebens bereitete ihr, als er sie verlassen hatte, immer noch ein wirkliches Mißbehagen.

Talon, der in Begleitung des Praktikanten vor der Genêts-d'Or-Klinik observierte, hatte gegen 21 Uhr die Abfahrt des Frauenarztes am Steuer eines Jaguars festgestellt. Dem großen, hageren Mann gebrach es nicht an Stil mit seinem vollen, weißen Haar und seiner kleinen runden Goldrandbrille. Er wirkte jedoch sehr nervös und mußte dreimal ansetzen, um seinen Rennwagen zu starten. Milan Jobic hatte sich direkt und mit großer Geschwindigkeit zu seiner Wohnung begeben, einem prächtigen Erdgeschoß mit Garten, das in einer Wohninsel des Stadtzentrums lag. Hinter einer Hecke versteckt, die eigentlich die Wohnung vor neugierigen Blicken schützen sollte, hätten die beiden Polizisten vor Lachen beinahe keine Luft mehr bekommen: Nervös und ungeduldig hatte der Frauenarzt seinen korrekten Glencheckanzug, sein englisches Hemd und seine Hermès-Krawatte abgelegt, bevor er sich vor einem Spiegel aufgepflanzt hatte. Seine Nacktheit war mit feinen Straps aus schwarzer Spitze sowie mit Nahtstrümpfen geschmückt, die er ganz offensichtlich tagsüber nicht abgelegt hatte. Nachdem er sich lange betrachtet, zu masturbieren begonnen und rasch wieder aufgehört hatte, da er immer noch so nervös war, hatte sich Milan Jobic verwandelt. In dem Moment, da der Frauenarzt, verkleidet und geschminkt wie eine Kokotte, einen tadellosen grauen Alpaka-Anzug sowie Regenmantel und Hut überzog, hatte Talon, dessen Augen an dem Infrarotglas klebten, Marion angerufen.

»Folgt ihm«, hatte die junge Frau befohlen, »laßt ihn vor allem nicht laufen. Gebt mir euren Standort über Funk durch, ich stoße zu euch.«

Talon und der Praktikant waren der Spur des Arztes auf einer ausgedehnten Rundfahrt durch sämtliche Rotlichtviertel der Stadt, einschließlich die der Transvestiten und Stricher, gefolgt. Ganz offensichtlich suchte Jobic jemanden oder etwas, und es gelang ihm trotz manchmal langwieriger Verhandlungen nicht, zu einem Ende zu kommen. Nach anderthalb Stunden Erkundungen hatte er – gleichgültig gegenüber jenen, die ihm folgten – vor einer Hostessenbar angehalten, um eine Minute später mit einem Mädchen im Minirock, das wie die Königin von Saba geschminkt war, wieder herauszukommen. Die junge Frau war ohne Zögern in den Jaguar eingestiegen. Talon hätte sogar geschworen, daß ihr diese Situation vertraut war.

»Als ich eintraf«, sagte Marion mit einem ironischen Lächeln, »spähten Talon und der Kleine durchs Schlüsselloch.«

»Und Sie, Chef, haben das Funkgerät und Ihren Pieper abgestellt«, unterbrach Lavot grollend.

»Natürlich«, erwiderte Marion, »ich wollte nicht auch noch das ganze Viertel aufwiegeln! Und hören Sie auf, mich ständig zu unterbrechen, Lavot! Der Arzt hat ein Geheimappartement, in das er seine Eroberungen mitnimmt. Er bewahrt dort den ganzen Kram des perfekten S/M auf: Peitschen, Stricke, Handschellen etc. Sie waren mitten in der Veranstaltung.«

Lavot verschränkte seufzend seine kräftigen Arme. Er schüttelte den Kopf mit seinem Zwei-Tage-Bart und murmelte:

»Warum passiert mir so was nie: so ein Beobachtungsposten.«

Talon zuckte mit den Schultern:

»Zu sehen und zu hören, wie es einem Typen in Corsage unter den Schlägen einer Nutte kommt, das erregt mich nicht ...«

»Ja, aber du bist ja auch ein Mönch«, seufzte Lavot. »Kurzum ... und dann?«

Marion fuhr fort:

»Jobic wirkt ganz wie ein eingefleischter Perverser. Es ist wahrscheinlich, daß er die gynäkologischen Untersuchungen und die Entbindungen mit Straps unter seinem Anzug vornimmt. Das ist ein Erregungsfaktor, ein Phantasma. Danach entlädt er sich bei männlichen oder weiblichen Prostituierten, wenn er nicht unter seinen Patientinnen die Richtige findet.«

»Sie wollen doch nicht sagen ...«

Marion unterbrach ihn:

»Aber ja. Das ist ein scheinbar untadeliger Mann, verheiratet, Kinder, einen Hund, stinkreich ... Aber Achtung: Nach dem, was er sagt, macht er sich nur an bestimmte Patientinnen heran, an Freiwillige, die immer einverstanden sind.«

»Wie Jenny Delourmel!«

»Genau! Mit ihr gab es kein Problem, außerdem bezahlte er sie. Dagegen behauptet er, es nie mit Nicole Privat versucht zu haben. Sie muß über die Altersgrenze hinausgewesen sein.«

»Und Christine Joual?« fragte Cabut.

»Völlig unbekannt. Sie hat nie einen Fuß in die Genêts d'Or gesetzt, jedenfalls behauptet das Jobic.«

»Aber wann hat er Ihnen all das offenbart?« rief Lavot aus. »Ich verstehe nichts von Ihrer Geschichte!«

»Man erzählt sie Ihnen im Durcheinander«, antwortet Marion schlagfertig. »Wenn Sie die Geduld hätten zuzuhören, ohne ständig Ihren Senf dazuzugeben! Seit einer Stunde diskutiert man mit Jobic beim Erkennungsdienst.

Wir haben ihn direkt nach oben gebracht, um Zeit zu gewinnen…«

Sie machte eine Pause, die Cabut nutzte, um sich eine Zigarette anzustecken. Flink griff Marion nach seinem Päckchen und beugte sich zu ihm hin, um sich Feuer geben zu lassen. Lavot bekam eine Rauchwolke ins Gesicht und vertrieb sie mit der Hand unter gereiztem Seufzen. Marion tat so, als bemerke sie es nicht. Sie begann von neuem:

»Also, wir lauschen an der Tür des Appartements, als innen die Dinge schiefgehen. Das Mädchen und der Arzt brüllen sich an, sie weigert sich, eine Sache zu machen.«

»Welche Sache?« fragte Lavot mit genießerischem Blick.

»Sie brauchen nur die Zeugenvernehmungen zu lesen«, unterbrach ihn Marion schroff, während Cabut seinem Kollegen einen empörten Blick zuwarf. »Ich fahre fort. Einen Augenblick später wird es schlimmer. Das Mädchen schreit, stürzt auf die Tür zu und versucht zu fliehen. Es kommt zu einem Gerangel, diesmal ruft sie um Hilfe, Jobic scheint außer sich zu sein. Kurz und gut, wir schreiten ein.«

»Haben Sie die Tür aufgebrochen?« rief Cabut aus, der zwischen Bewunderung und Mißbilligung schwankte.

»Das war nicht nötig«, erwiderte Talon. »Wir haben einfach gesagt: ›Polizei, aufmachen!‹, wie im Kino. Es gab einen Augenblick des Zögerns, dann hat das Mädchen geöffnet. Das wär's!«

»Und hat er die Morde gestanden?« fragte Cabut verblüfft.

»Nur ruhig Blut«, sagte Marion, »alles zu seiner Zeit! Wir haben sehr wichtige Informationen über diese Person. Jenseits von dem, was Sie wissen, geht er mit einem Skalpell in der Tasche spazieren, und er kannte zwei von den Opfern. Das ist für den Anfang nicht schlecht. Jetzt geht es ums Bestätigen. Der Erkennungsdienst hat seine Fingerabdrücke und das Werkzeug. Wir legen uns alle ein wenig aufs Ohr, und morgen früh machen wir weiter. Ich verschweige Ihnen nicht, daß ich todmüde bin.«

Lavot und Cabut tauschten einen Blick, der schwer war von all dem Ungesagten. Ein störrisches Stimmchen flüsterte ihnen zu, daß Marion nach der Erzählung über die Vorkommnisse ihres Abends, von denen sie noch nichts wußte, erleben würde, wie die Aussicht auf ihr kuscheliges Bett für lange Zeit in weite Ferne rückte. Sie waren überzeugt davon, daß sie die Dinge sehr schlecht aufnehmen würde und daß sie als erste dafür bezahlen müßten. Lavot stieß einen herzzerreißenden Seufzer aus.

Cabut, der ebenso befangen war, konnte nicht umhin, ständig an seine neue Gefährtin zu denken, die immer noch jungfräulich und so alt war, und er fragte sich, was Marion wohl mit ihr gemacht haben könnte. Dennoch wagte er es nicht, ihr diese Frage zu stellen.

XVII

Kurz vor 5 Uhr morgens erhielt Benjamin Bellechasse die Nachricht von Marthe Vilanders' Einlieferung ins Krankenhaus und von dem Überfall auf sie. Der diensthabende Polizist im Krankenhaus geizte eher mit Einzelheiten über die Umstände des Geschehens und den Zustand des Opfers. Er hatte den Namen und die Telefonnummer von Benjamin als der Person, die bei einem Unfall benachrichtigt werden sollte, bloß gefunden.

Benjamin zögerte nicht lange. Nachdem er sich eingehend

im Spiegel des Badezimmers betrachtet hatte und erschüttert war, daß er sein Spiegelbild nicht wiedererkannte, stopfte er rasch ein paar Kleidungsstücke und Dokumente, die er nicht herumliegen lassen wollte, in eine Tasche und brach auf, sogar ohne die Tür zu schließen, so verwirrt war er. Als er sich ans Lenkrad seines BMWs setzte, zitterte er: Einen Moment lang glaubte er, Marions Parfüm wahrzunehmen.

XVIII

»Konnten Sie das nicht früher sagen?« schrie Marion und preßte nervös die Arme um ihren Oberkörper, als ob eine Welle polarer Kaltluft sie heimgesucht hätte. »Sie stehen da und hören mir wie Einfaltspinsel zu, Sie sehen sich unser saublödes Gestikulieren über diesen armen Jobic an, anstatt mich ins Bild zu setzen! Ich träume wohl! Oder vielmehr: Was für ein Alptraum! Und Telefon und Funk? Das ist nichts für Sie, natürlich! Sie stehen über diesen Dingen! Man führt seine kleine Ermittlung durch, man kämpft seinen kleinen Krieg – alles ganz allein! Bravo, Männer, bravo!«

Cabut senkte unter dem Donnerwetter den Kopf. Talon hatte sich fortgestohlen, um für alle Kaffee zu holen, da er ahnte, daß sie jegliche Hoffnung auf Erholung endgültig begraben konnten.

»Haben Sie wenigstens den Staatsanwalt benachrichtigt? Ich höre schon jetzt den Direktor todernst sagen: ›Womit spielte die berühmte Kommissarin Marion, als der Frauenmörder eine vierte um die Ecke brachte?‹ Denn für ihn ist

Humor wie eine Krankheit, und er tut alles, um sie nicht zu bekommen. Nun, antworten Sie, Sie beide! Sie haben doch nicht etwa Seelenzustände, was?«

Cabut schreckte zusammen und hob den Kopf, ohne daß Marion unterscheiden konnte, ob er sich zutiefst getroffen fühlte oder ob er dabei gewesen war einzuschlafen. Die letztere Annahme brachte sie außer sich. Sie beschloß, noch eins draufzusetzen, obwohl ihr klar war, daß sie absolut gehässig war:

»Gewiß, um Seelenzustände zu haben, muß man auch eine Seele haben!«

Lavot hatte den Anschnauzer ohne zu murren ertragen. Plötzlich explodierte er, eiskalt und schneidend.

»Chef, Sie haben zwar das Recht, uns anzuschnauzen, aber nicht das Recht, ungerecht und engstirnig zu sein! Wir haben Sie die halbe Nacht gesucht, Sie haben selbst zugegeben, daß Sie abgeschaltet hatten... Jedermann hier wird Ihnen das bestätigen. Wenn Sie Wert darauf legen, auch die Führung und der Staatsanwalt. Wir taten, was wir konnten, um Ihre Abwesenheit und den Umstand, daß Sie auf Anrufe nicht reagierten, zu rechtfertigen.«

Er unterbrach sich, um in vollkommener Stille wieder Atem zu schöpfen. Marion öffnete den Mund. Lavot schnitt ihr das Wort ab:

»Ich bin noch nicht fertig. Cabut und ich haben uns, obwohl es uns an Seele und Bewußtsein fehlt, Sorgen gemacht. Weil wir glaubten, Sie wären mit Bellechasse zusammen und könnten in Gefahr sein. Cabut wollte sogar zu diesem Schwachsinnigen hinfahren, seine Tür aufbrechen und ihn am Sack hierherschleppen. Jetzt reicht's aber, ich habe das Durcheinander mit ihm satt, ich habe es satt, ständig wie die Katze um den heißen Brei zu schleichen. Er ist Ihr Galan, einverstanden, wir respektieren Ihre Gefühle. Aber weil Sie wütend auf ihn sind und nicht mehr wissen, wie Sie diesen

Sack voll Scheiße anfassen sollen, müssen nicht wir die Suppe auslöffeln. Im übrigen habe ich die Nase voll von dieser Geschichte, *ich hau' ab.*«

Er ging auf die Tür zu und zog seinen abgeschabten Lederblouson über. Marion sah, wie er kehrtmachte, seinen Revolver holte, der immer noch in seinem Holster auf dem Schreibtisch lag, und wieder ging: fast lässig und ohne sie anzublicken. Mit einer mechanischen Bewegung setzte er seine Ray Ban auf. Mit seinem Drei-Tage-Bart wirkte er ganz wie der Vorbestrafte in den Comics. In der herrschenden Stille glichen die Geräusche seiner Schritte und das Schaben vom Riemen der Revolvertasche, die an seinem Unterarm hing, einem ohrenbetäubenden Lärm. An der Tür stolperte er über Talon, der mit dampfenden Bechern in den Händen ankam.

»Sieh an«, sagte er boshaft, »da kommt das Dienstmädchen, man bedient Madame!«

Talon blieb abrupt stehen und überschaute die Szene. Marion sprachlos, Cabut versteinert und zusammengesunken in seiner Ecke, Lavot, der sich im Gang entfernte: mit der einen Hand in der Tasche seines Blousons, mit der anderen die Waffe wie ein folgsames Hündchen hinter sich herziehend. Der Kaffee verbrannte ihm die Finger, bei Marions Gebrüll hätte er beinahe alles fallen gelassen:

»Lavot! Kommen Sie sofort zurück!« schrie Marion.

Lavot blieb nicht stehen, obwohl Talon zu bemerken glaubte, daß er leicht zusammenzuckte. Er selbst erstarrte mit klopfendem Herzen.

»Lavot«, schrie Marion noch einmal, »entweder Sie kommen zurück, oder Sie verlassen auf der Stelle die Gruppe!«

Diesmal hätte Talon beinahe gelächelt. Lavot blieb stehen. Sie wußten beide, daß das Spiel zu Ende war, daß Marion nicht scherzte und ihre Versprechen hielt. Ein kurzes Zögern, und Lavot kehrte langsam um. Im Vorbeigehen warf er

Talon einen bösen Blick zu, um sich in Ermangelung eines Besseren an ihm zu rächen.

»Was machst du mit deinem Kaffee? Willst du Wurzeln schlagen?«

Marion sah, wie er im Türrahmen erschien. Sie fand nicht, daß er wie ein Vorbestrafter in den Comics aussah. Vielmehr wie ein alter, treuer und verletzter Freund.

»Tut mir leid«, entschuldigte sie sich, »ich habe es nicht so gemeint. Sie haben recht, diese Geschichte läßt mich den Kopf verlieren. Aber ... ich brauche Sie. Brauche Sie alle.«

Lavot zuckte mit den Schultern, er wirkte wieder unbekümmert. Marion konnte die Heuchelei in dieser gespielt gleichgültigen Haltung erkennen, aber sie war ihm dankbar, daß er nicht noch mehr dramatisierte. Talon hielt die Kaffees hin. Lavot trat dazwischen, bot Marion einen Becher an, nahm seinerseits einen und prostete ihr zu. Auf seinem mit dichten schwarzen Stoppeln überwucherten Gesicht zeigte sich ein halbes Lächeln:

»Prosit, Chef!«

Marion trank ihren Kaffee und verzog das Gesicht. Ekelhaft wie gewöhnlich. Bitter und zu heiß. In Windeseile dachte sie nach. Ihr Rücken schmerzte vor zu viel Müdigkeit. Und von Angst und all der schwer ertragbaren Machtlosigkeit hatte sie dunkle Ringe um die Augen. Sie kniff ein Auge zu, zielte und warf ohne zu zittern den Becher genau in den zwei Meter entfernten Papierkorb:

»Um 6 Uhr nehmen wir ihn hopp.«

Niemand fragte, von wem sie sprach, nicht einmal Cabut, der sich trotz der Ereignisse und der Spannung des Augenblicks einer beginnenden Schläfrigkeit nicht erwehren konnte. Als das Telefon klingelte, schreckte er auf und beeilte sich beschämt abzunehmen.

XIX

Benjamin Bellechasse kam gegen 5 Uhr 15 im Krankenhaus an. Die Nacht ging zu Ende, schon wurden die ersten Krankentragen eilig durch die Flure gerollt, noch verklebt von den nächtlichen Schmerzen. Marthe Vilanders befand sich auf der Intensivstation, die von Besuchern grundsätzlich nicht betreten werden durfte. Das hatte ein halb eingeschlafener Wächter Benjamin Bellechasse an der Pforte des Notaufnahmepavillons erklärt. Er gelangte dennoch hinein, ohne jemandem zu begegnen, und wußte, als er den Polizisten sah, der vor der Tür Wache stand – ein großes Wort –, daß er angekommen war. Der Mann hatte seine Mütze auf den Boden gelegt und seine Uniformjacke aufgehakt. Sein runder Bauch hob und senkte sich im Rhythmus seines gleichmäßigen Atems. Die Stunde der Ablösung stand kurz bevor, und die Lust zu schlafen war unwiderstehlich.

Marthe öffnete die Augen, als Benjamin sanft die Tür aufstieß. Sie war vor einer Stunde aus dem Koma erwacht, blieb aber angeschlossen an Apparate, welche zarte, aber beruhigende Töne von sich gaben. Auf einem Monitor waren fluoreszensgrüne Kurven zu sehen. Marthe Vilanders wandte dem Ankömmling mühsam ihren verbundenen Kopf zu und schreckte zusammen, als sie ihn erkannte. Ihr blutleerer Mund öffnete sich halb, aber es gelang ihr nur, einen fast unhörbaren Seufzer hervorzubringen, während sich ihre Hand leicht auf der Bettdecke zusammenkrampfte, auf der in blauer Schrift der Name des Krankenhauses prangte. Benjamin, der zutiefst bewegt war, ging zwei Schritte auf sie zu. Marthe zuckte zusammen und schaffte es, unartikulierte Töne auszustoßen, während ihr Oberkörper von einem Krampf geschüttelt wurde, der den Infusionsständer klappern ließ. Benjamin sah den Schrecken in Marthes Blick, und als er einen weiteren Schritt auf sie zu machte, stieß sie einen leisen heiseren Schrei aus.

»Marthe«, sagte er sanft, »ich bin's, Benjamin. Erkennst du mich nicht?«

Sie schüttelte leicht ihren Kopf, ohne ihn aus den Augen zu lassen. Ihre Lippen bewegten sich. Benjamin beugte sich zu ihr herab:

»Was ist los, Marthe, Liebling? Rede! Hast du Schmerzen? Ist es das?«

»Geh!«

»Wie bitte?« stammelte Benjamin ungläubig. »Du willst, daß ich gehe? Bist du müde?«

Sie stotterte:

»Du … hast mir weh getan …«

Benjamin, der sich etwas tiefer zu ihr herabbeugte, wiederholte verständnislos:

»Es tut dir weh? Aber wer hat dir das angetan? Verflixt!«

Erschöpft schloß Marthe die Augen. Sie würde nicht mehr länger Widerstand leisten. Sie konnte es nicht mehr. Eine dicke Träne kullerte langsam an ihrer Nase entlang, glitt über ihr Kinn und landete auf der Bettdecke, wo sich alsbald ein feuchter Fleck ausbreitete. Trotz der Zärtlich-keit, mit der er seine Geste ausführte, bemerkte Benjamin Marthes Verkrampfung und ihr verzweifeltes Zusammenschrecken, als er nach ihrer Hand griff. Ein furchtbarer Zweifel packte ihn plötzlich, und er riß die Augen weit auf über der Gestalt, die vor ihm lag: Er sah sie so, wie sie war, zusammengeschrumpft, erschöpft und dem Tode nahe. Eine Art Leichnam, der noch warm war. Er schluckte mühsam und murmelte mit veränderter Stimme:

»Marthe, ich bin's, dein ›Kleiner‹, wie du immer sagtest, erinnerst du dich? Ich ertrage es nicht, daß man dir weh getan hat. Daß jemand … Marthe, sprich mit mir. Du mußt es tun, ich muß wissen … Bitte!«

Die Frau hob die Augenlider und richtete auf Benjamin einen erloschenen Blick, in dem er las, daß sie bald nicht mehr kämpfen würde. Weitere Tränen folgten den ersten, so als ob sie dieser so starken Frau aus Versehen entfielen.

»Später … Bin müde … So müde …«

»Nein, Marthe«, beharrte Benjamin mit sanfter Bestimmtheit, »jetzt. Danach gehe ich … Ich komme nicht mehr wieder, wenn du es so willst, aber du mußt es mir erklären. Alles. Bitte.«

Marthe sprach dann, mit monotoner und schon abwesender Stimme. Benjamin hütete sich vor der geringsten Reaktion, obwohl ihn allmählich heftige Gefühle überkamen. Die Welt, die er gekannt hatte, kippte um, sein Leben wurde durcheinandergebracht, seine Zukunft wich hinter einer Wand von Abscheulichkeiten zurück.

Kurz vor 6 Uhr kam ein neuer, frischrasierter Schutzengel, um seinen Kollegen abzulösen. Die Krankenschwester der Tagesschicht überprüfte die Apparate. Alles war normal. Die Frau atmete normal. Niemand konnte sagen, wo die große Sporttasche herkam, die am Fußende des Bettes stehengelassen worden war. Für alle Fälle stellte die Krankenschwester sie in einen Wandschrank.

XX

Ben traf um 6 Uhr 10 bei seiner Arbeitsstelle ein, er hatte sich um zehn Minuten verspätet. Das entsprach nicht seinen Gewohnheiten, und er ärgerte sich sehr darüber. Aber es war wahnsinnig schwierig gewesen, die Blutung an seiner verletzten Hand zu stillen. Und selbst als ihm das gelungen war, waren die stechenden Schmerzen so stark, daß er zuerst daran gedacht hatte anzurufen, um sich krank zu melden. Doch die Aussicht, in diesem düsteren Zimmer eingeschlossen zu bleiben, entsetzte ihn. Bei genauer Betrachtung war es Cora, die ihn entsetzte. Nach dem verdorbenen Abend, sich überstürzenden Ereignissen und der anschließenden Verwirrung hatte sie sich noch nicht gezeigt, aber er würde seinen Lohn schon noch bekommen. Er wußte, daß es schlimm sein würde. Wenigstens bei der Arbeit hatte er einigermaßen seine Ruhe, sie war noch nie gekommen, um ihn dort zu bedrängen. Im Vorbeifahren hatte er bei einer Apotheke, die nachts geöffnet war, haltgemacht, um einen korrekten Verband anzulegen. Der Apotheker hatte die Stirn gerunzelt, die Wunde war übel. Er riet Ben, ins Krankenhaus zu gehen.

»Auf diese Weise könntest du dich nach dem Befinden der Vilanders erkundigen«, hatte die perfide Cora gemurmelt.

Das heißt, Ben kam es so vor, denn er war sich dessen überhaupt nicht mehr sicher. Alles geriet durcheinander: die Frau in Weiß, der Name der Frau in Weiß, diese erstaunliche

Übereinstimmung, die Art und Weise, in der sie ihn empfangen hatte. »Benjamin.« Sie hatte ihn Benjamin genannt. Seltsamerweise war ihm dieser Vorname fast vertraut, er hallte auf merkwürdige Weise im Innersten seines ermüdeten Hirns wider. Aber fern, so fern.

»Du verblüffst mich!« spottete Cora. »Ich verstehe, daß dich das an etwas erinnert!«

Aber er hörte sie kaum, die Worte wurden erstickt, sie lösten sich auf in dem kalten Regenguß, der auf Ben niederging, ohne daß er daran dachte, sich davor zu schützen, als er die Straße überquerte, um zu seiner Arbeitsstätte zu gehen. Jetzt war er durchnäßt und Georges, sein Chef, sah ihn neugierig und leicht besorgt an. Ben erklärte ihm, daß er sich am Gas verbrannt hätte und daß es saumäßig weh täte. Georges erging sich in einer heftigen Schmährede über Haushaltsunfälle. Er mußte es schließlich wissen, war er doch schon seit einer kleinen Ewigkeit dabei.

Ben beugte sich über das Register mit den Fällen von der vergangenen Nacht und hörte ihm nicht mehr zu. Er ging rasch die unterschiedlichen Rubriken durch. Der Fall Vilanders nahm eine halbe Seite ein, aber er konnte keine alarmierende Einzelheit entdecken. Er setzte sich an seinen Platz, nachdem er das große Buch geschlossen hatte, in das Georges sowieso nie hineinguckte. Die anderen übrigens auch nicht, sie lasen lieber die Zeitungen. Und die vom heutigen Tage waren schon gedruckt gewesen, als die Sache passiert war. Ben war ruhig. Er verbarg seine geschundene Hand unter dem Tisch. Sie zitterte aufgrund der stechenden Schmerzen, die scheinbar durch nichts zu beruhigen waren. Er begann seinen Tag.

XXI

»Hübsches Kuddelmuddel!« stöhnte Marion, als sie sich mit der Hand durch ihr zerzaustes Haar fuhr.

Nach einer schlaflosen Nacht fühlte sie sich müde und schmutzig. Sie hatte den Eindruck in ein und derselben Kleidung zu verfaulen, obgleich ihre letzte Dusche nicht länger als vierundzwanzig Stunden zurücklag. Sie warf einen Blick auf ihre Uhr: 10 Uhr, sie hatte noch zwei Stunden vor sich. Um 13 Uhr würde sie mit Cabut das Flugzeug nehmen, um an der Beisetzung des Ehepaares Joual, am anderen Ende von Frankreich, teilzunehmen. Das war das ›Geschenk‹ des Direktors. Diese ungewöhnliche Großzügigkeit verbarg einen gut kalkulierten Doppeltreffer: Die Kosten des Unternehmens beschränkten die Größe der Polizeidelegation bei der Beerdigung und forderten, daß die besagte Delegation noch am selben Abend zum Stützpunkt zurückkehrte. Keine verlorene Zeit, keine Reisekostenabrechnungen … Marion hatte nur schwach protestiert: Ihre jüngsten Leistungen hatten ihre Position geschwächt, sie nahm, was man ihr gab. Und man war nicht mehr geneigt, ihr viel zu geben. Am Horizont zeichnete sich eher das Gegenteil ab. Der Direktor hatte beschlossen, ihr den Fall des Frauenmörders zu entziehen. Er empörte sich über Lavots und Cabuts Unfähigkeit, ein Individuum festzunehmen, das ihnen zwischen die Finger geraten war, und dann über Marions nicht zu rechtfertigende Abwesenheit.

Nachdem sie in Bellechasses Wohnung niemanden angetroffen hatten – Bellechasse war offenbar überstürzt abgereist und seitdem unauffindbar –, mußte Marion ihrem Direktor alles ausführlich beichten. Gestehen, daß sie – aus Notwehr und ohne es ganz genau zu ermessen – ihren Liebhaber geschützt hatte, daß sie versucht hatte, die Aufmerksamkeit abzulenken mit diesem armen Jobic, den sie im Morgengrauen hatte freilassen müssen mit einer jämmerlichen, an den Haaren herbeigezogenen Verwarnung wegen Erregung öffentlichen Ärgernisses. Und sie mußte sich zum Untersuchungsrichter begeben und einen Vorführungsbefehl gegen Bellechasse verlangen – einen Befehl, den sie ausführen würde, falls die sofort in Gang gesetzte Ermittlungsmaschinerie zu einem Ergebnis führte. Woran Marion nicht zweifelte. In Anbetracht ihrer glänzenden Dienstlaufbahn hatte der Direktor keine andere Strafmaßnahme ins Auge gefaßt. Ihr den Fall zu entziehen war in seinen Augen das Minimum, aber Marion erlebte es wie eine demütigende Nichtanerkennung. Wenn sie wenigstens eine schnelle Aufklärung hätte versprechen können. Aber seit Beginn dieser beklagenswerten Geschichte waren so viele Dinge schiefgegangen, daß sie der Entscheidung nur mit trockenem Mund und verwirrten Gefühlen zustimmen konnte.

Sie trug die verschiedenen Akten, die die ganzen Verfahrensunterlagen enthielten, für den zusammen, der sie erben würde. Im großen Büro der Inspektoren herrschte eine ungewöhnliche Stille. Lavot war ein paar Stunden zu seinem ›Spitzel‹ schlafen gegangen, Cabut war auch gegangen, um sich für die Beerdigung ein bißchen zurechtzumachen. Talon hatte es rundweg abgelehnt, nach Hause zu gehen. Er trieb sich wahrscheinlich in der Nähe herum. Jouals Schreibtisch war noch mit jenen kleinen Nichtigkeiten überhäuft, die auf ihren Besitzer schließen ließen und sein Territorium kennzeichneten: eine Tube Klebstoff, ein Papierschneider, ein durchsichtiger Würfel mit den Fotos der Bälger. Aus irgendeinem dunklen Grund hatte noch niemand die Sachen angerührt. Marion bewegte sich langsam, jede Geste fiel ihr schwer, es erschöpfte sie, einen zusammenhängenden Gedanken zu fassen. Sie dachte, daß sie nicht einmal mehr die Kraft hätte, wegzusehen oder sich zu waschen und ein bißchen zu schlafen. In einer Art Nebel nahm sie das Summen des Telefons im Nachbarzimmer wahr und begriff dann, daß es von ihrem eigenen Schreibtisch kam. Sie beeilte sich und erwischte Talon in dem Moment, da er auflegen wollte.

»Ah, Chef, ich hatte befürchtet, Sie wären schon gegangen!«

Marion bemerkte die Erregung in seiner Stimme. Plötzlich verflog ihre Müdigkeit:

»Nein, ich bin noch nicht gegangen«, sagte sie ganz einfach. »Was geht vor? Sagen Sie nur nicht, daß man ihn gefunden hat!«

»Nein, nein«, beeilte sich Talon zu antworten, »noch nicht! Aber wenn Sie zum Erkennungsdienst hochkommen könnten. Es gärt ...«

»Was gärt?«

»Sie kommen besser her. Ich erwarte eine Nachricht aus New York.«

»Was? Sie wissen doch, daß wir den Fall nicht mehr ... Hallo, Talon?«

Talon hatte aufgelegt.

Einige Augenblicke später betrachtete sie ihn erstaunt. Nach einer schlaflosen Nacht hätten Cabut und Lavot – wie die meisten Männer, die sie kannte – ausgesehen wie zwei haarige und ungehobelte Kerle. Talon dagegen hatte sein gewöhnliches Aussehen: Seine Haare waren zurückgekämmt, und seine runde Brille war blitzsauber. Zum erstenmal bemerkte Marion, daß er quasi bartlos war und die samtige Haut eines Säuglings hatte. Unter der Beharrlichkeit des Blickes seiner Chefin wurde er leicht unsicher:

»Habe ich einen Pickel auf der Nase?« fragte er und wandte sich ab, um seine Verlegenheit zu verbergen.

Marion gab sich einen Ruck, das war nicht der rechte Augenblick, weich zu werden.

»Na, wo sind die großen Entdeckungen?« fragte sie seufzend, da sie überzeugt davon war, enttäuscht zu werden.

»Sie haben unrecht, Chef«, warf ihr Talon vor, der die Entmutigung der jungen Frau bemerkte. »Ich glaube wirklich, daß wir vorankommen. Im Ernst.«

Marion gähnte, ohne sich beherrschen zu können, und murmelte ein »Entschuldigung«. Talon tat so, als hätte er es nicht gehört. Ein wenig frohlockend begann er:

»Zuerst die Fingerabdrücke. Die, die man bei Jenny Delourmel gefunden hat, gehörten nicht Monsieur Bellechasse, aber das, glaube ich, wußten Sie schon ...«

Marion schrak zusammen und warf dem Inspektor vom Erkennungsdienst, den sie am vergangenen Abend um eine kleine Zusatzarbeit an einer Flasche Whisky und einem Glas gebeten hatte, einen zornigen Blick zu. Er hielt sich mit einigen anderen im Hintergrund und wandte die Augen ab. Marion beruhigte ihn mit einer Geste. Würde am Ende nicht doch alles herauskommen? Die Kripo war und blieb ein Glashaus. Und welche Bedeutung hatte es jetzt, da der Fall in andere Hände überging und offiziell nach Bellechasse gefahndet wurde? Mit den Augen ermutigte sie Talon.

»Die Fingerabdrücke, die wir heute nacht auf dem Cutter bei Madame Vilanders gefunden haben, auch nicht.«

»Fehlerspielraum?« belebte sich Marion.

»Keiner«, versicherte Talon überrascht. »Wenn die von der Flasche und dem Glas abgenommenen Fingerabdrücke wirklich diejenigen von Bellechasse sind, dann sind sie mit den anderen nicht identisch. Ich füge hinzu, daß wir unglaubliches Glück haben: Zwei von den Fingerabdrücken, die wir bei Jenny Delourmel und Marthe Vilanders gesammelt haben, sind rechte Daumen. Der Mann ist Rechtshänder, und die Abdrücke stimmen teilweise überein.«

»Wie das?«

»Der vom Champagnerglas war unvollständig, Sie erinnern sich, der vom Cutter dagegen ist vollständig. Diese Konfiguration ist ...«

»Fehlerspielraum?«

»50 zu 50«, sagte Talon mit zögernder Miene, »aber das ist die pessimistischste Einschätzung. Ich würde sagen, daß eine große Wahrscheinlichkeit für vollkommene Gleichartigkeit besteht, aber meine Bewertung ist mit dem, was uns zur Verfügung steht, wissenschaftlich nicht beweisbar.«

»Warum?«

»Wir haben nicht die ausreichende Anzahl von Vergleichsmustern, die den Vergleich unstrittig machen würde. Es fehlen zwei hinsichtlich des erforderlichen Minimums.«

»Gut, seien wir einmal optimistisch ... Natürlich haben Sie die Vergleiche mit den Abdrücken, die in unseren Karteikästen lagern, begonnen ...«

»In den Maschinen, Chef ...«, sagte Talon.

Marion kniff sich die Nasenwurzel:

»Beten wir also, daß dieser Schwachsinnige irgendwann einmal wenigstens ein Moped gestohlen und sich dabei erwischen lassen hat ...«

Talon schüttelte den Kopf. Er blieb stehen und erwartete eine Ermutigung oder ein lobendes Zeugnis, das nicht kam. Marion warf ihm einen durchdringenden Blick zu:

»Nur mit der Ruhe, Talon! Das spricht Bellechasse noch nicht von jedem Verdacht frei. Es können zwei oder noch mehr Männer beteiligt sein. Der, der den Champagner mit Jenny Delourmel getrunken hat, ist nicht zwangsläufig ihr Mörder. Ich erinnere Sie daran, daß sie viel Besuch hatte …«

»Aber trotzdem ist es der, der Marthe Vilanders angegriffen hat.«

Sie konzentrierte sich und zeigte mit dem Finger auf ihn:

»*A priori!* Aber ich erinnere Sie daran, daß sich sein Angriff nicht genauso wie die anderen abgespielt hat. Und wir wissen nicht, warum …«

Talon schüttelte seinen Kopf stärker.

»Es müßte mit dem Teufel zugehen, wenn …«

Sie unterbrach ihn gnadenlos:

»Meinen Sie, daß wir viel bewegen, Talon?« fragte sie sanft. »Ich habe eher den Eindruck, daß es kompliziert wird, oder?«

»So gesehen«, brummelte er, »aber ich bin noch nicht fertig.«

Marion setzte sich wieder und gähnte abermals:

»Ach so?«

»Ich habe einen Teil der Ergebnisse von meinen Auskunftsersuchen über Bellechasse erhalten.«

»Und?«

»Eben nichts! Vermutlich ist er in Nantes geboren, aber in dieser Stadt gibt es auf dem Standesamt nichts über ihn. Übrigens ist das kein Name aus der Gegend.«

Marion runzelte die Stirn und wirkte wieder niedergeschlagen:

»Das bedeutet?«

»Entweder ist er dort nicht geboren, oder wir haben nicht das richtige Geburtsdatum, oder er hat seinen Namen geändert.«

»So ist's, er hat ein Pseudonym«, murmelte Marion empört. »Herrgott noch mal, ich verstehe nichts mehr …«

»Oh, es gibt sicher eine Erklärung«, sagte Talon gelassen.

»Wir würden Zeit gewinnen, wenn der Betreffende sie uns selbst liefern könnte.«

»Oh, jetzt langt's«, brummte Marion, »ich sehe Sie schon, wie Sie …«

»Nein«, widersprach Talon lauthals, »das ist niemandes Schuld, wir haben nur kein Glück, das ist alles.«

»Das sagen Sie, Talon? Sie überraschen mich. Sollte im vorliegenden Fall die Gerichtsmedizin kein Ausweg für Sie sein?«

Talon bemerkte die Ironie nicht, ohne mit der Wimper zu zucken, fuhr er fort:

»Heute morgen, als Sie beim Direktor waren, hatte ich eine Idee. Die Kripo von Nantes hatte gerade angerufen, und ich habe mir gesagt, daß ich, so wie die Dinge stehen, alles versuchen müßte. Seit Beginn der Morde war ich alle Opfer in der Nationalkartei durchgegangen, bis auf Marthe Vilanders, da das soeben erst geschehen war.«

»Ist sie aktenkundig?« rief Marion aus, mit dem Gesichtsausdruck von jemandem, der im Lotto gewonnen hat.

Talon deutete ein Lächeln an:

»Nein, Marthe Vilanders steht nicht in der Polizeikartei, dafür ist der Name Vilanders … in Nantes sehr bekannt!«

Er hielt inne und genoß die Wirkung seiner Worte. Marion, die etwas enttäuscht war, schlug sich gegen die Stirn:

»Marthe Vilanders und Benjamin kennen sich, wie wir wissen. Möglicherweise seit langem. Vielleicht war sie seine kleine Freundin? Jemand aus seiner Familie? Seine Frau?«

Unter der Lawine von Hypothesen, von denen einige Marion offensichtlich nicht gefielen, schüttelte Talon den Kopf. Er kannte Marthe Vilanders so wenig wie sie. Nur Lavot und Cabut wußten, wie sie aussah. Geschickt wich er aus:

»Bellechasse ist ein kanadischer Name, Benjamin könnte in Nantes geboren sein und in Kanada den Namen gewechselt haben, da er ja dort gelebt hat.«

»Aber warum?« fragte Marion gereizt.

»Ich weiß es nicht... Vielleicht eine Adoption oder eine Personenstandsänderung nach der Naturalisierung... Übrigens hat auch Marthe Vilanders in Kanada gelebt...«

»Interessant«, brummte Marion, die plötzlich davon überzeugt war, daß Benjamin tatsächlich ein Doppelleben führte, ein Leben, das er ihr verborgen hatte. Eine Frau...

»Und sicher auch Bälger!« rief sie vor dem verdutzten Talon laut aus.

Trotz der Wut, die sie in sich aufsteigen fühlte, fing sie sich dennoch wieder: »Was gibt es noch in Nantes?«

Talon steckte die Nase in seine Papiere:

»Vilanders ist ein relativ häufiger Name in dieser Stadt, aber in den regionalen Archiven gibt es nur zwei Akten. Die eine liegt dreißig Jahre zurück: eine Untersuchung des Todesfalls von einem gewissen Jean-Baptiste Vilanders, der damals fünfunddreißig Jahre alt war. Ergebnis der Untersuchung: Selbstmord mit einer Feuerwaffe. Die andere betrifft das Verschwinden einer gewissen Corinne Vilanders. Sie war minderjährig, dem Sozialamt anvertraut und wurde dann in die Obhut von Pflegeeltern gegeben. Ergebnis: Ausreißen. Eine Fortsetzung ist nicht bekannt, aber das ist in den meisten Fällen so: Die Bälger kommen zurück, und man vergißt, die Polizei zu informieren.«

»Das war wann?« erkundigte sich Marion.

Talon sah auf einer anderen Karteikarte nach:

»1977.«

Marion begann auf und ab zu gehen. Sie fühlte, daß Talon recht hatte, es geschahen Dinge, aber sie konnte noch nicht glauben, daß sie wichtig waren.

Sie sah ihn an:

»Sie wissen, was Sie tun werden?«

»Ja, ich glaube schon. Es gibt um 17 Uhr eine Maschine nach Nantes... Ich nehme alles unter die Lupe, und wenn ich auf Bellechasse stoße, verkünde ich ihm, daß Sie so bald wie möglich ein Gespräch mit ihm wünschen.«

Marion lächelte. Ein armseliges Lächeln. Traurig und müde. Das Leben geht weiter, dachte sie. Sie unterließ es, Talon zu sagen, daß man ihr offiziell die Akte entzogen hatte, wie sie es auch unterließ, die Schattenbereiche zu analysieren, die den Weg von Benjamin Bellechasse markierten, der vor noch nicht einem Monat der Mann ihres Lebens gewesen war. Ihr wurde schwindlig bei dem Gedanken, sich damit zu beschäftigen. Sie hielt sich zurück, sich selber dahinein zu vertiefen, sie wünschte, daß alles endlich aufhörte. Sie zitterte vor Kälte, vor Müdigkeit, vor Ekel. Als sie gehen wollte, wandte sich ein Techniker vom Erkennungsdienst an sie:

»Chef, wenn Sie noch fünf Minuten haben, ich möchte Sie gern etwas hören lassen.«

Marion seufzte. Unauffällig. Das Leben ging weiter …

Der Mann schloß ein großes Tonbandgerät an und drückte auf eine Taste. Marion erkannte sogleich den Inhalt des Tonbands wieder: Es war die Nachricht, die Christine Joual auf dem Anrufbeantworter für ihren Mann hinterlassen hatte. Am Schluß, nach dem Besetztzeichen, eine kaum hörbare Nachricht, von der sich ein einziges Wort aus den Störgeräuschen heraushob: Inspektor …

»Erinnern Sie sich?« fragte der Techniker.

Marion nickte mit dem Kopf. Natürlich. Sie war müde, litt aber nicht an Amnesie.

»Ich habe daran herumgebastelt«, fuhr der Mann fort und spulte das Tonband nach vorne, es gab ein enervierendes Quietschen von sich.

Er nahm noch ein oder zwei Einstellungen vor. Der Ton krachte in das Zimmer. Instinktiv wich Marion zurück und verzog das Gesicht. Der Mann entschuldigte sich und paßte die Lautstärke an. Nach dem Wort ›Inspektor‹ tauchte ein

Name auf: Dranville oder Derville. Der Mann am Telefon sprach die erste Silbe schwach aus, vor allem war die Verbindung sehr gestört durch quasi unverständliche Überlagerungen.

»Was ist das?« fragte Marion, die stutzig geworden war.

»Funkverbindungen oder aufgefangener Sprechfunk. Da der Austausch zwischen den Sendestationen eher kurz ist, würde ich sagen, daß wir uns in einem Raum mit Funkverkehr befinden.«

»Wollen Sie damit sagen, daß Inspektor Dranville oder Dingsbums, der auf Jouals Anrufbeantworter eine Nachricht hinterlassen hat, die Funksprüche einer Funkzentrale in seinem Telefon empfing?«

Der Techniker schüttelte den Kopf:

»Nein, Chef, er befand sich in dieser Funkzentrale. Jedenfalls ganz in der Nähe.«

Ratlos versank Marion wieder in Schweigen. Sie kannte keinen Inspektor namens Dranville oder Derville, aber sie kannte nicht alle Bullen der Stadt, die echten Inspektoren und die Polizisten, die sich als solche ausgaben, wenn ihnen das gut zupaß kam. Joual konnte einen Freund in einer anderen Dienststelle gehabt haben. Die Tatsache, daß er sich in einem Raum mit Funkverkehr befand oder daneben, war nicht sehr ungewöhnlich. Im übrigen wäre es leicht zu überprüfen, denn es gab nur zwei, die Funkzentrale des Hauptkommissariats und die der Kripo. Es sei denn, es handelte sich um die Funkzentrale einer anderen Stadt oder eines anderen Rettungsdienstes, wie Notarzt und Feuerwehr. Oder noch um eine Taxizentrale … In welchem Fall …

»Können Sie es noch verfeinern?« fragte sie.

»Ich werde es versuchen. Ich kann identifizieren, was gesagt wird, aber ich garantiere nicht für das Ergebnis, denn die Verstärkung ist bereits immens. Jenseits der gegenwärtigen Stufe droht völlige Unverständlichkeit.«

»Da Sie schon einmal dabei sind, versuchen Sie doch diesen Inspektor Dranville oder Derville ausfindig zu machen. O. K.?«

Der Techniker war gerade im Begriff, Marion zu antworten, daß letzterer Auftrag nicht in seine Zuständigkeit fiele, aber als er bemerkte, wie bleich vor Müdigkeit ihr Gesicht war und wie erschöpft sie war, verzichtete er darauf. Er würde Talon die Plackerei unterjubeln.

Den ganzen Nachmittag lang versuchte Doktor Marsal vergebens, Marion zu erreichen. Er bekam mehrere aus der Luft gegriffene Antworten, bevor er verstand, daß man ihr den Fall entzogen hatte. Er war darüber um so verblüffter, als er nichts über die Gründe für diese Neuverteilung wußte. Man schlug ihm vor, ihn mit dem Nachfolger von Kommissarin Marion zu verbinden, aber er lehnte ab und behauptete, daß es sich um eine persönliche Mitteilung handle. Schließlich hinterließ er auf ihrem privaten Anrufbeantworter eine Nachricht, in der er sie bat, so schnell wie möglich mit ihm zusammenzutreffen.

Im Flugzeug, das sie von Lille zurückbrachte – es war der nächste Flugplatz von dem Dorf aus, in dem Joual und seine Frau beerdigt worden waren –, sagte Marion keinen Ton. Das Bild von den drei Kindern des Paares, die vor den beiden Särgen nebeneinander standen, ging ihr nicht aus dem Sinn. Die Jüngste, ein blondes, zartes Figürchen mit unschuldigem Blick, hatte sie durch ihre Ruhe beeindruckt bis zu dem Augenblick, in dem Marion erfaßt hatte, daß das Kind von dem Geschehen nichts begriff. Zweifellos der Schock oder die Weigerung, eine Wahrheit anzunehmen, die eine Wahrheit der Erwachsenen war, nicht aber die ihre. Die Anwesenden, die sich um die Angehörigen versammelten, waren dünn gesät, und der Pfarrer hatte es eilig, zu einem

Ende zu kommen. Die Mutter von Christine Joual, verwitwet und bei schlechter Gesundheit, hatte angekündigt, sie würde sich so lange um die Kinder kümmern, bis das Waisenhaus der Polizei ihre Pflege übernähme. Diese Perspektive schmerzte Marion, aber es gab wirklich keine andere Lösung. Cabut hatte seinen Kummer nicht zu verbergen versucht, und Marions verschlossenes Verhalten ließ ihn zu dem Gedanken neigen, daß sie auf sich selbst böse war, und auf ihn und auf die ganze Welt. Und auf diesen Mörder, der für die Blutbäder verantwortlich und immer noch auf freiem Fuß war.

Auf der Hinreise hatte sie Schweigen bewahrt, die Augen weit aufgerissen über Bilder, die sie mit niemandem teilen konnte. Bilder, auf denen sich die glücklichen Momente ineinander schoben, die sie mit einem Mann erlebt hatte, dessentwegen sie heute in Panik geriet. Cabut wußte, daß es bei der Rückreise genauso sein würde. Und er hütete sich davor, sie herauszufordern, selbst wenn das Schicksal seiner Heiligen Jungfrau, über die er mit ihr nicht mehr sprach, seine eigene Bangigkeit noch vergrößerte. Um sich wieder zu fassen und seine düsteren Gedanken in eine andere Richtung zu lenken, hatte er am Flughafen ein Buch gekauft. Doch trotz seiner Begeisterung für Baudelaire entglitt ihm seine Aufmerksamkeit. In dem Augenblick, da das Flugzeug zur Landung ansetzte, schreckte Marion zusammen und begriff, daß sie eingenickt war. Sie richtete einen überraschten Blick auf Cabut, als ob sie seine Anwesenheit neben sich gerade erst entdecken würde.

»Was lesen Sie?« fragte sie und beugte sich zu ihm.

Er antwortete nicht und beschränkte sich darauf, den Umschlag zu zeigen, auf dem das gequälte Gesicht von Charles Baudelaire mit dem Titel *Die Blumen des Bösen* wetteiferte. Sie leistete sich eine kleine Boshaftigkeit:

»Liest man in Ihrem Alter noch so etwas?«

Cabut errötete und stotterte:

»Im Laden des Flughafens gab es nicht viel.«

»Verteidigen Sie sich nicht, ich finde das eher beruhigend… Obgleich Baudelaire nicht der Prototyp des erholsamen Dichters ist.«

Sie nahm das Buch, blätterte darin und las einige Verse laut:

»*Ich will dich schlagen ohne Zorn und ohne Haß, wie ein Schlächter*… Brrr… Das ist pessimistisch, schwarz, abgründig, brutal. *Der Vampir, der sein Blut muß saugen*… Man könnte meinen, man befinde sich in einem Horrorfilm.«

Cabut lächelte.

»Bei Baudelaire gibt es nicht nur das. Sie sind auf das Schlimmste gestoßen: L'HÉAUTONTIMOROUMÉNOS. Das bedeutet der ›Selbsthenker‹.«

Cabut wiederholte das Wort mehrmals mit leiser Stimme und starrte auf das Buch, das er, ohne darauf zu achten, in den Händen knetete. Mit halb geschlossenen Augen schien er in tiefes Nachdenken zu versinken. Marion riß ihn aus seinen Träumereien:

»Cabut, Sie unverbesserlicher Träumer, wir sind da.«

Aber er schien sich nicht von seinen Gedanken losreißen zu wollen. Er nuschelte:

»Ich habe ein komisches Gefühl.«

»Das ist normal«, beruhigte ihn Marion, während sie die Gangway betrat. »Das Flugzeug, die Beerdigung von Joual, die Übermüdung…«

»Nein, nein«, erwiderte Cabut mit abwesender Stimme, »ich habe ein Déjà-vu-Gefühl. Der Titel dieses Gedichts…«

»Aber gehen Sie, ich sage Ihnen, es liegt an der Übermüdung. Das kommt vor. Das Déjà-vu-Gefühl taucht auf, wenn Ihr Gehirn überhitzt ist. Es gibt dann einen winzig kleinen Abstand zwischen Ihrer Wahrnehmung und dem Bewußtsein dessen, was Sie wahrnehmen. Unter normalen

Umständen ist beides vollkommen simultan. Dieser winzige Mangel an Synchronisation verleiht Ihnen das Gefühl, nur Leuten zu begegnen, die Sie zu kennen glauben. Das ist sehr unangenehm.«

Cabut murmelte, daß dies gewiß die richtige Erklärung sei, und schluckte seine Argumente hinunter. Morgen, wenn er sich ausgeschlafen hätte, würde er nicht mehr daran denken.

Lavot erwartete sie am Flughafen. Er war rasiert, in Hochform und vertieft in ein Gespräch mit einem Kollegen vom Grenzschutz, der ihm geholfen hatte, sich zu gedulden, denn er hatte schon Talon als Chauffeur gedient, der vor einer Stunde nach Nantes abgeflogen war. Sie verzichteten auf die üblichen Banalitäten und schwiegen lange. Marion wagte es nicht, Fragen zu stellen. Es war Lavot, der begann:

»Ich warne Sie, Chef, es kommt nicht in Frage, daß wir den Fall aufgeben.«

»Das ist die Entscheidung des Direktors, und er hat die Zustimmung der Staatsanwaltschaft und des Untersuchungsrichters.«

»Der Direktor schert mich einen Dreck. Und ich weiß, daß der Staatsanwalt und der Richter sich ihm widerwillig angeschlossen haben.«

»Lavot, bitte komplizieren Sie die Dinge nicht!«

»Nein, aber ich träume wohl! Also, auch Sie lassen den Kopf hängen? Ich glaube es nicht! Man hat Sie umgedreht, Chef, das ist doch nicht möglich!«

Cabut hatte sich in seine Ecke gepreßt: Der zunehmend rasantere und chaotischere Fahrstil Lavots verängstigte ihn. Sie hätten sich beinahe unter einen LKW geschoben, der die linke Fahrspur der Autobahn blockierte und erst unter dem gebieterischen Zwang der Sirene Platz machte. Cabut kriegte es mit der Angst: Er hielt die Augen geschlossen, hatte feuchte Hände und stand kurz vor dem Nervenzusammenbruch.

»Es reicht, Lavot, beruhigen Sie sich!« beschwichtigte ihn Marion, die ihren Sicherheitsgurt umlegte. »Wir werden doch keinen Putsch machen! Wohin würde uns das bringen?«

»Joual war unser Kollege!« sagte Lavot mit Nachdruck, aber er nahm den Fuß vom Gas. »Was mich betrifft, so ist jetzt Schluß! Notfalls nehme ich Urlaub, aber ich gebe nicht auf!«

Marion lächelte im Dunkeln und richtete sich in ihrem Sitz auf. Leise gab der Bordfunk Routinefunksprüche von sich. Unwillkürlich betätigte sie den Kanalsuchknopf und erwischte die Frequenz des Hauptkommissariats. Der Funker schickte eine Streife zu einer Bar, eine Besatzung gab ihren Standort durch. Kurze, präzise Wortwechsel, die von trockenem Knacken und manchmal von Rauschen unterbrochen wurden. Sie hörte einen Augenblick lang zu und kehrte dann nachdenklich zu der Kripofrequenz zurück, bevor sie begriff, daß Lavot immer noch redete:

»Ich wette meinen Kopf, daß sich der Gesuchte gerade auf diesem Gelände befindet.«

Marion entschuldigte sich:

»Verzeihung, von wem sprechen Sie? Ich habe den Anfang nicht verstanden.«

»Das macht wirklich Spaß«, spottete Lavot. »Für die Schüler, die nicht mitgekommen sind, wiederhole ich: Ich habe das Abklappern der Camping- und Wohnwagenplätze des Départements beendet. Das heißt, fast. Einer ist noch übrig, der heute ausgerechnet wegen einer Trauerfeier geschlossen war. Ich hoffe, es war nicht die des Besitzers, sonst sieht es schlecht aus. Ich fahre morgen wieder hin.«

Der Tonfall war bestimmt und energisch. Marion lächelte abermals ohne zu antworten. Mit verschränkten Armen rutschte sie tief in ihren Sitz.

Nach einer Pause sagte Lavot mit gespielter Gleichgültigkeit:

»›Sie‹ haben in der Wohnung von Bellechasse eine Falle aufgestellt. Wenn er reinfällt, dann ist er sehr dumm oder unschuldig. Sie kennen ihn doch ein bißchen, Chef?«

Marion zuckte die Schultern und berichtigte:

»Ich glaubte ihn zu kennen. Was mich angeht, so war sein Leben einfach, die Wohnung, die Sie gesehen haben, spiegelt seinen Charakter wider. Nüchtern und diskret. Aber ich muß zugeben, daß ich mir nie wirklich Fragen gestellt habe und auch ihm keine stellte. Er ist eher ... verschwiegen. Das heißt: Diskret wäre zutreffender.«

Sie machte eine Pause und murmelte dann:

»Und ich wußte, daß er nur auf der Durchreise war ...«

»Seine Wohnung ist tatsächlich eher unpersönlich«, kommentierte Lavot. »Wußten Sie, daß er sich seine Post ›postlagernd‹ schicken ließ?«

Marion schüttelte den Kopf:

»Nein, aber es stimmt mit dem überein, was ich ahnte. Er richtete sich nicht häuslich ein.«

»Aber«, widersprach Lavot, »was hatte er dann hier zu suchen? Vorher hatten wir es gemütlich!«

»Die genauen Gründe für sein Kommen kenne ich nicht. Bis jetzt war ich davon überzeugt, daß es wegen seiner Arbeit geschah!«

»Das ist doch nicht Ihr Ernst! Eine Größe wie er soll gekommen sein, um in einem Revolverblatt wie dem *Écho* zu verschwinden, nach *Libération* und der *New York Times* ...«

»Wie bitte?«

»Freilich, er hat für die *New York Times* ›Zeilen geschunden‹! Talon hat es mir erzählt. Ich weiß nicht, wie er das in Erfahrung gebracht hat. Hat er Verwandte oder Freunde in Frankreich?«

»Wer denn, Talon?«

»Ich bewundere Sie, Chef«, sagte Lavot und hob die Hände, »der Humor vergeht Ihnen nicht so leicht.«

Marion lachte schwach und breitete als Zeichen ihrer Ohnmacht die Arme auseinander:

»Ich weiß, verflucht noch mal, nichts darüber. Benjamin sprach nie über persönliche Dinge. Oder selten. Ich sagte es Ihnen schon, ich habe den Eindruck, daß ich mit einem Unbekannten, einem völlig abgeschirmten Wesen Umgang hatte ... Lavot?«

»Ja, Chef?«

»Sie haben doch Marthe Vilanders gesehen. Was halten Sie von ihr?«

»Wie meinen Sie das, Chef? Wie ich sie finde?«

»Ja. Wie alt? Fünfunddreißig, vierzig?«

»Plus Mehrwertsteuer!« rief Lavot aus. »Aber sie ist noch recht vögelbar. Nicht wahr, Cabut? Du hast sie doch aus der Nähe gesehen!«

Cabut errötete im Halbdunkel, hüstelte und stieß ein paar unverständliche Worte hervor.

»Was halten Sie von ihr?« fragte Marion beharrlich.

»Ich weiß nicht recht«, erwiderte Lavot mit schiefem Gesicht. »Sie vermitteln den Eindruck, daß sie sich intim kennen, aber ohne zusammen zu sein. Das heißt, sie sind Liebende, wenn Sie mir folgen können ... Oder es handelt sich um eine alte Geschichte ...«

Die letzten Sätze hatte er aufrichtig gesagt, da er sich bewußt war, daß Marion denken würde, er wolle sie nur schonen. Ein bißchen erleichtert schwieg sie. Ohne Vorankündigung scherte ein Wagen aus, Lavot bremste stark und schleuderte dadurch Cabut nach vorne, der auf dem

Rücksitz vor sich hin döste, gleichsam abgeschaltet, von dem Gespräch getrennt, das sich vorne abspielte.

»Oooo weh!« schrie er, wobei ihm die Augen aus dem Kopf traten.

»Es ist nichts, Herzchen«, beruhigte ihn Lavot mit einem Blinzeln in den Rückspiegel. »Nur ein ›Blödmann‹, der es eilig hat, seine Vorfahren zu treffen. Schlaf wieder ein, mein Schatz!«

Cabut begehrte auf:

»Ich habe nicht geschlafen, ich habe nachgedacht.«

»Ach je!« sagte Lavot. »Das ist gefährlich in deinem Alter!«

»Sehr komisch ... kannst du mich bei der Dienststelle absetzen?«

»Warum, willst du Überstunden machen? Hast du nicht genug nachgearbeitet?«

»Hör mit deinen Faxen auf«, regte sich Cabut auf. »Wir fahren doch vorbei, Chef, oder nicht?«

»Selbstverständlich, Cabut«, sagte Marion. »Stimmt etwas nicht?«

»Nein. Ich muß etwas abholen, nichts weiter.«

Marion drehte sich sofort um und tippte sich an die Stirn:

»Natürlich, Ihre Antiquität! Die hatte ich vergessen. Sie ist in meinem Büro. Das heißt, wenn sie niemand geklaut hat!«

Sie warf Lavot einen schelmischen Blick zu. Cabut ließ sich durch ihr gleichzeitiges Gelächter nicht erschüttern. Was er in der Dienststelle machen wollte, hatte nichts zu tun mit seiner Heiligen Jungfrau. Erschrocken realisierte er, daß er mindestens eine Stunde verbracht hatte, ohne ihr einen einzigen Gedanken zu widmen.

XXII

Nach Feierabend schloß sich Ben in seinem Zimmer ein. Er zitterte immer mehr und hatte Mühe gehabt, vor Georges' besorgten und leicht mißtrauischen Augen die Arbeitszeit durchzustehen. Ben wußte genau, daß sein Gesundheitszustand seinem Kollegen völlig egal war. Aber Georges hatte vor, am nächsten Tag in Urlaub zu fahren, und wenn Ben fehlte, müßte er seine Reise verschieben, und diese Perspektive ließ ihn die Augen verdrehen. Den ganzen Vormittag über hatte er Ben verwöhnt und ihm lange Pausen sowie alle fünf Minuten einen Kaffee zugestanden. Vergebens. Ben zitterte und hatte sich nur noch schwer in der Gewalt. Georges geriet in Panik:

»Du wirst dich doch nicht krank schreiben lassen, hm?«

Vom Fieber geschüttelt, vergrub sich Ben unter den Decken. In seiner verletzten Hand pochte das Blut. Er stöhnte und klapperte mit den Zähnen. Ein neuer stechender Schmerz durchfuhr ihn und verschob plötzlich seine Aufmerksamkeit. Verängstigt dachte er, daß er erst am Anfang seines Leidensweges stünde. Er hatte eine flüchtige Vision von Schwester Bernadette und ihrem unendlich großen Mund, der sich in einem stummen Lachen öffnete. Brechreiz schüttelte ihn, er kotzte Georges' Kaffee aus und krümmte sich unter dem unerträglichen Schmerz. Es war nicht mehr nur sein Unterleib betroffen, sondern der Schmerz schien mit Tentakeln ausgestattet zu sein, die ihn gänzlich umzingelten. Er begann ununterbrochen zu stöhnen und stieß leise Schreie aus. Plötzlich wollte er aufgeben, wieder die wunderbaren Gelatinekapseln oder das heilbringende Morphium nehmen. Aber sein Hirn vernebelte die Tatsachen, Erinnerungen und Vorstellungen. Ben hatte vergessen, daß er alles weggeworfen hatte. Mühsam hob er den Kopf und stieß seinen rechten Arm in Richtung Nachttisch in die Luft. Seine verletzte Hand prallte mit Wucht gegen das Holz. Er stieß einen barbarischen Schrei aus und versank in einem großen schwarzen Loch.

Leicht wie ein Glühwürmchen legte sich Coras kühle Hand auf Bens Stirn. Augenblicklich fand er Ruhe, und der Schmerz verschwand, so wie er gekommen war. Cora lächelte, aber es war ein ironisches Lächeln. Jenes, das Ben fürchtete. Cora ließ ihre Hand über Bens glatte Haut gleiten, streichelte nacheinander seine Brustmuskeln und erregte dabei seine Brustwarzen. Glücklich krümmte sich Ben. Er streckte seine unversehrte, lange und männliche Hand nach ihr aus, um sie zu berühren. Cora wich heftig zurück und lachte höhnisch:

»Na, Ben, Liebling, willst du spielen? Was, antworte, Ben! Willst du spielen? Auch kommen?«

Selbstverständlich wollte Ben. Er wollte Cora auch antworten, aber trotz seiner verzweifelten Anstrengungen kamen die Worte nicht über seine Lippen. Es gelang ihm nur, Töne und Gebrumm von sich zu geben. Cora fuhr ihn an:

»Du antwortest nicht? Du hast dein Ding mit der Vilanders verpatzt, man hätte meinen können… Vilanders, Ben, wie du… Erstaunlich, nicht wahr? Hast du sie wiedererkannt, Ben?«

Sie wurde wütend:

»Du hast sie nicht wiedererkannt, und du hast sie verfehlt. Und ich, hm? Ben, was machst du mit mir? Du hast Schmerzen, das ist normal… Du wirst sterben, kleiner Bruder.

Aber vorher will ich kommen. Es ist lange her, Ben, so lange her …«

Ben war sich sicher. Sie fing wieder an, sie würde ihn nie in Ruhe lassen. Nie. Er versuchte, ihr zu erklären, daß es nicht mehr möglich wäre, daß die Polizei ihn festnehmen würde, wenn er wieder anfinge, wenn er eine weitere ›Schwester‹ suchte. Aber sie schüttelte neckisch ihren hübschen Kopf.

»Nein, Ben. Das läuft so nicht. Du wolltest mich für dich ganz allein behalten, du kennst den Preis …«

Er wollte ihr anvertrauen, daß er auf seiner Liste keine ›Schwester‹ mehr hatte, daß es schwierig geworden war, eine zu finden, denn Georges überwachte ihn. Er murmelte vor sich hin.

»Du lügst, Ben«, antwortete sie, als ob sie seine Gedanken läse. »Du lügst, Georges weiß nichts. Er ist zu dumm und denkt nur an sich selbst … Er verdächtigt dich nicht.«

Wieso wußte sie es? Verrückt, wie immer war Cora die Stärkere. Was sagte sie jetzt? Ben fühlte sich so wohl, so ruhig und erleichtert in ihrer Gegenwart. Als ob er in ein offenes, lauwarmes Gewässer glitte. Weich und duftend wie der Bauch von Schwester Bernadette. Warum dachte er an Schwester Bernadette, was machte sie mit ihrem schwarzen Kleid und ihrem Geruch der Heiligkeit?

»Ma-rion …«, brachte Cora hervor, wobei sie die Silben getrennt aussprach, um ihre Wirkung auszukosten. »Es bleibt dir Kommissarin Marion übrig. Du kannst es versuchen, jetzt, wo sie sich nicht mehr mit dir beschäftigt.«

Ben bewegte sich ein wenig. Wieso wußte sie auch, daß man Marion die Ermittlungen bezüglich der ›Schwestern‹ entzogen hatte? Niemand war auf dem laufenden, außer Eingeweihten und beruflich damit Befaßten. Die Zeitung würde vielleicht am nächsten Tag darüber berichten, aber das war nicht gewiß.

»*Sie* kannst du haben«, beharrte Cora. »Wenn du dich einmal geschickt dabei anstellst, kannst du sie haben … Es wäre so gut für mich, Ben. Und für dich … Kannst du dir das vorstellen?«

Der immer heftiger werdende Schmerz ließ Ben wieder zu sich kommen. Cora verschwand, und wenn er zu der geringsten Überlegung imstande gewesen wäre, wäre es ihm schwergefallen zu entscheiden, welches der beiden Übel er gewählt hätte. Er krümmte sich heftig, stieß abermals unartikulierte Schreie aus und vernahm Schritte im Flur, Worte, ein Frauenlachen. Cora, die weglief? Mit einem Mann? Er versuchte, sich aufzurichten, um sie einzuholen, er wollte schreien, um sie daran zu hindern, erneut zu fliehen. Er glaubte, die Tür erreicht zu haben, da hörte er sie mit einem dumpfen Ton gegen seinen kieselglatten Schädel knallen und brach bewußtlos auf dem Fußboden zusammen.

XXIII

Entgegen allen Erwartungen starb Marthe Vilanders nicht. Sie erwachte sogar zu Beginn des Nachmittags aus ihrem Koma, in einer Verfassung, die die überraschte Ärzteschaft für ausgezeichnet hielt. Ihre von der Krankheit geschwächten Funktionen, denen der Überfall und der beachtliche Blutverlust zugesetzt hatten, waren wiederhergestellt. Vorsichtig dachte der Assistenzarzt, der wenig wußte über die Krankheit, an der seine Patientin litt, an die Möglichkeit, daß es sich um eine letzte Remission vor dem Ende handeln könnte. Gemäß seinem Versprechen ließ er die Kripo verständigen, die ihre Zeugenaussage einzuholen wünschte.

Mit hochmütiger Gleichgültigkeit empfing Marthe Vilanders den Kommissar, der Marions Ermittlungen fortsetzte. Sie hatte nichts zu sagen. Man hatte gegen 22 Uhr an ihrer Tür geklingelt, sie hatte geöffnet. Warum hätte sie mißtrauisch sein sollen, wegen was oder gegen wen? Sie antwortete knapp, schroff und genau. Nein, sie kannte den Mann nicht, der sie aufgesucht und sie im Haus mit einem Cutter verfolgt hatte. Bevor sie im Bad in Ohnmacht gefallen war, hatte sie gedacht, daß er es auf ihr Geld abgesehen hätte. Sie gab von ihrem Angreifer eine Personenbeschreibung, die auf die Hälfte aller Männer in der Stadt zutreffen konnte, so daß sich die Polizisten fragten, ob sie ihn wirklich gesehen hatte. Überzeugt davon, daß die Frau ihm das Wesentliche verschwieg, aber außerstande, sie dazu zu bewegen, es zuzugeben, fand sich der Kommissar nach einer dreiviertel Stunde vergeblichen Bemühens damit ab, dem Arzt Platz zu machen, der seine Ungeduld zum Ausdruck brachte, indem er auf die Wanduhr zeigte. Marthe Vilanders hatte im übrigen nichts mehr zu sagen, außer daß sie Hunger hatte und essen wollte.

Gegen 20 Uhr rief Doktor Marsal erneut Marion zu Hause an. Da sie immer noch nicht zurückgekehrt war, hinterließ er eine zweite Nachricht. Er habe neue Einzelheiten und müsse sie sehen. Rasch.

XXIV

Ben tauchte aus seiner Vernichtung im Laufe des Abends zu einer Uhrzeit auf, die einzuordnen er nicht imstande gewesen wäre. Er hatte einen unruhigen Nachmittag durchgemacht, unterbrochen von Ohnmachten, während deren Cora ihn besuchte, und erschöpfenden Schmerzanfällen, unter denen er sich gekrümmt hatte wie ein Wurm. Auf einmal tat ihm nichts mehr weh, außer seiner rechten Hand, die ihn immer wieder heftig schmerzte. Das Fieber war einem Hungergefühl gewichen, worüber er sich überhaupt nicht wunderte. Georges würde sich freuen, er könnte wie vorgesehen zur Arbeit kommen.

»Ich pfeife auf dieses Arschloch«, brummelte er und zog seine Kleidung aus geöltem Stoff über, nachdem er die Lockenperücke auf seinem glatten Schädel in Ordnung gebracht hatte.

Eine neue Zwangsvorstellung hatte sich seiner bemächtigt. Cora hatte sie ihm sorgfältig eingeträufelt. Mit Beharrlichkeit, und dann, während ihres letzten Besuchs, war es ein Befehl geworden.

Marion.

Ben zitterte. An Marion heranzukommen war keine Kleinigkeit. Sie Cora anzubieten, würde eine weitere Schwierigkeit sein. Aber die Herausforderung gefiel ihm. Er sagte sich, daß es die letzte sein würde. Eine Art Apotheose, ein Feuerwerk. Ben fragte sich, wie er vorgehen sollte. Er wußte, daß sie allein lebte, das war schon mal geregelt. Sie war nicht mehr mit den Ermittlungen bezüglich der ›Schwestern‹ betraut, aber sie war pfiffig und hatte alle ihre Schergen um sich herum. Er grinste hämisch. Ben war stark. Die würden nicht ausreichen, um sie zu beschützen. Er brauchte sich nur an diesen Schwachkopf Joual zu erinnern. Als er die Hand schon auf die Türklinke gelegt hatte, erstarrte Ben. Eine noch flüchtige und ungenaue Idee streifte ihn. Ohne äußere Regung untersuchte er sie im stillen, dann nickte er mit dem Kopf.

›Warum nicht?‹ lächelte er und löschte das Licht.

Die Idee schien ihm gut zu sein, aber mit leerem Magen konnte er sich nicht eingehend mit ihr befassen. Er beschloß, essen zu gehen.

Marion kehrte gegen 22 Uhr in die Dienststelle zurück, nachdem sie im Bistro an der Ecke mit Lavot einen kalten Imbiß verschlungen hatte. Sie war dort der Gruppe begegnet, die an ihre Stelle gesetzt worden war. Sie saß vor einem riesigen Couscous, das Lavot das Wasser im Mund hatte zusammenlaufen lassen. Marion war der Appetit um so mehr vergangen, als sie mit seltsamer Schärfe die Befangenheit wahrnahm, die ihr Hereinkommen auslöste. Sobald sie die Tür aufgestoßen hatte, waren die Gespräche versiegt. Sie begriff aufgrund des gezwungenen Tones, in welchem ihre Kollegen das letzte Fußballspiel heraufbeschworen, daß dieses Thema sie vorher nicht beschäftigt hatte.

»Beachten Sie sie nicht, Chef«, flüsterte Lavot, »das sind armselige Wichte, und wir werden es denen noch allen zeigen.«

»Das ist nicht deren Schuld«, widersprach Marion, »*ich* störe sie, das spüre ich sehr wohl. Sicher glauben sie, daß ich Wichtiges verberge, um Benjamin zu schützen… Vielleicht haben sie recht, zweifellos bin ich mir nicht einmal im klaren darüber ...«

»Also, wir werden Sie weder einer Hypnose unterziehen noch Ihnen Pentothal spritzen! Wir werden die traditionellen Mittel anwenden und die da reinlegen.«

»Den *Mörder* muß man reinlegen, wie Sie so schön sagen, mein kleiner Lavot.«

Sie sah sich die paar Mitteilungen an, die im Laufe des Tages eingegangen waren, und fand, daß ihr Büro ohne die platzraubenden Akten des Frauenmörders dramatisch leer war. Sie dachte daran, ihren Anrufbeantworter per Fernabfrage abzuhören, verzichtete jedoch darauf, von einer eigenartigen Befürchtung erfaßt. Sie hoffte auf ein Zeichen von Benjamin, obwohl sie wußte, daß es keines geben würde. Sie seufzte, löschte das Licht und traf im Gang wieder auf Lavot.

»Bevor ich nach Hause gehe, schaue ich oben vorbei! Vielleicht gibt es seit heute morgen etwas Neues!«

Lavot zuckte mit den Schultern. Wenn es etwas Neues gab, so würden die Kerle vom Erkennungsdienst es ihr jedenfalls nicht sagen. Aber gut!

»Tun wir das«, flüsterte Lavot, der zur Seite trat, um sie vorbeigehen zu lassen.

Sie blieb kurz stehen, unmittelbar neben ihm, legte ihre Hand auf seinen Arm und ging dann weiter. Auf halber Höhe der Treppe zum Erkennungsdienst drehte sie sich um zu dem Inspektor, der vor der Tür stand:

»Nun, Lavot, kommen Sie?«

Als sie den großen Raum betrat, traute Marion ihren Augen nicht. Die großen Tafeln, die mit den Fotos der Opfer bedeckt waren, wurden von gleißenden Spots erhellt. Cabut stand starr davor und ließ sie nicht aus den Augen. Dann und wann senkte er den Kopf und machte sich Notizen auf einem Blatt Papier, das vor ihm lag, neben den *Blumen des Bösen*; ein Aschenbecher voller Kippen, die noch warm waren, hielt das Buch geöffnet. Cabut ging von einem Abzug zum anderen und war dermaßen von seiner Aufgabe begeistert, daß er zusammenschreckte, als Marion ihn ansprach.

»Das nenne ich Fortschritt!« sagte sie bewundernd. »Ich glaubte, Sie würden diesen Fotos niemals ins Gesicht sehen.«

»Das ist das erste Mal«, gestand Cabut, »aber es mußte sein. Ich bin mir nicht sicher, aber ich glaube, daß ich die Bedeutung dieser scheinbar anarchischen Schnitte entdeckt habe. Sie hatten recht, es sind Buchstaben … Aneinandergereiht ergibt das HÉATONTIMOROUMÉNOS …«

»Kannst du das wiederholen?« fragte Lavot und riß seine Augen, die einmal nicht hinter der unvermeidlichen Ray Ban verborgen waren, weit auf.

Cabut kam der Aufforderung nicht nach, sondern machte Marion Platz, die ihn mit Gewalt zur Seite schob. Begierig starrte sie abwechselnd auf die Fotos und auf die Buchstaben, die Cabut auf sein Stück Papier geschrieben hatte.

»Ja, ja«, murmelte sie aufgeregt. »Das haut hin!«

Sie drehte sich zu Cabut um, der vor Freude rot wurde und bescheiden die Augen senkte:

»Als ich den Titel des Gedichts sah, das Sie im Flugzeug lasen«, erklärte er, »… dann habe ich mir von einem Kollegen vom Erkennungsdienst helfen lassen. Übrigens muß er hier in der Nähe sein, er wollte Sie sehen.«

»Warum mich? Ich leite die Ermittlungen nicht mehr.«

»Sie«, beharrte Cabut. »Ich glaube, sie können sich an die andere Gruppe nicht gewöhnen.«

»Gut«, brummte Lavot, »dein ›kniffliges‹ Ding da ist ja sehr hübsch! Aber was bedeutet das eigentlich? Ist das der Name des Mörders?«

Cabut warf ihm einen verächtlichen Blick zu:

»Sicher nicht! Also wirklich, du und Kultur! Dieses Ding, wie du sagst, ist ein Gedicht von Baudelaire. Es bedeutet ›der Selbsthenker‹. Und wir wären nicht darauf gekommen, wenn ich nur Comics und Pornos lesen würde wie du!«

»Du hast recht, Kamerad, du würdest nicht alles verstehen!«

»Das reicht!« unterbrach Marion. »Cabut, haben Sie eine Ahnung von der genauen Bedeutung dieses Wortes?«

»Wenn man das ganze Gedicht liest, kann man verstehen, daß er der Täter von Handlungen und gleichzeitig deren Opfer ist: *›Ich bin das Messer und die Wunde, ich bin die Wange und der Streich, Glieder und Rad zur selben Stunde. Opfer und Henkersknecht zugleich.‹*«

»Mit so was sind wir reich gesegnet«, knurrte Lavot schlecht gelaunt. »Dieser Kerl ist ein kompletter Idiot, mehr begreife ich nicht.«

Marion dachte intensiv nach. Sie sah nicht sehr viel klarer, selbst wenn Cabuts Entdeckung ihr entscheidend vorkam. Lavot leistete sich eine kleine Gemeinheit:

»Ist er ein Baudelaire-Fan?«

»Wer?« fragte sie zerstreut.

»Bellechasse!«

Sie warf Lavot einen merkwürdigen Blick zu, in dem er einen betrübten Vorwurf las. Er entschuldigte sich:

»Verzeihung, Chef, das war eigentlich nur so dahergeredet, um etwas zu sagen ...«

»Ja, na gut, halt die Klappe«, empörte sich Cabut, »das wird eine Erholung für uns sein!«

Unzufrieden mit sich selbst schwieg Lavot. Marion beachtete ihn nicht, drehte ihm den Rücken zu:

»Das ist gut, Cabut!« sagte sie. »Sehr gut. Das führt uns zunächst nirgendwohin, aber wer weiß? Ich spreche morgen mit Marsal darüber. Es könnte sein, daß er eine Idee hat.

Meines Erachtens ist es eine Art Unterschrift, aber wenn der Mörder als einziger den Schlüssel dafür in der Hand hat, dann bringt uns das nicht viel weiter … Und natürlich kein Wort, zu wem auch immer.«

Hinter ihrem Rücken hörte sie:

»Der arme Talon, er wird grün werden vor Neid, daß er das übersehen hat …«

Sie hatte ihn nicht kommen hören und schrak ein wenig hoch. Der Techniker vom Erkennungsdienst, der Cabut geholfen hatte, lächelte. Es war derselbe, der auch an dem Tonband des Anrufbeantworters herumgebastelt hatte. ›Ein-Mann-Orchester‹, dachte Marion.

Sie gratulierte ihm:

»Gute Arbeit, das ist beachtlich. Aber gegenüber Talon sind Sie ungerecht, ich glaube, er hätte es auch geschafft. Mit anderen Mitteln, aber er hätte es geschafft. Geben Sie zu, daß Cabut ein bißchen Glück gehabt hat … Und ansonsten?«

Der Mann lächelte. Sogar bei entzogener Zuständigkeit blieb Marion dieselbe: Sie würde bis zum Ende gehen. Diskreter und mit Bedacht.

»Ich habe die ganze Nacht an dem Tonband gearbeitet«, sagte er. »Zu einer Gewißheit bin ich gekommen: Die Nachricht ist von der Kommandozentrale des Hauptkommissariats aus durchgegeben worden. Oder in einem benachbarten Raum. Wollen Sie hören?«

Marion willigte ein und lauschte aufmerksam. Man hörte wenig, aber der Funkdeckname des Funkers in der Zentrale, ›Lima‹, und der eines Einsatzfahrzeuges, ›Métro‹, hoben sich deutlich ab.

»Und?« fragte Marion in der Hoffnung, daß ihr der Techniker weitere Enthüllungen machen würde.

Er zog ein mißmutiges Gesicht:

»Nichts. Ich habe die Töne getrennt, das ist alles!«

Er schien kundzutun, daß das Weitere nicht seine Sache war.

Marion besänftigte ihn:

»Sie müssen doch so etwas wie eine Idee haben.«

»Nun, das wirkt sonderbar, ein Inspektor im Hauptkommissariat. Ich meine: in der Funkzentrale. Gewöhnlich sind nur Uniformierte auf diesen Posten.«

»Richtig«, stimmte Marion zu. »Dieser Inspektor ist womöglich keiner. Kein richtiger. Er maßt sich einen Rang an, den er nicht hat …«

Sie dachte nach und stellte klar:

»Dranville, ist das richtig?«

»Ja, Chef«, räusperte sich der Techniker.

Mit falscher Bescheidenheit fügte er hinzu:

»Ich habe das überprüft, es gibt in der Stadt keinen Inspektor mit diesem Namen. Im übrigen auch keinen Polizisten in einem anderen Dienstgrad.«

Marion seufzte:

»Ich habe den Eindruck, daß es sich um den Liebhaber von Christine Joual handelt. Inspektor Dranville dürfte ein Code zwischen den beiden sein, um, wenn ich so sagen darf, den Ehemann zu täuschen, falls er auf die Nachricht stoßen sollte. Das ist eine Sackgasse …«

Beinahe hätte sie »eine mehr« hinzugefügt, aber sie hielt sich zurück, um ihre Enttäuschung nicht zu zeigen.

»Es sei denn, daß der mutmaßliche Liebhaber von Frau Joual auch ihr Mörder und der von Inspektor Joual ist …«

Lavot war zu ihnen getreten: sanft wie eine Katze und mit einer Menge Dinge in seinen grünen Augen, die um Vergebung baten.

»Vielleicht«, erwiderte Marion abwesend. Sie dachte an den Mann, der nach Christine Joual gefragt hatte und den der Hausmeister wiedererkannt hatte auf dem Foto, das Benjamin Bellechasse zeigte …

Ihr schnürte sich die Kehle zusammen. Man kam ständig auf ihn zurück, so viel war sicher ... Benjamin der Liebhaber von Christine Joual, das war grotesk. Dennoch ...

»Dennoch ...«, sagte sie ganz laut.

Die anderen warteten überrascht auf die Fortsetzung. Sie runzelte die Stirn und versuchte, eine Idee zu fassen zu kriegen, die ihr hartnäckig entwischte, sobald sie sich ihr näherte. In der relativen Stille des großen Raums hörte sie Cabut über einige Meter Entfernung hinweg. Joual ... Cabut ... Das Funkgerät ...

»Überfallkommando!« rief sie plötzlich aus.

Lavot öffnete den Mund und machte ihn alsbald wieder zu: So mußte es kommen, Marion drehte durch.

»Cabut!« stieß Marion hervor. »Sie haben mir doch gesagt, daß Marthe Vilanders am Abend Ihrer ersten Überwachung vor ihrem Haus das Überfallkommando gerufen hatte?«

Cabut tauchte hinter einer der großen Tafeln auf und wurde rot wie ein Schuljunge: Er hatte es nie gewagt, Marion detailliert von den unerwarteten Zwischenfällen zu berichten, die Marthe Vilanders veranlaßt hatten, die Polizei zu alarmieren, während er sich unbefugt in ihrem Garten aufhielt.

Er stotterte:

»Ja, das heißt, der Brigadier von der Nachtschicht, der sie ... das heißt, jener, der am Abend des Überfalls im Einsatz war. Er war schon am Tag davor gekommen ... ja, ich glaube, sie hatte sie alarmiert.«

Verschlagen fügte er hinzu:

»Aber ich weiß nicht, warum.«

Marion hatte zerstreut zugehört und unterbrach ihn:

»Christine Joual hatte auch das Überfallkommando gerufen, nicht wahr? Die anderen vielleicht auch? ... All das muß überprüft werden! Lavot?«

»Verstanden, Chef ... Ich gehe auf der Stelle zum Überfallkommando.«

»Nein«, sagte sie, »morgen. Wenn Sie um diese Uhrzeit hingehen, werden die in Panik versetzt ... Es handelt sich um einen Routinebesuch ... Und morgen nehmen Sie Ihren Kollegen vom Erkennungsdienst mit, das wirkt normaler. Ich weiß noch nicht, was es dort zu holen gibt, aber wer weiß!«

Die drei Männer starrten Marion skeptisch an:

»Woran denken Sie, Chef?« quakte Lavot.

»An nichts«, versicherte sie und zog ihren Blouson wieder an. »Nichts besonderes. Sicher sind es nur zufällige Übereinstimmungen ...«

Vor ihrer Haustür zögerte Marion, aus dem Wagen zu steigen. Lavot warf ihr einen aufmerksamen Blick zu:

»Noch eine Idee, Chef?«

Marion schüttelte langsam ihren Kopf von links nach rechts. Sie murmelte: »Ich liebe Sie, Lavot ...«

Der Angesprochene zuckte zusammen, er traute seinen Ohren nicht. Verblüfft sperrte er den Mund auf. Marion unterbrach ihn in seiner Begeisterung:

»Ich liebe Sie, Sie, Cabut und Talon ... Ich liebe, was Sie sind, Ihre Loyalität, Ihre Treue.«

Sie wandte sich ihm zu, sah, wie er sich mit verstörtem Blick zur Seite neigte, und begriff den Irrtum. Sie brach in jugendliches Gelächter aus:

»Sie haben geglaubt, ich würde Ihnen eine Liebeserklärung machen!«

»Aber ... ja. Hätte ich ganz gern gemocht.«

»Cabut hat recht«, sagte sie und hörte zu lachen auf. »Sie sind besessen. Die Anmache um jeden Preis ist eine besorgniserregende seelische Störung, wissen Sie das?«

Lavot setzte sich wieder gerade hin, legte die Hände aufs Lenkrad und betrachtete zerstreut das spärliche Leben und

Treiben der Straße. Plötzlich hatte er vor Marions Urteil Angst und entschuldigte sich.

»Ich frage mich«, fuhr Marion fort, »ob Sie nicht bloß angeben. Ob Sie so viele verführen, wie Sie behaupten. Ich bin sicher, daß Sie nicht mit all diesen Frauen schlafen, so wie Sie es gern durchblicken lassen …«

»Oh, doch«, entgegnete Lavot ernst, fast traurig. »Sie wissen nicht, wie einfach das ist. Manchmal reicht es, daß man sie anschaut, man muß nichts dazutun, und sie sind schon im Bett, noch bevor ich mein Holster abgelegt habe.«

»*Das* erregt sie?«

»Ja, der ganze Kram: der blau-weiß-rote Ausweis, die Revolver, die Karre, das Blaulicht … Dazu die Eigenschaft als Bulle. Aber das ist wegen dem Fernsehen. Sie sehen mich als Helden an.«

»Und danach?«

»Ich verziehe mich im Eiltempo. Und es ist selten, daß ich es mit ein und derselben nochmals mache!«

Lavot sprach monoton, weit entfernt von seiner gewöhnlichen Prahlerei. Marion fühlte sich total erledigt, aber sie begriff, daß er sich aussprechen wollte.

»Hatten Sie nie eine dauerhafte Beziehung?«

Er zögerte, sein Blick war noch immer in die Ferne gerichtet. Er nahm Anlauf und drehte sich fast ganz zu ihr hin:

»Ich war fünf Jahre verheiratet. Das war eine Freundin aus der Kindheit, wir hatten uns zusammen ausgetobt und uns nie getrennt. Sie war mein erstes Mädchen und ich ihr erster Kerl. Die Hochzeit war ganz selbstverständlich. Wir hatten ein Balg, er wäre jetzt zwölf.«

Marion ahnte das Schlimmste. Sie wandte sich Lavot ganz zu, der seine Hände um das Lenkrad gekrampft hielt, und ermutigte ihn mit dem Blick.

»Ich betrog sie«, sagte er nach einer Pause. »Ich liebte sie wie ein Wahnsinniger, aber ich betrog sie. Die Arbeit begünstigt solche Begegnungen und ist ein gutes Alibi … Sie war sich im klaren darüber, glaube ich, aber sie tat so, als ob nichts wäre. Nach Abschluß der Polizeischule wurde ich nach Dijon geschickt, wir lebten in der Nähe unserer Familien. Sie arbeitete, hatte Freundinnen. Wenn ich freihatte, paßte ich auf den Kleinen auf. Eines Tages, als er Mittagsschlaf hielt, besuchte ich meine Nachbarin. Sie war seit Monaten um mich herumscharwenzelt und … das war's! Ich hatte mich verspätet. Meine Frau kam vor mir nach Hause, das Kind war in seinem Bett an einem Spielzeugteil erstickt, es hatte geschafft, es auseinanderzunehmen … Ein kleines Musikinstrument, das meine Mutter ihm geschenkt hatte, damit sie das Kind hören konnte, wenn sie sich um es kümmerte. Es zwar zwei Jahre alt.«

»Wie schrecklich«, murmelte Marion. »Aber davon haben Sie noch niemandem etwas erzählt!«

»Wozu? Um mich bedauern zu lassen? Damit man mich so sieht, wie ich bin? Wie der letzte Trottel … Ich schäme mich, wissen Sie. Ich würde gern die Zeit, die Ereignisse ausradieren, um wieder ganz bei Null anzufangen.«

»Und Ihre Frau?«

»Sie hat mir nie verziehen. Sie hat natürlich alles gewußt. Sie hat nie mehr mit mir gesprochen, außer wegen der Papiere bei der Scheidung. Sie ist mit einem Verein, der sich um die Adoption bedürftiger Kinder kümmert, nach Südamerika gegangen. Ich glaube, sie hat selbst eins adoptiert. Zweifelsohne eine Möglichkeit, die Geschichte auszulöschen.«

»Ich kann es nicht glauben«, sagte Marion, »Sie wirken so …«

»Sorglos, nicht wahr? Sie sehen, Chef, der Schein. Es ist so einfach, anderen etwas vorzumachen. Und das liegt zehn Jahre zurück. Ich behaupte nicht, daß ich es vergessen habe, ich träume noch oft davon. Und wenn meine Frau zurückkäme … Das heißt, was erwarte ich denn, wenn Sie verstehen. Ich erwarte sie.«

»Vielleicht kommt sie zurück«, behauptete Marion. »Aber vielleicht auch nicht. Sie sollten es mit einer anderen versuchen, wer weiß? Das würde das Schicksal bezwingen.«

Lavot zog ein zweifelndes Gesicht und schwieg einige Augenblicke. Gleichsam betreten begann er von neuem:

»Sie sind der einzige Mensch in der Dienststelle, der jetzt diese Geschichte kennt. Ich verlasse mich auf Sie, ich habe keine Lust, daß die anderen davon wissen.«

»Natürlich«, sagte Marion verwirrt. »Keine Sorge. Sie sind ein prima Kerl, glauben Sie mir.«

In einer Anwandlung von Ungezwungenheit und Zärtlichkeit gab sie ihm einen Kuß auf die Wange, auf der angriffslustige Bartstoppeln sprossen. Dieser rauhe Kontakt war ihr angenehm. Außer dieser furchtbaren Geschichte, die Lavot ihr soeben erzählt hatte, war ihr heute abend alles angenehm gewesen. Sie verspürte eine Art freudig gefärbter Beruhigung. Ihre Intuition sagte ihr, daß Benjamin nicht der Mörder war.

Abrupt legte Marion den Hörer ihres Telefons auf und überschaute mit einem Blick in die Runde ihr unaufgeräumtes Appartement. Kleidungsstücke, die seit gut einer Woche umherlagen, Staub und ein Stoß Rechnungen neben dem Telefon. Gereizt zuckte sie mit den Schultern.

»Hausarbeit ist ein Beruf«, verkündete sie laut, »dafür gibt es Personal!«

In dem beschränkten Raum des winzigen Flurs, wo sie auf dem Fußboden saß, hallte ihre Stimme wider. Sie griff nach der Tasse, die sie auf den Boden gestellt hatte, und verzog das Gesicht: Der Kaffee, ohnehin nicht gerade toll geraten, war kalt. Der Tag fing schlecht an. Seit einer Stunde versuchte sie, Doktor Marsal zu erreichen. Zuerst war er noch nicht da, dann war er in einer Konferenz, später mit Studenten im Autopsiesaal.

»In einer Konferenz!« schimpfte Marion. »Mit seiner Totenschar vielleicht!«

Am Tag davor hatte sie, als sie nach Hause gekommen war, die zwei Nachrichten des Gerichtsmediziners vorgefunden und auf gut Glück in seinem Büro angerufen. Es kam vor, daß Marsal sich die Nächte mitten unter den Toten um die Ohren schlug. Aber die Klingel hatte lange in den trostlosen Räumen widergehallt, ohne Ergebnis.

Marion seufzte, stand auf und streckte sich. Sie war noch im Jogginganzug und konnte sich nicht dazu entschließen, sich umzuziehen und zur Kripo zu gehen.

›Wozu?‹ dachte sie und betrachtete ihr eingefallenes Gesicht in dem kleinen Flurspiegel. Sie hatte schlecht geschlafen und viel geträumt. Die kleine Joual, Cabut und seine Heilige Jungfrau hatten den Vordergrund der Szene eingenommen, die aus unzusammenhängenden Sequenzen bestand und in ihr ein Gefühl anhaltenden Mißbehagens hinterließ. Gegen Morgen dann hatte ein Traum an der Grenze zum Alptraum sie aus dem Schlaf hochfahren lassen: Sie mußte Benjamin treffen und entdeckte ihn mit nacktem Oberkörper in einem herrlichen Garten. Um zu ihm zu kommen, mußte sie eine Zementtreppe benutzen. Aber kaum hatte sie den Fuß auf die erste Stufe gesetzt, versank sie in dem ganz frischen, ganz weichen Material, während sich die Treppe unerbittlich auflöste. Das Telefon unterbrach ihre Bewußtseinserforschung. Sie beeilte sich, überzeugt davon, daß es sich um Doktor Marsal handelte, der endlich von seinen Schäflein befreit war.

»Hallo, sind Sie Kommissarin Marion?«

Es war nicht Marsals Stimme. Voller Enttäuschung antwortete Marion in barschem Ton. Der Mann gab nicht auf, freundlich begann er von neuem:

»Entschuldigen Sie die Störung, ich erlaube mir, Sie anzurufen, denn es scheint mir so, als ob es meine Pflicht wäre...«

Die Stimme war angenehm und jung. Marion hatte den flüchtigen Eindruck, daß sie sie kannte. Die Klangfarbe war ihr vertraut, und auch irgend etwas anderes, weniger Definierbares.

»Wer sind Sie?«

»Mein Name wird Ihnen nichts sagen, aber ich war ein Freund von Inspektor Joual... Ich denke, daß es meine Pflicht ist, Ihnen gewisse Dinge zu sagen...«

Sie dachte: ›Meine Pflicht, meine Pflicht, er geht mir auf die Nerven mit seiner Pflicht...‹

»Monsieur Joual und seine Frau sind gestern beerdigt worden«, antwortete sie schroff.

»Ich weiß, ich weiß«, beeilte sich der Mann. »Eben deshalb. Ich kannte Joual und seine Frau, und ich habe ein paar Informationen über ihren Tod.«

»Na gut, schießen Sie los, ich höre.«

»Nein, bedaure, ich muß Sie sehen, am Telefon kann ich Ihnen nichts sagen.«

»Schon gut, kommen Sie in mein Büro bei der Kripo. Sagen wir, in einer Stunde... Sie wissen, wo es ist?«

Der Mann zögerte. Marion bemerkte seine Verlegenheit. Sie selbst fühlte sich furchtbar unbehaglich.

»Da würde ich lieber nicht hinkommen...«

»Ach was? Warum nicht?«

»Was ich Ihnen zu sagen habe, ist sehr vertraulich, und ich möchte nur mit Ihnen allein darüber sprechen ... Sie verstehen?«

Marion verstand nicht wirklich, aber ihr Unbehagen wuchs.

»Was schlagen Sie vor?«

»Bei mir zu Hause, wenn Sie möchten.«

Marion dachte rasch nach. Dieser Typ, diese Stimme… Der Vorschlag war verlockend. Endlich wissen und verstehen! Sie verspürte eine merkwürdige Erregung. Sie hörte sich mit einer Stimme antworten, die zu jemand anderem zu gehören schien:

»Lieber bei mir zu Hause.«

»Wenn Sie möchten«, beeilte sich der Mann. »Wo wohnen Sie?«

Ohne zu zögern und außerstande, einen Trieb zu beherrschen, von dem sie spürte, daß er aus ihrem Innersten kam, gab Marion ihre Adresse durch und hatte das Gefühl, daß er sie schon kannte.

»Jetzt?«

Der Mann zögerte:

»Nein, jetzt nicht. Ich … bin nicht frei. Lieber heute abend. Gegen 20 Uhr. Einverstanden?«

Marion stimmte zu. Der Mann wollte auflegen, sie fragte ihn sehr bestimmt:

»Halt! sagen Sie mir wenigstens Ihren Namen!«

»Dranville, Benoît Dranville…«

Marion hätte es beinahe umgehauen. Für einen Augenblick stand sie mit offenem Mund da, faßte sich dann aber wieder:

»Inspektor Dranville?«

Der Mann war an der Reihe zu zeigen, wie sehr er getroffen war:

»Ja, aber wieso…«

»Welcher Dienststelle gehören Sie an?« unterbrach sie ihn. Er zögerte abermals, fühlte sich in seiner Haut nicht wohl:

»Äh, na gut, ich bin im Begriff versetzt zu werden. Bisher war ich in Paris und habe meinen neuen Posten noch nicht… Tut mir leid, aber ich muß auflegen. Entschuldigen Sie bitte! Auf heute abend!«

»Auf heute abend«, wiederholte Marion leise, lange nachdem Dranville aufgelegt hatte.

»Was für eine Geschichte!« sagte sie ganz laut, als sie sich etwas später unter der Dusche abfrottierte. »Wo kommt dieser Dranville bloß her?«

Sie konnte sich noch so sehr rügen, sich als ›dumme Leichtsinnige‹ bezeichnen – es gelang ihr nicht zu bereuen, daß sie sich in ihrer Wohnung mit einem Unbekannten verabredet hatte. Übrigens: War er ein Unbekannter? ›Nein‹, flüsterte ihr eine Stimme zu. Sie hörte nicht darauf. Auch nicht, als es wisperte, daß sie ihn hätte fragen können, wie er sich ihre Telefonnummer beschafft hatte, obwohl sie doch seit langem eine Geheimnummer hatte. Sie zog sich an. Immer dieselbe Kleidung: schwarze Jeans, schwarzes T-Shirt. Sie kämmte sich schnell, vernachlässigte das Make-up und stellte fest, daß sie ihre Waffe bei der Kripo gelassen hatte. »Heute abend wäre es nicht gut für dich, sie dort zu vergessen«, deklamierte das nervtötende Stimmchen.

Gerade als sie gehen wollte, besann sich Marion anders und kehrte um, um in der Dienststelle anzurufen, bevor sich Lavot zum Hauptkommissariat begab. Cabut teilte ihr mit, daß sein Kollege soeben mit einem Techniker vom Erkennungsdienst abgefahren war, um den Campingplatz aufzusuchen, der sich ihren Nachforschungen entzogen hatte. Der Verantwortliche hatte vor einer Stunde angerufen: Der gesuchte Campingwagen war tatsächlich dort, und Lavot war, getreu seinem Versprechen, den Fall nicht aufzugeben, mit seinem Kollegen vom Erkennungsdienst dorthin gerast – noch bevor die Neuigkeit der anderen Gruppe zu Ohren kommen konnte. Marion zitterte: Wenn der Direktor das wüßte – und es gab keinen Grund, daß er es früher oder später nicht wissen würde –, wäre sie reif für das Disziplinargericht.

»Cabut, wenn Sie Lavot vor mir sehen, dann sagen Sie

ihm, daß er diskret sein und auf seine Knochen aufpassen soll… Und schauen Sie an seiner Stelle auf einen Sprung beim Hauptkommissariat vorbei, einverstanden? Ich suche Doktor Marsal im Gerichtsmedizinischen Institut auf, zum Schluß werde ich ihn doch noch erwischen.«

Sie unterließ es, ihm von ihrer Verabredung mit ›Dranville‹ zu erzählen. Sie hatte keine Lust, jetzt darüber zu sprechen, auch keine Lust zu erklären, daß sie sich unter der Dusche fast völlig sicher geworden war, daß die Stimme dieses Pseudo-Dranville die Stimme von Bellechasse war – etwas verstellt und ohne den kanadischen Akzent.

XXV

Ben ging lange in der Stadt umher, bevor er sich entschloß, nach Hause zu gehen. Mit Marion ging etwas schief. Seinetwegen. Wegen einer plötzlichen, dummen Selbstsicherheit, die ihn dazu verführt hatte, Kommissarin Marion und ihre Bande von Spaßvögeln zu unterschätzen. Er wußte nicht, wie sie auf den Namen gestoßen sein konnte, den er benutzte, um die ›Schwestern‹ für Cora zu erbeuten, aber eines war sicher, sie kannte ihn. Den Inspektor Dranville!

›Was für ein Arschloch!‹ brüllte er sich stumm an, als er mit aufgeregten Schritten durch die Straßen eilte, die ihn von seiner Wohnung trennten. ›Es gibt Tausende von Namen, und du mußtest dir ausgerechnet diesen geben. Einen, den sie kennt!‹

Er versuchte nachzudenken: Es muß einen Dranville

geben, den sie kennt. In Paris oder anderswo. Und wenn sie ihn anruft, um die Verabredung zu bestätigen? Aber nein, Dranville ist ein geläufiger Name, sicher sehr häufig in Paris und bei der Polizei. Er kannte die chronische Schlamperei bei der Personalabteilung der Pariser Polizei. Und bis sie erst einmal alle Dienststellen abgeklappert hätte! Er beruhigte sich gänzlich: Es bestand keine unmittelbare Gefahr. Aber er mußte sich vorsehen.

Er hatte gut daran getan, Ort und Zeitpunkt der Begegnung ausgesucht zu haben. Er lächelte, war er doch mit sich und seiner raffinierten, ganz militärischen Strategie zufrieden.

Ben hielt sich lange bei den Risiken auf, die er einging, er versuchte, sie zu beseitigen, aber es gelang ihm nicht wirklich. Wenn er verzichtete, dann, das wußte er, würde Cora ihn unerbittlich verfolgen. Er konnte nicht zurückweichen. Er stellte sich Marion nackt und mit gespreizten Gliedern vor. Seine Erregung wuchs von einer Sekunde zur anderen. Sie würde stündlich größer werden, bis zur Schlußexplosion. Eine solche Gelegenheit war zu schön für Cora. Er beschloß, ein paar Vorsichtsmaßnahmen zu ergreifen: Er würde sich rechtzeitig vor der Verabredung vergewissern, daß um Marions Wohnung herum alles in Ordnung war, daß sie nicht mit ihren Männern käme oder ihm eine Falle stellte.

›Aber nein‹, sagte er sich, ›du bist Herr der Lage! Die kleine Marion ist reif… Bist du zufrieden, Cora?‹ Cora antwortete nicht. Wo war sie denn? Er ging etwas früher zu seiner Arbeitsstelle. Auf der Treppe begegnete er jemandem, den er mehrere Male mit Marion zusammen gesehen hatte. Einem kahlköpfigen und dicklichen Inspektor, dessen Namen er nicht kannte. Flüchtig fragte er sich, was der an diesem Ort zu suchen hatte, wo man den Kanonen der Kripo selten begegnete. Er fand den Zufall – einen mehr – erstaunlich und amüsierte sich darüber.

XXVI

Doktor Marsal wusch sich ausgiebig und peinlich genau die Hände und die Unterarme bis zu den Ellenbogen hinauf, mit einer Sorgfalt, die Marion gewohnt war, die sie jedoch immer belustigte. Sie sah ihm zu, er verwandte so viel Konzentration darauf, daß seine Brillengläser beschlugen, während seine Glatze unter den Neonröhren glänzte. Sie befanden sich in einem Raum, der neben dem Autopsiesaal lag und dem Gerichtsmediziner gleichzeitig als Büro und Waschraum diente. Die Tür war offen, und Marion hörte die leisen Bemerkungen Marcels, der sich eifrig bemühte, die Schäden der ›marsalischen‹ Autopsie wiedergutzumachen. Marsal trocknete sich die Hände mit derselben Sorgfalt ab; vor lauter Konzentration legte sich seine Stirn in Falten:

»Sie wissen«, sagte er, als er Marions ironischen Blick erhaschte, »eine Leiche ist voller Dreck. Ein kleiner Schnitt, ein Pickel, und schwupp: erwischen Sie eine Infektion, eine Gangrän!«

»An Ihrer Stelle«, sagte Marion halb im Scherz und halb im Ernst, »hätte ich Angst, mir hier den Tod zu holen. Ich weiß nicht, wie Sie das machen, aber ich schaffe es nicht, mich daran zu gewöhnen.«

Marsal machte eine ernüchterte Handbewegung:

»Ich achte nicht mehr darauf.«

Langsam ging er auf einen mit Papierkram überladenen

Schreibtisch zu, ging um das Möbel herum und zeigte seufzend auf den Stoß Akten:

»Demnächst lasse ich ein Förderband kommen, um all das wegzuschaffen!«

Marion wiegte den Kopf und verzog ungeduldig ein wenig den Mund. Der Gerichtsmediziner hatte sie nicht mit diesem Nachdruck aufgefordert, ihn aufzusuchen, damit sie ihm beim Aufräumen seines Schreibtischs half! Sie erinnerte sich aber an seine manchmal ebenso plötzliche wie unerwartete Reizbarkeit und beherrschte sich. Er hob einige Papiere an und bemächtigte sich eines winzigen Couverts, das eine schöne zinnoberrote Farbe hatte. Er setzte sich, öffnete es, rückte seine Brille zurecht und richtete einen durchdringenden Blick auf Marion:

»Marthe Vilanders«, sagte er flüsternd.

Marion hielt den Atem an, als sie sich zu ihm hinabbeugte.

Marcel streckte sein verschlagenes Gesicht durch die offene Tür:

»Ich habe ihn wieder zugenäht, Doktor, was mache ich mit ihm?«

»In den Kühlschrank, Dummkopf!« kläffte Marsal. »Willst du ihn vielleicht auf den Ball mitnehmen?«

Marcel trat den Rückzug an, wobei er Marion einen zweideutigen Blick zuwarf, der Marsal nicht entging. Er sagte zu der jungen Frau:

»Sie machen Eindruck auf meinen Helfer! Wohlgemerkt, ich verstehe ihn. So umgeben von all dem kalten Fleisch, ist er furchtbar frustriert.«

Marion wandte ihren Kopf nicht zurück, um den von Marcel zu sehen. Sie verschränkte die Arme und sagte in vorwurfsvollem Ton:

»Doktor, bitte! Sie wollten mit mir über Marthe Vilanders sprechen.«

»Freilich«, erwiderte Marsal zähneknirschend, »aber ich

weise Sie darauf hin, daß ich Sie deswegen seit gestern suche, da kommt es auf eine Minute mehr oder weniger wohl nicht an, oder?«

»Natürlich«, beeilte sich Marion zurückzugeben, sie befürchtete, ihn verärgert zu haben. »Ich nehme an, daß Sie viel zu tun haben.«

»Gewiß«, bestätigte Marsal. »Sehen Sie, ich habe viel über diese Morde nachgedacht ... und ... Übrigens, haben Sie Madame Vilanders gesehen?«

»Wahrlich eine schöne Frau ...«, fuhr er rasch fort, ohne Marions Antwort abzuwarten; die beschied sich mit einer verneinenden Geste. »Zwar krank, aber noch sehr schön ...«

»Krank? Ich hielt sie für verletzt, sogar im Sterben liegend!«

»Wo denken Sie hin! Sie wurde mit dem Cutter an mehreren Stellen des Körpers zerschnitten, vor allem am Oberkörper und an den oberen Gliedmaßen, aber sehr unordentlich. Keinerlei Ähnlichkeit mit den anderen Opfern, Pfuscharbeit, könnte man sagen ... Sie hat reichlich Blut verloren und war sehr geschwächt. Niemand hätte auf ihre Überlebenschancen auch nur einen Sou gesetzt. Und da ist sie wieder auferstanden, ein wahres Wunder, werden Sie sagen!«

»Wenn Sie so wollen: ein wahres Wunder!«

»Ja«, lächelte Marsal, »Sie würden es sagen! Aber in der Medizin gibt es kein Wunder. Es gibt heilbare Kranke und die anderen ... die Lehrbuchfälle und die anderen ... Manchmal verschwindet eine Krankheit, die man für unheilbar erachtet hatte, so plötzlich, wie sie gekommen war, ohne daß man sagen könnte, ob es am Kranken liegt, an seiner Umgebung ...«

»In welche Kategorie ordnen Sie Marthe Vilanders ein?«

»Geduld, Kommissarin, Geduld! Beginnen wir mit dem

Anfang. Obwohl sie nicht tot ist, hat mich diese Patientin stutzig gemacht. Ich will ja nicht Ihre Arbeit machen ... Obgleich ich manchmal ... Kurzum!«

Er hatte eine hinterhältige Miene aufgesetzt. Marion wies ihn barsch zurecht:

»Doktor, bitte, ich glaube, ich habe über Ihre Talente als Trancheur auch nie Kommentare abgegeben!«

»Das stimmt, aber es gibt Dinge, die sie hätten tun sollen!«

»Zum Beispiel?«

»Diese Frau im Krankenhaus besuchen!«

»Meine Kollegen sind hingegangen«, antwortete Marion verschlossen.

»Sie nicht!«

»Man hat mir die Ermittlungen entzogen.«

»Na und?«

Marion starrte ihn verblüfft an:

»Wieso ›na und‹? Sie operieren doch auch nicht die Kranken Ihrer Kollegen oder halten an deren Stelle Sprechstunden ab!«

»Ich sagte, sie besuchen und nicht: sie verhören!«

»Doktor«, seufzte Marion gereizt, »wollen Sie mir bitte erklären, worauf Sie hinauswollen, anstatt wie die Katze um den heißen Brei zu schleichen?«

»Wenn Sie diese Frau gesehen hätten«, ließ Marsal nicht locker, »wäre Ihnen etwas Entscheidendes aufgefallen ... Eine Besonderheit, die Ihnen ins Auge gefallen wäre!«

Marions Blick verfinsterte sich, aber sie schwieg. Marion hatte Lust, sich auf Marsal zu stürzen, ihm das rote Couvert aus den Händen zu reißen oder zu gehen und die Tür hinter sich zuzuknallen. Aber sie hielt sich zurück. Marsal verschränkte seine Hände mit den kurzen und schmalen Fingern. ›Kinderhände‹, dachte Marion. Sie entsann sich, daß sie gelesen hatte, Erwachsene mit kleinen Händen seien Menschen, die in einem vorherigen Leben schon in der Kindheit gestorben sind.

»Diese Frau hat keinerlei Körperhaare«, begann Marsal von neuem. »Nicht ein Haar.«

Einen kurzen Augenblick lang genoß er die Wirkung seiner Worte. Marion starrte ihn verständnislos an. Er wurde ungeduldig:

»Ihr Mörder hinterläßt weder ein Körper- noch ein Kopfhaar, nicht wahr? Abgesehen von einem synthetischen Haar, falschen Wimpern und anderen Raffinessen, wenn ich mich nicht irre?«

»Behaupten Sie gerade, daß Marthe Vilanders der Mörder ist?«

Marsal gluckste und warf den Kopf in den Nacken:

»Ich weiß davon, verflucht noch mal, gar nichts! Diese Besonderheit hat mich ›herausgefordert‹, wie man in Ihren Kreisen sagt. Und ich habe eine kleine Ermittlung angestellt!«

»Bravo! Resultat?«

Marsal schloß die Augen halb und nahm einen abwesenden Gesichtsausdruck an:

»Stellen Sie sich vor, daß ich in dieser Stadt Medizin studiert habe. Mein bester Freund an der Uni hieß Maxime Simon. Sagt Ihnen das etwas?«

»Ja, jeder kennt Professor Simon. Aber ich verstehe nicht ...«

»Gut«, unterbrach sie Marsal, »Sie kennen Maxime Simon wie alle. Was mich angeht: Wenn Sie nicht diesen absurden Beruf ausübten, absurd natürlich für eine junge hübsche Frau, dann hätten Sie nie von mir gehört ... Trotzdem waren wir, Maxime und ich, ungefähr auf dem gleichen Niveau. Der einzige Unterschied zwischen uns bestand in meiner unverbesserlichen Sturheit: Ich wollte Gerichtsmediziner werden. Punkt, Absatz. Ergebnis: Ich bin jemand Unbekanntes, ich lebe fast in Armut, während meine Eltern wohlhabend waren und sich für mich wirklich etwas anderes wünschten.

Maximes Leidenschaft war die Forschung. Ein nahezu unmöglicher Traum, denn er war arm. Er hat wie ein Verrückter geschuftet, Tag und Nacht gearbeitet. Ist nie ausgegangen und hatte keine Mädchen. Sie werden mir sagen, daß er die verlorene Zeit wieder wettgemacht hat… Stimmt. Aber was er geworden ist – berühmt, reich, von Frauen umschwärmt und von den Massen vergöttert –, wurde er durch verbissene Arbeit. Ein As der Biomedizin, anerkannt in der ganzen Welt. Die höchste Weihe für ihn wäre der Nobelpreis, von dem er insgeheim träumt. Warum übrigens nicht?«

Wehmütig gestimmt, hielt er kurz inne. Unbewegt betrachtete Marion den kleinen, auf seinem Stuhl zusammengeschrumpften Mann und sagte sich, daß er tatsächlich nicht viel hermachte im Vergleich zu Maxime Simon, dessen schmeichelhafte Gestalt oft auf der ersten Seite der Zeitungen prangte.

»Seine Arbeiten befassen sich mit genetischen Erkrankungen«, begann Marsal von neuem, »einem unergründlichen Gebiet, auf dem die Forschung nur tastend vorankommt. Ich bin nicht neidisch, wissen Sie, im Gegenteil, ich verfolge mit Leidenschaft, was er macht. Wenn die bereits beträchtliche Zeit, die ich meinen ›teuren Verstorbenen‹ widme, mir Muße läßt, dann suche ich Maxime in seinem Refugium auf und genieße sein immenses Wissen… Das füllt meine Einsamkeit aus.«

Er hielt inne, nur um eine erwartete Mitleidsbekundung auszukosten. Marion unterdrückte ein Gähnen, das dem Gerichtsmediziner nicht entging:

»Ich weiß, daß ich Ihnen mit meinen Junggesellengeschichten auf die Nerven gehe, aber ich denke, daß es zu

Ihrem Verständnis beiträgt... Maxime Simon arbeitet seit Jahren an der seltenen Form einer genetischen, erblichen Krankheit, an welcher sowohl Männer als auch Frauen leiden. Ich erspare Ihnen die Einzelheiten, denn die Beschreibung ist kompliziert. Seine Arbeiten über diese Krankheit sind einmalig und schon älteren Datums. So hat er die Krankengeschichten ganzer Familien, die diese ›Anomalie‹ entwickelten, dokumentiert. Und durch vieles Suchen hat er eine Medikation entdeckt, die sie leider nicht heilt, aber den Krankheitsverlauf verlangsamt und den Kranken beruhigt, ohne die Vollständigkeit seiner geistigen Fähigkeiten zu beeinträchtigen.

Diese Krankheit beschädigt, neben weiteren Feinheiten, zahlreiche Körperfunktionen und verschlechtert bereits bestehende Pathologien, insbesondere neuropsychiatrische. Da er weltweit der einzige Spezialist ist für diese Krankheit, die seitdem an seinen Namen geknüpft ist, konsultieren ihn Kollegen aus aller Herren Länder. Zur Zeit ist es ihm noch nicht geglückt, den Prozeß umzukehren, aber er arbeitet unermüdlich weiter. Seine Patienten sind also auch Versuchsgelände, aber in der Forschung ist es nun einmal so.«

Marion hörte zu und verging jetzt vor Ungeduld. Welchen Zusammenhang gab es mit den Verbrechen? Bei Marthe Vilanders sah sie ihn recht gut. Sie hatte Simons Krankheit, und dieser behandelte sie.

»Als ich diese Frau gesehen habe«, sagte Marsal und streichelte mit seinen kleinen Händen über das rote Couvert, »hat mein Unterbewußtsein gearbeitet wie schon einmal, nämlich genau hier.«

Marion nickte zögernd. Sie erinnerte sich an den Tag, an dem Marsal vor Jouals sterblicher Hülle angefangen hatte, sich über den Geisteszustand des Mörders zu äußern.

»Oh! das war damals nur eine vage Idee! Ein kleines Stück Bindfaden, das aus dem Knäuel herausragt... Madame

Vilanders ist mir, wenn ich mir diese stilistische Kühnheit erlauben darf, ins Gedächtnis gesprungen. Ich hatte sie schon irgendwo gesehen. Als ich sie nach ihrem Überfall besucht habe, war sie bewußtlos und konnte folglich meine Fragen nicht beantworten. Ich habe die paar auf ihrem Krankenblatt verfügbaren Informationen überprüft und selbst kurze Untersuchungen vorgenommen. Sehr schnell fiel mir wieder ein, wo ich sie gesehen hatte: in einer Akte von Maxime. Diese Frau ist eine seiner Patientinnen.«

Es kam wieder Schweigen auf. Marsal sah Marion mit einem Blick an, in welchem sie einen kleinen Triumph der Art ›Was sagen Sie dazu?‹ bemerkte.

Ratlos wartete Marion ab: ›Na und?‹ dachte sie. ›Darauf wäre ich von alleine gekommen. Aber welchen Zusammenhang gibt es? Hat er nur Schwein, oder handelt es sich um eine phantastische Übereinstimmung?‹ Einmal mehr gestand sie sich heimlich ein, daß sie nichts begriff, überhaupt nicht begriff, inwiefern die Tatsache, daß Marthe Vilanders an einer seltenen genetischen Erkrankung litt, die Ermittlungen voranbringen könnte, die sie im übrigen nicht mehr leitete.

Sie räusperte sich und gab sich einen Ruck:

»Wie verläuft diese Krankheit?«

»Tödlich«, ließ Marsal trocken fallen. »Aber erst am Ende eines langsamen, schmerzhaften Prozesses. Zuerst leidet der Patient unter leichten Beschwerden, die ihn stören, ohne ihn wirklich zu beeinträchtigen: Schwindel, Gleichgewichtsverlust, Gedächtnisstörungen. Dann verschlimmern und vermehren sich die Symptome. Der Kranke leidet an Polyendoktrinopathien oder an Hyperkalzämie oder akuter Diabetes, oder an allem zusammen. Ihm fallen Kopf- und Körperhaare aus. Bei den Frauen schrumpfen die Eierstöcke zusammen, die Männer werden impotent und unfruchtbar, wobei sie Qualen ausstehen. All das vollzieht sich nicht binnen eines Tages, es dauert Jahre, und im allgemeinen entwickelt sich eine assoziierte Psychopathie. Plötzlicher Insulinmangel kann bei dem Patienten zu schweren Demenzanfällen führen, und sofern eine günstige Grundlage wie eine Schizophrenie vorhanden ist, steht man sich eines Morgens als schwerer Psychopath gegenüber. Ich füge hinzu, daß diese Anfälle punktuell sind, was bedeutet, daß die Person normal leben kann, zumindest bis zu einem gewissen Stadium der Krankheit und sofern sie richtig behandelt wird.«

Marion spürte ein Kribbeln auf ihren Handrücken. ›Jetzt haben wir's‹, dachte sie, ›ich habe kapiert, worauf er hinauswill.‹ Sie rief aus:

»Nein, Doktor, eine solche Geschichte gibt es nicht! ... Der Mörder und eines seiner Opfer haben dieselbe Krankheit? Und wie zufällig begegnen sie sich, und Sie wollen mir erzählen, daß sie denselben Arzt haben!«

Sie schüttelte energisch ihre wirren Strähnen, als sie hinzufügte: »Das ist ja wie im Märchen! Wissen Sie, Doktor, Sie sollten den Beruf wechseln... *Ich* hielt sie für einen Wissenschaftler!«

»Oh, lachen Sie nur, wenn Sie Lust haben!« sagte Marsal, »ich versuche nicht, Sie zu überzeugen. Ich komme zum Schluß, und Sie beurteilen danach, ob das für Sie von mindestem Interesse ist!«

»Ach ja, und wie?« fuhr ihn Marion an, die von Marsals Windungen allmählich gereizt wurde.

Er klopfte auf das rote Couvert:

»Damit.«

Er ließ sich wieder auf den Stuhl fallen, der ein gefährliches Knacken von sich gab, und setzte seine Brille ab, mit der er nervös herumspielte. Mit ärgerlicher Langsamkeit fuhr er fort:

»Ich habe einen ganzen Abend damit verbracht, Maxime davon zu überzeugen, daß er mich die Akten seiner Patienten einsehen läßt, jener, die er genau wegen dieser Krankheit behandelt. Er lehnte ab, was ganz normal ist, selbst mir gegenüber, der ich schon immer sein Freund war. Ich mußte ihm erzählen, in welchem Zustand Ihr Mörder die Frauen auf meine Autopsietische befördert hat, ich mußte ihm von Ihnen erzählen. Ich habe die ganze Bedeutung offenbart, die dieser Fall für Sie ... persönlich, wie mir scheint, hat. Um ihn davon zu überzeugen, daß er Sie empfängt, sagte ich ihm ... sagte ich ihm, daß Sie die Abweichung wert wären ...«

»Tun Sie sich keinen Zwang an«, erwiderte die junge Frau, »ich kann mir die Fortsetzung schon vorstellen, aber das kommt nicht in Frage.«

»Sie sind ein Hitzkopf, Kommissarin«, seufzte Marsal. »Ich habe ihm nur versprochen, daß ich Sie ihm beruflich vorstelle. Das ist doch halb so schlimm.«

»Ja ... und als Gegenleistung hat er Ihnen seine Kartei geöffnet!«

»Stimmt!«

Irritiert schluckte Marion ihre Wut hinunter. Marsal fuhr fort:

»Ich fand darin natürlich Marthe Vilanders. Ich erinnerte mich daran, daß ich ihr einmal in Maximes Sprechzimmer begegnet war. Man kann sie nicht übersehen! Sie hat eine Statur, eine Ausstrahlung ... Kurzum! Sie ist von dieser genetischen Anomalie betroffen, ist aber erkennbar erst seit etwa zwei Jahren wirklich krank. Sie hat Maxime vor einem Jahr konsultiert und sich unlängst in der Stadt niedergelassen. Er hat ihr angeboten, eine neue Behandlungsmethode zu testen, und sie hat eingewilligt. Sie ist eine energische Frau mit einem infernalischen Charakter, aber sie kämpft, und Maxime braucht ein solches Temperament, um mit seinen Arbeiten voranzukommen.«

Marion nahm ihrerseits Platz, ergriff einen Bleistift vom

Schreibtisch und zog ein Notizbuch aus der Tasche ihres Blousons. Marsal warf ihr einen überraschten Blick zu.

»Also, was ist?« sagte sie ruhig. »Ich warte. Sie werden mir den Namen des Mörders nennen, oder?«

Marsal ließ sich in keiner Weise aus der Ruhe bringen. Er erklärte:

»In der Tat. Aber ich habe Maxime gegenüber eine Verpflichtung, Sie erinnern sich.«

»Bravo, das sind Ärzte!« empörte sich Marion. »Der hippokratische Eid hindert Sie nicht an der Anmache. ›Meine Kartei gegen einen kleinen Schauder mit einem Bullen, der Titten hat!‹ Ich werde mal sehen, unter einer Bedingung!«

»Ich bin mir nicht sicher, ob er eine einzige Bedingung akzeptiert. Er ist sehr grantig.«

Marion bot Marsals durchdringendem Blick die Stirn; er blinzelte nicht.

Kurz vor dem Nervenzusammenbruch seufzte sie: »O.K.!«

Marsal erhob sich und stützte seine Hände auf die Schreibtischkante, als er sich zu Marion hinüberbeugte:

»Die unglaublichste Übereinstimmung, die es gibt: Unter Maximes Kranken befindet sich ein Mann, der dasselbe genetische Leiden hat wie Marthe Vilanders. Dieses erbliche Leiden, das sich im Verlaufe von mehreren Generationen auf ganze Familien überträgt …«

»Ja, aber ich vermute, er ist nicht der einzige. Was ist an ihm so außergewöhnlich?«

»Sein Name!«

»Sein Name?« murmelte Marion mit trockenem Mund.

»Er heißt Vilanders.«

Schwach brachte sie hervor:

»Ich verstehe nicht …«

»Der Mann heißt Vilanders. Benoît Vilanders.«

Marion holte tief Luft. Sie nahm sich Zeit, um den Namen

zu verdauen, und versuchte zu begreifen, was dies bedeutete. Ein Stimmchen störte sie wieder, es hatte die Klangfarbe von Talons Stimme: ›Unter dem Geburtsdatum, das Sie angeben, gibt es keinen Benjamin Bellechasse auf dem Standesamt von Nantes …‹ Benoît, Ben … wie der in Jenny Delourmels Notizbuch. ›Ben … das kann ebensogut Benjamin sein‹, nervte das Stimmchen von neuem.

»Doktor«, fragte Marion bestimmt, »wer ist dieser zweite Vilanders? Ist er mit Marthe verwandt? Wo kann man ihn finden? Wie alt ist er?«

»Langsam, langsam!« rief Marsal aus. »Wenn ich Ihnen alles sage, was bliebe dann noch für meinen alten Kameraden Maxime übrig? Im übrigen kenne ich diesen Vilanders nicht. Maxime wollte mir über eine eventuelle Verwandtschaft zwischen den beiden nichts weiter mitteilen, sie ist aber wahrscheinlich. Nach seiner Karteikarte ist er fünfunddreißig Jahre alt und in Nantes geboren.«

Marion hüpfte das Herz in der Brust. Sie beugte sich vor:

»Seine Adresse, Doktor!«

Marsal grinste kurz:

»Na, Kommissarin! Sie haben es noch lange nicht geschafft! Maxime hat ihn seit zwei Monaten nicht gesehen!«

»Doktor, bitte.«

Marsal erkannte, daß sie kurz vor einem Zusammenbruch stand. Seufzend äußerte er:

»Keine Adresse. Maxime schickt ihm seine Post ›postlagernd‹. Auch kein Telefon, er behauptet, daß er keinen Anschluß hat.«

Marion hatte den Eindruck, einen Schlag auf den Kopf zu kriegen: ›Ich will mich nicht niederlassen‹, sagte Benjamin, um solche Vorsichtsmaßnahmen zu rechtfertigen, ›noch nicht …‹

»Sind Sie in Ordnung, Kommissarin?« fragte Marsal besorgt, als er sah, daß Marion blaß geworden war. »Wissen Sie, ich habe mich nicht damit begnügt, diese Übereinstimmung festzustellen. Immerhin bin ich Wissenschaftler, was Sie auch davon halten mögen!«

Er setzte wieder eine befriedigte Miene auf. Marion schwieg. Mit einer vagen Geste zeigte er auf den Autopsiesaal:

»Genau hier habe ich erfahren, daß sich der Angreifer von Madame Vilanders, während einer Schlägerei mit Ihren Männern, bei ihr im Haus verletzt hatte, und daß man sein Blut aufgesammelt und ins Laboratorium gebracht hatte. Ich habe mich erkundigt und kann Ihnen versichern, daß dieses Blut zu derselben Blutgruppe gehört wie das von Benoît Vilanders. AB negativ. Eine ziemlich seltene Blutgruppe. Ich habe Maxime davon in Kenntnis gesetzt, er macht gerade einige Tests, um sich zu vergewissern, daß es sich wirklich um Vilanders' Blut handelt.«

»Ich will ihn sehen!«

Marsal schlug die Hände über dem Kopf zusammen, während Marcel abermals den Kopf durch die Tür streckte:

»Doktor«, lispelte er und schielte zu Marion hinüber, »ich habe den ›Gas-Suizid‹ von gestern morgen vorbereitet. Wenn Sie möchten, legen wir los! Und Ihre Sekretärin läßt fragen, ob sie Ihnen Gespräche durchstellen kann. Es gibt eine phantastische Warteliste!«

»Laß mich in Ruhe«, schnauzte Marsal ihn an, »und sag Louisette, daß sie mir auf den Wecker geht!«

Er wandte sich Marion zu:

»Sie wollen ihn sehen! Sie sind vielleicht gut, Kommissarin! Ich habe Ihnen soeben erklärt, daß er laut Maxime verschwunden ist! Tun Sie Ihre Arbeit, ich habe genug getan.«

»Ich sprach von Ihrem Freund, dem Professor Simon«, stellte Marion klar. »Ihn möchte ich sehen. Wo ist er?«

Mit einem gönnerhaften Lächeln auf seinem ermüdeten Gesicht wiegte Marsal den Kopf.

Cabut rief Marion im Gerichtsmedizinischen Institut an. Eine lispelnde Person antwortete ihm, daß ›die‹ Kommissarin gerade in Begleitung von Doktor Marsal weggegangen sei, sie hätten die unterirdischen Gänge zum Krankenhaus genommen. Daß das den Geschäften des Lisplers in die Quere käme, da es drei wartende Leichen gab und er schon eine davon wieder in den Kühlschrank hatte verfrachten müssen.

Mit einem Schluckauf vor lauter Ekel legte Cabut wieder auf und fragte sich, wie er seine Kommissarin erreichen könnte, die ohne Funkgerät und ohne Piepser aufgebrochen war. Es war fast Mittag, und Talon wollte sie sprechen. Er schien ganz aufgeregt zu sein und hatte Cabut zutiefst beleidigt, da er ihm den Grund dafür nicht nennen wollte. Er war nur bereit gewesen anzugeben, daß er am Nachmittag wieder das Flugzeug nehmen und im Laufe des Abends, nach Abschluß seiner geheimnisvollen Ermittlungen, zurück sein würde. Lavot war mal wieder mit Außendiensten beschäftigt, und er selbst war mit seinen Nachforschungen im Hauptkommissariat nicht zufrieden.

Marion musterte Professor Simon von Kopf bis Fuß, während sie zerstreut seinem Referat über genetische Krankheiten zuhörte. Er schien ihr in Wirklichkeit weniger schön zu sein als auf den Fotos. Die markanten Gesichtzüge, die blauen Augen und die graumelierten, tadellos frisierten Haare machten einen vertrauenerweckenden Eindruck, aber er wirkte älter und auch erschöpfter. Marion zweifelte nicht daran, daß er auf seinem Fachgebiet eine Kapazität war, aber daß er mit ihr wie mit einem zurückgebliebenen kleinen Mädchen sprach, machte sie auf Anhieb gereizt. Es war offensichtlich, daß Marsal sein Freund war. Sein Prügelknabe und derjenige, der die niederen Arbeiten verrichtete. Der seine Schulmappe trug, als sie jung waren, der doppelt so viele Vorlesungen belegte, während der große Maxime weiß Gott wo herumschäkerte; und der schließlich – war er doch aus Überzeugung oder aus mangelnder Berufung für die Ehe Junggeselle geblieben – als Unschuldsbeweis diente für den unverbesserlichen Aufreißer, dessen inquisitorischem Blick Marion sich ausgesetzt fühlte.

»Die menschlichen Krankheiten sind das Ergebnis einer Wechselwirkung zwischen der individuellen genetischen Konstitution und der Umwelt. Bei den genetischen Krankheiten herrscht die genetische Komponente vor, diese manifestiert sich in vorhersehbarer Weise von selbst, ohne das Eingreifen der Umwelt.«

Simon machte ihr den Hof. Marion versuchte zu folgen und täuschte Begeisterung vor, aber sie war sich sicher, daß der Professor ihre schlecht kaschierte Verärgerung wahrnahm. Nachdem er sich etwas hatte bitten lassen – ganz offensichtlich hatte er die Begegnung mit Marion nicht unter diesen Bedingungen, vor allem nicht in Marsals Gegenwart ins Auge gefaßt –, hatte er den Ort festgelegt: sein Laboratorium im Krankenhaus. Auf halbem Wege zwischen der Pflegestation, auf der Marthe Vilanders wieder genas, und der Leichenhalle, in der sie beinahe gelandet wäre.

Wer war der andere Vilanders? Marion fühlte sich abermals elend. Alles, was Marsal gesagt hatte, paßte wieder zu Benjamin. Abgesehen vom Namen.

»Diese Krankheiten …«

»Professor«, unterbrach Marion ihn, »Sie können einen in Begeisterung versetzen, aber ich fürchte, daß ich nicht alles begreife und daß Sie deshalb Ihre Zeit verschwenden … Ich muß dringend einen Mörder fassen. Ich weiß nicht, ob der geringste Zusammenhang zwischen ihm und Ihren Forschungen über diese Krankheit besteht.«

»Verzeihung!« entschuldigte sich Simon. »Ich lasse mich hinreißen. Sie sind kein Student von mir, aber Sie haben darauf bestanden, mit mir zu sprechen.«

»Ja, ja«, antwortete Marion rasch und fragte sich, wie sie es anstellen sollte, die Informationen zu erhalten, die sie so dringend benötigte.

»Bringt diese Krankheit Wahnsinnsanfälle mit sich, die zu Mord führen können?«

»Nicht unbedingt bis zum Mord«, antwortete Simon, »aber bei einer sehr aufgelösten Persönlichkeit kann das vorkommen.«

»Ist dies bei Marthe Vilanders der Fall?«

»Nein, Marthe Vilanders ist noch nicht so weit, und zwar zum Teil dank dessen, was sie von Grund auf ist, nämlich eine gesunde und ausgeglichene Person, zum Teil dank der Behandlung, der sie sich mit großem Mut unterzieht.«

»Meine Frage ist indiskret, aber wie viele Patienten, die an der Simon-Krankheit leiden, behandeln Sie?«

Simon dachte kurz nach:

»Ungefähr dreißig ganz regelmäßig, aber in Wirklichkeit sind es mehr, denn ich beobachte ebenfalls die Familienmitglieder der Kranken. Den Ursprung einer genetischen Krankheit muß man in der Geschichte der Familie suchen, es können mehrere Generationen davon betroffen sein. Die Ätiologie einer genetischen Mutation wird manchmal anläßlich einer Verwandtenehe sichtbar und zieht, gemäß dem Mendelschen Vererbungsgesetz, mehrere aufeinanderfolgende Generationen in Mitleidenschaft. Es kommt auch vor, daß das mutierte Gen wieder verschwindet, so, wie es gekommen ist. Kollegen aus der ganzen Welt holen gleichermaßen meinen Rat ein, wenn sie bezüglich eines Kranken im Zweifel sind.«

»Wollen Sie mir bitte etwas über den anderen Vilanders sagen? Benoît, ist das richtig?«

Simon nickte zustimmend und stieß mit fester Stimme hervor:

»Ich werde deutlich sein, Mademoiselle. Bezüglich der Informationen, die ich Ihnen gebe, darf nicht der geringste Zweifel im Raum stehenbleiben: Ich bin kein Polizeiinformant und werde keinerlei ärztliche Auskünfte geben. Ich war, wie mein Kollege Marsal, bestürzt über diese furchtbaren Morde, und es zeigte sich, daß das letzte Opfer eine meiner Patientinnen war. Eine weitere seltsame Übereinstimmung besteht darin, daß einer meiner Patienten denselben Familiennamen trägt. Marthe Vilanders hat mir nie bestätigt, daß zwischen ihnen auch nur die geringste verwandtschaftliche Beziehung bestehen könnte. Sie hat einen Sohn, der sich einer Vorsorgeuntersuchung unterziehen muß und der demnächst zur Sprechstunde kommen wird. Er ist natürlich besorgt wegen seiner Verantwortung hinsichtlich einer eventuellen Nachkommenschaft, und er hat recht: Die Forschung ist kompliziert und langwierig. Benoît Vilanders ...«

Er hielt kurz inne und zögerte fortzufahren. Seine Haltung hatte sich unmerklich verändert. Marion spürte, daß er besorgt war, hin- und hergerissen zwischen dem Verlangen, sich hinter seiner Berufspflicht zu verschanzen, und dem Verlangen, sich von einer Last zu befreien. Mit einer Handbewegung beruhigte Marion ihn:

»Professor, wir kommen vom Hundertsten ins Tausendste. Ich bin nicht mehr offiziell mit diesen Ermittlungen befaßt, und es wird nichts in einem Protokoll festgehalten werden. Aber Sie haben das Recht zu schweigen. Ich ...«

Sie zögerte und beschloß, alles auf eine Karte zu setzen:

»Ich bin selbst durch diesen Fall betroffen. Mein ... Freund oder Verlobter, wie Sie wollen, könnte dieser barbarischen Taten verdächtigt werden. Bestimmte Punkte der

Ermittlungen weisen auf ihn hin, andere entlasten ihn. Ich muß wissen, ob er der Mörder ist.«

»Es ist nicht meine Sache, Ihnen das zu bestätigen«, protestierte Simon, »aber ich denke, und ich wäge meine Worte genau ab, daß Benoît Vilanders sehr schwer erkrankt ist. Was soll ich Ihnen noch sagen? Daß er seit zwei Monaten nicht mehr unter meiner Kontrolle ist. Daß ohne Behandlung alles möglich ist. Weiter weiß ich über diesen Mann nichts. Ich behandle ihn seit einem Jahr, er befindet sich in einem sehr fortgeschrittenen Stadium und zeigt außerdem eine schwere assoziierte Psychopathie, die ihre Ursache in der Kindheit hat.«

»Kennen Sie seinen Beruf?«

»Nein«, sagte Simon, »er ist sehr … verschwiegen. Er hat eine mysteriöse Vergangenheit und eine sehr verschwommene Gegenwart. Er scheint eingemauert zu sein in einer Einsamkeit, die er kultiviert: keine Adresse, kein Telefon, keine Antwort auf präzise Fragen. Einige diffuse Zwangsvorstellungen, die aus einer persönlichen Geschichte stammen. Das heißt: Ich vermute es. Alles jedoch sehr stark verschleiert. Wenn ich ihn einordnen sollte, würde ich sage, daß er Soldat ist oder war.«

›Soldat‹, dachte Marion, von Angst gepackt. ›Benjamin, seine Wehrübung … Kein Wehrdienst in Frankreich … sondern anderswo …‹

»… intelligent, aber wenig gebildet«, fuhr Simon fort, »erkünstelte Feinfühligkeit und gute Umgangsformen.«

›Das kann nicht Benjamin sein‹, sagte sich Marion abermals, während Professor Simon sich mit Nachdruck der Tür zuwandte, um zu verstehen zu geben, daß er etwas anderes zu tun hatte.

»Und das Blut, das man im Haus von Marthe Vilanders aufgesammelt hat – sind Sie sicher, daß es das Ihres Patienten ist?«

Maxime Simon warf Marsal einen Blick voller Groll zu. Als ob er ihm vorwürfe, daß er ihn um die Pointe gebracht hatte, indem er der hübschen Kommissarin Marion dieses Detail schon preisgegeben hatte:

»In der Tat«, antwortete er, »es besteht kein Zweifel. Die ersten Tests sind eindeutig.«

›AB negativ‹, dachte sie niedergeschlagen. ›Ich kenne nicht einmal Benjamins Blutgruppe. Warum sollte ich sie auch kennen?‹ Sie rang sich ein Lächeln ab:

»Meinen Sie, Professor, daß Marthe Vilanders mehr wissen könnte, als sie uns enthüllt hat, und daß es irgendwie von Bedeutung wäre, wenn ich mit ihr sprechen könnte?«

»Ich bezweifle es, aber Sie können es jederzeit versuchen. Jetzt, Kommissarin, muß ich ...«

»Ja«, unterbrach ihn Marion, »ich lasse Sie. Es tut mir leid, daß ich Sie behelligt habe.«

Sie hatte einen halb ironischen, halb betrübten Ton angeschlagen. Simon ergriff die Gelegenheit beim Schopf:

»Es hat mich sehr gefreut, Kommissarin, aber ich würde es vorziehen, ungestört mit Ihnen darüber zu sprechen, bei einem guten Tropfen oder einem schönen Essen.«

Marion ging auf die Tür zu, unmittelbar gefolgt von Marsal. Sie drehte sich um. Simon bemerkte ihre ratlose Miene. Sie verzog ihr Gesicht, als wolle sie sagen: ›Warum nicht‹ – riß sich dann aber zusammen, denn ihr war plötzlich eine Idee gekommen. Simon war neugierig geworden und sah, wie sie in ihren Taschen herumkramte, ein Stück Karton hervorzog und zu ihm zurückkam. Sie hielt ihm das Foto hin, auf dem Benjamin seine sanfte, zärtliche Miene aufgesetzt hatte und das rührende Zöpfchen im Nacken trug. Simon ergriff das Dokument, studierte es kurz und gab es ihr mit verkniffener Miene zurück:

»Wenn Sie eine Bestätigung haben wollten, dann haben Sie ihr Ziel erreicht.«

»Sind Sie sicher Professor?«

»Wenn ich von Einzelheiten der äußeren Erscheinung absehe, insbesondere der Frisur – Benoît Vilanders ist völlig kahl, trägt aber eine Perücke –, dann ist er es.«

XXVII

Ben ging alles, was er im Laufe der nächsten Stunden würde tun müssen, in Gedanken noch einmal durch. Er mußte es wie bei einem Kommandounternehmen machen, nichts vergessen, nichts dem Zufall überlassen.

Marion. Er nahm ihre Akte aus der Schublade. Er wußte genug über sie. Er grinste. Es war nicht schwierig gewesen: Sie war ein echter Star, und die Zeitungen brachten groß aufpolierte Berichte über sie, sobald sie einen zweitrangigen Ganoven festnahm. Sein Grinsen wurde stärker: Er würde mit ihr eine Premiere veranstalten. Er würde sie Cora schenken, würde ihr diesen sportlich trainierten Körper ohne Vorbereitung darbieten. Ohne die vorhergehende Verführung, die er für die anderen reservierte. Er wußte: Mit Marion würde das nicht klappen. Er mußte sehr gut sein, um rasch zum Ziel zu gelangen und Cora zu befriedigen. Er legte sich einen Moment hin, bevor er zur Endphase übergehen würde. Ohne es zu bemerken, döste er ein. Seine verletzte Hand ließ ihn in Ruhe, er hatte keine neue Krise gehabt.

»Heute abend wirst du keine bekommen, hoffe ich«, sagte Cora mit ihrer lieblichen Stimme.

Er hatte sie nicht kommen hören. Sie saß in ihrer vertrauten Stellung am Fußende des Bettes und guckte unter den Fransen ihrer langen blonden Haare hervor, um ihn zu betrachten.

»Bist du sicher, daß du es schaffst?« fragte sie. »Vergiß nicht, Ben, die schönste Wollust, die es für mich gibt. Du erinnerst dich?«

Aber ja doch, er erinnerte sich. Warum beunruhigte sie sich? Sie wußte, daß Ben der Stärkste war. Sie hatte es ihm einst häufig genug gesagt. Ihm, der es am besten verstand, sie zum Kommen, zum Schreien, zum Brüllen zu bringen. Brüllen bis zum Tod.

»He Ben, hörst du mich? Und dieser dicke Inspektor, was wollte er? Bist du sicher, daß Marion nichts weiß?«

Ben prahlte. Ja, er war sich sicher. Der dicke Inspektor, ein gewisser Cabut, war wegen einer Routineuntersuchung der Tonbänder gekommen. Die Kripo machte manchmal solche Sachen. Das betraf Raubüberfälle, Georges' Vertreter hatte es ihn wissen lassen.

»Gut«, sagte Cora, »verpatze deine Sache nicht, das ist das wichtigste ... Wie nennen wir Marion?«

Das war der heikle Punkt. Ben hatte für Marion keinen ›Schwesternnamen‹ gefunden. Noch nicht. Nichts paßte wirklich zu ihr, aber bis heute abend würde er einen finden. Ben schlief tief und fest. Cora ließ ihn in Ruhe. Es war ein Glück für ihn, daß auch sie nichts davon wußte, daß der dicke Inspektor eine andere Frage gestellt hatte, nämlich bezüglich eines gewissen Dranville. Inspektor Dranville. Georges' Vertreter hatte Ben nichts davon gesagt, denn da er keinen Inspektor Dranville kannte, hatte er keinen Grund gehabt, mit ihm darüber zu sprechen. Außerdem war er nicht wie Georges. Er mochte Ben nicht und richtete das Wort sowenig wie möglich an ihn.

Wie Professor Simon es vorhergesagt hatte, brachte Marion aus Marthe Vilanders nichts heraus. Neugierig betrachtete sie die Frau in Weiß, die in ihrem Krankenhausbett eingeschlafen war, noch angeschlossen an eine Infusion sowie an einen Monitor, der ihr Herz überwachte. Leichte Herzbeschwerden und erhöhter Blutzucker hatten Marthe Vilanders geschwächt, sie hatte dennoch nicht jegliche Wachsamkeit eingebüßt, denn sie öffnete schließlich unter Marions eindringlichem Blick die Augen. Augen ohne Wimpern und ohne Augenbrauen, was sie wie eine Art mutierte Amphibie aussehen ließ.

Als Marion sich vorstellte, loderte leichtes Interesse in der Frau auf. Sie murmelte einige Worte. Marion hätte geschworen, daß sie ›Ich kenne Sie‹ gesagt hatte, aber sie wagte nicht, noch einmal nachzufragen. Vielleicht hatte Benjamin ihr von ihr erzählt, während des Abends in der großen hell erleuchteten Villa. Oder in einem anderen Augenblick. Marthe Vilanders verharrte in kühler Zurückhaltung und wies jede Version zurück, die sich von dem unterschied, was sie den Untersuchungsbeamten, die zu ihrer Vernehmung gekommen waren, erklärt hatte. Sie kannte niemanden und erinnerte sich kaum an das Geschehene. Marion lenkte das Gespräch auf Kanada, wo Marthe offensichtlich nicht herstammte.

»Ich bin Französin, in Paris geboren«, sagte sie, »ich habe einen Kanadier geheiratet, ganz einfach. Ich bin geschieden, ich lebe in Frankreich, und mein Ex-Mann lebt in Kanada.«

»Und Ihr Sohn?«

Marthe Vilanders wurde etwas unruhig, als ob sie aufgewühlt sei. Eine plötzliche Blässe überzog ihre Wangen. Aber die Klangfarbe ihrer Stimme war immer noch genauso eisig, fast metallisch.

»Er lebt in Kanada, er besucht mich manchmal, oder ich reise hin.«

Sie verschloß sich. Das Thema war erledigt. Marion ahnte sonderbare Familienverhältnisse. Diese Frau mußte anspruchsvoll und herrisch sein. Kein Charakter, der Kompromisse eingeht. Marion änderte die Taktik und kam vorsichtig auf die Krankheit zu sprechen. Marthe setzte eine überdrüssige Miene auf, die nichts Gutes bedeutete. Mit schwacher Stimme, aber in entschiedenem, klarem Ton erklärte sie jedoch:

»Diese Krankheiten sind Schweinereien, die uns die Vorfahren vererben, weil sie sich ihres Tuns nicht bewußt sind. In meinem Fall waren meine Großeltern Vetter und Cousine, vielleicht auch noch mehr, wenn man den Gerüchten glaubt. Sie haben eine Ausnahmebewilligung bekommen und haben geheiratet. Alle ihre Kinder waren Totgeburten außer einem, meinem Vater. Scheinbar normal und von guter Konstitution. In Wirklichkeit trug er ein mutiertes Gen in sich. Damals befand sich die Gentik noch in der Steinzeit. Er ist im Wahnsinn gestorben, unter furchtbaren Schmerzen. Mein Bruder und ich haben dieses quälende Tierchen geerbt. Das ist alles.«

Marion wollte weiterfragen, aber Marthe Vilanders' gebieterischer Blick brachte sie davon ab.

»Mein Bruder ist daran gestorben«, fügte sie gleichsam widerwillig hinzu.

»Hat er Nachkommen hinterlassen?«

Marthe Vilanders bewegte ihren verbundenen Kopf ein wenig von links nach rechts und schloß die Augen, um Marions Blick auszuweichen. Diese wußte, daß sie angelogen wurde.

Sie versuchte es noch einmal:

»Kennen Sie hier jemanden, der Vilanders heißt? Benoît Vilanders?«

Die Frau in Weiß seufzte und hielt die Augen weiter geschlossen. Sie murmelte ein fast unhörbares »Nein« und rührte sich nicht mehr, als Marion sie mit klopfendem Herzen fragte, welche Beziehungen sie zu Benjamin Bellechasse habe. Sie beschränkte sich darauf, sie mit einer langsamen, aber endgültigen Handbewegung zu verabschieden:

»Verlassen Sie mich, ich bin jetzt erschöpft.«

Eine Krankenschwester kam herein und verkündigte den Beginn der Behandlung und das Ende der Besuchszeit. Marthe Vilanders sah ihr nach, wie um zu vermeiden, daß sie erneut Marions Blick begegnen mußte. Die Krankenschwester öffnete einen Wandschrank, aus dem sie einen Apparat herausnahm.

»Brauchen Sie diese große Tasche, Madame?« fragte sie die Verletzte.

Marthe Vilanders sah die Tasche im Wandschrank und bemerkte gleichzeitig, wie Marion ihr zusah. Die Frau wurde wieder unruhig und verschanzte sich hinter ihrer autoritären Haltung, um Marion zum Gehen aufzufordern. Marion war sich dessen sicher: Marthe Vilanders hatte viele Geheimnisse auf dem Herzen, die sie bewahren mußte, und trotz ihrer Selbstsicherheit schien sie die Situation nicht mehr so recht zu beherrschen. Außerdem hatte Marion den Eindruck, daß sie diese große Sporttasche schon einmal gesehen hatte. Im Moment entzog sich ihr diese Erinnerung, aber sie wußte, daß sie wiederkehren würde.

XXVIII

Lavot rückte seine Ray Ban auf der Nase zurecht und krempelte die Ärmel seines Blousons hoch. Zwei Ticks, die Cabut nicht entgingen:

»Schläfst du mit ihr?«

»Was? Du fragst mich, mit wem ich schlafe? Was geht dich das an?«

»Nein, deine Brille, ich frage dich, ob du mit der schläfst, du hast sie immer auf der Nase!«

»Nun, laß es dir gesagt sein«, antwortete Lavot schlagfertig, »das ist immer noch der beste Platz für eine Brille. Und du tätest gut daran, eine aufzusetzen. Hast du gesehen, was ich von meinem Ausflug mitgebracht habe?«

»Ich habe überhaupt nichts gesehen. Ich habe versucht, den Chef zu erreichen, und da ich sie nicht fand, bin ich kurz weggegangen.«

Er errötete leicht.

»Was denn!« rief Lavot aus. »Erzähle mir nicht, daß du immer noch mit deiner alten Reliquie beschäftigt bist!«

»Pleonasmus!«

»Was?«

»Alte Reliquie ist ein Pleonasmus«, regte sich Cabut auf.

»Das ändert nichts an der Tatsache, daß du uns mit deinem Schrott auf die Nerven fällst!«

»Tag allerseits!« rief Marion, als sie die Tür aufstieß.

Sie zog ihren Blouson aus und schüttelte ihn energisch.

Wassertropfen flogen ihr um die Ohren. Kaum hatte sie das Krankenhaus verlassen, hatte sich der Himmel über der Motorhaube ihres Wagens ausgeschüttet. Eine Mischung aus Regen und Hagel hatte sie binnen einer Minute durchnäßt. Ungeduldig fuhr sie sich mit der Hand durch ihre feuchten Haare. Lavot lächelte:

»Mit ihnen, Chef, werden die Friseure sicher nicht reich!«

Sie spottete:

»Ich habe denselben wie Sie ...«

»Den in der Bude*!« beendete Lavot lachend den Satz.

»Dein Friseur sitzt im Gefängnis?« fragte Cabut treuherzig.

Marion und Lavot lachten schallend, und Cabut bekam seinen zweiundvierzigsten roten Kopf an diesem Tag. Dann kam Marion wieder auf ernste Dinge zu sprechen. Sie erzählte ihnen von ihrem Arbeitstag, ohne zu sehr ins Detail zu gehen. Sie ersparte es sich auf diese Weise, die Lage von Benjamin ausbreiten zu müssen.

»Immer noch nichts Neues über diesen Knaben?« fragte Lavot.

»Negativ«, antwortete Cabut, der seit seinem Besuch im Hauptkommissariat die Funkersprache fließend benutzte.

Lavot versank in unbestimmtes Nachdenken.

»Meiner Meinung nach sind Bellechasse und Vilanders ein und derselbe Mann. Es will mir allerdings nicht in den Kopf, daß Opfer und mutmaßliche Täter denselben Namen haben sollen. Finden Sie das nicht ein bißchen übertrieben, Chef?«

»Kennen Sie die Wahrscheinlichkeitstheorie? Als Doktor Marsal seine Nachforschungen über Marthe Vilanders anstellte, stieß er auf diesen zweiten Vilanders. Benoît. Auf den ersten Blick ohne einen Zusammenhang mit ihr. Ich gebe zu,

* Unübersetzbares Wortspiel: *en taule* bedeutet sowohl »Gefängnis« als auch »Bude«, »Zimmer« (A. d. Ü.).

es ist eine außergewöhnliche Übereinstimmung, verblüffend genug, daß man sich damit aufhält. Zumindest muß man die Zweifel ausräumen.«

»Deshalb müßte man diesen Benoît Vilanders fassen.«

Sie schwiegen, dachten aber dasselbe. Bellechasse unauffindbar, Vilanders unauffindbar. Wahrlich ein merkwürdiges Zusammentreffen.

»Eines versteh' ich nicht«, murmelte Marion. »Es gibt genauso viele konvergierende wie divergierende Punkte zwischen Bellechasse und diesem Vilanders. Rekapitulieren wir.«

Sie nahm einen Pappdeckel zu Hilfe und überprüfte das Ergebnis. Das einzige, was nicht paßte, waren die Fingerabdrücke. Wenn dem Erkennungsdienst nicht ein grober Irrtum unterlaufen war, stammten die Fingerabdrücke, die man an zwei Tatorten gesichert hatte, nicht von Bellechasse.

»Vielleicht sind es zwei«, äußerte Cabut, dem nichts mehr einfiel. »Doppelgänger, so was gibt es ...«

»So ist's!« sagte Lavot ironisch.

»Das ist vielleicht gar nicht so dumm«, murmelte Marion versonnen. »Manchmal erlaubt sich die Wirklichkeit Launen, die sich der normale Verstand nicht einmal vorzustellen wagt. Jedenfalls würde uns das gut ins Konzept passen. Nun gut! Jetzt zu Ihnen!«

Sie knüpfte an andere Themen an. Man mußte die Doppelgängeridee fallenlassen. Sie war als Hypothese nicht vernünftig, wenn auch verdammt verführerisch. Lavot sprang auf:

»Ach ja, Chef, ›mein‹ Campingwagen! Ich hatte es schon vergessen! Der Besitzer des Platzes hat mich heute morgen angerufen, und ich dachte, es sei besser hinzufahren, als die Sache den anderen Deppen vom unteren Stockwerk zu übergeben ... Ich habe Trudeau vom Erkennungsdienst mitgenommen, und nun ja ...«

Er hielt inne, um sich von der Wirkung seiner Worte zu überzeugen. Unerschütterlich forderte Marion ihn durch eine Handbewegung auf fortzufahren.

»Es ist wirklich der Laster, den der Säufer von La Valmontine an dem Tag, als man Joual auffand, gesehen hat«, sagte er und fuhr sich mit der Hand durch seine zu langen Haare. »Trudeau hat Spuren von geologischem Material gesichert und wird sich wegen der üblichen Vergleiche mit den Gendarmen kurzschließen. Er hat auch die Vertiefungen vom Profil der Reifen ausgekratzt, um Rückstände zu finden. Trudeau ist eine wahre Arbeitsbiene. Im Laster selbst ist erkennbar, daß ein Großreinemachen stattgefunden hat. Eine Wüste Gobi: keine Möbel mehr, keine Benutzerspuren mehr, nichts außer der Grundausstattung. Trudeau hat drei Stunden mit der Suche nach ›Pfoten‹ zugebracht. Nichts. Das heißt Kleinigkeiten, aber ich bezweifle, daß etwas Besonderes dabei herauskommt. Vorne dagegen, im ›Cockpit‹, das war ein Volltreffer!«

Lavot ging auf Cabuts Schreibtisch zu, auf dem zwei Gegenstände lagen. Er schwenkte eine Perücke mit langen blonden Haaren.

»Wow«, rief Marion mit glänzenden Augen aus. »Genial, Lavot!«

Cabut nickte zustimmend, obgleich er wegen des unerwarteten Erfolgs seines Kollegen ein bißchen zerknirscht war.

»Warten Sie, das ist erst der Anfang. Gucken Sie sich das an, Chef!«

Er reichte ihr ein sehr altes Buch in braunem Ledereinband, der mit der Zeit dunkel geworden und durch häufigen, ungeschickten Gebrauch beschädigt war. Auf dem Rücken prangte in verblaßten Goldbuchstaben der Titel: *Die Blumen des Bösen* von Charles Baudelaire. Marion schlug es halb auf, vorsichtig, nur mit den Fingerspitzen.

Das Werk war mit Bleistiftanmerkungen übersät, die in einer feinen, unregelmäßigen Schrift abgefaßt waren. Unleserliche Wörter, durchgestrichene Sätze. Und überall, gleich einem Leitmotiv, vom Umschlag bis zur letzten Seite, Kalligraphien von zwei ineinander verschlungenen Vornamen in unendlich variierten Schriftstilen. Immer dieselben beiden Vornamen: Ben und Cora. Cora und Ben. Eine Verdickung in der Mitte des Buches zog Marions Aufmerksamkeit auf sich. Seite 293 war die Seite des HÉAUTONTIMOROUMÉNOS. Ein zweimal gefaltetes Papier kennzeichnete sie wie ein Lesezeichen. Namen und Vornamen von Frauen und ihre Telefonnummern. Nicole Privat, Jenny Delourmel, Christine Joual ... und auch andere, von denen sie nie gehört hatte: Alice Desbonds, Catherine William, Maguy Vermorel ...

»Toll!« murmelte Marion von einem plötzlichen Schwindel gepackt. »Aber Sie hätten davon erzählen können, bevor ich meine kleine Geschichte anbrachte. Dieser Schmöker ist eine entscheidende Entdeckung!«

Lavot entschuldigte sich mit einer Miene, die besagte, daß in der Phase, in der sie sich befanden, alles entscheidend wurde.

»Wo haben Sie das gefunden?«

»Im Laster, hinter dem Beifahrersitz. Es war in einer Art Müllsack, einer blauen Plastiktüte ohne Firmenaufdruck, die sorgfältig zusammengelegt war. Meines Erachtens hat er sie vergessen, denn alles übrige war blitzblank. Sogar das Lenkrad und der Rückspiegel sind frei von Spuren. Eine echte Hausfee!«

»Hat der Erkennungsdienst daran gearbeitet?« fragte Marion und deutete auf das alte Buch, das sie zu faszinieren schien.

»Noch nicht, ich wollte, daß Sie es vorher sehen. Ich werde es nach oben bringen und versuchen, nicht die Aufmerksamkeit der Deppen auf mich zu lenken. Selbstverständlich habe ich ihnen nichts gesagt.«

Marion beschloß, sich um dieses Problem nicht zu kümmern. Sie würde mit ihrem Kollegen und dem Direktor Scherereien haben, das war nicht zu ändern.

Lavot fuhr rasch fort:

»Die Zulassung des Campingwagens führte mich zur Wohnung eines gewissen Antonio Pereira. Kamerad Pereira fühlte sich nicht recht wohl in seinen Baskets. Ein Portugiese, dem die Ausweisung droht. Vor drei Monaten hat er einen Unfall mit seinem Campingwagen gehabt, und die Polizei hat das ausgenützt, um ihn dingfest zu machen. Man hat ihm offiziell mitgeteilt, daß er binnen zweier Tage das Land zu verlassen habe, und hatihn auf freien Fuß gesetzt. Am nächsten Tag hat er Besuch bekommen: ein Polizist mit den Prozeßpapieren, der ihm vorgeschlagen hat, diese gegen den Campingwagen zu tauschen.«

»Bescheuert! Hat er angenommen? Und warum?«

Lavot breitete die Arme aus:

»Genau das ist sein Problem, er wollte bei uns bleiben, bei uns ist es doch so schön, stimmt's, Chef? Die Stütze, der Mindestlohn, die Arbeitslosenknete ... In Portugal ist das weniger schön, angeblich. Kurz und gut, er hat angenommen. Der echte oder falsche Polizist fährt mit dem Laster weg, und er behält seine Prozeßpapiere. Pereira hat vorsorglich seinen Anwalt aufgesucht, die Ausweisung geht natürlich ihren gewohnten Gang. Er hat sich eben reinlegen lassen.«

Marion schüttelte den Kopf:

»Das ist doch verrückt. Und wer ist dieser Polizist?«

»Ja! Das würde ich gerne wissen und der Portugiese auch. Der Typ ließ ihn die Papiere unterschreiben, ohne ihm seinen Namen zu nennen. Und ein Besitzerwechsel fand selbstredend nicht statt, die Zulassung läuft immer noch unter Pereiras Namen!“

»Und der besagte Pereira hat die Sache nicht angezeigt«, ergänzte Cabut. »Was für ein Arschloch!«

»He, sag mal, Cabut-Schätzchen«, feixte Lavot, »du wirst abgebrühter, könnte man sagen. Bald kannst du zu den Nutten gehen.«

Cabut errötete heftig und warf Marion, die ganz abwesend wirkte, einen flehenden Blick zu.

Sie murmelte:

»Er ist kein Soldat, er ist Polizist.«

»Wie bitte?«

Sie bebte:

»Professor Simon denkt, daß sein Patient Benoît Vilanders ein ehemaliger Soldat ist. Ich denke, daß er Polizist ist.«

»Oder jemand, der sich als solcher ausgibt«, berichtigte Cabut. »Möglicherweise denken Sie an Dranville?«

»Ich denke an niemanden, vor allem ist Dranville sicher ein falscher Name. Ach! Dabei fällt mir ein!«

Sie tippte sich an die Stirn:

»Den hatte ich ganz vergessen!«

Sie erzählte ihnen von Inspektor Dranvilles Anruf und von dessen Drängen darauf, sie zu treffen, um mit ihr über Joual zu sprechen. Sie schaute auf ihre Uhr. Es war höchste Zeit, über dieses Treffen nachzudenken und es vorzubereiten. Marion spürte, daß dieser Abend entscheidend sein würde. Danach würde nichts mehr wie vorher sein. Und wenn Bellechasse, Vilanders und Dranville wirklich ein und derselbe Mann wären?

»Ich nehme an«, sagte sie und wandte sich Cabut zu, »daß Dranville im Hauptkommissariat unbekannt ist.«

»Natürlich«, entgegnete Cabut. »Im übrigen fanden sie das zum Lachen, denn in der Funkvermittlung arbeiten keine Inspektoren. Es sind Polizisten oder Funker in Zivil, die als Aushilfen angestellt sind, mit Anspruch auf bestimmte Beschäftigungen, die für sie reserviert sind.«

»Ehemalige Soldaten, zum Beispiel?« unterbrach ihn Marion alarmiert.

»Ich nehme es an, ich habe nicht genauer nachgeforscht«, antwortete Cabut verwirrt. »Ich fand eine Spur von dem Anruf, den Marthe Vilanders an jenem Abend tätigte, an dem wir uns vor ihrem Haus versteckt hielten. Die Zentrale hatte eine Streife dorthin geschickt. Keine besonderen Vorkommnisse im Einsatzprotokoll. Mehr konnte ich nicht in Erfahrung bringen, denn die Mannschaft von heute morgen ist eine andere als die, die an jenem Abend im Einsatz war.«

»Und die anderen?« hakte Marion ungeduldig nach.

Cabut wurde verlegen:

»Wieso die anderen? Meinen Sie die anderen Funker?«

»Nein, ich meine die anderen Opfer. Christine Joual hatte ebenfalls das Überfallkommando gerufen, haben Sie von diesem Anruf eine Spur gefunden? Und die anderen Frauen, Nicole Privat, Jenny Delourmel?«

»Ich habe, ich habe nicht, das heißt ...«, stotterte Cabut, »Sie hatten nicht von mir verlangt, daß ich diese Nachforschungen durchführe.«

»Aber was haben Sie denn den lieben Tag lang gemacht? Muß man Ihnen alles sagen, oder was?«

Marion regte sich auf. Sie verunsicherte den armen Cabut, begriff aber, daß er seine Nachforschungen nicht vertieft hatte, weil er einfach nicht daran gedacht hatte. Trotz Marions wenig freundlicher Miene reagierte er:

»Das wird viel Zeit kosten; wir haben kein genaues Datum, nichts!«

»Nun ja, es braucht auch Zeit, um ein guter Bulle zu werden! Setzen Sie Ihre grauen Zellen in Bewegung, mein kleiner Cabut! Sie haben die Daten der Morde, und wenn all das in irgendeinem Zusammenhang steht, müssen Sie Spuren von Anrufen an den davorliegenden Tagen oder Wochen finden. Und inzwischen holen Sie mir rasch die Liste der Burschen, die in der Funkzentrale arbeiten, mit ihrem vollständigen Stammbaum. Man nennt das Beseitigung von Zweifeln … oder eine Überprü … wenn Ihnen das lieber ist! Und wenn Sie dort sind, rufen Sie die drei Frauen an, die nebst den drei Opfern auf der Liste in dem Schmöker stehen. Ich hoffe, daß sie noch am Leben sind. Bitten Sie sie, morgen früh vorbeizukommen und bis dahin niemandem die Tür zu öffnen.«

Cabut ging davon, mit hängendem Kopf und Arbeit für wenigstens drei Wochen. An der Tür fluchte er: Er hatte noch etwas vergessen. Er drehte sich um:

»Chef«, sagte er mit vor Scham erstickter Stimme, »Talon hat angerufen. Er hatte sehr interessante Dinge, so scheint es, aber er hat mir gegenüber den Wichtigen gespielt. Er kommt in einer Stunde am Flughafen an. Er muß dann nur noch hierherkommen.«

»Er kommt zu spät. *Ich* habe eine Verabredung. Sagen Sie ihm, daß ich ihn später im Laufe des Abends sprechen werde und er auf mich warten soll.«

Daß sie Talons Rückkehr fürchtete, wäre ein beschönigender Ausdruck gewesen. Benoît Vilanders war in Nantes geboren – wie Benjamin Bellechasse, den man in den Standesregistern nirgendwo fand. Sie fühlte eine Migräne aufsteigen, während die Angst wieder über sie hereinbrach. Der Abend würde entscheidend sein. Sie rieb sich die Schläfen und wandte sich um:

»Lavot?«

»Hier, Chef. Kapiert, ich begleite Sie!«

XXIX

Ohne Nachsicht betrachtete sich Ben im fleckigen Spiegel seines armseligen, aber tadellosen Zimmers.

»Nicht schlecht«, murmelte er.

Er selbst hatte Mühe, sich wiederzuerkennen. Er hatte sich sorgfältig vorbereitet, er hatte getan, was er konnte. Jetzt war er fast bereit. Stumm ging er die Checkliste dessen durch, was er vorbereitet hatte: seine Tasche mit der Kamera und das Stativ dazu, die Kleider zum Wechseln. Heute abend würde er das Ritual gleich bei der ersten Begegnung ausführen. Anders ging es nicht, aber er wußte, wie er es anstellen mußte. Unerwartet zuschlagen, rasch und gut. Seinen Zeitpunkt und sein Gelände wählen – ein grundlegender Begriff der Strategie eines guten Soldaten. Es blieb nur noch eine Formalität zu erfüllen: die Formel wiederzulesen und die neue ›Schwester‹ für Cora zu taufen. Während er die Schublade des scheußlichen Möbels öffnete, in dem er seine Akten unterbrachte, fragte er sich flüchtig, ob Marion eine Narbe hätte. Vielleicht eine Blinddarmnarbe, wenigstens das. Er zitterte bei der Erinnerung an Cora und murmelte mit Sehnsucht in der Stimme:

»Herrliche Cora …«

Einen Augenblick später fing sein Herz zu rasen an: Der alte Schmöker war nicht mehr da. Seine Hände zitterten heftig, während sein Körper sich mit Schweiß bedeckte. Er tat dann etwas für ihn Unvorstellbares: Hektisch leerte er alle

Schubkästen, den Kleider- und Wäscheschrank und die khakifarbenen Leinentaschen, die oben sorgfältig in einer Reihe abgestellt waren. Als er alles auf den Kopf gestellt hatte, mußte er die Tatsache anerkennen: *Die Blumen des Bösen* waren verschwunden!

Schon vor zwei Stunden hatte er festgestellt, daß Coras Perücke fehlte. Aber das hatte ihn nicht beunruhigt: In seiner Aufregung, alle beschmutzten Sachen in dem Campingwagen zu verbrennen, hatte er sie wohl vernichtet, ohne es zu bemerken. Selbst wenn er eine neue kaufen gehen müßte, hätte ihn das nur eine Viertelstunde gekostet. Der alte Schmöker war etwas anderes. Ben setzte sich auf den Rand des schmalen Bettes, stützte die Ellenbogen auf die Knie und den Kopf in die Hände. Er dachte eifrig nach und versuchte, sich an all seine Bewegungen in dem Moment zu erinnern, als er den Laster ausgeräumt, gesäubert und schließlich abgeschlossen und stehengelassen hatte. In Gedanken wiederholte er jede einzelne seiner Gesten und sah den blauen Plastikbeutel wieder, die liebevolle Sorgfalt, die er an den Tag gelegt hatte, als er das Buch und die Perücke einpackte! Natürlich … Er hatte sein wertvollstes Hab und Gut vergessen, seine wunderbarste Erinnerung, das einzige fleischliche Band, das er von Cora aufbewahrte.

»Zu spät«, sagte Cora hart, »du hast keine Zeit mehr, es suchen zu gehen. Außerdem ist es gefährlich. Wenn die Bullen den Laster entdecken, bist du erledigt!«

»Nein«, stöhnte Ben leise, »wegen des Baudelaire werden sie mich nicht entdecken, dich auch nicht. Aber er fehlt mir, ich brauche ihn!«

»Zu spät«, wiederholte Cora, »du mußt zu Marion gehen. Es kommt nicht in Frage, daß ich noch einen Tag warte.«

Ben jammerte noch ein bißchen über sein Los, aber ohne Erfolg. Cora weigerte sich, ihm länger zuzuhören. Dann fing er sich wieder und führte eine lange Konzentrationsübung durch, um sich wieder in den Zustand zu versetzen, in welchem er ›davor‹ gewesen war. Schade, Marion würde nicht getauft sein, aber die Formel könnte er wiederfinden, obgleich ihm, wie er zugeben mußte, sein Gedächtnis immer häufiger einen Streich spielte. Dann würde er aufbrechen. Er würde früh eintreffen, um Marions Haus zu überwachen und sicherzugehen, daß sie kein Empfangskomitee aufstellte. Dennoch gelang es ihm nicht, ein völlig neuartiges Unbehagen loszuwerden. Er spürte, daß die Sache schiefging, daß es kein nächstes Mal geben würde. Keine weitere Chance. Ein zusätzlicher Grund, heute abend Erfolg zu haben.

»Die Tasche!« brüllte Marion.

Lavot zuckte zusammen, der Wagen machte einen Schlenker, geriet auf der nassen Fahrbahn ins Schleudern und kam drei Millimeter vor einem Motorroller zum Stehen, dessen Fahrer etwas von ›Mordanschlag‹ brüllte. Lavot holte tief Luft und klammerte sich mit beiden Händen ans Lenkrad, während Marion das Seitenfenster herunterließ. Sie beschimpfte den Rollerfahrer:

»Sie sind ja noch am Leben, seien Sie froh, denn dieser Mann ist, wenn er am Steuer sitzt, ein gemeingefährlicher Neuropath. Los, fahren Sie, die Vorstellung ist vorbei!«

Sie wandte sich Lavot zu, der gerade protestieren wollte:

»Machen Sie sich nichts draus, ich sagte das, um ihn zu beruhigen. Wenden wir, es geht ins Krankenhaus!«

»Was denn! Haben Sie Ihre Tasche im Krankenhaus vergessen?«

Marion antwortete nicht. Er wußte genau, daß sie nie eine Tasche trug.

Cabut stockte über der Liste wie von einem Starrkrampf befallen. Der Chef des Saals hatte ein bißchen gemurrt, bevor er ihm aushändigte, worum er gebeten hatte: Wegen des sintflutartigen Regens standen in der Funkzentrale die Telefone nicht still. Wie in allen Städten der Welt konnten die Autofahrer nicht mehr chauffieren, sobald nur zwei Tropfen Regen fielen. In ein paar Minuten legten die Wolkenbrüche die ganze Stadt lahm! Cabut rief den Mann herbei, der als dicklicher Fünfziger und mit einer Gutmütigkeit auftrat, die immer verschwand, wenn er am Funkgerät oder den anderen Funkern im Saal Anweisungen erteilte.

»Dieser Beamte«, sagte Cabut mit bebender Stimme, »kann ich seine Akte haben?«

Der Brigadier beugte sich hinunter und verdrehte den Kopf, um den Namen auf der Liste zu entziffern:

»Vilanders? Was hat er angestellt, dieser Kauz?«

Es war fast 19 Uhr, als Marion noch einmal am Bett von Marthe Vilanders stand. Sie hatte darauf dringen müssen, daß sie die Erlaubnis erhielt, mit ihr zu sprechen, denn die Kranken waren schon für die Nacht vorbereitet und das Krankenhaus schlummerte langsam ein, fern von dem Treiben und Getöse der Stadt. Es bedurfte des unwiderstehlichen Lächelns von Lavot, um die Krankenschwester, eine kleine Brünette, der nichts entging, zum Nachgeben zu bewegen. Marion betrat das Zimmer alleine, da Lavot es vorgezogen hatte, sie handeln zu lassen und selber die kleine Brünette ›im Auge zu behalten‹, wie er sagte – es könnte ja sein, daß sie sonst ihre Meinung änderte.

Marthe Vilanders döste vor sich hin, schwach beleuchtet von den Kontrollampen der elektronischen Apparate, von denen der überwiegende Teil abgeschaltet war. Morgen würde sie in ein normales Zimmer verlegt, hatte die Krankenschwester gesagt. Sie spürte Marions Gegenwart am Bett. Diese las Verärgerung in Marthes Augen, gepaart mit Überdruß und der Frage: ›Was denn noch?‹

»Madame Vilanders«, sagte Marion sanft, »ich kann mir vorstellen, welches Leid Sie ertragen. Ich habe den Eindruck, daß Sie jemanden decken wollen, aber dadurch verdammen Sie andere Frauen dazu, das zu erleiden, was Sie durchgemacht haben. Überdies sind Sie am Leben: Ich habe drei von diesen Frauen auf dem Autopsietisch gesehen, und dazu einen meiner Inspektoren. Das muß aufhören.«

Sie deutete mit dem Kopf in Richtung Wandschrank und straffte ihre Stimme:

»Die Tasche in Ihrem Wandschrank kenne ich, sie gehört Benjamin Bellechasse. Und diesen Mann, der seit einem Jahr mein ... Freund ist, kennen Sie ebenfalls. Wer ist er? In welcher Beziehung stehen Sie zu ihm?«

Marthe schwieg bedächtig und regte sich nicht. Entschlossen ging Marion auf den Wandschrank zu und öffnete ihn mit einer überzeugten Geste. Marthe Vilanders rührte sich nicht: Der Wandschrank war leer.

»Madame Vilanders«, schimpfte Marion, »wenn Sie sich in einer anderen Verfassung befänden, würde ich Sie wegen Beihilfe festnehmen. Benjamin Bellechasse ist der Verdächtige Nummer eins. Ich weiß, daß Sie ihn decken, wie Sie auch Benoît Vilanders decken, indem Sie vorgeben, ihn nicht zu kennen. Sie wissen, was ich denke: daß diese zwei Personen eine einzige sind. Ein Irrer, der tötet. Bitte. Wer ist Benjamin?«

Marthe Vilanders seufzte tief, und Marion meinte, am Rand ihrer Augenlider eine Träne zu bemerken. Sie murmelte:

»Mein Sohn ...«

Marion glaubte, falsch verstanden zu haben. Ihr Sohn! Benjamin der Sohn dieser Frau, die zehn, höchstens fünfzehn Jahre älter sein dürfte als er.

»Benjamin ist mein Adoptivsohn«, begann Marthe Vilanders wieder, die die Überraschung ihrer Gesprächspartnerin bemerkt hatte, »aber er hat mit all dem nichts zu schaffen.«

»Wer dann? Wer ist der Mann, der tötet? Wer ist der andere Vilanders?«

»Ich weiß es nicht«, entgegnete Marthe mit fester Stimme. »Wie sollte ich? Ich kenne hier niemanden… Lassen Sie mich in Ruhe!«

»Wo ist Benjamin?«

»Für ein paar Tage verreist.«

»Wieso wissen Sie das?«

»Das war seit langem geplant.«

»Hat er Ihnen die Tasche anvertraut?«

»Nein«, log die Frau in Weiß, »ich weiß nicht, wem diese Tasche gehört. Ich bat die Krankenschwester, sie mir vom Halse zu schaffen. Sie hat sie mitgenommen.«

Marion seufzte. Alles hätte so einfach sein können, aber diese Frau bewies ein erstaunliches Durchhaltevermögen – trotz ihrer Krankheit, ihrer Verletzungen und auch einer Angst, die sie recht und schlecht verbarg.

»*Er* hat Sie überfallen, nicht wahr?« fragte Marion.

Marthe Vilanders entfuhr eine Art Schluchzer. Langsam rannen Tränen aus ihren müden Augen. Marion bemerkte, wie sie mit sich kämpfte, um ihr Geheimnis loszuwerden und ihr Schicksal in Hände zu legen, die kräftiger waren als ihre eigenen. Aber es schien stärker zu sein als sie.

»Nein«, sagte sie langsam, »er ist es nicht.«

»Unglaublich«, empörte sich Marion, »diese Frau ist nicht zu knacken. Ich bin mir sicher, daß alles durchsichtig werden würde, wenn sie spräche. Sie hat einen absolut animalischen Schutzreflex.«

Lavot schüttelte den Kopf, während er mit den Augen die Bewegungen der jungen brünetten Krankenschwester verfolgte, die damit beschäftigt war, Benjamins Tasche zu suchen, ihre Kollegin von der Tagesschicht hatte sie weggeräumt.

»Ich weiß nicht, wo sie sie hingetan hat«, erklärte sie, nachdem sie ein paar Minuten lang gesucht hatte. Ich werde sie morgen früh bei der Ablösung danach fragen.

»Können Sie das nicht jetzt machen?«

»Ich kann sie zu Hause anrufen«, räumte die junge Frau ein und sah auf die Uhr, die zwischen zwei Werbeplakaten an der Wand hing. »Aber sie wohnt ganz weit draußen und ist jetzt noch nicht angekommen …«

Sie schielte interessiert zu Lavot hinüber:

»Wenn Sie noch ein Stündchen warten können …«

»Wir haben keine Zeit mehr«, unterbrach sie Marion und blickte nervös auf ihre Uhr. »Lavot, Sie kommen morgen wieder.«

»Natürlich Chef«, antwortete der Angesprochene eilfertig.

Er wandte sich der Krankenschwester zu:

»Ist Ihre Kollegin genauso hübsch wie Sie?«

Die kleine Brünette lächelte schelmisch:

»Weit mehr. Aber ich warne Sie, sie ist schon Großmutter.«

Cabut las begierig die Angaben in Benoît Vilanders' Akte. Als er fertig war, schwitzte er ausgiebig. Vor Aufregung. Er nahm sich noch die Zeit, in dem großen Register nachzusehen, in welchem die Anrufe beim Überfallkommando verzeichnet waren. ›Eines Tages müßte man das alles auf EDV umstellen‹, dachte er beim Umblättern. Beim Datum ihrer ersten Überwachung vor dem Haus von Marthe Vilanders, an jenem Abend, als sie Benjamin Bellechasse beschatteten, hielt er inne. Mit Hilfe des Fingers ging er die lange Liste der chronologisch festgehaltenen Einsätze durch und hielt plötzlich inne. Um 23 Uhr 40 hatte eine Hand mit sorgfältiger, ordentlicher Schrift einen Anruf aus einer Villa der vornehmen Viertel notiert, und zwar wegen einer ungewöhnlichen Anwesenheit im Garten von Madame Marthe Vilanders. Die Bemerkung war mit Benoît Vilanders unterschrieben.

»Hat denn niemand die Übereinstimmung festgestellt?« fragte Cabut, ohne sich bei der Tatsache aufzuhalten, daß auch er bei seinem ersten Besuch dieser Namensgleichheit keine Aufmerksamkeit geschenkt hatte.

Der Brigadier verdrehte die Augen:

»Haben Sie die Anzahl der Anrufe gesehen? Vilanders hätte reagieren können, aber wie Sie wissen, ist er sonderbar. Als Typ sehr mysteriös. Er hat mit niemandem hier Umgang ...«

Cabut fragte, ob er das Tonband anhören könnte. Der Brigadier seufzte:

»Mit den Tonbändern dauert es etwas; das, das Sie suchen, ist sicher schon eingeordnet.«

Cabut zeigte ihm die Liste mit den Frauen, die man in den *Blumen des Bösen* entdeckt hatte:

»Ich muß nachsehen, ob diese da auch angerufen haben, und ich muß mir die Aufzeichnungen anhören, wenn es welche gibt.«

»Na, dann gute Nacht«, antwortete der Brigadier ironisch. »Ich hole Ihnen die anderen Kladden.«

Während er auf dessen Rückkehr wartete, begann Cabut die Frauen anzurufen, deren Namen auf der Liste standen. Die ersten beiden nahmen nicht ab, die dritte war zu Hause. Recht lebendig. Nichtsdestoweniger war sie erstaunt über Cabuts Fragen und versicherte, daß sie noch nie das Überfallkommando gerufen hatte. ›Verflixt‹, dachte Cabut, ›verflixt und zugenäht.‹

Gerade als er auflegen wollte, hatte er plötzlich eine Eingebung. Er hatte nachgedacht und eine Theorie entwickelt: Die Opfer des Mörders waren allein lebende Frauen. Er hatte nicht mit Marion darüber gesprochen, denn es ließ sich auf eines der Opfer nicht anwenden. Christine Joual.

»Leben Sie allein, Madame Vermorel?«

»Aber nein, was für eine Frage!«

›Verflixt‹, dachte Cabut wieder, ›verflixt noch mal.‹

»Ich habe meine Katze!« sagte die Frau nach einer Pause lachend.

Ihre Stimme war jung, voller Schwung und Dynamik. Cabut holte vor Erleichterung tief Luft und bedrängte Maguy Vermorel mit weiteren Nachfragen. Nachdem sie ein paar Sekunden nachgedacht hatte, räumte sie ein, daß sie einen ›Kontakt‹ mit der Polizei gehabt hatte. Sie war auf einer Métrotreppe gestürzt und hatte sich das Bein gebrochen: Feuerwehr und Polizei waren gekommen, aber sie verstünde nicht ...

»*Ich* verstehe sehr gut«, frohlockte Cabut. »Ist danach etwas vorgefallen?«

»Wie das?«

»Hat jemand Sie noch mal angerufen? Jemand von der Polizei?«

Die Frau dachte nach. Sie erinnerte sich nicht, außerdem hatte sie drei Wochen im Krankenhaus gelegen, der Bruch war schlimm. Am zweiten Tag war ein Inspektor gekommen, um sie zu vernehmen.

»Ein Inspektor!« rief Cabut alarmiert aus. »Was wollte er?«

»Oh, er hat mir eine Menge Fragen gestellt, ich entsinne mich nicht mehr, das ist mehrere Monate her, und ich war ... benommen.«

Sie lachte wieder schelmisch und lebhaft.

»Sie haben ihn nicht wiedergesehen?«

»Nein«, antwortete die Frau, »aber nach dem Krankenhaus bin ich zu meiner Schwester gefahren. Ich bin erst seit einer Woche wieder hier.«

»Könnten Sie morgen im Polizeipräsidium vorbeikommen?«

»Aber ja«, versicherte sie und lachte abermals. »Aber was geht denn vor? Werde ich einen gefährlichen Verbrecher entlarven? Werden Sie mich um ein Phantombild bitten?«

Cabut lächelte und entzog sich den voreiligen Fragen von Maguy Vermorel:

»Macht Ihnen das nichts aus wegen Ihrer Arbeit?«

Diesmal lachte die Frau geradezu laut auf:

»Nein, Sie müssen wissen, ich bin siebzig!«

Als er auflegte, zitterte Cabut. Er war sich sicher, daß er auf dem richtigen Weg war: Die Frauen riefen das Überfallkommando an oder waren auf andere Weise mit der Polizei konfrontiert. Ein Unfall, wie bei Maguy Vermorel, oder jeder andere Zwischenfall im Leben. ›Irrsinnig, die Einsätze des Überfallkommandos‹, dachte Cabut beim Blättern in den Listen. Mit geschlossenen Augen hätte er wetten können, daß der Funker jedesmal Benoît Vilanders war. Daß er am nächsten Tag die Frauen bedrängte, indem er die Notwendigkeit von Ermittlungen erfand, und sich dann die aussuchte, die ihm paßten: allein lebende Frauen. Maguy Vermorel war vielleicht wegen ihres Alters oder dank des Aufenthalts bei ihrer Schwester verschont worden …

Wenn er mit seinen Opfern wieder Kontakt aufnahm, gab Vilanders sich als Inspektor aus.

»Herrgott noch mal«, erregte sich Cabut. »Inspektor Dranville!«

Und Marion hatte sich mit ihm bei sich zu Hause verabredet! Fieberhaft machte er sich daran, in der Wohnung seiner Chefin anzurufen, er hatte den Anrufbeantworter dran:

»Scheiße«, rief er zutiefst bestürzt aus.

Sie war noch nicht angekommen oder hatte den Apparat nicht abgestellt. Er ließ nicht locker. Erfolglos, sie war nicht zu Hause. Schließlich hinterließ er eine Nachricht für sie und bat den Brigadier, einen Funkruf durchzugeben: Lavot oder Marion würden ihn schließlich vielleicht doch hören.

XXX

Ben beobachtete mit scharfem Blick die Straße. Er war seit fünfundzwanzig Minuten auf seinem Posten, und alles wirkte normal. Niemand in den Autos, die auf beiden Seiten parkten, kein Passant mit verdächtigem Verhalten. Als er eingetroffen war, stand ein Lieferwagen vor Marions Nachbarhaus. Ben hatte den leeren Innenraum sehen können, und im übrigen war der Wagen ein paar Minuten später weggefahren. Keine falschen Straßenkehrer, kein Penner, der in einer Ecke lagerte, keine Prostituierten ohne Kunden. Die Straße war eine bescheidene, ruhige Verkehrsader ohne Geschäfte. Einzig die Brasserie des Négociants zog ein wenig Leben an, aber der Regen schien die Anwohner von jedem Spaziergang abzuhalten.

Ben hatte das Gebäude von oben bis unten inspiziert. Ein altes Haus mit einer knarrenden Holztreppe, die einen altmodischen Reiz hatte. Durch einige Türen hatte Ben die Geräusche von Fernsehern und das Geschrei von Kindern vernommen, die gerade spielten und sich dabei zankten. Marions Tür war blau gestrichen und hatte nur ein herkömmliches Schloß und keinen Spion. Ben sah Marions Renault ankommen. Der Schönling-Inspektor, der immer noch stoppelig war, saß hinter dem Lenkrad. Marion stieg aus; wie gewöhnlich hatte sie eine Jeans an und ihren schwarzen Lederblouson. Ben versuchte zu erahnen, ob sie eine Waffe darunter trug. Das war wahrscheinlich, er mußte oben daran denken. Marion schlug die Wagentür zu und ging nervös die Straße entlang. Sie blickte automatisch um sich, sah Ben jedoch nicht, der sich in der Vertiefung eines Nachbareingangs versteckt hatte. Der Renault setzte sich in Bewegung und verschwand an der Straßenecke.

19 Uhr 45. Ben würde warten, bis es Zeit war hochzugehen. Ben war immer pünktlich.

Marion ging langsam die Treppe hoch und spähte dabei in jeden Winkel, als ob sie glaubte, daraus irgendeinen übelgesinnten Teufel auftauchen zu sehen. Genauso langsam schloß sie ihre Tür auf und betrat ihr Appartement. Im Halbdunkel verspürte sie eine plötzliche ungerechtfertigte Angst. Stumm herrschte sie sich an: Die Tür war normal verschlossen, es konnte nichts passieren. Dennoch flüsterte ihr das hartnäckige Stimmchen zu, daß Benjamin einen Satz Schlüssel behalten hatte … Wie zu der Zeit, als sie ein Kind war und nicht einschlafen konnte, bevor sie mit krankhafter Angst ihr Zimmer gründlich inspiziert hatte, machte sie sämtliche Lampen an und nahm alle eventuellen Verstecke in Augenschein. In Anbetracht der Größe der Wohnung hatte sie den Rundgang schnell absolviert und machte sich Vorwürfe wegen ihrer übermäßigen Furcht. ›Armer Benjamin‹, dachte sie, ›ich vertraue dir wirklich nicht mehr.‹

Sie begab sich ins Badezimmer, wusch sich Hände und Gesicht, kämmte ihre zerzausten Haare. Dann zog sie ihren Blouson aus und entledigte sich ihres Holsters. Sie hielt nach einem Platz Ausschau, wo sie ihre Waffe in

Reichweite hinlegen könnte. Sie fand keinen angemessenen Ort und beschloß, sie in ihren Gürtel zu stecken und den Pullover darüberfallen zu lassen. Dabei berührte sie flüchtig den Piepser, den der Leiter der Nachrichtenabteilung ihr gegeben hatte. Im Notfall brauchte sie nur einen Knopf zu drücken, und Lavot würde das Signal mit dem Gerät gleich empfangen. Das Ding war dazu gedacht, ihr Sicherheit zu geben. Aber Marion nahm sich in acht. Zuviel Technik kann letztlich schlimmer sein als gar keine. Man verläßt sich darauf, und jedes zweite Mal funktioniert es nicht …

Sie blickte um sich mit jenem undefinierbaren Gefühl anhaltenden Unbehagens. Ihr Appartement war immer noch unordentlich und das Bett nicht gemacht. Ohne daß sie wußte, warum, begann sie ein paar herumliegende Kleidungsstücke wegzuräumen. Diese einfachen Handgriffe erlaubten es ihr nachzudenken. Unter einem Sessel fand sie die Sammelmappe mit den Fotos der Mordopfer. Sie sah sie rasch an und bebte. Dann bemerkte sie, daß die Kontrollampe des Anrufbeantworters blinkte. Sie spulte ihn zurück und drückte die *play*-Taste.

»Chef, hier ist Cabut … Sind Sie da?«

Eine Pause. Cabuts Stimme war angespannt, sie schwankte zwischen Aufregung und Angst.

»Gut, Sie sind nicht da! Ich wollte Ihnen sagen … Ich habe, das heißt, ich glaube, daß ich Wichtiges entdeckt habe. Es gibt einen Benoît Vilanders, der in der Kommandozentrale des Hauptkommissariats arbeitet. Er ist Funker. Ehemaliger Soldat. Von der Fremdenlegion … Sie hatten also recht und der Arzt auch …«

Eine neue Pause, abgehackte Funkverbindungen folgten. Betrübt begann Cabut von neuem:

»Er paßt zu der Personenbeschreibung von Bellechasse. Und das ist noch nicht alles. Ich glaube, daß er etwas mit Inspektor Dranville zu tun hat. Es ist sicher ein und derselbe Mann. Ich würde gern darüber mit Ihnen sprechen, bevor Sie … vor Ihrer Verabredung eben! Sie können mich zurückrufen, ich bin im Hauptkommissariat! Sehen Sie sich vor, Chef!«

Marion war wie versteinert und hörte kaum das Klicken am Schluß der Nachricht. Der Schleier zerriß. Endlich. Sie zuckte zusammen: Einen Meter von ihr entfernt ertönte die Türklingel. Sie hatte keine Zeit mehr, was auch immer zu unternehmen. Inspektor Dranville – war es Vilanders, Bellechasse oder alle drei zusammen? – war pünktlich. Mit klopfendem Herzen öffnete sie die Tür.

Lavot wartete den von Marion geplanten Zeitpunkt ab. Dann schloß er den Wagen ab und ging los, während er in seiner Tasche den Schlüssel betastete, den sie ihm anvertraut hatte.

»Dieses eine Mal haben Sie das Recht, an der Tür zu lauschen!« hatte sie lächelnd gesagt.

›So ruhig ist sie nicht, wie sie tut‹, hätte Lavot schwören können, ›aber angeben muß sie, wie immer.‹ Er ging vorsichtig um die Ecke und postierte sich so, daß er den Eingang von Marions Haus sehen konnte. Er war weit entfernt, aber die Straße war frei, und er sah gut genug. Vor der Tür des Nachbarhauses glaubte er eine Bewegung zu bemerken und befürchtete, daß es Cabut wäre.

›Vorausgesetzt, daß dieser Trottel nicht zu früh aufkreuzt!‹ dachte er, während er seine Ray Ban zurechtrückte. Als Cabut über Funk mit ihm Kontakt aufgenommen hatte, um ihm seine Befürchtungen mitzuteilen, hatte er nicht gezögert: »Tanz an, Cabut-Schätzchen! Zwei zu ihrer Überwachung sind nicht zuviel!«

Trotz der Ruhe der Örtlichkeit wirkte die Straße merkwürdig feindselig auf ihn, erfüllt von einem bösen Geist. Es hatte aufgehört zu regnen, der Tag neigte sich, bald würde er nichts mehr deutlich erkennen. Er zitterte. Cabut wollte Verstärkung mitbringen. Er hatte abgelehnt – in der Überzeugung, daß es Marion ärgern würde –, aber jetzt fragte er sich, ob er nicht unrecht gehabt hatte. Eine neue Bewegung alarmierte ihn, in seinem Gesichtsfeld bewegte sich jemand. Er sah auf seine Uhr: 19 Uhr 58. Er sah, wie die große Gestalt die Straße überquerte und mit raschen, geschmeidigen Schritten in Marions Hausflur einbog. Eine Gestalt, die er wiedererkannte und mit der er noch ein Hühnchen zu rupfen hatte. Es sah nicht so aus, als werde er die erlittene Demütigung im Haus von Marthe Vilanders so bald vergessen. Der andere würde dafür bezahlen müssen, nebst Rückständen und Zinsen. Lavot zwang sich dazu, noch zu warten, es könnte ja sein, daß der andere Schlaukopf noch mal umkehrt. Dann näherte er sich seinerseits mit seinem lässigen Gang.

Ben machte tatsächlich das, was Lavot vermutet hatte. Er blieb in dem altmodischen Hausflur des Gebäudes stehen, wo ihm ein alter Spiegel sein Bild zurückwarf. Er kehrte so leise um, als würde er Hausschuhe tragen, streckte rasch den Kopf heraus und spähte nach links und rechts auf die Straße. Beruhigt begann er seinen vorsichtigen Aufstieg. Genau um 20 Uhr klingelte er an Marions Tür.

Marion öffnete, verwirrter, als ihr recht war. Ihre Hände zitterten leicht, und sie spürte, wie ein seltsames Hitzegefühl sie überkam. Mit Neugierde und Furcht betrachtete sie den Mann, der im Halbdunkel des Treppenabsatzes vor ihr stand. Sie hatte Benjamin hundertmal in dieser Tür stehen sehen. Er stieß mit dem Kopf fast oben an den Türrahmen, genau wie ihr Besucher.

»Guten Abend«, sagte der Mann mit einer sanften Stimme, bei der sie die Ohren spitzte.

Benjamin sagte das immer, wenn er kam, sogar am Morgen oder mitten am Tag. ›Ein kanadischer Tick‹, dachte sie, ohne daß sie ihn dazu bewegen konnte, diese Angewohnheit abzulegen.

»Ich bin Inspektor Dranville«, begann der Mann von neuem, während sie nicht einmal daran dachte, ihn zum Eintreten aufzufordern.

Benjamins Stimme. Dieselbe Stimme wie Benjamin. Ohne den Quebec-Akzent. Sie versuchte, hinter dem Mann Lavots Gegenwart zu erahnen, traf jedoch nur auf das ängstigende Gefühl von absoluter Einsamkeit.

»Treten Sie ein«, bot sie widerwillig an.

Mit einem Rucksack auf einer Schulter drang der Mann in den Flur ein. In vollem Licht wirkte er genauso riesig. Marion musterte ihn aus den Augenwinkeln und bat ihn, ihr in das Appartement vorauszugehen. Sie sah die Mütze aus feiner, dunkler Wolle, die er tief ins Gesicht gezogen hatte, die Hornbrille mit getönten Gläsern, die seinen Blick verwischten. Sie konnte den Ausdruck seiner halb geschlossenen, hinter dichten Wimpern verborgenen Augen schlecht erkennen, vermutete jedoch, daß er eisig war. Ein großer brauner Schnurrbart lief quer über die untere Gesichtshälfte und bedeckte die Oberlippe. Inspektor Dranville trug einen Barbour oder eine Imitation davon. ›Wie Benjamin‹, dachte Marion.

Der untere Teil seiner Khakihose steckte in Ranger's aus schwarzem Leder. Ranger's! Benjamin hatte nie diese Art von Schuhen getragen. Schließlich trug der Mann auch noch Handschuhe, ebenfalls aus schwarzem Leder. Durch seine Verkleidung wirkte der Mann irgendwie vertraut. Er starrte sie wie ein Raubvogel an. Er blickte nicht um sich, aber sie wußte, daß er die geringsten Einzelheiten seiner Umgebung registrierte. Die Gefühle, ihn einerseits zu kennen und andererseits einem gefährlichen Feind gegenüberzustehen, waren eng miteinander vermischt.

Der Mann blieb stehen, um Marion den Vortritt zu lassen. Galant und höflich. Sie hatte das starke Gefühl, daß er irgend etwas hinter ihrem Rücken machte, aber als sie sich umdrehte, sah sie ihn ruhig und lächelnd hinter sich stehen. Sie bat ihn, sich zu setzen, er lehnte ab, stets höflich. Sie standen einander gegenüber und maßen sich mit den Blicken: er riesenhaft und athletisch, sie klein und zart, beide bis zum äußersten angespannt. Marion begann:

»Nun, Sie kannten Joual?«

Dranville lächelte breiter, wobei er seine regelmäßig angeordneten Zähne entblößte – wie die von Benjamin –, und hob dann seinen Rucksack wieder auf die Schulter:

»Ja, ich habe mit ihm in Paris gearbeitet.«

»In welcher Dienststelle?«

»RD*.«

Er sprach knapp und beherrscht.

»In welcher Zeit?«

»'85 bis '87.«

»Trank er damals schon?«

Marion hatte ihre Frage brutal vorgebracht. Den Gegner aus dem Konzept bringen, eine Verhörtaktik, die man auf der Schule lernte ... Sie sah, wie Dranville leicht zögerte.

»Ich glaube nicht, nein«, antwortete er, »das heißt ... nicht mehr als die anderen.«

Eine leichte Verzerrung im Gesicht von Inspektor Dranville ließ Marion erkennen, daß sie ins Schwarze getroffen hatte. Er hatte aufs Geratewohl geantwortet, und sie spürte, wie sehr diese Feststellung ihn verärgerte. Marion hatte das Wesentliche in Jouals Personalakte noch mal nachgelesen. Er war tatsächlich kurz beim RD gewesen, aber das war 1980, und er wurde wegen Trunksucht gefeuert. Seine erste Ent-

* Rauschgift- und Sittendezernat.

ziehungskur datierte von 1983 ... Marion spürte auf ihren Händen ein unangenehmes Kribbeln und fragte sich, ob sie weitermachen oder auf den Piepser drücken oder zur Tür stürzen sollte, um Lavot zu Hilfe zu rufen. Trotzdem blieb sie hartnäckig:

»Wo arbeiten Sie?«

Der Mann tat überrascht:

»Aber in der Nr. 36, das RD war seit jeher am Quai des Orfèvres Nr. 36 ...«

Mit einem leichten Vorwurf in der Stimme fügte er hinzu:

»Ich bin gekommen, um Ihnen über Jouals Tod Informationen zu geben.«

›Gut‹, sagte sich Marion, ›bist du mit dir zufrieden? Dieser Typ hat nie in Paris gearbeitet und nie bei der Polizei, und du wußtest es von Anfang an ...‹

Ben konnte kaum verbergen, daß er vor Gereiztheit und Verärgerung zitterte. Da war Marion, in Reichweite, großartig. Sie mußte sich ihm unterwerfen. Statt dessen provozierte sie ihn. Sie stellte ihm eine Falle und er, Ben, war gerade dabei hineinzutappen.

»Laß dir das nicht gefallen!« quälte Cora ihn, »ich kann es kaum erwarten zu kommen. Los, Ben, beeil dich, sonst wirst du dich reinlegen lassen. Kann sein, daß das Haus umstellt ist!«

Ben schrak zusammen, ein kurzer, heftiger Schauder ergriff ihn. Er richtete einen durchdringenden Blick auf Marion, was bedeutete, daß der Moment gekommen war.

Dranvilles Verhalten hatte sich verändert. Plötzlich hatte er seine anfängliche Sanftheit verloren. Marion spürte, wie er etwas angespannter wurde, während sie verzweifelt herauszubekommen versuchte, ob es sich wirklich um Benjamin handelte. Ihre inneren Sensoren sagten ihr, daß er es nicht war, aber es gab so viele Ähnlichkeiten! Er machte einen Schritt vorwärts. Marion verschränkte die Arme, sie war bereit, den Knopf des Piepsers zu drücken. Doch Dranville beschränkte sich darauf, mit ganz selbstverständlicher Miene seinen Rucksack auf den Boden zu stellen.

»Joual hat ein tragisches Ende gehabt«, sagte er mit rauher Stimme, »wie andere vor ihm auch. So ist das Leben.«

Leiser, zu sich selbst gesprochen, fügte er hinzu:

»Cora darf nicht angerührt werden.«

Er hörte seine Worte, wußte aber nicht, wer gesprochen hatte. Cora oder Marion. Er rief aus:

»Finger weg von Cora! Sie gehört mir!«

Marions Herz raste. Cora! Der Vorname, der ständig in den *Blumen des Bösen* wiederkehrte. Sanft fing sie zu fragen an:

»Wer ist Cora? ... Ben, Sie sind doch Ben, nicht wahr? Wollen Sie mir nicht alles sagen, um der Sache ein Ende zu machen?«

Er lachte höhnisch:

»Ein Ende machen! Gute Idee, Kommissarin!«

Beide erstarrten: Das Telefon klingelte, ein quälendes Klingeln, das anscheinend nie mehr aufhören wollte.

»Nehmen Sie ab, Kommissarin!« befahl Ben. »Aber Vorsicht, erwähnen Sie Cora nicht, sagen Sie nicht, daß Cora da ist, sonst ...«

Er zeigte mit dem Finger auf seinen Gürtel, aus dem der Kolben von Georges' Revolver herausragte. ›Mein Gott‹, dachte Marion und näherte sich dem Telefon mit vorsichtigen Schritten, starr vor Angst, ›das ist ein Irrer. Ich habe diesen Irren in meine Wohnung reingelassen.‹ Vor allem ihm nicht den Rücken zudrehen, sondern ihn im Gesichtsfeld behalten und die Augen auf die seinen geheftet halten. Versuchen, auf die allerselbstverständlichste Weise die Waffe zu ziehen. In der Hoffnung, daß ihre kleine 2-Zoll-Smith schneller und wirkungsvoller wäre als die große 357er Magnum …

Sie dachte an Lavot. Wenn er sich auf dem Treppenabsatz befand, müßte er sie hören … Sie war jetzt ganz nah an der Wohnungstür. Und wenn sie ohne Zögern da hinausginge? Aber das Herz stockte in der Brust: Der Innenriegel war vorgeschoben! Das also hatte der Übergeschnappte hinter ihrem Rücken getan! Lavot würde die Tür nicht öffnen können! Sie spürte, wie sie von Schweiß überschwemmt wurde, und nahm an ihrem eigenen Körper den Geruch der Angst wahr. Trotzdem nahm sie mit fester Stimme das Telefongespräch an.

»Ah, Chef, ich dachte schon, ich würde Sie überhaupt nicht mehr erreichen …«

»Grüß dich, wie geht's?«

Talon hielt verdutzt kurz inne. Marion duzte ihn nie, was war denn mit ihr los? Dennoch fuhr er fort:

»Ich bin aus Nantes zurück. Was ich dort entdeckt habe, erklärt ziemlich vieles. Als erstes seien Sie unbesorgt, ›Ihr‹ Benjamin ist wirklich in Nantes geboren. Er hieß damals Vilanders und nicht Bellechasse, was sagen Sie dazu?«

»Nein, nicht heute abend, ich bin nicht frei«, antwortete sie, während die Wände um sie herum schwankten.

»Stimmt etwas nicht, Chef?« fragte Talon immer ratloser. »Ich kann Sie später wieder anrufen …«

»Nein, es geht mir sehr gut, ich habe nur keine Lust zum Ausgehen, das ist alles.«

Der Mann hatte sich zwischen die Tür und Marion gestellt und beobachtete sie scharf. Talons Stimme setzte von neuem an:

»Der Vater von Benjamin Vilanders hat sich eine Kugel in den Kopf geschossen, vor versammelter Familie, seiner Frau und seinen drei Kindern – den Zwillingen Benjamin und Benoît sowie Corinne, der älteren Schwester. Die Mutter hat den Schock nicht ertragen, sie hat die Bälger verlassen, um ins Kloster zu gehen. Benjamin wurde sofort von Marthe, der Schwester von Jean-Baptiste Vilanders, nach Kanada mitgenommen, wo sie verheiratet war. Sie hat ihn adoptiert. Wollen Sie Einzelheiten, Chef?«

»Laß mich in Ruhe, ich will dich nicht mehr sehen«, kreischte Marion, »außerdem ist da ein anderer Mann ...«

Drohend trat Ben einen Schritt näher. Ihr war speiübel, und sie legte auf. Hoffentlich hatte Talon begriffen. Hoffentlich hatte Lavot hinter der Tür gelauscht. Sie verschränkte abermals die Arme und überlegte, wie sie diesen verdammten Piepser in Gang setzen könnte, ohne den Irren, der sie nicht aus den Augen ließ, darauf aufmerksam zu machen. Zwillinge! Welchen der beiden hatte Marion jetzt vor sich. Benjamin oder Benoît? Ben ...

»Sie haben alles begriffen, nicht wahr?« sagte Ben mit sanfter Stimme. »Dem muß man ein Ende machen. Cora braucht Sie, schöne Kommissarin. Sie wird es sich schmecken lassen, Cora, sie liebt die Lust so sehr ...«

Marion versuchte, zur Tür zu stürzen, drückte blindlings auf den Knopf des Piepsers, ohne sich sicher zu sein, daß sie es geschafft hatte, spürte am Bauch die warme Berührung mit dem Lauf ihres Revolvers. Sagte sich, daß sie vielleicht Zeit hätte, sich seiner zu bemächtigen, falls Ben bedrohlicher würde. Da herauskommen. Schnell.

Ben kam ihr zuvor. Er nahm den ganzen Raum ein. Ohne Eile hob er den Arm und streckte ihn aus, wie aus Versehen. Seine Faust erwischte Marion an der Schläfe. Mit unendlicher Freude und tiefer Erleichterung fing er sie in seinen Armen auf.

»Sie hat nicht gepiepst!« flüsterte Lavot.

»Ich sage dir, das geht da drinnen nicht gut!« flüsterte Talon mühsam.

Er war gerade eingetroffen, außer Atem, mit zerzausten Haaren und verrutschter Brille.

»Was machen wir?« fragte Cabut ängstlich. »Ich wäre dafür, Verstärkung anzufordern.«

»Wir haben keine Zeit mehr, sie ist in Gefahr, wir müssen hinein.«

»Aber ich höre sie doch diskutieren! Ich habe gehört, wie sie am Telefon antwortete!« wiedersprach Lavot. »Sie muß piepsen, wenn sie Hilfe braucht!«

»Und wenn sie nicht kann, hm, hast du daran mal gedacht! Ich war es, mit dem sie am Telefon sprach, sie hat wirres Zeug geredet und mich geduzt.«

»Hast du ein Schwein«, sagte Lavot.

»Oh, bitte«, rief Talon aus, der ungewollt lauter wurde, »das ist nicht der passende Augenblick.«

Sie lehnten sich zu beiden Seiten der Tür gegen die Wand, Lavot preßte sein Ohr an die Tür. Er hörte die Stimme des Mannes, der unverständliche Worte murmelte.

»Ehrlich, er erzählt ihr seine Lebensgeschichte, sie kommt nicht einmal dazu, auch nur ein Wort zu sagen ...«

In diesem Augenblick hörte Lavot hinter sich ein Geräusch. Langsam richtete er sich auf, bemerkte die verstörten Mienen von Talon und Cabut und folgte ihren Blicken.

Auf dem Treppenabsatz stand Benjamin Bellechasse: Die Hände hatte er in den Taschen seines Barbours vergraben, sein Gesicht wirkte müde, aber gelassen.

»Lauschen Sie an den Türen?« sagte er mit einem Anflug von Lächeln.

Für die Zunft der Polizei empfand er keine übermäßige Sympathie. Wäre Marion nicht gewesen, er hätte sich dieser sozialen Gattung nur gezwungenermaßen genähert. Lavot starrte ihn dumm an:

»Aber wer ist denn bei ihr da drin? Vielleicht können Sie uns darüber Auskunft geben!«

Benjamins Gesicht wechselte die Farbe. Entschlossen trat er näher:

»*Ihr* werde ich das mitteilen, man muß sofort diese Tür öffnen.«

Wie um seine Worte zu unterstreichen, drang das erste Ächzen von Marion zu ihnen. Schwach, aber deutlich zu hören.

Ben kniete über Marion, sie war gefesselt und geknebelt. Sein Plan war durcheinandergeraten dadurch, daß Marion ein Bett ohne Pfosten hatte und er sich damit begnügen mußte, ihr die Handgelenke zusammenzubinden, ohne ihr die Arme spreizen zu können. Das störte ihn jetzt noch nicht, aber gleich, wenn Cora kommen würde, müßte er eine Lösung finden. Vorsichtshalber hatte er ihr ein großes Stück Heftpflaster über den Mund geklebt, und das war richtig gewesen, denn sie war sehr schnell wieder zu sich gekommen. Ihre Augen waren offen, und sie gab keinen Laut von sich. Ben würde es bevorzugen, wenn sie sah, was er tat. Aber beim ersten Anzeichen von Gefahr würde er sie noch einmal niederschlagen müssen. Ben hatte seine Kamera am Fußende des Bettes aufgebaut, leicht geneigt, damit nichts von dem Schauspiel verlorenginge. Er war zur Hälfte entblößt, sein offener Rucksack befand sich in Reichweite. Er flüsterte Marion ins Ohr:

»Sie werden ganz brav sein, schöne Madame. Ich werde Cora holen, und sie wird sich an ihrem hübschen Körper erfreuen.«

Marion erschauerte. Sie war immer noch angezogen, aber der Irre hatte schon mehrmals mit seinem Cutter gespielt und ihre Jeans an verschiedenen Stellen eingeschnitten, ohne sie jedoch zu verletzen. Er hatte den Piepser und den Revolver entdeckt und beides behutsam auf den Tisch gelegt, direkt auf die Fotos seiner vorherigen Opfer. Marion hatte bemerkt, daß ihn der Anblick seiner Schreckenstaten gleichgültig gelassen hatte, als ob dies nicht das geringste Echo in ihm wachrufen würde.

Marion hatte auch bemerkt, daß er kaum Vorsichtsmaßnahmen traf und sich mit bloßen Händen zu schaffen machte, den einfachsten Regeln zum Trotz, die er bisher beachtet hatte. Aus der Nähe betrachtet war der Mann, den sie vor sich hatte, nicht Benjamin, nicht der Benjamin, den sie gekannt hatte. Dieser da war mit falschen Wimpern aufgeputzt und hatte keine Augenbrauen. Ohne seine Mütze und den falschen Bart ähnelte er einem Frosch, so glatt und kühl war seine Haut. Aber er hatte alles von Benjamin: die Gesichtszüge, die Statur, selbst noch die Beleibtheit, die sie studierte, während er sich auszog. Zwillinge.

Ben war im Badezimmer verschwunden. Marion wand sich in ihren Fesseln. Ihre Füße und Hände waren mit Handschellen gefesselt, die ihr furchtbar weh taten, sobald sie sich bewegte. Sie verwünschte sich noch einmal, daß sie diesen Übergeschnappten zu sich in die Wohnung hatte kommen lassen. Wenn die anderen sich nicht mit dem Eingreifen beeilten, würde sie draufgehen. Ben würde sie dieser Cora opfern, von der er ständig sprach und von der sie noch nicht verstand, wer sie sein konnte. ›Aber verflixt noch mal, wo seid ihr hin?‹ dachte sie und stellte sich Lavot vor, wie er sich an das Türblatt preßte. ›Vorausgesetzt, daß er wirklich begriffen hatte und nicht gegangen war, um einem Rock nachzulaufen …‹

Die Badezimmertür ging auf. Marion bot sich ein alptraumhafter Anblick. Eine monströse Frau, die auf ihren Stöckelabsätzen nur mühsam das Gleichgewicht hielt, mit schwarzen Strümpfen, die sich eng an ihre langen Beine anschmiegten und bis hoch zu einem roten Streifen Stoff reichten, der kaum die männlichen Geschlechtsorgane verdecken konnte. Der Oberkörper war nackt geblieben; liebkost von den langen blonden Strähnen einer Kunstfaserperücke. Das geschminkte Gesicht war beinahe schön, trotz einer grotesken, ungeschickt aufgetragenen Schicht Lippenstift.

Die Kreatur betrachtete gierig Marion. Sie hatte Handschuhe aus weichem Plastik übergestreift und hielt in der rechten Hand einen Gegenstand, der funkelte, als sie den Arm ausstreckte, um die Kamera in Gang zu setzen. Mit zugeschnürter Kehle sah Marion den Cutter, der scharf wie ein Rasiermesser war, und rief sich blitzschnell die Körper der gemarterten Frauen ins Gedächtnis zurück. Unter ihrem Knebel wollte sie schreien, konnte aber nur einen kehligen Laut von sich geben: Die verzweifelte Anstrengung hallte schmerzhaft in ihrem Kopf wider und brannte ihr in der Kehle. Wütend kniff die Kreatur die Augen zusammen. Ihr Arm streckte sich, um zuzuschlagen. Marion versank in einem trüben, warmen Gewässer.

Lavot steckte den Schlüssel, den ihm Marion gegeben hatte, in das Schloß und drehte ihn geräuschlos nach links. Die Tür hatte keine Klinke, eine Vierteldrehung mußte den Riegel lösen, das hatte Marion ihm erklärt. Lavot machte die Vierteldrehung und drückte gegen die Tür. Ohne Ergebnis.

Er fluchte:

»Scheiße, da ist eine Sperre. Unmöglich aufzukriegen.«

Talon zuckte mit den Schultern und versuchte es seinerseits – auch ohne Erfolg.

»Es gibt einen Innenriegel«, sagte Benjamin, »er muß vorgeschoben sein!«

»Aber warum hat sie das bloß getan?« jammerte Cabut.

»Hör auf, Scheiße zu reden«, fuhr Lavot ihn an. »Wir müssen die Tür aufbrechen, wir haben keine Zeit, den Schlüsseldienst zu rufen.«

Er wandte sich an Bellechasse:

»Ist der Innenriegel stark?«

»Nein, das ist ein altes Ding. Zur Seite! Wir müssen uns beeilen.«

Ben vernahm die Schläge gegen die Tür, als Cora gerade damit fertig war, Marion zu entblößen. Der Körper der bewußtlosen jungen Frau tauchte zwischen den Fetzen ihrer vom Cutter zerschnittenen Kleidung auf. Ein gut proportionierter, glatter und muskulöser Körper – leider ohne die geringste Narbe!

Er stand auf: Seine Sinne waren in Alarmbereitschaft, in seinen Arterien kochte das Blut. Die Schläge wurden stärker, ohrenbetäubend wie Donner. Ben legte seinen Cutter hin und hielt nach seinem Rucksack Ausschau. Vor dem Umziehen hatte er Georges' Manhurin darin verstaut. Er hatte sie ihm eines Tages gestohlen, da er als Aushilfskraft keine Waffe tragen durfte ... Er, der beste Schütze der Legion, was für eine Idiotie! Er bemächtigte sich des Revolvers und stellte sich mit gespreizten Beinen schußbereit hin. Ihm war bewußt, daß Cora mit ihm sprach, aber er konnte kein Sterbenswörtchen von dem, was sie sagte, verstehen.

Der stechende Schmerz mähte ihn genau in dem Moment nieder, als der Innenriegel nachgab. Er krümmte sich und versuchte, auf die Angreifer zu zielen. Doch der Schmerz stieg flutartig an, er verschleierte seinen Blick und überwältigte ihn.

Der erste Einschlag zerschmetterte ihm die Hand, der zweite traf ihn mitten in die Brust, der dritte blieb in seinem Hals stecken. Er fiel auf den Rücken, sein Kopf schlug auf einen harten Gegenstand auf, und er wurde halb ohnmächtig. Wie im Traum sah er eine große Gestalt, die sich über ihn beugte, und ihm war, als sähe er sein Ebenbild.

Er wollte sprechen, wollte Benjamin sagen, daß er ihn kannte, seinen Namen aussprechen. Benjamin ... kleiner vermißter Bruder! Ich bin's, Benoît, verlaß mich nicht, bleib bei mir. Verstoße mich nicht, mach es nicht wie die anderen ...

Seinen Namen sagen, trotz des Blutes, mit dem sich sein Mund füllte und das ihn erstickte wie der plötzliche Gram und die große Kälte, die sich seines Körpers bemächtigte.

Aber es war Coras Namen, den er aussprach, als er starb. Cora, deren kühle Hand sich für einen Augenblick auf seine Stirn legte, um den Schmerzen ein Ende zu machen und ihm Frieden zu geben.

Lavot starrte ungläubig seine Waffe an. Er hatte geschossen! Auf den Abzug gedrückt, um diese bösartige Kreatur, die Marion bedrohte, zu töten. Keine Frage, diesmal hatte er sich nicht reinlegen lassen dürfen. Durcheinander wie er war, sank er an Cabuts Schulter zusammen, der noch zitterte vor Aufregung und Angst, während Talon, der praktisch dachte und sich in der Gewalt hatte, Verstärkung anforderte.

Marion kam in Benjamins Armen wieder zu sich. Er hatte ihr die Fesseln abgenommen und sie ganz behutsam, als würde er mit einem wertvollen Objekt umgehen, in einen großen Kaschmirschal gehüllt. Sie realisierte die Situation nicht sofort, aber als sie den großen Körper der blonden Kreatur am Fußende des Bettes liegen sah, holte die Wirklichkeit sie schonungslos wieder ein. Sie leistete sich einen kleinen Nervenzusammenbruch; alle taten so, als bemerkten sie es nicht.

XXXI

Marion ging langsam die große Allee zum Waisenhaus der Polizei hinauf, Hand in Hand mit Benjamin. Die mächtigen Bäume des Parks von Osmoy rauschten träge im Wind des Frühlings, der allmählich den Sommer ankündigte. Still gab sie sich dem Wohlgefühl dieser großen Hand hin, die ständig die ihre drückte, wie um sich ihrer Gegenwart und ihres Daseins zu versichern. Benjamin lag daran, sie nach Osmoy zu begleiten, dem Dorf im Département Cher, wo die Kinder derjenigen Polizisten lebten, die im Dienst ums Leben gekommen waren. Hier waren die drei Jouals aufgenommen worden, da sie nicht bei ihrer kranken Großmutter bleiben konnten. Marion fand sich schlecht mit deren Schicksal ab, und wenn die beiden älteren Kinder auch einigermaßen damit fertig zu werden schienen, so lag im Blick der zarten kleinen Blonden eine Traurigkeit, die weh tat. Sie aß schlecht, sie schlief schlecht. Sie hatte Zeit gebraucht, um ihr furchtbares Schicksal zu begreifen, dann hatte es sie mit einem Schlag getroffen, dessen Brutalität unerbittlich war.

Sie gelangten zu einer Wasserfläche, in der sich ein paar Enten mit tiefgrünem, glänzendem, Kopf tummelten. Benjamin betrachtete sie und sagte zu Marion, ohne sie anzusehen:

»Ich fahre morgen …«

»Ich weiß.«

Mit feuchten Augen wandte er sich ihr zu:

»Meine Mutter … das heißt Marthe … legte Wert darauf, in Kanada beerdigt zu werden. Ich begleite sie dorthin zurück.«

»Ich weiß«, wiederholte Marion.

Marthe Vilanders war vor drei Tagen im Krankenhaus gestorben. Sie hatte es nach dem Überfall, dessen Opfer sie gewesen war, nicht mehr verlassen. Mehr noch als die furchtbare Simon-Krankheit und die Wunden, die Ben ihr zugefügt hatte, hatte sie die Schreckensvorstellung, daß ihr eigener Sohn sie angegriffen hatte, umgebracht. Wenn auch adoptiert, war Benjamin doch ihr Sohn, ihr Kleiner. Sie hatte nie einen anderen gehabt. Als sie gesehen hatte, wie er an jenem Abend bei ihr hereingeschneit kam, bereit, ihr wie einem Tier die Kehle durchzuschneiden, offenbar ohne sie zu erkennen, da hatte sie gedacht, daß auch er krank sei. Sie meinte, ihren eigenen Bruder vor sich zu sehen, Jean-Baptiste Vilanders, Benjamins leiblichen Vater, der, wenn ihn Demenzanfälle übermannten, seine eigenen Kinder nicht mehr erkannte. Marthe Vilanders hatte das nicht ausgehalten. Trotz ihrer sprichwörtlichen Charakterstärke hatte ihr Herz versagt.

Dank Marthe, dank Benjamin, Talon, Cabut und Lavot, die gleich ihr begreifen wollten, war es Marion gelungen, das komplizierte Durcheinander dieser Familiensaga, die unter dem Zeichen eines Fluches stand, zu entwirren. Eine medizinische Kapazität hatte sich dieses Fluches bemächtigt und ihm seinen Namen gegeben: die Simon-Krankheit.

Auch dank des alten, abgegriffenen Buches, einer Art zügellosen Tagebuches von einem jungen Mann, der genauso zügellos war.

Jean-Baptiste Vilanders hatte das mutierte Gen geerbt, genau wie Marthe, die fünfzehn Jahre nach ihm geboren wurde, ein paar Jahre vor dem Tod ihres Vaters in einer Irrenanstalt.

Marthe war zwanzig, als ihr Bruder, der schon seit mehreren Jahren krank war, immer häufiger Demenzanfälle hatte. Man behandelte ihn wegen mehrerer Krankheiten, die nur Symptome dessen waren, was offenbar kein Arzt zu diagnostizieren imstande war. Ebensowenig begriff sie jene Krisen, die ihn auf die Straßen trieben, wo er lange umherstreunte. In solchen Zeiten verließ er seine Familie und beging unsinnige Taten, von denen er nichts mehr wußte, sobald die Krise vorüber war. Von einem Arzt, der interessierter oder besser informiert war, wußte er, daß er Träger einer Krankheit sein konnte, die seine Kinder zweifellos geerbt hatten oder die sie jedenfalls ihren Nachkommen mit Sicherheit übertragen würden.

An einem Dezemberabend kurz vor Weihnachten versammelte er seine Familie, um ihr dieses furchtbare Erbe zu erklären. Die Kinder waren klein, sie verstanden nicht, was ihr Vater sagte. Alles, was Jean-Baptiste liebte, saß vor ihm. Seine Kinder, die so jung und so hübsch waren, seine Frau, die in Tränen zerfloß und betete. Jean-Baptiste Vilanders konnte die Vorstellung nicht ertragen, sie noch länger leiden zu lassen und holte eine Waffe, um sie zu töten und so die Kette des Unglücks zu zerreißen. Im letzten Augenblick kam er noch mal zu sich und richtete die Waffe gegen sich selbst.

Die Zwillinge Benjamin und Benoît waren fünf, Corinne sieben Jahre alt. Ihre Mutter ertrug den Schock nicht. Sie neigte bereits zum Mystizismus, und nun versank sie völlig darin, sie schloß sich in ein Karmeliterkloster ein, ohne einen Gedanken an ihre Kinder zu verschwenden, es schien so, als habe sie sie plötzlich und vollständig vergessen. Benjamin wurde gleich am nächsten Tag von seiner Tante Marthe mit nach Kanada genommen, wo diese soeben einen sehr viel älteren Holzgroßhändler geheiratet hatte. Marthe widmete dem Kind eine närrische, einzigartige Liebe. Sie erhielt die Erlaubnis zu seiner Adoption, und seine Entwicklung verlief harmonisch in einer ungezwungenen, herzlichen Atmosphäre. Seltsamerweise blockierten die Erinnerungen des Kindes beim Todestag seines Vaters. Es war, als ob er keine frühe Kindheit, weder Bruder noch Schwester gehabt hätte. Er sprach nie darüber. Marthe hütete sich, darauf anzuspielen, und erzog ihn in der Vorstellung, daß er ein Einzelkind wäre, das ihre. Sie hatte ihn für sich allein gewollt, ihr Wunsch war erfüllt.

Corinne wurde in einer Familie von rechtschaffenen, aber sehr einfachen Leuten untergebracht. Sie hatte ein sehr bewegtes Jungmädchenalter. Sehr schnell fiel dieses hübsche Mädchen durch ihr großes Verlangen nach Männern auf, wodurch sie schon bald genötigt war, ihre Gastfamilie zu verlassen, da die Frauen ihre zu große ›Verfügbarkeit‹ nicht gerade schätzten. Sie kehrte zum Sozialamt und seinen unpersönlichen Heimen zurück, verfiel aufs Ausreißen und gab sich Ausschweifungen hin, wie um sich für eine Sünde zu bestrafen, die sie nicht begangen hatte. Sie war achtzehn, als ihre Mutter in einer plötzlichen und unerwarteten Anwandlung von mütterlicher Zärtlichkeit ihre Kinder wiedersehen wollte. Corinne wußte damals nichts vom Schicksal dieser Mutter, an die sie indes eine genaue, aber sehr weit zurückliegende Erinnerung bewahrte. Sie akzeptierte das Treffen mehr aus Neugierde denn aus Liebe, seit langem liebte sie niemanden mehr ... Dort, bei ihrer Mutter, einer alten verhärteten Nonne, traf sie Benoît. Sie erinnerte sich vage an ihre Brüder, manchmal fehlten sie ihr. Ihre Mutter ließ sie wissen, daß der andere Zwilling, Benjamin, in Kanada verschwunden und dort gestorben sei. In Wirklichkeit hatte sich Marthe entschieden dem Wunsch ihrer Schwägerin widersetzt, sie hielt ihn für unangebracht und dazu geeignet, Jugendliche, die ihr eigenes Leben führten und einander vergessen hatten aus der Fassung zu bringen. Als sie

Benjamins Tod erfand, schützte sie ihn vor sinnlosen Qualen. Damals wußte sie nicht, wie sehr sie recht hatte.

Benoît, ein schöner, verquälter junger Mann, verliebte sich auf der Stelle leidenschaftlich in seine Schwester. Er hatte das kleine Mädchen, das sie gewesen war, vergessen und traf nun eine Frau an, die schön und anziehend, wild und rebellisch war – ganz wie er. Dagegen empfand er eine krasse und endgültige Abneigung gegen seine Mutter. Er hatte zehn Jahre in einem katholischen Heim verbracht und konnte den Anblick von Nonnen nicht mehr ertragen.

Corinne, verwirrt von diesem Burschen, von dem sie nicht begreifen konnte, daß er ihr Bruder war, ließ sich von der Leidenschaft, die sie hervorrief, überwältigen. Ihr romantisches Durchbrennen dauerte mehrere Monate. Sie wurden aufgegriffen und getrennt und fanden sich wieder zu langen, leidenschaftlichen Ausbrüchen. Diebstähle, Überfälle, Bettelei – alles war gut. Man mußte ja leben. Corinne wurde Cora. Benoît wurde Ben. Beide waren sie begeisterte Verehrer von Baudelaire. Ihre Leidenschaft war so glühend, zwanghaft und krankhaft wie das Abenteuer, das sie zusammen erlebten.

Das alte Buch bezeugt ihre verbotene, stürmische Liebe. Als Cora sich nach einem Unfall mehreren Operationen unterzogen hatte, geriet Ben angesichts der langen, gewundenen Narben außer sich vor Entzücken. Er erzählt, wie er deren Konturen auf dem Körper seiner Schwester liebevoll nachzieht. Mit dem Pinsel. Mit roter Farbe oder sogar seinem eigenen Blut. Cora liebt die Fleischeslust über alles. Sie verlangt immer mehr, wie Ben in seiner zierlichen, nervösen Handschrift schreibt. Einige Seiten weisen auf Bens wachsende Verwirrung angesichts bestimmter Forderungen von Cora hin: Sie verlangt, daß sie gefesselt wird, oder aber er muß sich perversen Spielen unterwerfen. Sie scheint immer mehr Raffinesse zu fordern, um zur Wollust zu gelangen.

Ben muß auf ihr, auf ihrem Körper immer kompliziertere Wörter schreiben, wie zum Beispiel HÉAUTONTIMOROUMÉNOS ... Der Selbsthenker.

Eines Tages bittet sie ihn, die mit Rotstift geschriebenen Worte mit einer Messerspitze nachzuziehen. Ben kommt der Aufforderung nach und entlockt hier und da dem so sehr geliebten Körper ein paar Blutstropfen: Coras verzückte Schreie rufen in ihm eine außergewöhnlich intensive Wollust hervor. Während sie sich lieben, verfliegt die Zeit im Nu. Was Ben angeht, so trifft ›sich lieben‹ immer zu, was Cora anbelangt, so wäre ›sich quälen‹ richtiger. Ben verliert den Boden unter den Füßen, er hat Angst, Cora nicht mehr zu genügen. Die Vorstellung, daß sie ihn verlassen könne, macht ihn kopflos. Im Buch notiert er, am Rand des Selbsthenkergedichts, daß Cora mit einem anderen Mann gekommen ist, daß ›sie es vor ihm getrieben hat‹. Glücklicherweise ist der Mann gegangen. ›Er wird nicht mehr wiederkommen‹, schreibt Ben ... die Sentenz ist klar. Sicher ist dies der erste Mord des jungen Mannes.

Eines schönen Tages verschwinden die jungen Leute. Corinne Vilanders taucht niemals mehr irgendwo auf. In Luft aufgelöst. In dem Buch hat Ben Cora angefleht, nicht zu gehen. Mit einem emphatischen, theatralischen Satz: ›Nur der Tod wird uns trennen‹ hat er auch über das Schicksal seiner einzigen Liebe bestimmt ...

Dann, einige Monate später, taucht Ben in der Rolle eines Fremdenlegionärs wieder auf. Er hat sich freiwillig gemeldet, und er wird ein guter Soldat; etwas hitzköpfig, aber tüchtig, gewissenhaft und mutig. Nach zwölf Jahren, in denen er nie eine Frau angefaßt hat, führt die Simon-Krankheit zu seiner Entlassung aus der Armee. Seine Träume werden von der einzigen und einzigartigen Leidenschaft seines Lebens beherrscht: Cora. Als ihn der Armee-Arzt zu Professor Maxime Simon schickt, hat Benoît bereits die höchste

Stufe seines Leidensweges erklommen. Von seiner gequälten Kindheit hat er tiefe Spuren zurückbehalten. Der Tod des Vaters und die inzestuöse Beziehung mit seiner Schwester haben eine schwere Psychopathie ausgelöst, die von der Krankheit verschlimmert wird. Er läßt sich in der Stadt nieder, in der Professor Simon arbeitet, und bekommt eine Stelle als Funker bei der Polizei, die Techniker einstellt, vorzugsweise ehemalige Soldaten. In diesem Moment beginnt er, Frauen zu töten.

Zu Professor Simons großer Genugtuung hatte Marion ihn noch mehrere Male aufgesucht, um über Ben und seine Krankheit zu sprechen. Simon hatte zugegeben, daß Ben zwanghaften Wahnvorstellungen ausgeliefert gewesen war, in denen Cora die Hauptrolle spielte. Unter der Wirkung emotionaler Schocks wie Schmerz oder Wut spaltete sich seine Persönlichkeit. Seine Impotenz, die durch seine fortschreitende Krankheit verschlimmert wurde, brachte ihn dazu, nach anderen Möglichkeiten der Befriedigung zu streben. Cora war das Instrument seiner Lust geworden, und sicher war das eine gerechte Revanche nach allem, was sie zum Schluß von ihm verlangt hatte, um sich zu befriedigen.

Marion hatte alle Besonderheiten dieses düsteren Falls in einem Bericht festgehalten, den sie bald dem Richter, der mit der Untersuchung der Akte betraut war, übergeben würde. Sie hatte einen vollständigen Bericht von Professor Simon beigefügt, der im einzelnen erklärte, warum und wie die sich verschlimmernde Krankheit, die seinen Namen trug, Benoît Vilanders in eine mörderische Spirale hineingezogen hatte. Doch sie konnte machen, was sie wollte, es gelang ihr nicht, voll und ganz daran zu glauben. Die Krankheit war nur ein Teil eines tragischen Puzzles, dessen wichtigste Stücke Verlassenheit, fehlende Liebe, Verlorenheit und Verzweiflung hießen. Das umfangreiche Dokument spielte nur wenig auf den anderen Zwilling, Benjamin, an – außer bei Einzelheiten, die im direkten Zusammenhang mit den Ermittlungen standen. Aus Scham oder aus Achtung für den Mann, den sie liebte, hatte Marion es unterlassen, sein Leben zu zerpflücken. Er selbst hatte sich ausgeschwiegen, aber jetzt, wo er gleich abreisen würde, wollte Marion es wissen.

Sie beobachtete ihn, als er etwas zurückblieb. Mit den Händen in den Taschen betrachtete er die Enten: In seinem Blick lag ein Schimmer, der mehr wehmütig als traurig war. Der leichte Wind brachte seine braunen Locken durcheinander, die wieder eine gewohntere Länge angenommen hatten und ein paar vereinzelte graue Haare aufwiesen.

»Benjamin?«

Marion hatte ganz vorsichtig gesprochen, als ob sie befürchtete, ihn zu wecken. Er drehte sich halb um und hielt die Augen immer noch auf das Wasser gerichtet.

»Benjamin, ich stelle mir verschiedene Fragen, und bevor du fährst … Das heißt, ich denke, du kannst mir sagen …«

Benjamin deutete ein gerührtes Lächeln an:

»Meine Wehrübung, ja!«

»Nicht nur«, protestierte Marion lauthals und errötete etwas, »alles übrige. Deine Geistesabwesenheit, dein Schweigen, deine Flucht. Dieses große Durcheinander, das ich in dir spürte, auch diese Zweifel, als du begriffen hattest, daß ich dich verdächtigte.«

»Versetz dich an meine Stelle!« erwiderte Benjamin. »Es gab wahrhaftig etwas Verwirrendes.«

Er blickte Marion feierlich und ernst an:

»Du hast recht, Edwige, ich habe nicht viel Lust, über all das zu sprechen. Ich brauche Zeit, um mich zu erholen, aber ich glaube, daß ich dir die Wahrheit schuldig bin, ›meine Wahrheit‹ … Wenn du einverstanden bist …«

Marion nickte. Benjamin setzte sich und lehnte sich gegen den gewaltigen Stamm eines Baumes. Er zog Marion an sich:

»Als Marthe beschloß, nach Frankreich zu kommen, um Professor Simon zu konsultieren, wußte ich nichts über ihre Krankheit und meine familiäre Vergangenheit. Ich erinnerte mich an nichts, nicht an meinen Vater, nicht an meine Mutter, weder an meine Schwester noch gar an meinen Bruder. Mein Zwillingsbruder, stell dir das mal vor, mein Doppelgänger! Für ein fünfjähriges Kind ist das verrückt! Ich muß zutiefst schockiert gewesen sein, um so sehr abzublocken. Ich war glücklich bei meinen Eltern, wurde umhegt, zu sehr vielleicht, von meiner ... von Marthe. Mit zwanzig bin ich nach New York gegangen. Ich wollte Journalist sein, und Marthe wünschte das Beste für mich. Ich kehrte regelmäßig nach Montréal zurück, aber ich bemerkte nicht, daß sich für Marthe ein Unglück anbahnte. Ich hatte ein leichtes Leben, ich hatte Geld und Freundinnen. Marthe hatte nie mit mir über ihre Krankheit gesprochen, aber ich spürte, daß sich unsere Beziehung verändert hatte. Manchmal beobachtete sie mich scharf, wenn sie glaubte, daß ich es nicht bemerkte. Zurückblickend weiß ich, was sie tat: Sie suchte Krankheitsanzeichen an mir. Sie versuchte, die Zeichen zu entdecken, ohne daß sie es wagte, mit mir darüber zu sprechen. Sie versuchte auch mein Privatleben zu verderben. Ich war zweimal so gut wie verheiratet: Jedesmal bekamen es meine Verlobten mit der Angst zu tun. Angst vor Marthe, vor ihrem besitzergreifenden, ihrem herrschsüchtigen Wesen. Jedenfalls glaubte ich das. Jetzt habe ich begriffen: Ich habe das Gefühl, daß sie sie vor ihrer eigenen Krankheit warnte, von der sie mich befallen glaubte wie die ganze Familie, gleich einem Fluch. In ihrer Nähe bin ich Junggeselle geblieben, so wie sie es wollte.

Ihr Zustand verschlechterte sich allmählich. Eines Tages

hat sie ohne Vorankündigung ihren Mann verlassen und die Scheidung verlangt. Sie kündigte an, daß sie in Frankreich leben wollte und daß sie ihre Meinung nicht ändern würde. Ich war um so mehr verblüfft, als sie mich bat, sie zu begleiten, was überhaupt nicht zu meinen Plänen paßte. Schließlich stimmte ich zu – was konnte ich dieser Mutter verweigern, die mir stets so viel Liebe geschenkt hatte? Am Tag meiner Ankunft hier bin ich dir begegnet. Deshalb und der Hartnäckigkeit meiner Mutter zum Trotz habe ich es abgelehnt, bei ihr zu wohnen, in einem viel zu großen, viel zu luxuriösen Haus. Ich wollte nicht, daß sie dich kennt, sie wäre unausstehlich gewesen und hätte gewiß auch dir Angst eingejagt. Der *Écho* bot mir eine Stelle an, die zwar bescheiden war, mir aber erlaubte, in der Nähe von Marthe und vor allem von dir zu bleiben.«

Marion hörte zu, fasziniert von einer Geschichte, von der sie nicht das geringste geahnt hatte.

»Dank dir war ich einige Monate lang wie bezaubert. Ich weiß, daß du dir Fragen gestellt hast: warum ich mich nicht häuslich einrichtete, warum ich so improvisiert lebte. Zum Teil war es wegen ihr. Sie war zu sehr daran gewöhnt, sich in mein Leben einzumischen, ich wollte nicht mehr von ihr am Gängelband geführt werden. Damals verstand ich zwar, daß sie krank war, aber sie sagte nichts davon und begnügte sich damit, mich hier und da zu fragen und sich zu beruhigen, indem sie vergebens nach eventuellen Symptomen Ausschau hielt. Eines Tages habe ich zufällig auf einem Notizblock von Marthe Professor Simons Namen entdeckt und mit ihm Kontakt aufgenommen. Ich gestehe, daß ich nicht sonderlich beunruhigt war, nachdem er mir die Ursache von Marthes Krankheiten offenbart hatte. In Wirklichkeit dachte ich zu dem Zeitpunkt nicht einen Augenblick lang daran, daß mir diese Schweinerei vererbt worden sein könnte. Er hat mir Tests angeboten, aber ohne wirklich darauf zu bestehen, daher habe ich das Angebot abgelehnt. Du machtest mich unerschütterlich, glaube ich …«

Er legte den Arm um Marions Schultern, drückte sie an sich und seufzte.

»Damals ist alles kaputtgegangen. Ein paar Tage nach dem Gespräch mit Simon erhielt ich einen Brief, einen Brief aus Frankreich, der einen komplizierten Weg gegangen war, er war mir nach New York, dann nach Kanada gefolgt, um mich hier einzuholen. Ein Brief, den ich lieber nicht erhalten hätte.«

Benjamin schwieg, wieder eingetaucht in das Gefühl eines plötzlichen Unglücks. Er ergriff Marions Hand und drückte sie fast krampfhaft:

»Ich weiß, was du denkst: Warum habe ich dir nichts gesagt? Du hast recht, ich bin der größte Dummkopf gewesen. Du allein konntest mir helfen, und ich habe geschwiegen. Und je mehr Zeit verging, desto weniger konnte ich mit dir reden, denn ich wußte selbst nicht mehr, wer ich war.«

»Was stand in dem Brief?« fragte Marion sanft.

Benjamin zitterte unmerklich:

»Er kam von einem Notar, Rechtsanwalt Lebrun aus Nantes, der das Erbe eines Klosters verwaltete. Er verkündete mir den Tod meiner Mutter. Meiner Mutter! Élise Vilanders, geborene Jeantet, verstorben im Karmeliterkloster Petit-Castel unter dem Namen Schwester Marie-Élise. Zuerst habe ich an einen Irrtum geglaubt, aber der Notar war ganz sicher gewesen, diese Nonne war tatsächlich meine Mutter. Meine Erzeugerin, wenn dir das lieber ist, da Marthe nur ihr Ersatz war … Ich war bis ins Innerste aufgewühlt, um so mehr, als Marthe, die durch eine neue Behandlung geschwächt war, es ablehnte, mir was auch immer zu erklären.

»Warum hast du nie mit mir über Marthe gesprochen?« fragte Marion.

Benjamin verzog das Gesicht:

»Zweifellos aus denselben Gründen, aus denen ich mit ihr nicht über dich gesprochen habe, wenigstens am Anfang nicht. Danach war es komplizierter geworden: Du hegtest meinetwegen Zweifel. Ich begriff nicht, warum, aber ich ahnte, daß es sehr ernst war. Ich habe es vorgezogen, zu schweigen und ganz allein Nachforschungen anzustellen, um die Dinge nicht noch mehr zu komplizieren. Statt Marthe wollte ich meinen Adoptiv-Vater, Albert Bellechasse, ausfragen. Ich habe nichts herausbekommen: Marthes Entscheidung, sich scheiden zu lassen, und ihre Erkrankung waren ihm zutiefst nahegegangen, obendrein war er verkalkt. Er wiederholte ständig, daß Marthe ihre Pflicht getan hätte, daß sie sich für mich aufgeopfert hätte. Ich dachte, daß er böse auf mich war, aber ich wußte nicht, warum. Folglich habe ich diesen Notar aufgesucht. Schwester Marie-Élise war ohne Vermögen und Besitz verstorben, aber sie hinterließ ein seltsames Dokument, von dem ich nicht viel verstanden habe. Es konnte nicht für mich sein. Es war mir nicht zugedacht!«

»Wie das? Da es der Notar doch an dich geschickt hatte!«

»Der Notar«, fuhr Benjamin fort, »hatte es an Monsieur Bellechasse gesandt, das stimmt, aber Schwester Marie-Élise schickte es an ihren Sohn, B. Vilanders. In Wirklichkeit an Benoît, der der einzige war, mit dem sie nach der Familientragödie in Kontakt gestanden hatte.«

»Ich begreife nicht«, stöhnte Marion, »das ist eine unglaubwürdige Geschichte ...«

»Mir ging es wie dir«, seufzte Benjamin, »ich begriff nicht. Erst im Licht der späteren Ereignisse habe ich verstanden. Für meine wirkliche Mutter war Benjamin verstorben. Diese Nachricht hatte sie von Marthe bekommen, als sie den Wunsch hatte, ihre Kinder wiederzusehen. Für sie war Benjamin tot. Ein paar Monate vor ihrem Tod stieß sie auf eine Reihe von Artikeln von mir, die mit Fotos illustriert waren. Sie hat ihren Sohn wiedererkannt. Nicht mich, den sie für tot hielt. Den anderen, meinen Zwillingsbruder Benoît.«

»Und weiter?«

»In dem Dokument, das mir der Notar aushändigte, brachte sie Episoden und Fakten zur Sprache, die mir fremd waren. Sie wunderte sich, daß ich unter einem falschen Namen in Zeitungen schriebe. Sie sprach über eine Corinne, deren Ermordung ich ihr gebeichtet hätte. Über die Ehrenlegion, in die ich geflüchtet sei. Es war zugleich wirr und genau. Sie sagte mir, daß ich bei ihrem Tod für meine Handlungen einstehen müßte, daß Gott sich rächen würde. Ich war baff. Um so mehr, als mir der Notar den Beweis meiner wahren Abstammung brachte, ohne mich aber über den Rest der Familie aufzuklären, über den er, wie ich annehme, nichts wußte. Auch für ihn war ich Benoît.

Vor meinen Fragen verschanzte sich Marthe hinter hartnäckigem Schweigen, die Krankheit beherrschte ihr gesamtes Denken. Ich beschloß, mir ganz allein Gewißheit zu verschaffen und brach auf, um die Spuren dieses Benoît zu verfolgen, von dem Élise, meine Mutter, ein ziemlich grauenhaftes Porträt entworfen hatte. Ich hätte mit dir darüber sprechen können, aber etwas hielt mich davon ab. Ich bin aufgebrochen, ohne etwas zu sagen.«

»Die Wehrübung«, flüsterte Marion.

Benjamin lächelte traurig:

»Genau! Es ist blöd, aber mir fiel nichts anderes ein, und die Existenz dieses Benoît bestürzte mich zutiefst: Der Vorname war mir vertraut, und auch die Person brachte ferne Erinnerungen in mir zum Vibrieren. Ich wollte es wissen. Ich wurde nicht enttäuscht. Überall, wo ich hinging, erkannten mich die Leute wieder. Die kirchliche Lehranstalt, in der er zehn Jahre zugebracht hat, die Leiterin, eine gewisse Schwester Bernadette, eine grauenvolle alte Frau mit perversem Blick; das Regiment der Ehrenlegion, wo er gedient hat. Überall nannte man mich Benoît. Das Heraufbeschwören von Erinnerungen, die mir fremd waren, ließ mich schaudern. Dieser Benoît schien eine komische Nummer zu sein.«

»Hast du nicht geahnt, daß ›dieser‹ Benoît dein Bruder sein könnte?«

Benjamin schüttelte seine braunen Locken:

»Nicht einen Moment lang. Meiner Ansicht nach war ich der einzige Sohn. Ich glaubte, Benoît Vilanders wäre mein ursprünglicher Name, und man hätte mich nach der Adoption umbenannt. Was ich dagegen nicht verstand, war, daß die Leute, mit denen ich zusammenkam, mich kannten. Ich sagte mir, daß ich ein zweites Leben gelebt haben muß oder an Persönlichkeitsspaltung litt. Ich versichere dir, es war grauenhaft.

Als ich ganz verstört zurückkam, lachte mir Marthe ins Gesicht. Sie behauptete, daß das alles nur meiner Phantasie zuzuschreiben sei. Genau zu dem Zeitpunkt hatte Benoît begonnen, diese Frauen zu töten, und du hast angefangen, an mir zu zweifeln. Wie um die Dinge noch zu verschlimmern, kam meine frühkindliche Erinnerung wieder in Gang. Gelegentlich hatte ich Flashs, es war furchtbar. Bilder, die ich vergraben hatte, kamen wieder an die Oberfläche. Gleichzeitig versichertest du mir, daß man mich mit jenen Frauen gesehen hatte. Ich geriet in Panik.«

»Warum hast du mir nichts gesagt?« schluckte Marion. »Zu zweit hätten wir es herausbekommen! Da ja Marthe dir nicht helfen wollte …«

»Sie konnte nicht, glaube ich«, antwortete Benjamin sanft. »Sie wußte, welche Folgen diese verdammte Krankheit hatte, nämlich Wahnsinn und Mord. Sie hatte Angst um mich und verhüllte ihr Antlitz.«

»Trotzdem …«

»Vergiß nicht, daß auch sie krank war. Ihre Reaktionen waren allmählich nicht mehr ganz vernünftig.«

»Wann warst du dann im Bilde?«

Benjamin biß sich auf die Unterlippe:

»Ich habe Professor Simon wieder angerufen und ihm meine Befürchtungen mitgeteilt. Ich glaubte wirklich, daß ich eine Art Irrer geworden war, der an völliger Persönlichkeitsspaltung litt. Der Mann, den du tagsüber kanntest, wurde Freitag abends zum psychopathischen Mörder ...«

Er hielt inne und runzelte die Stirn: »Übrigens, warum freitags? Diese Manie habe ich nicht begriffen ...«

»Niemand hat wirklich etwas begriffen«, antwortete Marion mit verzogenem Gesicht. »Der einzige Grund, den man vorbringen könnte, ist die extreme Gründlichkeit, mit der Ben seine Verbrechen vorbereitete. Seine Opfer waren alleinstehende, aber gesellschaftlich eingebundene Frauen: Wenn er sie freitags umbrachte, ließ das Wochenende ihm Zeit, Abstand zu ihnen zu gewinnen und sich zu erholen ... Fahr fort, bitte. Diese Krankheit ...«

»Ja«, begann Benjamin von neuem. »Simon hat mich beruhigt und mir versichert, daß man die Krankheit, falls ich von ihr befallen wäre, seit langem festgestellt hätte, daß er aber trotzdem Tests mit mir machen würde, um ganz sicher zu sein.«

Marion setzte sich plötzlich auf:

»Moment mal! Hast du Professor Simon aufgesucht?«

Benjamin verneinte kopfschüttelnd:

»Nein, ich habe nur telefonisch mit ihm Kontakt aufgenommen. Warum?«

»Das ist mir lieber«, flüsterte Marion. »Ich erinnere dich daran, daß Simon Benoît behandelte. Wenn er dich gesehen hätte, würde er auf die vollkommene Ähnlichkeit zwischen euch reagiert haben ... Und da er mir nichts davon gesagt hatte ...«

»Weißt du«, sagte Benjamin, »ich glaube, Simon ist ein anständiger Kerl. Etwas von sich eingenommen, aber kompetent... Als Marthe ihrerseits überfallen wurde, brach eine Welt für mich zusammen. Ich habe mir Vorwürfe gemacht, daß ich sie alleine gelassen hatte, und als ich sie im Krankenhaus besuchte, begriff ich, daß etwas nicht stimmen konnte. In diesem Augenblick beschloß ich, mit der Nachforschung, die ich vom Ende her in Angriff genommen hatte, wieder bei Null anzufangen. Ich fuhr nach Nantes, wo, wie ich ahnte, der springende Punkt der Angelegenheit zu finden war. Deine Nummer mit der Heiligen Jungfrau und die Greueltaten, von denen du mir an jenem Abend erzählt hattest, ließen mich an allem zweifeln, an erster Stelle an mir selbst. Ich fragte mich schließlich, ob ich nicht tatsächlich der Mörder sei. Du hast die Aufregung, in die mich die Angst versetzt hatte, ermessen können...«

Eine unverhüllte Anspielung auf das erste und einzige Mal, als seine Liebesbeziehung mit Marion auf eine für sie unverständliche Weise gescheitert war.

»Dummerweise glaubte ich, du hättest anderweitig etwas Besseres gefunden«, sagte Marion mit einem halben Lächeln. »Gib zu, daß es Grund gab, sich Fragen zu stellen.«

»Meinst du denn, daß ich mir keine stellte! So etwas war mir noch nie passiert.«

Sie lachten. Dann begann Benjamin von neuem:

»Im Krankenhaus spürte ich, daß Marthe Angst vor mir hatte, aber sie weigerte sich noch immer zu sprechen, als ob mir das schaden könnte. Schließlich habe ich doch gewonnen. Sie war geschwächt, sie sprach. Über meinen Vater, über die Krankheit, die uns alle bedrohte. Über Benoît. Über Corinne. Zumindest über das, was sie seit dem Tod meines Vaters wußte – das heißt, wenig. Auch über mich. Über ihre quälende Gewißheit, daß auch ich das Schicksal der anderen erleiden würde. In ihren Augen sah ich das Entsetzen. Das, einen Mörder als Sohn zu haben. Sie wußte nichts von Benoîts Los und konnte die Ironie eines Schicksals nicht ahnen, das uns in ein und dieselbe Stadt geführt hatte. Ich war so durcheinander, daß ich ohne meine Tasche fortging ...«

»Die berühmte Tasche«, sagte Marion, »ich glaubte, daß sie den Kram des Mörders enthielt, weißt du. Marthe übrigens auch, sie hat so viel Sorgfalt und Energie darauf verwandt, sie vor mir zu verstecken.«

Benjamin lachte:

»Da war nur Kleidung drin, der vielzitierte Brief von Schwester Marie-Élise und persönliche Aufzeichnungen.«

Benjamin streichelte zärtlich Marions Wange, er schien sich in einer schmerzlichen Ferne zu verlieren und murmelte:

»Armer Benoît ... Ich bedaure, daß ich dich auf diese Weise kennengelernt habe. Hätte ich früher reagiert, wäre er noch am Leben, wer weiß? Ich hätte ihm helfen können.«

Marion schüttelte den Kopf:

»Mach dir keine Vorwürfe. Er hatte ein Stadium erreicht, wo es kein Zurück mehr gibt. Er hätte wieder und wieder getötet. Oder er hätte die paar Monate, die er noch zu leben hatte, in einer Irrenanstalt beendet. Hast du in Nantes die Fortsetzung deiner Familiengeschichte rekonstruiert?«

»Ja, ich hatte Glück. Dein Inspektor Talon ebnete vor mir den Weg. Als ich begriff, was die Existenz eines Zwillings wirklich bedeutete, kam ich in gestrecktem Galopp zurück, um dich zu warnen, dir alles zu erklären und dich um Verzeihung zu bitten. Von dieser Familienangelegenheit, die ich entdeckt hatte, war ich zwar niedergeschmettert, aber dermaßen erleichtert ...«

Nach kurzem Schweigen redete er weiter: »Ich frage mich, ob er auch meine Schwester umgebracht hat ... wie meine Mutter behauptet ... das heißt: Schwester Marie-Élise ...«

»Das ist wahrscheinlich, aber man wird es sicher nie erfahren. Er muß die Leiche irgendwo vergraben haben ... Das ist vielleicht auch besser so.«

Zwischen ihnen kam ein Schweigen auf, das kaum gestört wurde von dem Kindergeschrei in der Ferne. Die kleinen Waisen von Osmoy hatten Pause. Marion stand auf und klopfte sich den Staub von ihrer Jeans. Benjamin regte sich nicht und starrte ins Weite. Plötzlich erhob auch er sich und legte seine Hände auf Marions Schultern:

»Weißt du«, sagte er ernst, »ich muß dir auch eine Frage stellen.«

Marion starrte ihn ängstlich an. Was mußte er sie fragen? Ihr Herz krampfte sich zusammen. Wollte er sie um ihr Jawort bitten? Nach ihrer Adresse fragen, um ihr aus Kanada eine Postkarte zu schicken, wenn er endgültig dorthin zurückgekehrt wäre?

»Diese Heilige Jungfrau ... hast du die tatsächlich gekauft?«

Marion lachte schallend. Ein nervöses und befreiendes Lachen. Sie löste sich von Benjamin, um ungehemmter zu lachen. Um dem Wind zuzulachen. Dem beharrlichen und so guten Leben zuzulachen. Der Leichtigkeit, dem Glück ...

»Sie gehört Cabut«, erwiderte sie. »Und ich glaube, er wird sie lange behalten.«

»Ach ja?«

»Stell dir vor, er war felsenfest davon überzeugt, daß sie ein Vermögen wert sei, und ist nach London gereist, um sie bei Sotheby's wieder zu verkaufen. Er ist mit Lavot hingefahren, denn er brauchte einen Leibwächter. Natürlich, bei einem solchen Prachtstück! Da drüben gab er klein bei, man bot ihm eine lächerliche Summe.«

»Das verstehe ich nicht«, wunderte sich Benjamin, »das ist doch ein schönes Stück!«

»Schön, aber gefälscht!« rief Marion aus. »Eine sehr gut gelungene Kopie. In der Überzeugung, er habe es mit Ignoranten zu tun, hat Cabut sich in beleidigtes Schweigen gehüllt. Nachdem sie drei Tage lang durchgemacht hatten, kamen Lavot und er in einem jämmerlichen Zustand zurück.«

Benjamin schüttelte seinen Kopf ohne zu antworten. Alles in allem blieb diese Marienstatuette großartig, ob nun echt oder gefälscht, sie würde Cabut das Recht lassen, weiterhin zu träumen.

Wortlos kehrten sie um und gingen langsam auf das große schmucklose Gebäude des Waisenhauses zu. Sie nahmen sich bei der Hand, während in der Ferne eine schmächtige Gestalt auf sie zurannte. Sie sahen sich fragend an, blieben stehen. Als sie ein paar Meter von ihnen entfernt war, erkannten sie die kleine Joual, Nina, das blonde, zarte Mädchen mit seinen so blauen und so traurigen Augen. Außer Atem blieb sie stehen, ihre blonden Strähnen hingen ihr wirr ins Gesicht, das vom Rennen gerötet war: Stumm reichte sie Marion ein Blatt Papier. Mit zitternden Händen betrachtete Marion die Zeichnung des Kindes. Sie stellte riesige Personen ohne Gesicht, ohne Augen und Mund dar; in einer Ecke des Blattes Kinder, die Gesichter hatten. Sah man genauer hin, bemerkte man, daß die Großen den Kleinen den Rücken zukehrten. Erschüttert reichte Marion Benjamin die Zeichnung. Er betrachtete sie und zog Marion dann an sich. Seine Stimme war tonlos, wie verstimmt:

»Ich will mit dir leben, dich heiraten, wenn du möchtest. Aber ich kann dir kein Kind machen, Marion. Professor Simon versichert, daß das schlechte Gen bei mir rezessiv ist, aber ich kann es übertragen. Ich werde nie ein Kind haben, Marion, man muß die Kette unterbrechen.«

Die junge Frau wich etwas zurück und betrachtete mit Tränen in den Augen die kleine Nina, die sich nicht von der Stelle gerührt hatte. Sie murmelte:

»Und sie, wir könnten ...«

Benjamin unterbrach sie mit einem leichten Kuß:

»Du hast ja das Ergebnis gesehen, wenn man Brüder und Schwestern trennt ...«

Dennoch deutete sein Blick an, daß er nicht dagegen war, nur noch eine kurze Zeit lang, bis er aus seinem fernen Adoptionsland zurückkehren würde.

Er beugte sich zu dem kleinen Mädchen hinab, linkisch und unversehens entwaffnet wie angesichts eines unerwarteten Geschenks. Er schloß es in seine Arme, hob es, schmächtig wie es war, mühelos hoch und schüttelte es vorsichtig, wie um sich davon zu überzeugen, daß es sie wirklich gab.

Dann stellte er das Kind zwischen Marion und sich wieder hin und sah sie beide ernst und gesammelt an. Er schlug vor:

»Machen wir einen Wettlauf?«

Aus den mächtigen Bäumen flohen ein paar Vögel, aufgescheucht durch das vereinte Gelächter unten.

Gemma O'Connor

Tödliche Lügen

Psychothriller. Aus dem Englischen von Inge Leipold. 479 Seiten. SP 5658

Es ist kaum drei Wochen her, daß Grace Heartfield ziemlich überraschend und brutal von ihrem Mann verlassen wurde. Dann findet sie einen amtlichen Brief im Briefkasten! Doch er hat nichts mit ihrem Mann zu tun, sondern kündigt eine Erbschaft an: Ihre Schwester sei gestorben – Grace wußte nichts von deren Existenz. Und wer ist der mysteriöse Holländer, der sich im Dubliner Kanal ertränkte? Grace reist nach Dublin und muß mehr und mehr erkennen, daß ein Gespinst aus Halbwahrheiten und Verschleierungen ihr Leben vergiftete, daß Angst und Terror ihre Kindheit bestimmten. Sie folgt den Spuren der Toten und wagt es, genau hinzusehen, wagt es, die Büchse der Pandora zu öffnen. Gemma O'Connor gelang ein psychologisch dichter Thriller, der in London und Dublin spielt, dessen Schauplatz aber gleichzeitig die Abgründe menschlichen Versagens sind.

»Ein Buch, das man nicht aus der Hand legt.«
Brigitte Dossier

Fallende Schatten

Psychothriller. Aus dem Englischen von Inge Leipold. 412 Seiten. SP 5659

»Das ist eine Geschichte, von der man nicht mehr loskommt. Eine Geschichte von Schuld und Sühne, von Ehrgeiz und Geldgier. Gemma O'Connor verdient eine Menge Punkte auf der nach oben offenen Krimi-Skala.«
Frankfurter Rundschau

Wer aber vergißt, was geschah

Psychothriller. Aus dem Englischen von Inge Leipold. 426 Seiten. SP 5689

Holy Retreat, ein Nonnenkloster hoch über einer Bucht bei Dublin, muß renoviert werden. Die verarmten Schwestern lassen sich deshalb dazu überreden, das Friedhofsgelände zu verkaufen. Die junge Rechtsanwältin Tess Callaway soll die heikle Angelegenheit abwickeln. Doch bei der Umbettungsaktion taucht plötzlich ein Sarg zuviel auf. Tess wittert skrupellose Machenschaften, Geldgier und Verrat. Sie beginnt, viele unangenehme Fragen zu stellen – und setzt eine Katastrophe in Gang.

Elizabeth Chaplin

Geisel des Glücks

Szenen eines Ehekrimis. Aus dem Englischen von Edith Walter. 301 Seiten. SP 5688

Wer träumt nicht von dem Millionengewinn? Als Susan Bentham, im Hauptberuf Hausfrau, fast anderthalb Millionen Pfund im Fußballtoto gewinnt, scheint für ihren Ehemann Jeff, ebenso erfolgreich als Rechtsanwalt wie als Schürzenjäger, der Traum wahr zu werden: genügend Geld, um den Rest seines Lebens in Luxus zu verbringen, einen Rolls Royce zu fahren und eine junge, attraktive Geliebte zu haben. Für seine Frau Susan dagegen bedeutet der unerwartete Geldsegen endlich Unabhängigkeit: Eine neue Welt tut sich auf, Aufmerksamkeit und neue Interessen stellen sich ein sowie ein wundervoller Liebhaber und, last but not least, die Chance, sich für eine frustrierende, demütigende Ehe zu rächen. Das Ehedrama beginnt, in dessen Verlauf nicht nur Porzellan zerdeppert wird …

Karin Fossum

Evas Auge

Roman. Aus dem Norwegischen von Gabriele Haefs. 368 Seiten. SP 2705

Könnte sie als Prostituierte ihr Geld verdienen? Für die junge, bislang erfolglose Malerin Eva Magnus stellt sich diese Frage, als sie ihrer Jugendfreundin Maja begegnet. Diese ist der lebensfrohe Beweis dafür, wie man durch Anschaffen zu viel Geld kommt. Eva beginnt ihre Lehre: Durch einen Türspalt läßt Maja sie dabei zusehen, wie sie einen Kunden empfängt. Aber es kommt zu einem Streit, und die Voyeurin im Nebenzimmer bleibt mit der Leiche der Freundin zurück. Der sympathische Kriminalkommissar Sejer, der in dem Mordfall ermittelt, ahnt, daß die junge Künstlerin mehr zu erzählen hat, als sie aussagt, und Eva muß befürchten, daß der Mörder um die Zeugin weiß. Ein ungemein spannendes Drama um eine junge, alleinerziehende Frau.

»Mit ›Evas Auge‹ liegt weit mehr vor als ein ausgezeichneter Kriminalroman.«
Bayerischer Rundfunk

Peter Lovesey

Die Frau im See

Peter Diamond – der letzte Detektiv. Aus dem Englischen von Ulrike Wasel und Klaus Timmermann. 367 Seiten. SP 5672

Peter Diamond ist über vierzig, übergewichtig, überempfindlich, sehr erfolgreich und vielen ein übergroßes Ärgernis. Er ist Leiter der Mordkommission in Bath, einem kleinen Badeort im Südwesten Englands, und er ist einer vom alten Schlag: ein echter Schnüffler, der an Intuition glaubt und Computern und Karrieristen grundsätzlich mißtraut. Eine nackte Frauenleiche wird in einem See nahe Bath gefunden, weder Spuren noch Todesursache können zweifelsfrei geklärt werden. Wochen später meldet sich der Ehemann und identifiziert die Tote als seine Frau, einst eine gefeierte Fernsehschauspielerin. Alle Indizien belasten zunächst den Ehemann, dann die alleinerziehende Dana Didrikson ... Ehe Diamond seine Ermittlungen zu Ende führen kann, quittiert er beleidigt den Dienst. Selbstzweifel lassen ihn auf eigene Faust weiterermitteln und feststellen, wie verlorengegangene Briefe von Jane Austen, ausgebüxte Chorknaben, Drogen und ein schwarzer Mercedes in dieses Puzzle passen.

Die Fährte des Mädchens

Peter Diamond – der letzte Detektiv. Aus dem Englischen von Ulrike Wasel und Klaus Timmermann. 342 Seiten. SP 5671

Peter Diamond, brummiger Ex-Polizist, übergewichtig und hypersensibel, verliert erneut seinen Job, diesmal als Wachmann bei Harrods in London: Er hatte beim Zusperren des Kaufhauses ein achtjähriges japanisches Mädchen nicht bemerkt. Diamond will seinen Fehler wiedergutmachen und versucht auf eigene Faust, die Identität dieses seltsamen autistischen Kindes zu ermitteln. Da wird Naomi entführt, und Diamond folgt ihrer Spur nach New York und Japan. Mit Hilfe eines berühmten Sumo-Ringers und dem New York Police Department gelingt es ihm, Licht ins Dunkel zu bringen und die kriminellen Machenschaften um eine feindliche Firmenübernahme und ein Arzneimittel mit gefährlichen Nebenwirkungen aufzuklären.

Gerechtigkeit für einen Mörder

Peter Diamond – der letzte Detektiv. Aus dem Englischen von Ulrike Wasel und Klaus Timmermann. 349 Seiten. SP 5670

Gemma O'Connor

Zeit des Vergebens

Roman. 352 Seiten. Geb.
Aus dem Englischen von Inge Leipold.

Aus dem hüfthohen Gras am Bach steigen Schmetterlinge auf, während die Luft erfüllt ist von dem unheilvollen Grollen in der Ferne. Es ist 1944, und von seinem sicheren Versteck auf dem Baum muß ein Junge mitansehen, wie seine Freundin, die 16jährige Angel, von einem Soldaten erschossen wird. Das Bild des beinah gleichaltrigen Feindes brennt sich in diesen Momenten für alle Zeit in sein Gedächtnis ein. Und schließlich, Jahrzehnte später, erkennt er durch einen Zufall den Mörder seiner toten Freundin wieder.

Oxford, 1997: Die junge Polizistin Juliet Furbo wird Zeugin eines scheinbar harmlosen Unfalls. Doch während sie Hilfe holt, verschwindet der alte Mann, der eben noch auf der Straße gelegen hat. Und auch von seinem gleichaltrigen Retter fehlt plötzlich jede Spur. Niemand schenkt Juliets Geschichte den geringsten Glauben, und schon beginnt sie an sich selbst zu zweifeln – bis eine schicksalhafte Entdeckung sie auf die richtige Fährte setzt.

Kühn und phantasiereich wirft Gemma O'Connor ein dichtes psychologisches Netz aus. Im Mittelpunkt ihres spannenden und zugleich einfühlsamen Romans steht die Frage nach Schuld und Vergebung, Moral und lebenslanger Rache.